海外汉学丛书

The Burden of Female Talent
The Poet Li Qingzhao and Her History in China

by Ronald Egan

才女之累
李清照及其接受史

〔美〕艾朗诺 著

夏丽丽 赵惠俊 译

上海古籍出版社

图书在版编目(CIP)数据

才女之累：李清照及其接受史／（美）艾朗诺著；
夏丽丽，赵惠俊译．—上海：上海古籍出版社，2017.3
（2025.3 重印）
（海外汉学丛书）
ISBN 978－7－5325－8211－2

Ⅰ.①才… Ⅱ.①艾… ②夏… ③赵… Ⅲ.①李清照
（1084－约1151）—宋词—诗词研究 Ⅳ.①I207.23

中国版本图书馆 CIP 数据核字（2016）第 212001 号

海外汉学丛书

才女之累：李清照及其接受史

[美]艾朗诺 著

夏丽丽 赵惠俊 译

上海古籍出版社出版发行

（上海市闵行区号景路159弄1-5号A座5F 邮政编码201101）

（1）网址：www.guji.com.cn

（2）E－mail：guji1@guji.com.cn

（3）易文网网址：www.ewen.co

启东市人民印刷有限公司印刷

开本 635×965 1/16 印张 23.75 插页 3 字数 330,000

2017 年 3 月第 1 版 2025 年 3 月第 10 次印刷

印数 23,701 — 26,800

ISBN 978－7－5325－8211－2

I·3104 定价：78.00 元

如有质量问题，请与承印公司联系

出 版 说 明

上海古籍出版社一直关注海外中国传统文化研究,早在上世纪 80 年代初期,就出版了《海外红学论集》、《金瓶梅西方论文集》等著作,并与科学出版社合作出版英国著名学者李约瑟先生主编的巨著《中国科学技术史》。80 年代后期,在著名学者王元化先生和海外著名汉学家的支持下,上海古籍出版社推出了《海外汉学丛书》的出版计划,以集中展示海外汉学研究的成果。自 1989 年推出首批 4 种著作后,十年间这套丛书共推出 20 余种海外汉学名著,深受海内外学术界的好评。

《海外汉学丛书》包括来自美国、日本、法国、英国、加拿大和俄罗斯等各国著名汉学家的研究著述,涉及中国哲学、历史、文学、宗教、民俗、经济、科技等诸多方面。提倡实事求是的治学方法和富于创见的研究精神,是其宗旨,也是这套丛书入选的标准。因此,丛书入选著作中既有不少已有定评的堪称经典之作,又有一些当时新出的汉学研究力作。前者如日本学者小尾郊一的《中国文学中所表现的自然与自然观》、法国学者谢和耐的《中国和基督教》,后者以美国学者斯蒂芬·欧文(宇文所安)的《追忆:中国古典文学中的往事再现》为代表,这些著作虽然研究的角度和方法各有不同,但都对研究对象作了深入细微的考察和分析,体现出材料翔实和观点新颖的特点,为海内外学术界和知识界所借鉴。同时,译者也多为专业研究者,对原著多有心得之论,因此译本受到了海内外汉学界和读者的欢迎。

近十几年来,在中国研究的各个领域,中外学者的交流、对话日趋频繁而密切,中国学者对海外汉学成果的借鉴也日益及时而深入,海外汉学既是中国高校的独立研究专业,又成为中国学人育成过程中不可或缺的取资对象。新生代的海外汉学家也从专为本国读者写作,自觉地扩展到以华语阅读界为更广大的受众,其著作与中文学界相关著作开始出现话题互生共进的关系,预示了更广阔的学术谱系建立的可能。本世纪以来,虽然由于出版计划调整，《海外汉学丛书》一直未有新品推出，但上海古籍出版社仍然持续出版了一批高质量的海外汉学专题译丛，或从海外知名出版社直接引进汉学丛书如《剑桥中华文史丛刊》，积累了更为丰富的出版经验及资源。鉴于《海外汉学丛书》在海内外学术界曾产生过积极影响，上海古籍出版社听取学术界的意见，决定重新启动这套丛书，在推出新译的海外汉学名著的同时，也将部分已出版的重要海外汉学著作纳入这套丛书，集中品牌，以飨读者。

上海古籍出版社

2013 年 3 月

鸣　谢

此书原名为 *The Burden of Female Talent：The Poet Li Qingzhao and Her History in China*，2013 年由哈佛大学出版社出版。蒙复旦大学朱刚教授推荐他的两位硕士生夏丽丽、赵惠俊担任中文版译者，并经他牵线，交由上海古籍出版社出版。特此致谢！导论、第一章至第六章、第十一章及结语由夏丽丽翻译，第七章至第十章由赵惠俊翻译，两位同学互相切磋，花了将近两年的光阴才大功告成。现在夏丽丽已到普林斯顿大学深造，赵惠俊在复旦继续攻读博士学位，祝他们前程无量！

目　　录

图 表 目 录

缩写形式及文献版本说明

本书注释中的缩写形式

《笺注》：徐培均，《李清照集笺注》（修订本），上海：上海古籍出版社，2009 年。

《汇编》：褚斌杰等，《李清照资料汇编》，北京：中华书局，1984 年。

文献版本说明

本书所引录的李清照作品皆以徐培均《笺注》为准。关于易安词，同时还参考了《全宋词》及近年来出版的其他评注本，我在相关注释中作了说明。若有异文，一般遵从徐氏《笺注》，但有时也会择取其他版本的异文，如《全宋词》的版本，不再另外添加注释说明。我会标出所引易安词在《笺注》和《全宋词》中的出处页码。本书的易安词序号是我自己添加的，本书第三章有详细解释；易安词序号列表可参见第三章表一及附录一。

导　　论

这是一本关于一位中国古代女诗人的研究专著,人们自认为对她再熟悉不过。九个世纪前,李清照(1084—1155?)在她所处的时代即以文名世,其声名延续至今,常被视作中国最优秀的女诗人。无论是否名实相副,但她的名声至少在中国是其他任何女作家所难以俦匹的。即便到了今天,我们也很难想出有另一位女性的诗词名句能被如此广泛地熟知和引用。

对这样一位在中国如此著名、备受喜爱的女作家,英语世界对她的研究却远远不够。唯一有关其生平和作品的论著是近五十年前出版的一本薄薄的小册子,其间充满同情口吻的论述,在今天的许多读者看来是缺乏评判的。李清照的诗倒更受礼遇,吸引了诸多译家的关注,经常出现在英译中国诗歌选集中,她的全部诗作也都被译成英文。然而,她的诗文仅有一小部分存世,即使是"完整英文译本"也数量有限。尽管有些诗翻译得很好,但英语世界的读者势必很难理解:这样一位仅有少量篇幅简短的诗词存世,其作品又大多抒写孤寂、追思与遗恨的女作家,如何能在其本土文化中获得如此之高的赞誉?

这本论著试图弥补的,还不单单是英文学界关于其生平及作品研究的匮乏。中文学界对李清照的研究成果浩如烟海,其数量令人惊叹。据估计,在中华人民共和国成立后,学界关于她的研究论述要多于对宋代(960—1279)任何一位文人的研究,包括苏轼(1037—1101)、陆游(1125—1210)、范成大(1126—1193)、辛弃疾(1140—1207)等多才多艺的大人物。学界对于李清照的研究是如此热切,以至于每一篇名作都很容易找到几十篇、甚至上百篇短评。但研究热情并不总伴随着敏锐的洞察力,现代学界投入在李清照作品上的大量研究是重复多余的。

李清照始终是中国文学史上一个偌大的例外。在同时代文人中,或正如众人所言,纵观整个中国历史,她是唯一的一位作品获得经典地位的女作家。然而,简单地把她视为特例,将这位女子供奉进"伟大作家"的圣殿,此后便置之不顾,这样做是远远不够的。事实表明,传统并没有如此轻易地接受这个例外。要把一位女子纳入文人圈,就必须对她的形象及其立场以微妙或不怎么微妙的方式加以改变,这些变化是本书的一大论题。本书的另一个任务是将数世纪以来外加于她的累赘层层剥离,看看一旦摆脱附会之言后,我们可以如何评说她。但剥离层累之历史的尝试本身绝非易事,几乎所有关于李清照的惯常言论都是经过精心阐释的产物,她本来的形象透过传统这一棱镜的折射后,才为正统文化所接受。令情况更复杂的是,直到明代(1368—1644),她的作品才被结集,因此我们很有理由怀疑她的集子里鱼龙混杂,收入了原作、拟作及纯粹的伪作,拟作或伪作中有些作品是为了强化她的传统形象而写的。

　　第一章("宋代的女作家")对李清照时代业已问世的女性作品展开调查。与帝制时代晚期(late imperial times)不同,宋代女作家被高度边缘化。我们主要从偶尔记载歌女的笔记得知,一些女伶能依曲制词,但这很少见,也正因稀罕才会被记录下来。人们在史料中也能见到有才华、善写诗的淑女,但这方面的文献依然很少。有证据表明,除李清照之外,宋代最有名的一位女作家很可能完全是杜撰的,她名下的诗歌是男性的伪托之作。我们会遇到一个难以绕开的话题,这在中国文学史上也非常突出:长久以来,男性业已培养出"男子作闺音"的文学技巧。在代女子立言的男性文人传统中,一位不平凡的女子若要以抒情言志的文人姿态登场,她所面临的挑战更为艰巨。本章讨论了当时十分少见的女子为文的情况,她们的作品被销毁——这或由女子自身所为(她们深谙自己所侵犯的世俗禁忌),或被保存原作的男性编者处理掉,这些论述试图为李清照创作成就的历史重估打下基础。中国文学史的现代书写将她纳入主流,在许多方面成果显著并值得称赞,但这也可能削弱对她文学造诣的历史评价。在当下的文学史中,李清照成为被赐予的对象:在众多伟大的男作家中,哦,对了,还有这样一位女作家。只有当我们重塑李清照曾经生活和写作的社会、人文世界,并理解那时的性别偏见(在现代标准下,这些偏见看来几乎不可思议)，我们才能准确地评估李清照的成就。

接下来两章的论述转向李清照本人。第二章("写作与争取认可的努力")首先审视了李清照作品中描绘的创作状态，表明写作对于她的生命和自我形象有多么重要。这一章接下来处理有关李清照的最早评价。这些评价有的写于她生前，一方面赞许她的文才，另一方面却对她的为人有所非议，体现出耐人寻味的分歧。之后我们会考察她极具阳刚风格的诗作。某种程度上，这是她为了回应人们对她立志成为文人的身份质疑，同时也是一种手段，以期在男性主导的文学体裁中为自己争得一席之地。最后要讨论的是措辞颇为大胆的《词论》。李清照在文中抒发了对词体文学的独到见解，并奚落了前代最著名的男性文人词作。如果这篇词评以性别立场加以审视，那么它的开场白可被看成一种含蓄的自我表达，作者渴望自己能以文人身份被严肃地对待。

第三章讨论的话题是对"易安词的相关预设"的检验。词是她文学地位的基石，词集的可靠性便成为首要问题。在所谓的易安词中，过半的真实性存在疑问。这些作品直至易安去世几个世纪之后才突然冒出，其来源又不可考。鉴于中国文学史上的名人总"吸引"着后世伪托之作，效易安体的拟作又十分流行，我们有充足的理由质疑这些作品的真实性。此外，她的词集若不可靠，原作与伪作被任意混淆，还会影响我们对其"词集"的总体印象。本章的另一大话题则是反思易安词的传统自传体解读，这些惯例仿佛认定易安词只能被理解为简单的第一人称叙述，反映了词家的私人情境。这种解读模式的反响绵延至后世，但中文学界有关李氏生平的晚近发现却与之抵牾，本章则将二者并置在一起加以讨论。

我的原初计划是，在讨论完这些盘根错节的难题后，便直接进入易安词研究，但后来计划有所改变。在第四章("守寡，再嫁，离异")中，我着手处理了若干重大事件，这些变故冲击着已入不惑之年的李清照，并彻底颠覆了她的生活：金兵入侵中原，成千上万的衣冠之士离家南渡；丈夫赵明诚(1081—1129)在逃亡途中离世；而在若干年颠沛流离之后，李清照又陷入再嫁、旋即离异的风波，其间她经历了一场庭讼与短暂的拘禁。本章讨论了李清照写给一位高官的著名书信,这位贵人介入了这场风波,帮助李氏摆脱囹圄之苦,在信中,她描绘了自己如何被诱骗进第二桩婚姻,以及随之而来的羞辱。

第五章("巨变后的写作")和第六章("《金石录后序》")展示并分析了继离异事件后的一段创作高潮。李清照全身心投入创作,以不同文学体裁写出令人惊叹的多样化文本。除了上述书信之外,这些作品还包括题写给使金大臣的时政诗、其他主题的政论诗,以及一系列以"打马"(一种博戏)为题的出色作品,这种博弈游戏被视为兵法的演练。第六章关注的是李清照最为人所知的名作,在她第一任丈夫赵明诚为碑铭拓片所作的学术提要的基础上,她写下了一篇相当长的自传性后序,同样作于离异后不久。《金石录后序》通常被简单地理解为她对赵明诚及其婚姻的感怀与纪念,此处则将它置于李清照离异后所面临的困境这一背景下,这个视角有助于我们在这篇名作中发现新的意义和旨趣。

第七章至第九章是李清照的接受史研究,其时间跨度自她去世后开始,历经元代(1271—1368)(第七章"'李清照'形象的开端"),明清时期(1368—1911)(第八章"维护寡妇形象,否认再嫁事件"),20 世纪直至今日(第九章"现代主义、修正主义、女性主义")。首先,我们见证了这一历史过程的开端:作为历史人物的女词人在诸多方面不拘一格,冲击着既定的闺门礼数,却渐渐被重塑为传统文化所能接纳的形象。在此过程中,可征引的文学批评、无可考实的传说与风闻都发挥了作用。明清时期,有两种发展趋势影响了人们看待和重塑李清照的方式。在文人圈内,女性写作逐渐普及,至少在特定场合被容许。这种情况的出现,使李清照被看作妇女创作的先驱,其地位得以提升,甚至成为有志向的女作家典范。但与此同时,由国家所倡导的寡妇"贞节"观深入人心,寡妇改嫁不再被容忍。对已故的李清照而言,上述两种情形势必彼此冲突,晚明的批评家已开始对李清照的为人表示失望,惊诧于天生丽质的才女竟会在丧夫后改嫁,有损女子德行,令人惋惜。学者们无法接受这种骇俗行为,于是,他们开始着手推翻若干条记录李清照再嫁事件的宋代史料。一场罕见的学术运动由此展开,其目的是为李清照雪耻辩诬,而宋代关于她再嫁的记录则被当作谤辞。到了晚清,一个全新的李清照形象出现了,这场学术运动最终将之重塑为耽于思念赵明诚的贞妇。

　　当"五四"时代的学者撰写第一部现代的中国文学史时,这一李清照形象被继承下来。20世纪文学史将李清照提升为唯一的一位作品获得经典地位的女作家,第九章的叙述即由此展开。1957年,一位青年学者发表两篇长文,对否认李氏再嫁的观点提出质疑,并逐条加以反驳,突然动摇了李清照以往看似稳固的地位。这些研究触发了激烈的争论,并在20世纪下半叶来回往复,对阵的一方是年长的传统学者,其中一部分是维护"五四"叙述的得益者,而另一方则看到了清代学术的弱点。这场论战迅速转换为"再嫁阵营"与"否认再嫁阵营"之间热烈的辩论,从而展现了传记体历史的可塑性、清代考据学并非全然客观的研究方法、特定历史人物的虚构形象有强大而持久的感召力等诸多问题,而道德公论有时仍会左右着学术研究。尽管今天仍有人执着于更早的李清照未曾改嫁的观点,但学术共识已然转向,李清照再嫁的历史事实已被今人普遍承认,尤其在年轻一辈学者中。

　　叙述完惹人争议的李清照接受史后,本书以两章易安词研究收尾。略带反讽的是,如此安排的一大好处是我们能够有意识地带着她那已被预设的形象来品读这些作品。她在文学史中的名望早已被植入文化史,作为一名深情、坚忍、多才而忠贞的妻子,"李清照"已成为现代中国感知其文化传统价值的重要一环:今天有若干所李清照纪念场馆(三所在她的故乡山东,一所在浙江),有为易安词谱写的现代歌曲,有以印刷及数码形式流传的无数虚构肖像(依惯例把她画成纤细的、脆弱的、敏感的女子),以及通俗"传记"无止尽的叙述与再叙述。

　　今天,最大的李清照纪念堂坐落于山东济南市中心的趵突泉公园,这是一处大型建筑群,包括一间"故居"。首先映入游客眼帘的,是陈列于正门的两幅书法题词,上面写有"一代词人"、"传诵千秋"。题词为郭沫若手书,他是中国科学院第一任院长兼哲学社会科学学部(中国社会科学院前身）主任，在毛泽东时代长期充当文化裁决者的角色。一进门，人们便会看到词人的纯白石膏像，略大于真人尺寸，约三米高。塑像背后是郭沫若为纪念堂所作的七绝，入口处的题词即由此而来。原诗如下：

> 一代词人有旧居，半生漂泊憾何如！冷清今日成轰烈，传诵千秋是著书。

从诗歌及相应的题词中，我们能看出官方政府对李清照的尊崇，并认同、强化着她的传统形象。纪念堂中有若干展示李清照生活"场景"的房间，相关人物的蜡像被摆放成各种表演姿势。这些场景鲜明地彰显李清照对赵明诚的深情，以及她丧夫寡居后的坚贞气节。

与这些流行的形象相比，李清照的真实面貌更为有趣，也更难以捉摸。然而，要摆脱"千秋"以来积淀的先入之见对我们而言太困难了，所以在欣赏她最为人所知的词作之前，我们最好先处理充满层次纹理与内在张力的历史积淀。任何对中国历史略有所知的人，在阅读李清照的词作时，若自以为能够完全摆脱相关预设与假定，就未免太天真了。更可取的方式是理解这些先入之见，看看它们由何产生，投合了哪种需要，其中当然有许多与易安作品的原意相悖。完成这一工作后，当我们再回到李清照的作品时，希望能以更为客观的立场来赏析它们。有关易安词的研究浩如烟海，但绝少有脱离其生平传记的纯文学探讨，她的一生被看成一出面对灾难坚贞不屈的情景剧。作为最早填词的女性之一，李清照凭借词体这一描摹女性、代女子立言的文学体裁，写出了独具特色、令人难忘的作品，几个世纪以来的中国读者对此深有体会。本书最后两章尝试把她的词作和个人遭遇两相分离，着重论述易安词的趣味性及其文学成就，并对两类词作加以甄别：其一是见载于早期文献的较为可信的易安词，另一类则是真实性可疑的晚出作品。

本书对李清照生平及作品所呈现的再思考，很大程度上得益于女性主义文学批评及研究。这类研究在中国学术圈外的近几十年内迅速发展壮大，对 20 世纪以前欧美女性的作品都有新的阐发，其中包括了著名作家与无名之辈,其研究价值在于凸显了两性间的张力以及针对女作家的性别偏见,可见这种情况非中国所独有。我在阅读瑞塔·费尔斯基(Rita Felski)、萨拉·普利斯格特(Sarah Prescott)、宝拉·贝克赛德(Paula Backscheider)及他人的相关研究中获益良多。此外,过去的二十五年中,聚焦于明清的中国妇女史与女性文学史也萌生了新的视角,同样帮助我构造自己的理解框架,启发我应提出哪些问题以及如何解答。然而,我仍试图保留李清照的独特性,她作为宋代女作家面对着特殊的境遇与挑战,当时的中国尚未出现彼此扶持、相互激励的女性文人团体;此外,我并不认为关于前现代(premodern)欧美女作家的研究能完全套用于 12 世纪的中国。本书研究的目标之一,是为妇女史及女性文学批评研究领域提供新的个案,其本身具有内在张力与独特语境,由此扩展这一领域的研讨,甚至可能在某种程度上重新定位这个问题。

第一章　宋代的女作家

　　在过去二十五年中，学者已发掘出数量庞大的女性作品，多写于1500至1900年左右的中华帝国晚期。在它们被发现以前，人们普遍认为直至帝制时代晚期，中国的文化妇女依然很少，而她们中间几乎无人从事写作——我们现在知道这并不符合实情：自晚明起，众多女性以读者、作家、编辑、资助人和选集编者等身份参与文化事业。尽管我们曾认为阅读和写作专属于男性、18世纪中国妇女的文化成就要远远落后于同时代的欧洲女性，但如今许多学者都深信，当时的中国女作家要多于其他任何国家。

　　我们不难理解，宋代与明清时期的情况不同，但两者间的具体差异却显得相当微妙复杂。在我们的印象中，宋代男性主导着当时的阅读与写作，但某种程度上这一印象也可能被夸大。事实上，受过教育、能读会写的妇女数量比我们想象的要多，一些证据暗示妇女具备文化素养至少在大家闺秀中并非罕见，女性写作也绝不稀奇。但也有两点需要我们加以警惕：首先，身为作家和读者的妇女参与文化事业这一现象，远不如帝制时代晚期那么普遍而常见。没有证据表明宋代已出现如晚明至清代的女性文人团体，宋代女作家几乎孤身一人从事创作，得不到其他妇女或男人的同情、劝慰和支持，这与后代的情形不同。我们所了解的关于李清照的一切都指向了这种孤立的情况，她不是女性文人团体的一员。

　　其次，即便我们承认宋代妇女的写作数量要多于以往的推测，同时又远远少于明清时期，我们仍须直面以下现实：即太多的宋代女性作品已经散佚，使得当时女性写作的"真相"对我们而言将永远是个谜。就明清时段而言，至今学者们仍不断地发现大量的现存女性作品，它们在较早的文学史中被完全忽视。这样的再发现对于宋代研究并不可行，因为大多数女性作品早已不复存在。

　　仅就历史因素考虑，宋代较明清更为久远，现存的宋代史料自然远远少于帝制时代晚期的文献。但宋代女性作品受到的待遇尤为不公,这与男性精英文化产生的偏见有很大关系,这种文化或多或少支配着文献的传承与流布。胡文楷在他关于中国历代女性写作的权威传记中,列举了约三十种曾经出版的宋代女性诗文集。[①] 他的发现基于早期文献中被提及的文集数量,而当时妇女文集的确切数字应比征引的三十种更为庞大。然而,仅就这三十部文集而言,也只有其中的三种留存至今,同现存成百上千的男性文集形成鲜明反差。而三部文献中的一种还是一位帝后(而非寻常女子)的集子,另两部的来源与真伪也相当可疑,我们将在下文加以讨论。[②] 在书籍印刷已经非常普及的宋代,三十种文集仅有三部保存下来,情况不容乐观。实际上,李清照本人就是一个显著的例子:她在年轻时即展露才华、受人称许,易安词在她生前就以刻本形式在坊间流传,而她的文集则吸引了显要文人的关注和赞誉;然而,无论是易安词还是她的文集,最终都因不再流行而散佚了,如今我们所知道的李清照作品,仅是那些被编入选集或在其他集子中被引用的部分。很难想象这种情形发生在同时代的男作家身上——他在当时以文名世,可后来他的作品竟失传了。李清照及其作品在历史上的不公待遇,无疑与她的女性身份密切相关。

让我们先来看看相关数据:留存至今的宋代女性作品近乎为零。例如,《全宋诗》(完成于1998年)里零星分布的女性诗歌少于总量的百分之一,而通过从这部庞大出版物(共45698页)中抽取数百页样本进行数据分析,我的推测是,女性诗作约占总数的千分之一。非但如此,相比于有确切姓名的作品,更多的诗系于无名氏,或用化名指代(如"平江妓"或"某人妻")。类似的情况亦见于《全宋词》。

宋代妇女文学创作的极端边缘化处境,同样体现于《苕溪渔隐丛话》

---

① 胡文楷,《历代妇女著作考》,第40—69页。
② 这位帝后是杨皇后,宋宁宗(1195?—1224)的妻子,她的文集名为《杨太后宫词》。关于这位杰出女性通过不同艺术形式所展现的才能,可参见李慧漱(Lee Hui-shu)《宋代帝后、文艺与相关机构》(*Empresses, Art, and Agency in Song Dynasty China*),第160—218页。

的内容比例。它是胡仔于12世纪中叶编撰的一部文学批评笔记，收录了北宋至南宋初期的若干文集和诗话，由《前集》(完成于1148年)和《后集》(完成于1167年)两部分组成。笔记的主要内容是关于重要文人的文学批评，并以年代先后排列文人次序。但书中没有单列李清照在内的任何一位女作家，而是将有关妇女的条目合为一卷，题为"丽人杂记"，占去每集末尾的数页篇幅，附于"缁黄杂记"、"神仙杂记"、"鬼诗"和"长短句"之后。《前集》"丽人杂记"在全书的418页中仅占两页半(以现行排印版为准)，③《后集》相应部分则在343页中占了8页。④除了篇幅简短，"丽人杂记"的显著特征还在于多数条目写的不是女作家，而聚焦于诗中描绘的女子，这与其他关乎文人与作品的条目显然不同。当然，"丽人杂记"中也有评论女作家及其文学的内容，其中也涉及李清照的诗歌，但仍占少数。我们更常读到的是男人作诗来描写迷人的女子、天赐的姻缘、亡妻和才妓，或用诗歌记录下妻妾的机敏、侍女的憨态，却绝少读到一位自创诗词的女子。

一些名门闺秀受过扎实的古典教育，有的更培养出创作技能。然而，在教育妇女、容许她们写作，甚至将其作品存世流传等方面，宋代社会表现出游移不定的矛盾态度。著名史学家兼政治家司马光在《家范》中就把创作"歌诗"纳入闺门不应研习的诸项技能之一。⑤有一则《家范》的早期评注，很可能就是司马光本人的手笔，更针对性地指出"今人或教女子以作歌诗、执俗乐，殊非所宜也"。⑥考虑到司马光自己赞成教化妇女、鼓励她们研读经史，上述评语就更加耐人寻味了。⑦他始终认为求学问道对女子而言同样重要，可一旦涉及写作，他却坚守底线：他显然找不出任何理由支持女子习文。

---

③　胡仔，《苕溪渔隐丛话》前集，卷六〇，第416—418页。
④　胡仔，《苕溪渔隐丛话》后集，卷四〇，第329—337页。
⑤　司马光，《家范》，卷六，2b。
⑥　司马光的现行文集没有收录这则材料及《家范》的评注，但真德秀在《西山读书记》中引用了《家范》的这条注释，见此书卷二一，第40页。
⑦　司马光，《家范》，卷六，1b—2b。

然而,从司马光的言论中能明显看出,许多贵族家庭的确教会他们的女儿作诗,就像教她们针黹女工和弹琴习乐那样。对于有一定社会地位的家族而言,教会他们的闺女如此高雅的才艺确实值得夸耀,作诗本身也给她和她的家人带来无穷乐趣,并极有可能在女子定亲、出嫁时抬高她的身价。但对于女儿的诗作在自家门墙外的坊间流传,又有多少人家会泰然处之呢? 而当她不再是一位崭露头角的才女,而身为妻子和母亲,并最终成为祖母或一家之主时,又将如何看待她的文学成就呢? 有多少夫家亲属会容忍他们的媳妇或寡妻有诗歌流布在外呢? 又有多少家族甚至努力汇集族中妇女的诗文,并以抄本形式留传后世呢?

即便到了晚明及清代,特定场合的确接受并鼓励妇女写作,但将这些诗文公之于众仍备受争议,因为公开一位女性作品僭越了"女主内,男主外"的伦理界限。正如费侠莉(Charlotte Furth)所言:"一位妇女的诗文被外人看见或听闻,就好似她遭到了肆意的窥视。"[8]直至晚近数百年,情况依然如此。这一点让我们回想起清代著名小说《石头记》(又名《红楼梦》)中的场景:宝玉曾偷偷将众姊妹诗作带出大观园,甚至有族人提议将之刊印出版,探春和黛玉得知后大惊失色、忧虑重重,因为这些诗作本是在封闭、私密、受保护的大观园中写成的,不宜外传。[9] 我们时常听闻明清妇女的诗文被焚毁,或由女子自身所为(听说一些女子每写完一首诗,便立即销毁),或被家人在她身后处理掉,这不足为奇。[10] (我们再次想起黛玉焚稿的临终一幕。)而现存的每部明清女性文集背后,一定还有无数被故意销毁的失传之作。

销毁诗稿的举动在宋代女性写作中很常见。焚弃的手稿、遗失的原

13

14

---

⑧ 费侠莉(Charlotte Furth),《帝制时代晚期的女性诗歌与文化:编者导言》("Poetry and Women's Culture in Late Imperial China:Editor's Introduction"),第 6 页。

⑨ 曹雪芹《红楼梦》第四十八回:"黛玉、探春听说,都道:'你(宝玉)真真胡闹。且别说那不成诗;便是成诗,我们的笔墨也不该传到外头去。'"

⑩ 参见高彦颐(Dorothy Ko)《追求才德:17 至 18 世纪中国妇女教育及文化》("Pursuing Talent and Virtue:Education and Women's Culture in Seventeenth-and Eighteenth-Century China"),第 18—19 页。

作、以残章形式或仅在笔记中被征引而留存下来的诗歌片段——这些情况是宋代女性写作的常态。另一个反复出现的难题是女子的姓名及身份。我们甚至不知道多数女作家的全名，仅以姓氏称呼她们（如谢氏、卫氏）；即便我们知道她的名字，其确切身份、生活年代和出生地仍不可考，或是没有定论。除了李清照，宋代最有名的女作家要属朱淑真，但其生卒年月在不同版本中说法不一，竟能前后相差两百多年；同样，她的出生地也有诸多猜测；关于她的婚姻状况也是众说纷纭，有些学者坚持认为她仅结过一次婚，有些则说她有段婚外情，另一些又说她于离婚后再嫁。这些分歧与不确定因素之所以产生，是因为女作家的生平在以往传记文献中的记载相当简略，而我们也将看到，类似的史料残缺同样发生在李清照身上。

歌 妓 文 人

为了建构词人李清照所身处的时代语境，我将简要地考察宋代史料所透露的女作家概况，并从社会底层那些自度词曲的歌女开始。在唐代（618—907），最有名、最多产的女作家大多来自风尘女子这一社会群体，她们与当时的显贵文人为伴，其身份在女冠与歌妓间转换。李冶（李季兰）、薛涛和鱼玄机便是这样的女子，她们是流传诗歌数量最多的唐代女诗人，因其作品被选入唐代诗歌选集而闻名于世。三人皆非闺秀出身，薛涛和鱼玄机都是长安歌妓：薛涛与著名诗人白居易（772—846）、元稹（799—831）和杜牧（803—852）有往来唱和之作；鱼玄机生活于9世纪，据说曾为侍妾，后被夫家抛弃，从此沦为歌妓和女冠，她有两首诗写给温庭筠（812？—870），世间流传着二人荒诞不经的风流韵事。李冶是三人中年代最早的一位，8世纪60至70年代曾加入诗僧皎然的文人圈，因其才名被召入宫，并成为高级女官之一，可惜好景不长，她因作诗为篡位者朱泚（742—784）歌功颂德而被处死。

在宋代，类似的女性写作多为词而非诗，这反映了当时社会存在大量的歌妓表演,女艺人普遍存在于官方宴会、节庆、祝寿仪式以及私人宴饮场合。实际上,歌妓是膨胀官僚体系的一项常规制度:各阶层官僚都有"官妓",军营中则相应地称作"营妓";私人"家妓"又另成一大体系;最后,在上述分类之外还有其他专业女艺人,她们身处各类茶坊酒肆和城乡妓院中。⑪

一般情况下,词乐表演往往是男性填词,歌妓演唱。我们偶尔也听说有歌妓自度词曲,但这并不常见,人们通常不认为歌妓有能力倚声填词。⑫ 但是,因为歌妓熟谙词曲的形式规则,她们有时能自制歌辞以惊艳全场。在欢庆场合,有才名的歌妓甚至偶尔会被邀请填词,为在场的男性宾客助兴。

例如,据说有位叫陈凤仪的成都官妓写下一首词来送别当地一位姓蒋的长官,他可能是其"保护人",即将离蜀赴京。可以料想,陈凤仪会在这位官员的饯行宴上演唱此词:

一络索·送蜀守蒋龙图

蜀江春色浓如雾。拥双旌归去。海棠也似别君难,一点点、啼红雨。　　此去马蹄何处? 沙堤新路。禁林赐宴赏花时,还忆著、西楼否?⑬

下阕想象这位蒋龙图受到皇帝的赐宴款待。通往宫廷的"沙堤"布满了白沙,使骑马入宫的大臣不会弄脏他们的袍子,但这是唐代的举措,此处的用典发生了时代错位。而"西楼"则是指代佳人居处的套语。可以理解,这名乐妓想知道蒋大人是否还会记得她,尤其当他身处更典雅的环境、周围宫"花"锦簇之时(此处一语双关,"花"亦指宫廷歌妓)。我们料想他很快就把她忘了,她也明知如此,这是此类女子的宿命,倘若有人记

---

⑪ 有关官妓制度的论述,可参见柏文莉(Beverly Bossler)《惺惺相惜:宋代歌妓与文人》("Shifting Identities: Courtesans and Literati in Song China");又见氏著《歌妓、侍妾与贞节观》(*Courtesans, Concubines and the Cult of Female Fidelity*),第20—28页。

⑫ 邓红梅的《女性词史》提出了这一观点,见此书第53—54页。

⑬ 陈凤仪,《一络索》,《全宋词》,第一册,第215页。

挂她们倒是稀罕之事。

在官妓所写的词中，陈氏之作非常典型，类似作品往往表达了对失宠的忧心。[14] 从其他文献可以看出，词乐表演的场合往往是一位高官即将离任，当地的乐妓在离别之日献词给他。但这些作品也可能出自男人之手，而很快被系于演唱它们的歌妓名下。

另一些歌妓则将其他素材援引入词。洪惠英相传是一名会稽乐妓（其生卒年不详），她赋词一首，字面上写的是受冰雪摧折的梅花：

减字木兰花

　　梅花似雪。刚被雪来相挫折。雪里梅花。无限精神总属他。
　　梅花无语。只有东君来作主。传语东君。且与梅花作主人。[15]

梅花是宋词的流行题材，但这一首却堪称异调，别样的措辞富含隐喻，需要加以阐释。邓红梅已令人信服地指出，这首词实则写的是长年的妻妾矛盾，这一现象尽管在当时十分普遍，男人们却极少在诗中提及，彼此心照不宣。[16] 词的三位主角各有所指，梅花喻妾，冰雪喻妻，而司春之神东君则是身为一家之长的夫君。梅花往往在年初迎雪绽放，通常认为梅枝上的残雪更反衬出花的鲜妍，因为这体现了梅的傲骨：她看似纤弱，却不因冰雪而折腰。与之类似，婢妾经常受正妻的种种虐待，而词中描绘的小妾却坚忍不屈。进一步说，她因其卑微地位而无法直接反抗正妻的压迫，因此只能如"梅花无语"；但她希求丈夫能替她做主，并私下里"传语"给他，正如词中借梅花所暗示的那样。我们很好奇洪氏之作是否出于她的自身经历。如果她是私人乐妓，那么其处境也许和一位姬妾近似；即便不是家妓，她也应深谙妻妾与丈夫间微妙的"性别政治"（sexual politics）。而其独特之处在于，她将这一素材援引入词，并以巧妙而简明的方式表达出来。

---

[14] 如聂胜琼《鹧鸪天》、僧儿《满庭芳》和平江妓《贺新郎·送太守》，见《全宋词》，第二册，第1359页；第二册，第1391页；第四册，第3524页。

[15] 洪惠英，《减字木兰花》，《全宋词》，第三册，第1931—1932页。

[16] 邓红梅，《女性词史》，第56—57页。

在试图重构歌妓创作的叙述过程中，我们还须保持警惕：一些记载倾向于把她们过分浪漫化，赋予其所不具备的魅力、节操和文才，而才艺毕竟是歌妓魅惑人的手段，并在一些例子中有过誉之嫌。严蕊是个 12 世纪的营妓，她的故事便是如此。严蕊原在台州（今浙江临海）逢迎款待官员，相传她"善琴弈、歌舞、丝竹、书画"，并擅作诗词。唐仲友（字与正，1136—1188）任台州知州时，常在公宴上延请严蕊来助兴。宴席上曾有位宾士让严蕊以他的姓氏为韵即兴赋词，严氏之作令他无比心醉，以至于他把严氏留在家中长达半年，这当然是不合法的。而当朱熹这样一位大人物以提举浙东常平茶盐公事之职于 1182 年来到台州时，他便以"尝与蕊为滥"的罪名问责于唐仲友，这也合乎情理。在周密（1232—1308）对此事的叙述中，为了让严蕊招供出唐仲友，朱熹曾囚禁、鞭笞她，据说在他前往越州时还带上严蕊加以审问。[17]尽管系狱久长且一再受杖，严蕊仍坚称自己与唐仲友是清白的，她至死也不愿污蔑他。后来审讯严蕊的官员在节庆大赦之际释放了她，并让她作词自陈，她旋即口占了一首：

卜 算 子

　　不是爱风尘，似被前身误。花落花开自有时，总是东君主。　　去也终须去。住也如何住？若得山花插满头，莫问奴归处。[18]

　　按："风尘"是妓女身世的委婉表达。

当我们读到此词，并结合周密关于问罪唐仲友及囚禁严蕊的叙述，便会觉得这首词非同一般：它似乎极有兴味、无比伤情，交代了词人无可逃避的宿命。严蕊强调自我生命的无法把持，并任其刹那芳华如花般逝去，无数歌妓以此自悼身世。下阕暗示了她即将故去，她矜持地劝慰听者无需记得她的遭遇，在日后的游赏中莫因她而分心。

遗憾的是，这则有关坚贞而悲情的才妓故事似乎只是当地的传说，至

---

⑰　周密，《齐东野语》，卷二〇，第 5684—5685 页。
⑱　严蕊，《卜算子》，《全宋词》，第三册，第 2169 页。

少严蕊拒绝诬陷唐仲友和作词自陈二事纯属虚构，这一点我们可求证于朱熹弹劾唐仲友的相关奏状。朱熹在数周内向皇帝长篇累牍地奏报了唐氏的罪行，并对此加以强烈谴责。⑲ 朱熹的确曾将严蕊逮捕入狱，但根据他的记载，严蕊颇花心思地供出了唐仲友的罪行。⑳ 朱熹甚至记载了上述《卜算子》词，但语境却截然不同：他说这首词系唐氏亲戚高宣教为严蕊而作。㉑ 更令人惊讶的是，朱熹称唐仲友曾劝严蕊从良，在他亲戚家暂避风头，等待消息，唐氏将会最终迎娶她成为自己的妾室，而此词是严蕊对唐氏的答复。朱熹所引此词的下阕第一句是"去又如何去"，在这个版本和语境中，此词意味着严蕊婉拒了唐氏的安排，并劝他把她忘记。

当周密写下严蕊故事时，真实的历史事件已过去近一百年。周密曾提到洪迈（1123—1202）文集中也有关于此事较早的简述。㉒ 此事见于洪迈文集本身就容我们深思：我们知道，洪迈从许多口述传闻中汲取素材。洪迈记载、周密润饰的严蕊故事，都是围绕特定人物类型产生的传说，即才色兼备的妓女忠于她的男性保护人。而在严蕊故事中，令人同情的歌妓与卫道士朱熹的对峙使得整个事件更为戏剧性。

闺 阁 文 人

当我们将关注点移向上流社会，要找到女性诗词就更困难了，但精英阶层较之专业艺妓一定有为数更多的文化女性及其作品，这看似两相矛盾；然而，如果我们记得上流社会对妇女写作抱有成见，也没有保存女性作品的强烈意愿，那么上述矛盾就迎刃而解了。

---

⑲ 这些奏状在朱熹的现行文集中占了将近五十页的篇幅，《朱熹集》，第二册，卷一八至卷一九，第725—772页。

⑳ 此观点见束景南《朱熹年谱长编》，上卷，第739页。他反驳了洪迈和周密对此事的歪曲，我对此表示认同。朱熹对唐、严二人关系的谴责，柏文莉曾作为例子详加讨论，以此反映出南宋道学家试图抑制文人才妓之间日益频繁的风流情事，参见《歌妓、侍妾与贞节观》，第163—165、190—196页。

㉑ 朱熹，《按唐仲友第四状》，《朱熹集》，第二册，卷一九，第746页。

㉒ 洪迈，《吴淑姬严蕊》，《夷坚志》志庚，卷一〇，第1216—1217页。

上文述及司马光就妇女教育所持的立场:女子应该只读不写。这几乎与男子教育理念背道而驰,对他们来说,广泛阅读之所以重要,正因为它有助于提高写作技能。司马光支持女子读书的理由与班昭(45—116?)在《女诫》中的口吻如出一辙:男女都只能通过学习儒家经典才能明辨是非,若女子没有受过经典的熏陶,她们就会不自觉地犯错,是以"古之贤女,无不好学,左图右史,以自儆戒"。㉓ 而在司马光的想象中,女子所能创作的文学体裁只有"歌诗",也就是词,但他虽然提到女子填词,却把它降格为与"刺绣华巧"对等之事——许多名门望族在让女儿习文的同时,也教会她们做针线活。这些训喻的提出表明司马光是不折不扣的保守派。

为了进一步探究精英家族的保守观念,我们可参看道学家程颐为其母侯氏所写的纪念性传记。㉔ 侯氏自幼接受教育,据说酷爱读史。他的父亲非常钟爱这位聪颖过人的女儿,常就治乱兴废之事向她提问,并对其回答颇为满意,曾感叹说"恨汝非男子"。㉕ 后来,身为人妻的她有了儿子,并劝勉他们读书,曾写下"我惜勤读书儿",足见她的重视程度。她发现二子禀赋不同,于是又写下两行评语:她写给程颢的是"殿前及第程延寿"(程延寿是程颢的幼名);而对程颐,她仅称其为"处士",预示了他从未考上科举,并在其大半生选择闲居不仕。㉖

耐人寻味的是,这位极有文化涵养的侯氏却极少写作。程颐是这样叙述的:"夫人好文,而不为辞章。见世之妇女以文章笔札传于人者,深以为非。平生所为诗,不过三十篇,皆不存。"㉗这暗示她自己销毁了原作。程颐补充说侯氏诗歌仅存一首,他把它抄录于文中。侯氏此诗写给她的丈夫,即程颐父亲,当时他奉命在河朔任职,诗歌抒写了妻子对丈夫的思念,她夜不成寐,并自比古时的苏蕙,苏氏曾把一首回文诗绣在织锦上,寄

22

㉓　司马光,《家范》,卷六,2b。
㉔　程颐,《上谷郡君家传》,《河南程氏文集》,卷一二,第653—657页。
㉕　同上书,第653页。
㉖　同上书,第655页。
㉗　同上。

给她远方的丈夫，以此作为爱情的信物。这篇家传随后描写了侯氏对前代史独具慧眼的解读，并在文末言及她的弟弟侯可世，他是位著名学者，才识甚高，但坚持说他的姐姐在学问上更胜一筹。

在程颐对他母亲的描述中，我们发现，其主旨与态度典型地反映出时人对妇女教育及写作表现出的深刻矛盾。女子求学受到尊重，巾帼不让须眉的才识也令人称许，但女子为文这一举动仍备受质疑，以至于一个女人写得越少，就越被视为德行无缺。当时也有妇女从事写作，她们当中的确有人容许自己的诗文在世间流传，但男女道学家们却对此明令禁止。文化女性最好只读不写，假如实在无法抑制借诗言志的冲动，她们起码应严格控制数量，一些诗歌题材也更容易被接受，比如丈夫离家时表达孤寂与忠贞。除了这些主题与数量有限的诗作，妇女们需要谨慎地确保作品不存于世，在程颐和他母亲的眼中，最严重的后果莫过于一位女子不小心把她的诗稿散布到自家墙垣之外。

也许有人会说，此番言论出于一位固执的道学家程颐之口，未免过于极端。但诸种迹象表明，对于妇女写作及其作品公开传播的成见在精英阶层中流布甚广，彭乘（1087 年在世）笔记中的一则轶事便是一例。它讲述了女子卢氏的父亲于天圣年间（1023—1032）前往汉州（今四川境内）当县令，在任期结束后，父女二人开始了返回京都的漫漫长途，并在泥溪驿舍（同样位于四川境内）歇脚，卢氏在那里写下一首题壁词。这首词写的是旅途的艰辛，二人已离开舒适的汉州，但还要走千百里路才能抵达开封。一位成年女子陪伴着身为官员的父亲长途跋涉，在这种特殊处境下，女子预料到未来征途的艰难，她想借诗词抒怀也合情合理。然而，这篇词序写得耐人寻味："登山临水，不废于讴吟；易羽移商，聊舒于羁思。因成《凤栖梧》曲子一阕，聊书于壁。后之君子览之者，毋以妇人窃弄翰墨为罪。"㉘我们要明白，卢氏的道歉与题壁之举无关，题壁诗词自古就有，没人会反对；她是为女子赋词而道歉。词序中明显能看出卢氏经常吟诵并

㉘ 彭乘，《墨客挥犀》，卷四，4b—5a；《凤栖梧》及词序见《全宋词》，第一册，第 250 页。

创作,有时甚至以词人自居,而《凤栖梧》词表明她出色地掌握了文学语言与词体风格。但这位才女料到"后之君子"会觉得女子不应填词于壁,惹众人围观,他们会说自己不守本分,因此事先请求他们不要不加反思地苟责她,也许,她暗自希望那首出色的词作本身能说服他们宽恕她的"罪过"。除了彭乘的记载,这则轶事屡见于南宋(1127—1279)至清代(1644—1911)的各种类书与笔记。㉙ 值得注意的是,《词苑丛谈》对此词的记载有所出入,㉚它删略了词序中的致歉之辞,其他则保持原样。《词苑丛谈》编于清初,较之宋代,人们对妇女诗文著述已宽容得多。编纂者徐釚显然受制于当时的舆论导向,忍不住窜改了词序,以期与他的价值观念吻合,进而助长了时风。通过此举,徐釚巧妙而有效地歪曲了原作,由此抹去了宋代至清初妇女写作情境的历史沿革。

　　妇女创作题壁作品,让后世的行人前来观览,类似情形多见于闺阁女子而非专业歌妓。这类作品往往写于心潮澎湃之时,她们只能通过创作来抒写心情。有的女性在没有其他选择的情况下,挥毫弄墨,自陈于壁,在诉说的过程中找回些许慰藉。这样的写作甚至还伴随着妇女的自杀:这位女子题词于壁,宣告她的困境与无助,旋即了断自己的生命。沈括(1031—1095)曾记下一名出身士族的女子,她的父母却把她下嫁给一个姓鹿的仆从。㉛ 在她生下头胎后仅仅三天,她的丈夫由于担心失去月俸,就为了一项差事坚持让妻子和他一起上路。在巨大的苦痛与无助中,这位女子一定预感到自己不久于人世,临终前,她在信州杉溪驿舍题壁数百言以自陈,去世后被藁葬于驿舍后山下。她的题词是如此沉痛,以至于过路的行人也为之动容,赋诗吊之,诗歌哀悼了这位无名女子,并痛斥她那贪忍的丈夫。后来,这些诗作被汇编成集子,题为《鹿奴诗》。发人深省的是,即便是为这则故事写下数百言的沈括,也未曾抄录原先那位女子的

24

25

㉙　这则故事亦见于江少虞《事实类苑》,卷四〇,6b—7a;曹学佺《蜀中广记》,卷一〇四,6b—7a;潘永因《宋稗类钞》,卷一七,18b—19a。

㉚　徐釚,《词苑丛谈》,卷八,25a。

㉛　沈括,《梦溪笔谈》,卷二四,第182页。

题词,似乎觉得这多此一举。我们知道那篇题词曾经存在过,并感动了无数行人,但我们竟无法确知它究竟写了什么,没有人想到要抄录它,《鹿奴诗》同样没有流传下来。上述关于女子题壁创作的两个例子,由此出现了重大的差别。

这位刚做母亲的妇女被逼至绝望的处境,在自我陈词后从容赴死,可以说她的控诉面向他人而非自己。因困苦而公开写作的诸多女子中,她的题词却是个别现象,这篇陈辞很可能是她平生唯一的著述,为的是让自己的经历公诸于世,她本人也许不常写作。与之相反,那位陪同父亲旅行的卢氏,在词序中明确说自己"不废讴吟",她自恃小有文才,甚至在路途上也整日赋词,尽管她知道当时的多数男性不赞同女子为文。

对今人而言,要发现提及女作家的资料并不困难,问题在于找到她们的具体诗文,因为留存下来的女性作品实在太少了。有两种观念共同促成了对妇女写作的消极看法:第一种想法十分盛行,但并非人人如此,即认为女子应只读不写,尽管她通读经典、博览群书,但也不宜作文;第二种观念则觉得即便有女性诗文,也不宜外传,否则它将落入陌生男子的手中。以上两种思维方式致使当时的女性作品能保存至今的是少之又少。

正因如此,现存的女性作品往往从属于男子,或与他有关。陈鹄于13世纪初写有一本笔记《耆旧续闻》,其中记载了一则轶事:相传苏轼友人陈襄(1017—1080)的女儿们很有才气,其中一个嫁给了李姓男子。当李氏任晋宁军(治所在今陕西境内)判官时,有位官员请她们在小雁屏上题诗,李氏之妻为此写下了两首绝句。㉜ 二诗皆保存完整,并突出描绘了画屏中的潇湘(今湖南)美景。诗中的小雁屏显然很小巧,能安置于床头,以阻挡晚风并保护主人的私密空间。诗中描绘了主人无法回到他的潇湘故地,只好对着枕边的画屏,在梦中兴起故乡的景色。李妇自作黄庭坚小楷,而黄氏是当时最负盛名的书法家之一。这则故事中的李妇不仅诗才洋溢,而且兼善书法,着实是罕见的才女。陈鹄的笔记中还有一则故

㉜ 陈鹄,《耆旧续闻》,卷三,3b—4a。

事：有位徐姓官员曾担任林希（11 世纪 90 年代在世）的掾属，林大人喜欢在席间与幕府唱和，由他首唱，并让属下在几个时辰内写出和作。徐妻能诗，每当徐氏被要求写诗时，丈夫就私下把原诗寄回家，请妻子代作。据说在其他官员操觚下笔之前，徐妻的和韵诗已经写完寄还给徐氏了。㉝在这则故事中，徐妻为夫代笔赋诗，其作品是通过冒充她丈夫的手笔才得以流传开来。上述例子说明，如果没有男子的介入以抬高女性作品的地位，这些诗文甚至无法受人关注，并最终会失传。

　　有时，甚至大文豪的垂青也无法保障一部女性诗集流传后世。欧阳修（1007—1072）曾为谢希孟的诗集作序，她是欧公友人谢伯初的妹妹，集子收录了她的一百首诗。㉞欧阳修在诗序中将谢希孟的文学修养和才华归功于她母亲的栽培，这位母亲最初指导了谢伯初的学业，不久便意识到小女儿也应接受教育。欧公觉得希孟的诗风不同于其兄，而以"隐约深厚"见长。随后，欧公以难得的平正立场指出能文女子遭遇的不公，他写道："然景山（伯初）尝从今世贤豪者游，故得闻于当时；而希孟不幸为女子，莫自章显于世。"他接着提到了古代的许穆夫人，她的四言诗《载驰》哀悼故土卫国的陷落，孔子将之收录于《诗经》，使许穆夫人及其诗歌流传于后世，欧阳修惋惜地说没有男人能像孔子那样抬高希孟诗歌的地位，而他自己写下这样一篇诗序，恰恰说明他意欲使希孟诗闻名于世。遗憾的是，欧阳修的努力仍旧徒劳无功，希孟的集子还是失传了，后来的宋代史料也不再提及它。

名 媛 文 人

魏夫人

北宋（960—1127）最著名的女作家当属魏夫人（魏玩）。她是曾布之

㉝　陈鹄，《耆旧续闻》，卷三，4a。
㉞　欧阳修，《谢氏诗序》，《居士集》，卷四三，第 608—609 页。

妻,曾氏是哲宗朝的权臣,并在徽宗(1100？—1125年在位)践祚时担任宰执,但很快被黜落。魏夫人才名远播,以至于朱熹在她身后一百年仍把她和李清照视为宋代仅有的两名才女。[35] 尽管时人对她评价如此之高,魏氏文集还是失传了。现存魏夫人的作品仅有一首诗和十三首词,被零星记载于各种宋代文献中,《乐府雅词》是其中重要的一本词选。

28 现存的多数魏氏词都围绕着"闺情"这一传统主题而作,描写一位女子等待她远方的夫君或情郎。试举以下两首词为例:

菩　萨　蛮

溪山掩映斜阳里。楼台影动鸳鸯起。隔岸两三家。出墙红杏花。　　绿杨堤下路。早晚溪边去。三见柳绵飞。离人犹未归。[36]

下阕中那条离开楼台的堤路,想必是三年前男子临走时的经行之地。词中主人公每天在溪边堤路上徘徊,期待着那位离人的归来,但这从未发生。第二首词如下:

江城子·春恨

别郎容易见郎难。几何般。懒临鸾。憔悴容仪,陡觉缕衣宽。门外红梅将谢也,谁信道、不曾看？　　晓妆楼上望长安。怯轻寒。莫凭阑。嫌怕东风,吹恨上眉端。为报归期须及早,休误妾、一春闲。[37]

29 所有迹象都表明,魏夫人通过填词来传达内心的思绪和期许。我们将在下文看到,女子所作之词常被例行地解读为自传,尽管这种成熟的代言体不过是该体裁的惯用手法。说到底,词体文学是为了词乐表演而写的,一般由歌妓演唱,除了常见的艳情丽句,词乐表演也促成了作者与歌者的分离,而歌者往往被虚拟为词中主人公,以期达到特定的表演效果。

而当一首词被得知出自女子之手,尤其是当它以书面形式流传、而非

㉟　朱熹,《朱子语类》,卷一四〇,第3332页。
㊱　魏夫人,《菩萨蛮》,《全宋词》,第一册,第347页。
㊲　魏夫人,《江城子》,《全宋词》,第一册,第348页。

临场表演时,人们便改变了原先的看法:词作者与词中主人公在女性作品中合而为一。需要指出的是,我们不能将这一转变解释为这名女性既填词又演唱了自己的作品,像魏夫人那样的淑女绝不可能在大庭广众之下自唱其词的,这不符合其尊贵的闺秀身份。她的词作即使被歌唱,也是专业歌妓的事,那倒是极有可能。所以,对于女子之词的自传体解读需要另找原因。

由于魏夫人身为女子,有关她及其诗词的评述极少,但我们仍能依稀看出前人试图建构她的身世,使之与其伤情之作相吻合。最早有关魏夫人的宋代史料出自陆游的一则笔记,言及她的丈夫在早年展拓事业时常与妻子分居,并记下了她戏讽丈夫在京任官时没有把握机会站稳脚跟。[38]而在后人的引述中,曾布与魏氏之间的别离被夸大,到了明代,更有传闻说魏夫人让朱淑真陪伴其左右,后者的婚姻很不美满,二人曾相对饮酒,往来赋词。[39]此外,人们也很自然地把魏氏词中的"离人"还原为她的夫君,冯梦龙(1574—1646)的《情史》格外指出上文的《江城子》是她寄给曾布的词作,期盼他早日回到她身边。[40]

朱淑真

除了李清照,朱淑真也是著名的宋代女作家。而与魏夫人不同,朱淑真的诗词在她去世后不久即被好事者编成文集,并完好地留存至今。诗集内容也相当可观,共录有 337 首诗,是目前现存的三本女性文集中规模最大的一部。系于她名下的词作也有三十首之多,散见于宋代及后世词选,如今常被附录于朱淑真"选集"中。

朱淑真的生平给世人留下深刻印象:她的父母不知为何把她下嫁一个商人,夫妻二人并不般配,这个商贩不知怜惜他的妻子,甚至虐待她。

———————

[38]　陆游,《老学庵笔记》,卷七,第 3521 页。

[39]　田汝成《西湖游览志余》,卷一六,第 254 页;又见郑文昂《名媛汇诗》(1620)中的相关注释,卷一七,4b。

[40]　冯梦龙,《情史》,卷二四,第 949 页;郑文昂,《名媛汇诗》,卷一七,4b。

30

朱淑真的婚姻很不美满,她只能通过创作表达愁绪,并因伤怀过度而早早辞世。其诗词在她身后被汇成一集,题为《断肠集》。但其中有些诗表达了爱情与渴望,或是深情地回忆幽会的情景,于是众人纷纷推测朱淑真落寞时曾有段婚外情,或是她在出嫁前有位情人,一些评注家甚至在诗词中读出她最终摆脱了丈夫,与她的初恋情人重逢。

以下诸诗体现了朱淑真作品的典型主题与情绪:

愁怀(其一)[41]

鸥鹭鸳鸯作一池,须知羽翼不相宜。东君不与花为主,何似休生连理枝?

西楼寄情[42]

静看飞蝇触晓窗,宿醒未醒倦梳妆。强调朱粉西楼上,愁里春山画不长。

湖上小集[43]

门前春水碧于天,座上诗人逸似仙。彩凤一双云外落,吹箫归去又无缘。

这些作品不乏妙语和诗趣,但空寂而无望的基调却贯穿始终。第一首诗据说写于朱淑真丈夫纳妾之后,诗人却备受冷落。在这个解读中,天性不合的两种鸟象征朱淑真与那位姬妾,但也有注家将之视为这对彼此疏远的夫妻。同时,司春之神东君也没有替花作主,他让两种不同的植物结为"连理枝",使之在有生之年都无法摆脱这不幸的结合。第二首诗的主人公几乎无力面对白昼,当她勉强起身妆扮时,倦怠的她竟无法聚精会神地画眉("春山"喻指妇人的姣眉)。第三首诗中,诗人自比逸仙,却不像弄玉那样幸福地嫁给了萧史:相传有一天,一对凤凰被萧史的音乐所吸引,栖止于这对夫妻居住的楼台,把二人送往天界。

㊶ 朱淑真,《愁怀(其一)》,《朱淑真集注》,卷九,第130页。

㊷ 朱淑真,《西楼寄情》,《朱淑真集注》,卷八,第114页。

㊸ 朱淑真,《湖上小集》,《朱淑真集注》,卷八,第113页。

当我们初次接触朱淑真及其作品,也许会庆幸终于有位宋代女性留下了数量可观的诗词,她的集子在数百年间被完好地保存并流传下来。然而,当我们悉心考证相关史料时,却疑窦丛生。诸多矛盾而不合理的断言围绕着这位"朱淑真",让我们不禁怀疑其人其诗是否可信。近年来关于她的众多研究只让我们看清了一个事实,即学界对她是谁、何时在世、来自何处、嫁给了谁及其诗词来源都从未达成共识。

我们不妨来看看有关其生卒年月的考证。有些学者认为她生活于北宋(11 世纪后期),另一些说她的身世从北宋末延续至南宋初,还有一些将其生平限定在南宋前期(12 世纪中叶),其他人则说她生活于 13 世纪早中期。生卒年考证的时间差异如此悬殊,对一位宋代人物而言相当少见,它是由两个因素造成的:朱淑真诗词中含混的、印象式的时间暗示容易产生歧义甚至是截然相反的推断,而她在宋代史料中的缺席则更加可疑。

朱淑真集子的编者叫魏仲恭,其人不可考,他的《断肠诗集序》写于1182 年。诗序中,他说自己在武陵(今湖南常德)游玩时,常会在旅店听见人们吟咏朱淑真词,他颇为动容,并得知了朱淑真的一些遭遇:

> ……早岁不幸,父母失审,不能择伉俪,乃嫁为市井民家妻。一生抑郁不得志,故诗中多有忧愁怨恨之语。……观其诗,想其人。风韵如此,乃下配一庸夫,固负此生矣;其死也,不能葬骨于地下,如青冢之可吊,[44]并其诗为父母一火焚之,今所传者,百不一存,是重不幸也。呜呼,冤哉!

魏仲恭接着说自己决心尽力收集朱淑真的诗作,以告慰她的在天之灵,使其身后享有她在世时不曾有过的殊荣。他还提及了一个叫王唐佐的临安人(今杭州,南宋时京都),曾为朱淑真作传,但其人不详,也从未有人见过或提及这篇传记。

44　此处的"青冢"指的是昭君墓。王昭君约生于公元前 50 年,她远嫁一位匈奴单于,并死在了北方蛮荒之地,相传当地多白草而此冢独青,故称"青冢"。

魏氏最后声称"后有好事君子，当知予言之不妄也"，然而，魏序中有若干疑点（包括最后一句话），让它看上去不甚可信。首先，魏仲恭和王唐佐这两位熟悉朱淑真的人本身就是个谜，我们对二人生平一无所知；同时，朱淑真的衣冠冢并不存在，因此也没有墓志或碑铭来核对魏氏之言；当时只有僧侣采用火葬，朱淑真又为何"不能葬骨于地下"？又是为什么她比父母去世得早，且在临终时由父母陪伴左右，而不是待在夫家？这都令人百思不得其解。

魏氏交代朱淑真诗词的情况尤其值得关注。他说朱淑真火葬之后，她的父母焚毁了作品，"百不一存"；而魏氏则通过武陵人吟诵其词而记下了她的作品，却从未提及朱淑真诗词的任何抄本。那么，我们是否要相信魏氏仅仅通过他人口述而誊写下三百多首诗歌呢？更何况，他所听闻的是朱淑真词作，而他编纂的却是诗集，这绝不是个小纰漏。我们不妨举个反例：当时有位寡妇名叫孙道绚，据说写有为数众多的诗词，但诗稿在她的晚年却不幸因家中失火而尽数焚毁了。她的儿子黄铢（1131—1199）是朱熹友人，为人至孝，在母亲去世后尽其所能收集她的残篇，但也仅能找到母亲的六首词。⑮ 然而，这位魏仲恭与朱淑真非亲非故，却能在原稿销毁后找到三百余首诗作，这实在让人难以置信。

34　　　还有一点需要指出。魏氏声称行人在旅店中经常吟诵朱淑真作品，闻者无不动容，那么这些词作也应在茶坊酒肆中流行；但如果这是真的，当时的宋代文献却丝毫没有"朱淑真"的影子，这非常不合理。我们可以拿李清照的情况来作比较，她的诗词同样广为人知、流传甚远。按照魏仲恭的表述，朱淑真似与李清照是同时代人，或只比李清照年轻一二十岁。但直至李清照去世，其人其词已见于诸多文集、诗话等宋代文献；如果朱淑真当时也很出名，为何她的上百首诗词却没有受到丝毫关注？

宋代书志目录也找不到任何朱淑真诗集或词集，后者晚至明初方有

---

⑮　黄铢叙述他找寻母亲遗作的过程始末，可参见张世南《游宦纪闻》，卷八，1a—b。

刻本可考。[46] 而朱淑真词在现存九种南宋的词选刻本中均不见载，[47]这种缺席本身很能说明问题，因为九部南宋词选共收录了几百位词人的数千首作品，是记载包括李清照在内的宋代女词人及其词作的第一手资料。

尽管如此，魏仲恭编选的朱淑真诗集还是受到了关注。1202 年，有位叫孙寿斋的人为诗集题跋，孙氏其人亦不可考。宋末元初，一部编者不详、但颇具影响力的诗选《千家诗》择取了朱淑真的四十五首诗。[48] 此举意义非凡，并在元、明时期逐渐奠定了朱淑真的声名及地位。元代的文坛领袖杨维桢（1296—1370）把朱淑真和李清照并称为近代杰出的两位女才子。[49] 明代中叶，出版家毛晋（1599—1659）更进一步，将二人词集合刊发行。自此，这两位女性经常作为宋代杰出女作家而并称于世。

伊维德（Wilt Idema）曾在数年前论及朱淑真和她的诗集，并得出如下论断："如若我们不把《断肠集》当作一位特定诗人的作品，而将之视为男性观念的表达，由此折射出他们对闺情的典型臆想，这样的品读也许更合适。朱淑真诗集中的相当一部分应是匿名男子的代言诗，这并非不可想象。"[50]伊维德对朱诗真伪的质疑，是基于魏仲恭诗序中的疑点，以及男性文人借诗词来美化不幸女子的传奇身世这一惯例，但他没有提到宋代文献不曾记载朱淑真其人这一现象，我在上文业已详述。在此，我将作出进一步论断：大多数、甚至是全部系名于朱淑真的诗歌皆男子所为，这是完全可能的。他们为朱淑真的身世而着迷：这样一位能文淑女竟"下嫁"给一个庸夫，只能作诗消愁。《断肠集》诗风的若干特征支持了我的观点：诗题没有任何个人传记因素，没有特定的赠答对象、没有专指地名、没有

[46] 参见饶宗颐《词籍考》，卷二，第 74—75 页。

[47] 现存的选集分别是曾慥《乐府雅词》（1146），黄大舆《梅苑》（1129），无名氏《草堂诗余》（1195?），赵闻礼《阳春白雪》（1244?），黄昇《中兴以来绝妙词选》（1249）及《唐宋诸贤绝妙词选》（1249）（这两部选集也曾合辑为《花庵词选》流传于世），陈景沂《全芳备祖》（1253），周密《绝妙好词》（1275?）。

[48] 我指的是《千家诗》的最早版本，全称为《分门纂类唐宋时贤千家诗选》，参见李更、陈新的《校证》，出版于 2002 年。

[49] 杨维桢，《东维子集》，卷七，19b。

[50] 伊维德（Wilt Idema），《男性臆想与女性现实：朱淑真、张玉娘及其传记作者》（"Male Fantasies and Female Realities: Chu Shu-chen and Chang Yu-niang and their Biographers"），第 24 页。

具体年代；诗歌几乎无一例外吟咏的是传统主题，如《独坐感春》、《杏花》、《秋夜》、《冬夜不寐》、《湖上咏月》等，这些题目很容易让人想到学诗的习作。

生不逢时的失意男子常在才德不被欣赏的弱女子身上找到共鸣，这一形象是传统"士不遇"主题的典型象征，诗人常自比怨女，来影射他在仕途或人生遭际中所经受的挫折。无论诗作原委如何，它或早或晚会被系于那位女子名下而流传于后世。[51]（我们已见证了一个较早的例子，严蕊的《卜算子》词实是一位男子的代言之作。）朱淑真故事的感染力还出于这样一种幻觉，即在妇女很少习文、罕见其作的文化环境中，竟有这样一名女子以她自己的语言表达愁苦，并使人们得以一窥其作。围绕朱淑真及其作品的复杂接受史于后世展开，多数读者均为男性，他们隐秘地赏观着诗中女子的愁思情恨，同时也将自己的失意感怀以比兴的方式移情于诗中。我们从周辉（生于1126年）那里得知，当时的驿舍、旅店中署名女子所作的题壁诗词，尤其是描写苦旅、书法高妙的作品，实际上"皆好事者戏为夫人女子之作"，[52]也就是说它们皆出自男人的手笔。此情形同样适用于朱淑真诗集，而在数世纪的流传中，学者碍于既定观念而不曾对其版本来源提出质疑。近几十年来，人们对古代才女的热情日益浓厚，这在一定程度上导致了今人对朱淑真作品的真伪置之不顾，不加批判地照单全收，而研究其作品及身世的若干论著又往往互相抵牾。[53]

中国文学史上的这个难题并非始于宋代。最近一项研究探讨了《全唐诗》及其他唐代文献中的"女诗人"，并总结说这些女性作品中有相当一部分并非唐代女子所为。[54]它们或出于唐代男诗人的手笔，挂名为女

---

[51] 关于这一现象，以及上述伊维德的研究，可参见魏爱莲（Ellen Widmer）《小青的文学遗产与帝制时代晚期女作家的地位》（"Xiaoqing's Literary Legacy and the Place of the Woman Writer in Late Imperial China"）。

[52] 周辉，《清波杂志》，卷一〇，第5122页。

[53] 如邓红梅的《朱淑真事迹新考》就与黄嫣梨、吴锡河所著《断肠芳草远：朱淑真传》在内容上有多处矛盾，而后者对邓氏有关朱淑真生卒年的发掘和其他传记信息多有批判。

[54] 陈尚君，《唐女诗人甄辨》。

子之作；或是后世男子写出，伪托于历史上的某个唐代女性名下；或是后世作品被想象成唐代女子所作。

张玉娘

37

本章讨论的最后一位女作家生活于宋末元初。除了朱淑真，张玉娘是如今唯一留有诗集的宋代女作家，她的集子题为《兰雪集》。但张玉娘的身世也同样扑朔迷离，今人所见的相关记载是在她身后数百年间写成的。

相传张玉娘的一生短暂而悲戚，其人生的核心事件围绕着她无法嫁给自己的爱人而展开。关于她的悲剧有多种说法，但都提到了玉娘父亲悔婚，不同意把女儿嫁给沈佺。[55] 记载张玉娘生平的最早文献见于明嘉靖年间（1522—1566），它叙述了待字闺中的玉娘被许配给表兄沈佺，但玉娘父亲不久改变了注意，取消了婚约，已与沈佺相知相爱的玉娘却始终忠于未婚夫。[56] 后世的另一处记载则说张、沈二家在玉娘出世前已定亲，但沈家后来的衰败使玉娘父亲取消了婚约。[57] 不久，沈佺陪同他父亲赴任，途中因病早逝。当玉娘在城郊听闻沈佺的死讯时，她伤心欲绝，尽管她父亲想另择良婿，但玉娘却忠于沈佺而誓死不嫁。

在违背父亲意愿若干年后，玉娘于二十八岁那年去世，不同文献对玉娘之死的记载也有所出入。一年元宵节，独自在家的玉娘突然见到沈佺出现在她面前，二人重申了彼此的誓言，不久玉娘因思念过度而病情恶化，很快就亡故了。[58] 另一个版本则说沈佺出现在玉娘梦中，玉娘叹曰

38

---

⑤ 我对张玉娘身世的概述及其诗作的讨论得益于王次澄女士的出色研究，参见氏著《张玉娘及其〈兰雪集〉》。

⑥ 这段记载出自 16 世纪王诏为张玉娘所写的传记，见《张玉娘传》附录，1b；伊维德与管佩达（Beata Grant）在《彤管：帝制时代的女作家》（*The Red Brush: Writing Women of Imperial China*）中翻译了这篇文献（第 262—264 页），并详细讨论了张玉娘其人其诗（第 257—269 页）。在《男性臆想与女性现实》一文中，伊维德还翻译了明清时期提及张玉娘的其他文献，并长篇累牍地探讨了这一人物，见第 25—48 页。

⑦ 王次澄，《张玉娘及其〈兰雪集〉》，第 406 页。

⑧ 这是王诏叙述的玉娘之死，见《张玉娘传》，2a。

"吾事定矣"，从此绝食，未逾一个月就去世了。[59] 不久，玉娘房里的两名侍女也殉主了，一人伤心而死，另一人自杀，玉娘护养的能言鹦鹉也随主人而去——世人称之为"三清"，她们合葬于玉娘墓旁，后世名为"鹦鹉墓"。

在元代，张玉娘可能是个地域名人，但并非众人皆知，她的诗歌也不可能那么早以刻本流传于世。一些元代和明初学者曾提到她，但仅仅视之为近代一位有诗才的女子，人们对她所知甚少。[60] 最早的张玉娘传记要迟至 16 世纪中叶方才问世，传记作者是王诏，松阳人（今浙江西南），他是玉娘的同乡。据说王诏在松阳一座寺庙里发现了玉娘的诗集，并为之深深折服，决心记下她的身世。明清之际，张玉娘的地位有了显著提升，这得归功于戏曲家孟称舜（1629—1649 年在世）。孟氏时任松阳县学训导，他负责出版了《兰雪集》，这是我们所知道的第一部玉娘诗集刻本。但孟氏并未止步于此，他和友人把玉娘塑造为"贞女"乃至圣人，化身为地方信仰的膜拜对象，他重修了张氏墓，为她建造"贞文祠"，并同他的友人写下数篇哀辞。最后，孟氏甚至以她为主人公撰写戏曲《张玉娘闺房三清鹦鹉墓贞文记》，由本人刊印并传布。在孟称舜的努力下，张玉娘成为一名忠贞烈女，并在满族入侵中原的明末之际被狂热地加以尊崇；这些女性被树立为贞女，由此唤起男人的忠君理想，并誓死抵抗外来侵略者。

我们有充足理由质疑这些围绕张玉娘的传统观念。其身世的记载显然被浪漫化，这些粉饰出自人们对她的幻想。比如说，一些清代文献声称玉娘和沈佺出生在同一天的不同时辰。[61] 她的现存诗集也很可疑，因为它的刊布仅能追溯至孟称舜，正是此人在塑造张玉娘崇拜的过程中起到举足轻重的作用。尽管如此，考虑到 14 世纪中叶谈及她的诗歌评论，也许后世围绕她所建构的传说仍含有某种真相。

---

[59] 这则记载来自清初方志《(顺治)松阳县志》，佟庆年编，卷六，58b。

[60] 叶子奇，《草木子》，4A.69；亦可参考元代官员虞集（1272—1338）和欧阳玄（1288—1357）对张玉娘的评论，见《(顺治)松阳县志》中的张玉娘传记，卷六，58b。

[61] 王次澄，《张玉娘及其〈兰雪集〉》，第 403—404 页。

　　诗歌本身倒有些意外之趣。尽管规模上不及朱淑真集,但张玉娘诗集所收作品数量仍十分可观,共计 117 首诗和 16 首词。《兰雪集》中的多数诗歌明显带有特定旨趣,而"兰雪"之名也起得好,它喻指雪中之兰的坚贞。这些特点恰好符合张玉娘传记给我们留下的印象:她违抗父亲另择佳婿的意旨、誓死忠于她的未婚夫,在某些版本中,她甚至愿意自我牺牲,在死后与沈佺重逢。这些品质反映在她的名作中,相传这些诗是沈佺陪同父亲离开后,玉娘寄赠给他的:

山之高（第三）⑥²

　　汝心金石坚,我操冰霜洁。拟结百岁盟,忽成一朝别。朝云暮雨心去来,千里相思共明月。

　　诗歌表达得相当直白,而当我们意识到正是二人的父亲强迫他们彼此分离,我们就会深深叹服于张玉娘表露的决心。此外,"朝云暮雨"无疑暗指现实或幻想中的男女交合,诗歌也因此招来了明初道学家叶子奇(1379 年在世)的反感,他觉得语言不太得体,斥其为"桑间濮上之音"。⑥³

　　张玉娘的诗大大超越了传统的闺怨主题,而涉足于更宽泛的领域,如咏史诗、题画诗及郊游诗等。然而,无论题咏对象是谁,她都倾向于选择坚贞不屈的人物,这是她一以贯之的诗歌类型,我们不妨来看两个例子:

王将军墓⑥⁴

　　岭上松如旗,扶疏铁石姿。下有烈士魂,上有青蔸丝。烈士节不改,青松色愈滋。欲识烈士心,请看青松枝。

　　此诗附注称"王将军"乃王远宜,他是抵御蒙古人入侵的宋室忠臣。

川　上　女⑥⁵

　　川上女,行踽踽。翠鬟湿轻云,冰肌清溽暑。霞裾琼佩动春风,

40

----

⑥²　张玉娘,《山之高》,《全宋诗》,第七十一册,第 44626 页。
⑥³　叶子奇,《草木子》,4A. 69。
⑥⁴　张玉娘,《王将军墓》,《全宋诗》,第七十一册,第 44626 页。
⑥⁵　张玉娘,《川上女》,《全宋诗》,第七十一册,第 44623 页。

41　　兰操蘋心常似缕。却恨征途轻薄儿,笑隔山花问妾期。妾情清澈川中水,朝暮风波无改时。

　　张玉娘的诗也不总是表达坚贞之志,这会令她看上去不近人情。当女诗人放下伦常观念时,也往往会生发独到的见解。她有首诗吟咏锦花笺,这是唐代女诗人薛涛设计的红笺,便于题诗。在细致描摹了薛涛笺鲜妍的色泽与芳香后,张玉娘笔锋一转,在尾联写道:"却笑回文苏氏子,工夫空自废韶华。"⑥诗提及了4世纪的苏蕙将一首长篇回文诗绣在织锦上——这无疑是件功夫活——并把它寄给丈夫窦涛,以此作为他们的爱情信物。对天性浪漫的人来说,苏蕙的举动令人倾慕,而不应嘲笑她,但正是张玉娘在诗中对痴情的苏蕙加以菲薄,这非常少见。

　　张玉娘吟咏的另一位历史人物是石崇(249—300)的爱妾绿珠,她因貌美善舞而闻名,孙秀也垂涎于她,而当绿珠将被孙秀部下劫持时,她毅然坠楼自尽。张玉娘的诗是这样写的:

绿　　珠⑥

　　珠易佳人胜阿娇,香尘微步独怜腰。危楼花落繁华尽,总付春风舞柳条。

　　　按:阿娇指西汉陈皇后,汉武帝幼年曾许诺为阿娇建一座金屋,这就是"金屋藏娇"的典故;石崇曾用珠宝换得一名侍妾,绿珠亦因此得名。

42　诗的头两句中规中矩地描写了绿珠的美貌和舞姿,而后两句则将重点转移到绿珠的身后名,她守贞自尽的故事融入了世人的文化记忆。第三句化用了诗人杜牧的同类名作,⑧但杜诗强调的是石崇及其华屋、侍妾等繁华故事的消殒("繁华事散逐香尘");张玉娘却在末尾暗示绿珠仍现于人间,石崇的"繁华"也许过去了,但绿珠的风仪却流存至今,她把自己的舞姿托付给柳枝,当它们随着春风飞扬时,我们便会想起绿珠。但诗中如此

---

⑥　张玉娘,《咏案头四俊:锦花笺》,《全宋诗》,第七十一册,第44637页。
⑥　张玉娘,《绿珠》,《全宋诗》,第七十一册,第44632页。
⑧　杜牧,《金谷园》,《全唐诗》,卷五二五,第6013页。

美好的追念缘于她勇决地结束了自己的生命,而非仅仅出于美色。

此番考察着重研讨了宋代女性写作的若干程式与语境,有些女作家的情况尤为引人深思。程颐在母亲的家传中指出,尽管程母博学多闻,但她很少作诗,从不容许自己的作品外传;程颐记下了母亲唯一留存后世的作品,诗中流露出对远方丈夫的思念。谢希孟曾著有一部诗集,其中的佳作打动了欧阳修,他非同寻常地为之作序,可即便有当时文坛领袖的首肯,谢氏诗集也还是失传了。严蕊只是个营妓,而非良家妇女,因不幸卷入了一场官司而被逮捕拘禁,她对其罪状供认不讳,并将一位地方官员牵连其中,这位官员曾胁迫她与之相好;然而,围绕她的传闻却将其粉饰成一位坚贞无畏的女子,绝不肯诬陷她的爱人,并把一首词系于她名下,作为其可怜身世的自白,可事实上这首词最初是为了表达她想与地方官员断绝关系而作的。

女子绝少创作,即便文化妇女也是如此;就算她们有诗文,也难以传世。而那些流传下来的女性诗文,在风格上却或多或少迎合了男性精英文化的价值观需求。不论无心还是有意(无疑二者兼备),历史上总有些主流态势决定着作品在后世的去留,而历史对女性写作的择取尤为苛刻,淘洗掉原先的多样化风格,流传下来的女性诗词往往迎合了一种固化的情感表达。想想现存作品最多的那两位宋代女子吧,她们的集子应是宋代仅存的两部女性诗集(除了《杨太后宫词》)。而朱淑真和张玉娘皆是文化阶层的异类,在我们的认知中,二人身世皆非同寻常:她们的爱情历经坎坷,无法如愿,而其诗词抒发着各自的落寞伤感。她们的处境各不相同,并体现为二人的不同诗风,但她们在婚恋中的失意却是一致的。

之后我们又讨论了两部诗集的若干疑点,如作品真伪、版本来源及接受史考察等。而无论两部诗集内容是名副其实,还是后人伪托,它们的存在和建构都揭示出独特的历史层累效果,这是宋、元、明社会对明代以前女性写作的塑造与宣传方式——当我们转向李清照作品时,这一点需要铭记于心。这位女诗人并无完整文集存世,其作品散见于词选和其他零星文献中。而文化传统却青睐特定风格的女性表达,无视其他佳作,任由后者湮没无名。我们不能天真地以为,类似的历史择汰机制不会作用于李清照及其作品,无论是现存的原作还是系名之作,我们都能觉察到历史层累的印记。

第二章　写作与争取认可的努力

今天我们谈论李清照，会把她看作中国历史上最伟大的女作家，她化身为文学史的典范、众所周知的才女，其声名可谓前无古人，也近乎后无来者。

但我们几乎忘了李清照生前的处境与现在迥然不同。不错，她年纪轻轻就以文名世，但仅仅关注这些正面评价并不符合实情。要重构李清照身处的生活世界绝非易事，但我们必须将之历史化，才能更好地理解她。

本章从两方面来探讨李清照生活中的创作情况：写作对李清照本人意味着什么？同代人是如何评价这位能文女子的？为此，我们将聚焦于四个相互关联的主题：她自己对阅读、写作与学习的看法；早期评论中针对她的敌意；李清照诗风雄健，她试图以此风格消除人们对女作家的反感与成见；最后则以她的《词论》结束，文中她逐一批评了当时的男词人。通过这些分析，我们将敏感地意识到李清照在争取当时文学仲裁者的认可时所面临的窘境，而这种努力也影响了她在诗歌与文学批评中的自我表达方式。

正如上一章所言，在李清照的年代，对于女子读书习文是否妥当、女性作品能否被保存，世人的态度不一。名门贵族的确注意到他们的女儿在读书认字之后，会进而尝试舞文弄墨。文献中时不时会谈及一些女作家，如多才的闺秀、为夫代笔的妻子、指导儿子作文的母亲等，族人也显然引以为傲。但反对女子习文的成见十分普遍，鲜有例外。程颐倾慕他母亲的学识，但令他更骄傲的是，程母平生作诗未超过三十首，且都不存于世。而像卢氏女那样敢于将作品公诸于众的少数女性，则预料到她们为此所要面对的指责。

李清照对读书习文的看法

有时,李清照会提及读书习文在她生活中的意义,尽管着墨不多,但足以看出平日里的阅读创作对她而言非常重要。考虑到当时抵制女子习文的风气相当普遍,李清照对创作的痴迷实属罕见。耐人寻味的是,她从未对自己积极投入于写作流露出丝毫歉意或犹疑。

著名的《金石录后序》中有一段描述了李清照平日阅读的文字,这篇自传性后序附在她丈夫为碑铭拓片所作的学术笔记之后。文中记叙了二人在青州(今山东青州)度过的时光,其时她的丈夫赵明诚正赋闲在家:

> 余性偶强记,每饭罢,坐归来堂烹茶,指堆积书史,言某事在某书某卷、第几页第几行,以中否角胜负,为饮茶先后。中即举杯大笑,至茶倾覆怀中,反不得饮而起。甘心老是乡矣,虽处忧患贫穷,而志不屈。①

此番动人的描述后来衍化为李清照与她丈夫间的趣闻——他们经常就读书习文展开较量,后人对此津津乐道。别有意味的是,李清照从未说起丈夫在游戏中获胜,听上去好像她才是常胜赢家。我们也许好奇,为什么在游戏中胜过她丈夫让李清照如此开怀大笑?获胜固然可喜,但李清照的胜利却意义非凡。赵明诚曾入太学,在那里接受了最高水平的古典学习,出色的学识也帮助他谋得官职。但李清照似乎对家中的学术文献更为熟稔,几乎过目不忘。人们不会想到一位妻子会在较量学识的竞赛中胜过丈夫,而这却使李清照的获胜趣味横生。

夫妻间也会较量写作水平。李清照去世后不久,文人周辉就在他的笔记中写道:

> 顷见易安族人言,明诚在建康日(1128—1129),易安每值天大

46

---

① 李清照,《金石录后序》,《笺注》,卷三,第310页。

雪,即顶笠披蓑,循城远览以寻诗。得句必邀其夫赓和,明诚每苦
之也。②

世间流传着许多李清照与赵明诚的不经传闻,但这则故事似乎比较可信,
它是从李清照家人那里听来的,也许是位表亲或侄辈,他将此事亲口告诉
了周煇。李清照不仅文才过人,她寻诗觅句的行动也很有意思。一位女
子在大雪天外出散步、循城远眺,这是多么不同寻常啊! 而她这么做是为　47
了酝酿灵感,更暗示了她格外钟情于作诗。

　　现存李清照诗歌有一联佚句,写的是她如何写诗的:

　　　　诗情如夜鹊,三绕未能安。③

此诗化用了曹操(155—220)的名句,原诗这样开头:

　　　　月明星稀,乌鹊南飞。绕树三匝,无枝可依。④

曹诗中盘旋的乌鹊暗指诗歌所赠予的才士,他们往来于敌对的阵营,却始
终没下决心投靠哪一方,曹操希望他们能为己所用。李清照则完全改变
了飞鹊的意涵,这里明喻其涌动不安的诗思,以及她对措辞的苛求。“诗
情”一词很有意思,通常它是指“诗中表达的情感内容”,而在李清照笔
下,“诗情”指的是难以言说的诗意情怀,因为她无法在诗中“安顿”贴切
的词句,她的“诗情”寻觅着语言的载体。雪天觅诗的故事说明李清照的
诗歌灵感有时会在宏伟的自然风景中显现,而这里则让我们看到她创作
佳句的艰辛,但她决心这么做。

　　这联散句很可能写于李清照早年。⑤ 朱弁在其诗话中引用此句,并
说“晁无咎(晁补之,1053—1110)多对士大夫称之(指李清照)”。⑥ 晁氏　48

---

②　周煇,《清波杂志》,卷八,第5096页。
③　《笺注》,卷二,第251页。
④　曹操,《短歌行》,《魏诗》,卷三,第349页。
⑤　王仲闻提出了这个观点。他认为,朱弁1126年奉使至金,羁留十余年始归,回来后不久就
　　完成了《风月堂诗话》的写作,因此朱氏很可能在他1126年离开南宋前就知道李清照的诗。
　　参见王仲闻(王学初)《李清照事迹编年》,《李清照集校注》,第260页。
⑥　朱弁,《风月堂诗话》,A.13b。

很可能在李清照年幼时就认识她,因为他是其父李格非的好友。[7] 在言及晁氏对李清照的高度评价后,朱弁援引了上述对句,并称其"颇脍炙人口"。朱弁对于诗句所体现的创作态度并不感兴趣,而将之目为妙用曹诗的佳作。此外,作为谈及李清照的早期评论家,朱弁说她"善属文,于诗尤工",这点可堪注意,朱氏没有提及易安词,他认为诗歌才是李清照的最高文学成就。

李清照自知有晁补之这样的人物夸赞她,并颇以才女自居,她三十岁写下的诗作就表达出此番自觉:

分得知字[8]

学语三十年,缄口不求知。谁遣好奇士,相逢说项斯?

项斯是位晚唐诗人,他默默无名,直到杨敬之(820 年在世)和他相遇相知,并"到处逢人说项斯",方才名声大振。这段轶事见载于 9 世纪末李绰的笔记中。[9] 这里,我们头一次发现李清照为她的才华辩护,甚至声称自己试图沉默,不求闻达于世,而恰恰是其他文士宣扬了她的名声。

考虑到李清照的时代对妇女写作固执而普遍的成见,她当然会解释说自己并不希望作品为人所知或流传在外,这类说法很常见,人们预料到她会如此辩解,但易安诗词的传布和随之而来的名声还是成为现实。此处有两点需要格外注意。首先,这首五绝的诗题说明它是唱酬之作,每位参与者都被指定(或拈得)一个诗韵来作诗,这从"分得"二字即可看出;[10] 在这种场合下,李清照很可能与其他妇女(如姊妹或亲友)一同赋诗,也可能有男人参与,而作为以文名世的唯一女性,她在众人之中不得不低调行事,这是完全可以理解的。然而,外露的诗才却与诗歌的本意两相冲

49

---

[7] 关于李格非与晁补之的关系,参见诸葛忆兵《李清照与赵明诚》,第 60 页。诸葛氏还认为李清照同晚年晁补之有所往来,因为晁补之晚年定居金乡,而李清照住在青州,两地皆在今山东境内;二人的交往可能更早,但并无史料可确证。

[8] 《笺注》,卷二,第 210 页。

[9] 李绰,《尚书故实》,16b—17a。

[10] 此点由徐培均指出,见《笺注》,卷二,第 210 页,注 1。

突：项斯故事是绝妙的用典，典故本身并不出名，它出自一部鲜为人知的晚唐笔记《尚书故实》——李清照的用典正炫耀了她对唐代文献是多么了如指掌！诗中"好奇士"的说法，连同才士成名的故事，都暗示了李清照敏锐地意识到自己的非同一般：她虽身为女子，却才华洋溢，不让须眉（这得益于她"三十年"的"学语"），并且名声斐然。

而一首易安词名篇正是以创作本身为主题的：

渔家傲（第 3 号）

　　天接云涛连晓雾。星河欲转千帆舞。仿佛梦魂归帝所。闻天语。殷勤问我归何处？　　我报路长嗟日暮。学诗谩有惊人句。九万里风鹏正举。风休住。蓬舟吹取三山去。⑪

在易安词乃至所有宋代词作中，这一首脱颖而出，主题与措辞都那么独一无二。词以黎明时的天际开场，云涛滚滚的天空点缀着旋转的星河，万千繁星仿佛水面上起伏的船帆；接着，词人的梦魂也随之来到了天庭，并听见天帝的问话。词的下阕同样将人带往不食人间烟火处，水与舟又出现了：词人希望依凭大鹏飞举时的风势，驾着蓬舟离开东北诸岸，前往传说中有神仙居住的蓬莱仙岛。

诗人与天帝的直接对话在古诗中并不常见。词中"闻天语"一句或直接引自李白的乐府诗，⑫但李白所谓的"闻天语"只是他在飞升时无意间听到的，以此表明他已飞抵天界，诗中并无人与神的对话；但易安词却与之不同，天帝不但开口说话，还问起词人的归宿，也就是她的生命意义。

为了回答生命的终极追问，也就是所谓的"归处"，词人以比兴手法委婉地说自己长路漫漫，且临近日暮。接着，她更直白地表露自己习诗时经受的挫折，这并不意味着她江郎才尽，而是说其煞费苦心所成就的"惊人句"终究不过是徒劳。可既然是惊人之语，又怎会徒劳无功呢？这听上

---

⑪　《笺注》，卷一，第 127 页；《全宋词》，第二册，第 1202 页。词牌后括号中的数字是我按年代先后所加的易安词编号，完整列表可参见附录一，本书第三章会具体讨论我对易安词序列的安排。
⑫　李白，《飞龙引（其二）》，《全唐诗》，卷二三，第 303 页。

去相互矛盾。词人的意思是说,尽管她的诗词新颖独特,但人们并不如她预想的那样懂得欣赏,这是每位作家、艺人都会经历的自我怀疑与沮丧,担心自己的付出不被认可,进而怀疑作品自身的价值。李清照的词句化用了杜甫的名句"语不惊人死不休",[13]原诗体现了老杜对文辞的卓绝追求,而李清照的情况又与之不同:她已写出了"惊人句",可惜知音寥寥。因此,沮丧的她期待离开凡间,因为世人无法理解她,而词人则与此间俗世格格不入。

对自身作品产生怀疑的沮丧情绪并非李清照所独有,但其特殊之处在于,她把文学视为自己的生命意义。当天帝询问她的存在目的时,她的唯一答案是对创作的执迷。李清照或许对结果并不满意,但她显然将文学当作其毕生的事业。

现在我们再来看一首诗,诗中也突出了创作情境。此诗流露出苦闷,但创作却成为了她独有的慰藉。序中说此诗作于1121年,当时她刚到莱州(今山东东部),与来此任职的丈夫团聚。[14] 其诗如下:

感　怀[15]

宣和辛丑(1121)八月十日到莱,独坐一室,平生所见,皆不在目前。几上有《礼韵》,因信手开之,约以所开为韵作诗。偶得"子"字,因以为韵,作《感怀》诗云。

寒窗败几无书史,公路可怜合至此。青州从事孔方君,终日纷纷喜生事。作诗谢绝聊闭门,燕寝凝香有佳思。静中我乃见至交,乌有先生子虚子。

按:袁术字公路,是汉末诸雄之一。他于195年称帝,后被曹操等人打败,铩羽而逃,为众人所拒,损兵折将无数。一天,他想找些蜜浆和着麦屑吃,竟找不着,便在床上感叹:"袁术至于此乎!"旋即跌落床下死去。[16]

---

[13] 杜甫,《江上值水如海势聊短述》,《全唐诗》,卷二二六,第2443页。
[14] 我们不知道赵明诚出守莱州的确切日期,但应在1121年四月至八月间:赵明诚于该年四月曾游仰天山,而八月李清照已到达莱州。参见徐培均"年谱",《笺注》,第451页。
[15] 《笺注》,卷二,第211页。
[16] 见《三国志》本传裴松之注引《吴书》,卷六,第210页,注3。

52

　　"青州从事"语出《世说新语》,借指美酒。[17]"孔方君"是金钱的拟人化称谓,"孔方"一语双关,既指古钱币中间的方孔,且听上去像是人名("孔"是常见姓氏)。本诗领联是李清照对宴饮等应酬的抱怨,或许与丈夫的新官上任有关,并给家庭带来了烦恼。这里的"青州从事孔方君"还可以有另一种解读,但其核心意涵没有太大变化:李清照与赵明诚刚在青州(也就是《世说新语》里的"青州")待了十四个年头,而"从事"可直接理解为"为某人做事",由此这句诗就意指"我们在青州为了生计而忙碌",这同样是在埋怨。

　　"乌有先生"和"子虚子"都是司马相如《子虚赋》中的虚构文学形象,见《文选》,卷七,17b—24b。

　　我们在后续章节还将见到此诗。单就创作情形而言,尽管诗的字里行间充斥着落寞之感,但当话题转移到文学创作时,诗中情绪便发生陡转:她闭门谢客,在暗香盈室的闺房中沉迷于作诗,并时有"佳思"。诗歌前后对比强烈:外面的世界嘈杂纷扰、纸醉金迷,诗人避之不及;而在安静的内室中,她却享受着创作的乐趣。甚至简陋的物质条件也没有败坏她的雅兴,她仍忘我地沉浸在诗思中。尾联富有多重意蕴:两位虚构人物成了她所缺少的真实伴侣,却被证明是不存在的("子虚"、"乌有"),由此更反衬出诗人的孤独;但二人同时也是传统文学形象,他们被创造出来时,较诗人还早了一千年。诗人在文学世界中能妙笔生花,无中生有,创造出各色人物,并以此排解生活中的忧愁。尽管初到莱州时,她暂时还无书可读,但诗人仍能写出得意的新作。

　　另一首诗则独辟蹊径,引起了我们的注意:

晓　梦[18]

　　晓梦随疏钟,飘然跻云霞。因缘安期生,邂逅萼绿华。秋风正无赖,吹尽玉井花。共看藕如船,同食枣如瓜。翩翩座上客,意妙语亦佳。嘲辞斗诡辨,活火分新茶。虽非助帝功,其乐莫可涯。人生能如此,何必归故家?起来敛衣坐,掩耳厌喧哗。心知不可见,念念犹咨嗟。

---

⑰　《世说新语笺疏》,卷二〇,第9条,第708页。
⑱　《笺注》,卷二,第214页。

按:安期生是传说中的蓬莱仙人,史料记载秦始皇曾见过他,后来专门派人前往蓬莱寻仙未果。尊绿华是位山神,曾于359年与羊权相遇,并赠以灵物,相传她最初住在九嶷山顶。⑲

韩愈(768—824)《古意》中描绘了华山的一处玉井,其间有莲"开花十丈藕如船"。⑳

"同食枣如瓜"又化用了安期生的故事,《史记》曾载其所食之枣"大如瓜"。㉑

此诗属于传统的游仙题材。李清照在梦游时似乎探访了一位女仙:尊绿华并不如安期生有名,但她在诗中受到了同等尊重,男女相聚于一场仙人宴会。这场梦中欢宴并未赋诗,但格外重视对话,而谈锋往往有助于诗兴,这里显然正进行着高雅而风趣的清谈,诗人则乐在其中。这令人联想起诗人年少时的家庭环境,见于她的另外一首诗作:

> 嫠家父祖生齐鲁,位下名高人比数。当年稷下纵谈时,㉒犹记人挥汗成雨。㉓

55 在诗人晚年,她于"晓梦"中重现了儿时耳濡目染的家庭氛围,而她自己也化身为思想对话的一员。

"虽非助帝功"一语很有意思,说明宴会上的仙人并非高级官僚,只是些闲人雅士,与帝业不相干;进而,此处男女同席对坐,这就与"助帝功"的士大夫群体差别更大了。而另一方面,这也暗示了席间清谈足以和宫廷宴饮场合相媲美。

《晓梦》的末尾突出了梦境与现实之间的反差。我们不知人们喧哗的具体内容,但方才身临梦境的诗人对此甚为懊恼,因此她掩住了自己的耳朵。最后,醒来的李清照重回现实,却深感孤独而无人理解,这与《感怀》所流露的心绪相似。独守深闺的李清照,只能梦想着昔日的欢欣,把它写进诗中,或是在赋诗时缱绻于"佳思"而已。

---

⑲ 陶弘景,《真诰》,卷一,第1—2页。
⑳ 韩愈,《古意》,《全唐诗》,卷三三八,第3789页。
㉑ 司马迁,《史记》,卷一二,第455页。
㉒ 先秦齐国位于李清照故乡东北部,著名的稷下学宫就坐落于此,当时四方学者慕名而来,并在此展开哲学与政治话题的生动论辩。
㉓ 引自《上枢密韩公工部尚书胡公》其一,《笺注》,卷二,第222页。全诗又见本书第5章。

针对李清照的早期评论

李清照对创作的全身心投入,令世人匪夷所思,他们并不习惯女子如此严肃地对待创作,更何况她文采斐然。李清照的作品在她生前就传播开来,易安词刻本流布广泛、反响极佳。[24] 针对李清照的早期评论很有价值,不仅因为其内容生动有趣,还有助于我们更好地理解词人所身处的文学创作环境。当时的时代语境对今人而言已相当陌生,而历史地评价李清照作品时,我们必须将其纳入考量。

大多数的早期评论言及李清照作品时,即便赞誉有加,也会挑明她的女子身份。这并不出人意料,毕竟流传于世的女性作品少之又少。这些评论无一例外地暗示李清照的确是能文女子,可无论其作品有多出色,她的才华仍受到性别的制约。一个典型的例子就是赵明诚之侄谢伋的评论,他在其文学批评笔记中提到了李清照写给亡夫赵明诚的祭文,由骈体("四六文")写就,他引用了其中的若干骈语,并称之为"妇人四六之工者"。[25]

另一种文学评论则将李清照的才华与身世相结合,既赞许其文才,又谈及她在赵明诚去世后于 1132 年改嫁,旋即同第二任丈夫离异之事。这种处理方式在南宋及后代史料中很常见,此处试举三个例子,首先是胡仔的评论:

> 近时妇人能文词,如李易安,颇多佳句。小词云:"昨夜雨疏风骤。浓睡不消残酒。试问卷帘人,却道海棠依旧。知否?知否?应是绿肥红瘦。""绿肥红瘦",此言甚新。又《九日词》云:"帘卷西风,人似黄花瘦。"此语亦妇人所难到也。易安再适张汝舟,未几反目,有

㉔ 我们能通过 12 世纪中叶的大量词评及易安体拟作,来推测易安词刻本的传播情况。也有史料直接提及 13 世纪初叶集刻本的存在,见赵彦卫,《云麓漫钞》(1206),卷一四,第 245 页。

㉕ 谢伋,《四六谈麈》,9a。

《启事》与綦处厚(綦崇礼)云:"猥以桑榆之晚景,配兹驵侩之下材。"传者无不笑之。㉖

其二来自王灼(1149 年前后在世)的笔记:

> 自少年便有诗名,才力华赡,逼近前辈,在士大夫中已不多得。若本朝妇人,当推词采第一。赵(明诚)死,再嫁某氏,讼而离之,晚节流荡无归。㉗

最后是晁公武(1151 年前后在世)的评价:

> 《李易安集》十二卷:右皇朝李氏格非之女。先嫁赵明诚,有才藻名。㉘ 其舅正夫(赵挺之)相徽宗朝,李氏尝献诗曰:"炙手可热心可寒。"然无检操,晚节流落江湖间以卒。㉙

这些评语有个程式:起初,李清照的才艺被称许,并援引若干词句彰显其文采;但下文旋即将重心转向了她的晚年身世,文中或明或暗地提及她在赵明诚去世后曾改嫁,并以不幸结局收尾。评论态度也随着内容而转变,文学上的溢美之辞被鄙视与嘲弄所替代。胡仔的措辞最严厉,他援引了李清照写给翰林学士綦崇礼书信里的关键句。在李清照控诉她的第二任丈夫张汝舟时,正是綦崇礼帮助她摆脱了牢狱之灾。(在宋代,夫妻间若有一方控告另一方,则无论诉讼的是非曲直与审判结果如何,原告本人也必须拘禁两年。)李清照在书信中讲述了自己被骗进张汝舟的婚姻,并最终惊讶地发现他原来垂涎于自己的收藏。胡仔所引之语是李清照对整个事件的感叹,胡氏在最后评论说:"传者无不笑之。"我们了解到,胡仔本人对李清照受到的嘲弄不置可否,甚至在某种程度上逢迎了世人的讽刺。他又为何要平添这一笔呢? 因为有了这句评语,李清照便从一名才女彻底沦为受人耻笑的寡妇。

㉖ 胡仔,《苕溪渔隐丛话》前集,卷六〇,第 416 页。
㉗ 王灼,《碧鸡漫志》,卷二,第 88 页。
㉘ 原文将赵明诚之名误作"赵诚之",我在此更正。
㉙ 《郡斋读书志校证》,卷一九,第 1033 页。

将针对李清照的文学评论与其身世言行相结合的做法,是中国古代惯见的文学批评模式。与之类似,一位男作家在政治上毫无操守的不忠行为也有损其文学成就。然而,我们仍体会到世人对李清照的特殊态度,这样的能文女子相当少见,并显得格外可疑。

正如王灼所言,李清照少年即以文名世。易安词广为流传,即便其文集不行于世,她的诸多诗文也在名士中备受称许。但这些赞美却夹杂着顾虑,人们认为这位才女的举止很是不妥,甚至极为反常。胡仔的嘲笑使我们意识到女作家声名的负面作用。身为才女,她前所未有地挑战了现有的社会和文学秩序,少数其他女诗人也享有称誉,但无人能与之匹敌,李清照也因此成为众矢之的,更何况她公开闯入了男性主导的文学领域。胡仔的评论方式是以其人之道,还治其人之身:借李氏自家之言来嘲笑她。这岂不是"女子无才德可称"的绝佳例证? 诋毁者利用李清照写给綦崈礼的书信,转而以此作弄她本人:李清照以感人而不失才藻的语言叙述了她的不幸遭遇,批评家却对整个事件及其文辞加以冷嘲热讽。

无疑,这一偶发事件不过是责备之语的托辞,批评家们有意针对这位天赋异禀、志向远大的女子,他们似乎在等待时机,寻找借口对她求全责备,而她先改嫁后离异之事成为再好不过的理由。批评家借此将李清照一分为二:他们首先承认她的文才及其作品的流行,又转而对其女子德行提出质疑。无人胆敢否认她的才华,她在当时扬名在外;因此他们退而求其次,迎合舆论,视她为才女,但同时指出其品行举止上的污点,使其才女光辉黯然失色。

这些对李清照抱有敌意的早期评论家迈出了最后一步,即将上述两种观点合二为一,判定李清照"有才"而"无德"。于是,女子为文与节操品行不再两不相关,李清照的才华须为她的失节负责。王灼便采纳了这种观点,他的笔记《碧鸡漫志》(1209)是宋代重要的词话文献,它最早将李清照的才与德相互挂钩:

> 易安居士,京东路提刑李格非文叔之女、建康守赵明诚德甫之妻。自少年便有诗名,才力华赡,逼近前辈,在士大夫中已不多得。

59

若本朝妇人,当推词采第一。赵(明诚)死,再嫁某氏,讼而离之,晚节流荡无归。作长短句,能曲折尽人意,轻巧尖新,姿态百出,闾巷荒淫之语,肆意落笔,自古播绅之家能文妇女,未见如此无顾籍也。[30]

王灼于下文稍稍离题,例举了历史上创作淫辞丽句的诸多文人及其作品,如受昏君陈后主鼓动的文臣所赋之诗、中唐的元白诗,还有温庭筠词。王灼就每人引用了若干诗句,却评说其淫言媟语"止此耳",意谓尽管它们受人指摘,也只是措辞略有不当。然后,王灼又回到当下评论起曹组(1121 年进士),在他的影响下,坊间流传着"鄙秽歌词",而即便是前代文人也"不敢"创作此类艳词,致使我们相信时下歌词的淫秽程度要远甚于前代。王灼最后总结说创作淫词艳曲的鄙俗之风已波及"闺房妇女",她们相互挥墨斗胜而"无所羞畏"——王灼指的就是李清照。

究竟是什么招来了王灼对易安词如此严厉的批评? 我们很难确知。那些最可靠的早出易安词绝无王氏所谓的"荒淫之语";即便是后世系名于她的作品,词中的确呈现了那些在情人面前卖俏的女子形象,但在今人看来,甚至置身于李清照的年代,王灼的批评都未免言过其实,它们同男词人笔下的浪漫爱情无异。

王灼指责李清照"无所羞畏",我们对此有两种考虑。第一种可能是,当言及女子之词,王灼无法容忍其中公开谈情说爱的内容。王灼显然是"保守"的词评家,不喜欢口语的、俚俗的、放任情感的词风。他指责柳永之词"浅近卑俗",并不无优越感地以为"不知书者尤好耆卿"。[31] 与之相应,王灼拒不承认欧阳修写有艳情词,他断定欧公本人只写了词集中三分之一的作品,其余都是政敌为了诋毁他而掺入的伪作。[32] 然而,当王灼评价那些与李清照同时代、同风格的词家时,比方说秦观(1049—1100)、黄庭坚(1045—1105)、贺铸(1052—1125)和周邦彦(1056—1121)等人,

---

[30] 王灼,《碧鸡漫志》,卷二,第88—89 页。

[31] 同上书,卷二,第84—85 页。

[32] 同上书,卷二,第85 页。

他们均写有浪漫及感怀之作，王氏的评价却要温和得多。尤其是黄庭坚，他写有极其俚俗而直白的淫词，王灼却只轻描淡写地说"黄晚年闲放于狭邪，故有少疏荡处"。[33] 王灼评价秦观词也多通融温和之语。[34] 显然，王灼对男、女词家采取了双重标准。不难想象，基于对女作家的成见，一位女子在写抒情之词时，会招来词评家的苛评。

另一种可能是，李清照的确写有更直露的情爱之作，并令王灼大为恼怒，但它们并没有被现存的南宋史料记载下来。我们会在后续章节深入讨论这种情况。

但无论是哪一种可能，观念先行突出地体现在王氏评论中：他对李清照品行的指摘先于他对易安词的评价。他先陈述词人在夫君赵明诚死后仓促地"再嫁某氏"，又因夫妻不和而离异，是以晚年凄凄惶惶，无家可归。"流荡无归"用来形容女子自暴自弃，又有谁知道她何以为生呢？这显然是在嘲讽她：她不但做不了贞妇，连自己的第二桩婚姻也无法维系，于是只能漂泊无归。与之相应，王灼接着指出易安词的缺陷：她用"闾巷荒淫之语"来写淫词，显得不知羞耻。无论是李清照的文学还是婚姻，她于男女之事不明礼节、有失检点，致使她身为遗孀而再嫁、又旋即离异，十足是个毫无顾忌、无所羞畏的女人。王灼将文人行为上的污点与文学作品的缺陷相提并论，而认同他的读者会觉得易安词已为作者晚年的不幸遭遇埋下了伏笔，易安词也因此便与一位失败的妻子或寡妇形象密不可分。

在其他文化及时代中，女性写作同样罕见，且不为男人们认同，世人往往将女性写作与女子失节无行联系在一起。简·斯宾塞（Jane Spencer）曾探讨过 17 至 18 世纪的英伦女作家，考察了围绕她们的若干种女性形象类型，诸如天使、女武士（Amazon）、夜莺、妓女、母亲、痴情女、主妇、处子或双性人（hermaphrodite）等，有人表达赞许，但更多人提出制约，甚至加以指责。"无论意图是好是坏，无论是夸张的赞扬、焦虑的自我辩护还是

62

---

[33]　王灼，《碧鸡漫志》，卷二，第 83 页。
[34]　同上。

冷嘲热讽,这些层出不穷的形象有个通病,如用时下的理论话语来说,即男权社会中被动的女性化身与人的充分主体性(subjectivity)之间无法协调:一首诗怎么可能出自女子之口?"㉟这里的关键环节在于女诗人同淫荡女子间的联系。尤其在中华帝国的传统观念中,女人不宜在外抛头露面,而在公众场合现身的女子往往被视为淫荡的,如戏子、歌女或妓女。鉴于诗歌同样是个人的私密创作,一个女人若容许她的作品在世间传播,便意味着她把自己公之于众,由此违反了女子幽居深闺的礼教,而抱有性别偏见的冷眼旁观者则不怀好意地指责她放荡无行。17 世纪的英国女诗人同样会被看作妓女,罗伯特·古尔德(Robert Gould,卒于 1709 年)的讽刺诗对此有直白的表达:

> 当她们的诗才穷尽以后,
> … when their Verse did fail
> 无法换得面包、奶酪、醇酒,
> To get'em brandy, Bread and Cheese, and Ale,
> 她们化身妓女,满足所需,
> Their Wants by Prostitution were supply'd,
> 稍加暗示,便会任人驾驭;
> Shew but a Tester, you might up and Ride;
> 妓女同女诗人达成协议,
> For Punk and Poetess agree so pat,
> 约定我就是你,即此即彼。
> You cannot well be This and not be That. ㊱

63   王灼贬低李清照的手段如出一辙。他给出的理由是李清照品行无端,在他观念中已然是个放荡女子,而易安词正可与她的道德败坏两相印

㉟ 简·斯宾塞(Jane Spencer),《构想女诗人:出自女子之口的诗情》("Imagining the Woman Poet: Creative Female Bodies"),第 100 页。

㊱ 诗歌出处同上,第 105 页。

证。耐人寻味的是，王灼对易安词的批评可谓无中生有，他的描述并不符合作品本身。基于王氏对女作家抱有的偏见，他看待易安词的眼光不同于其他男性词作，因此，尽管易安词在措辞与情感上与同时代的其他男性作品差别不大，王灼对待二者的标准却大相径庭，而将易安词斥为卑俗之作。在针对李清照的早期评论中，王灼的评价最低，但其他词评家对李清照的偏见亦隐约可见，因为她身为女子擅闯了男人掌控的文学领域。他们在议论其作品时，总是对一位女子能写出如此动人的语句而倍感惊讶，或是在赞赏其才华的同时兼及她晚年的不幸遭遇。但我们后续章节便会发现，所谓李清照"晚节流荡无归"、"流落江湖间以卒"，实属不经传闻，与事实相去甚远，但这符合词评家们的观念逻辑——这般放荡不羁的女子到了晚年必有此报。

还有一件李清照晚年发生的事值得一提。南宋大诗人陆游曾为宣议郎孙综之女写有一篇墓志铭，文中提到女孩十岁时曾有机会成为李清照的学生，其辞曰："故赵建康明诚之配李氏，以文辞名家，欲以其学传夫人。"当时李清照已年近七旬，[37]但这个十岁的小女孩却婉拒了李清照的美意，以为"才藻非女子事也"，[38]因此错过了受李清照指点的天赐良机。这或许是因为小小年纪的她已经懂得，妇人的尊容与才华不可兼得；李清照本人在当时的名声也可能使她有所顾忌，或是女孩父母替她作出决定。一个十岁小姑娘拒绝当时才女的指点，这则故事的反讽意味一目了然，但有趣的是，事件的讽刺内涵却在大诗人陆游笔下消失了，他在孙氏墓志铭中谈及此事仅仅是为了突出传主早熟的处世智慧。

李清照的诗及其阳刚风格

李清照在当时并不从属于某个女性文人团体，而是以女作家身份独

㊲　据陆游记载，这位孙综之女在1193年去世时享年五十三岁，以此逆推，1150年孙氏十岁时，李清照时年六十六。参见陆游《夫人孙氏墓志铭》，《渭南文集》，卷三五，2a。

㊳　同上书，卷三五，1b。

自面对世人的质疑与指责。不难料想，纷纷物议势必会影响李清照的创作，她也一定意识到自己是他人眼中痴迷于文学的异类女子。多数男性对此冷眼观之，甚至不乏敌意，更何况后来还发生了再嫁风波，有人借此大做文章，并对女子为文嗤之以鼻。因此，世人的敌意或多或少左右着她的创作，这并不奇怪。

在李清照反驳世俗成见的作品中，我们首先想到她的诗歌，它们反映出作者的识断或讥刺。其中的若干首直接针砭时政，另一些虽无讥刺之语，但也以政事为题，无论风格还是题材上都相当"男性化"（masculine）。这些诗看上去绝不可能出自女子的手笔，其他的宋代女作家也从不写这类作品。李清照似乎想凭借诗歌让那些诋毁她的人哑口无言，换句话说，她要像男子一般赋诗言志。身为女性的她深知自己的作品备受质疑甚至敌视，于是她反其道而行，着力于创作男性题材的诗作，其立场往往比男人更加强硬。

这类诗作中现存最早的是《浯溪中兴颂诗和张文潜》，[39]其主题围绕着《浯溪中兴颂碑》，而且是一首和作，张耒的原诗写于1098年。人们通常认为李氏和诗写于1099年或1100年，张氏原作在当时很受欢迎；以此推断，李诗约写于她十七岁前后。但原诗作者尚有争议，或曰张耒，或曰秦观，二人皆名列"苏门四学士"，并曾频繁地往来唱和，也因此导致了诗作者无法确定。[40]李清照认为作者是张耒，但学者们长期怀疑此诗为秦观所作，秦氏由于各种缘故自己把诗系在张耒名下。不论原作者是谁，它一经写就便洛阳纸贵，并激发了当时文章大家们的同题创作，其中便包括黄庭坚和潘大临（1090年在世）。[41]《浯溪中兴颂碑》原是元结（719—

---

[39] 李清照，《浯溪中兴颂诗和张文潜》，《笺注》，卷二，第197—198页。

[40] 如今，此诗通常系于张耒名下，与李清照诗题相一致。但徐培均则提出此诗系名有误，原作者应为秦观，参见《笺注》，卷二，第198—199页。系名张耒的诗题为《读中兴颂碑》，见《全宋诗》，第二十册，第13129页。

[41] 黄庭坚，《书摩崖碑后》，《山谷诗集注》，卷二〇，第688—690页；潘大临，《浯溪》，《全宋诗》，第二十册，第13437页。

792)于 761 年写下的一篇古文,后附四言颂辞,以韵语写就,[42]它歌颂了唐肃宗镇压安史之乱、再造太平之世的功绩。8 世纪书法家颜真卿(708—784)亲笔将颂文题写在浯溪(今湖南祁阳)碑石上,使之更加出名。

李清照共写有两首和诗,对比原作,李诗就唐朝故事生发的议论要复杂深刻得多,显得更有雄心。她的第一首和诗如下:

> 五十年功如电扫,华清宫柳咸阳草。五坊供奉斗鸡儿,酒肉堆中 66
> 不知老。胡兵忽自天上来,逆胡亦是奸雄才。勤政楼前走胡马,珠翠
> 踏尽香尘埃。何为出战辄披靡,传置荔枝多马死。尧功舜德本如天,
> 安用区区纪文字?著碑铭德真陋哉,乃令神鬼磨山崖。子仪光弼不
> 自猜,天心悔祸人心开。夏商有鉴当深戒,简策汗青今俱在。君不见
> 当时张说最多机,虽生已被姚崇卖。

> 按:开头两句意谓玄宗朝(约 712—756 年)数十载的太平盛世,在一场突如其来的安史之乱后灰飞烟灭。昔日的华清宫徒剩残垣断壁,好似项羽(前 232—前 202 年)所焚毁的秦朝首都咸阳。

> "胡兵"意指安禄山叛军。"奸雄"的典型形象源自裴松之注《三国志》中的曹操。[43]

> "勤政楼"之名暗含讽刺,玄宗常在此饮酒欢宴。"珠翠"指代宫女嫔妃的装饰。

> "传置荔枝多马死"夸张地渲染了玄宗派骑兵把新鲜荔枝运送回长安,仅仅为了满足杨贵妃的口腹之欲。

> 郭子仪和李光弼是中唐名将,他们辅助唐王朝重振河山。

> 张说和姚崇皆为玄宗朝宰辅,诗歌援引了《明皇杂录》所载轶事,但不见于正史。这则 67
> 轶事叙述了张说中姚崇之计,为他写了篇满是谀辞的神道碑文。[44]姚崇病危时曾告诫子孙:在张说前来吊唁时,将家中的服玩宝器陈列其前,并邀请他为自己题写碑文。姚崇逆料张说会觊觎那些宝物,所以最初撰写的碑文不吝溢美之辞;但数天后张说定会反悔,转而想收回碑文,重加删改。姚崇命子孙立刻将碑文刻石并上奏朝廷,令此事无转圜余地。果不其然,张说事后颇为悔恨,因之感叹"死姚崇犹能算生张说"。

㊷　元结,《大唐中兴颂》,《全唐文新编》,卷三八〇,第 4375 页。
㊸　陈寿,《三国志》,裴松之注,卷一,第 3 页。
㊹　郑处海,《明皇杂录》,A15—16。

1098 年的张耒原诗属老生常谈,它颂扬了郭子仪击溃叛军,并对元、颜二人的文学与书法加以赞美,称许他们记下了这场历史性的军事胜利。李清照对这段历史题材的处理却截然不同:诗歌的前半部分把重心聚焦于叛乱带来的灾难,而非平定战乱的结局,并指出玄宗内廷的腐败堕落是祸端之一;后半部分转而议论原诗所颂扬的中兴碑文,但李清照竟意外地称其为"陋哉"之举,觉得这样的歌功颂德适得其反,法天之德无需自我宣扬,自有公论留存青史;诗人在结尾再次点出王朝衰落、政治昏暗、在位者失德等中心话题。和诗不同于原作,它是对中兴碑文的冷静反思,李清照并不热心于所谓的中兴与歌颂,而是着力于反省致乱之源。

李清照参与到浯溪中兴颂诗的同题创作中,并写有两首和诗,不由得令人啧啧称奇:一位年轻女子竟敢对政治事件发表意见,创作长诗来讨论军事叛乱、朝廷失策、官员卑行等话题,这绝非弱女子所能及。年仅十七岁的才女所具备的历史、政治识见与洞察力,连写出原诗的士大夫官员也有所不及。李清照的两首和诗被周煇全文抄录,才有幸保存至今。周煇意识到,自中唐以来围绕着中兴碑已作有无数篇诗文,而李清照"以妇人而厕众作,非深有思致者能之乎"?[45] 李清照有意"厕身"于文士圈子,将己作与众多同题作品一较高下,而周氏评语正说明她成功了。

李清照的另一首咏史诗同为惊人手笔,不作闺阁言语。此诗不仅体现了她的聪颖博学,更重要的是它以正统论为题,而此番见识恰恰来自一名女子,这让人匪夷所思。原诗如下:

咏 史 [46]

两汉本继绍,新室如赘疣。所以嵇中散,至死薄殷周。

据说,此诗完成于 1129 年刘豫(1073—1143)僭帝位、建立伪齐后不久。刘豫曾任济南官员,后投降金兵,成立傀儡政权。此诗表面上探讨的是古代王朝征服与正统问题,实则把矛头对准刘豫及其伪政府。前两句肯定

㊺ 周煇,《清波杂志》,卷八,第 5097 页。
㊻ 《笺注》,卷二,第 217 页。

东汉(25—220)是西汉王朝(前206—8 年)的合法继承者,而两汉之间由王莽(前45—23 年)建立的新朝(9—25)则属僭位篡权,好比无用的赘疣——这影射了刘豫政权的非正统性。后两句进而提到了嵇康(223—262),他声称自己绝不认同古代商灭夏、周灭商的王朝征服与轮替,以此暗示他反对司马氏篡魏(220—265)。

这首《咏史》摘自《朱子语类》,朱熹对此赞赏有加,并解释说:"中散69(嵇康)非汤、武得国,(李清照)引之以比王莽。如此等语,岂女子所能?"[47]朱子折服于李诗的创见:商汤与周武王的征伐通常被视为正义之举,但李清照却别出心裁地将二人比同于篡位者王莽;但他同样惊讶于妇女竟对史事如此熟稔,思考又那么新颖独到。

1126—1127 年间,金兵入侵,宋室南渡,这为李清照创作时政诗提供了时代机缘。她对软弱的南宋统治者表示失望,并为后来的军事失利感到沮丧,收复北方故土、反抗金人终化为泡影。由一位女子来指责当权者的妥协与懦弱,这对世人而言着实是种讽刺。李清照的若干首诗在那时很受瞩目,曾被广泛引用,至今最出名的也许要属下面这首绝句:

乌 江[48]

生当作人杰,死亦为鬼雄。至今思项羽,不肯过江东。

乌江是长江的一段,位于南京上游,在今安徽和县境内。秦朝(前221—70前207)灭亡后,刘、项二人开始楚汉争霸,项羽最终在此自尽。当时项羽已经落败,逃至乌江岸边,那里的船夫愿把他渡回江东故地,他劝项羽说,即便帝业无望,尚可割据一方,后半生衣食无忧。但项羽不为所动,他深知自己的功业有赖于江东义士们的拥戴,他们年纪轻轻就追随他向西对抗刘邦(前265—前195),结果却是成千上万的兵卒客死他乡,"纵江东父老怜而王我,我何面目见之? 纵彼不言,籍独不愧于心乎!"项羽言毕,

⑰ 朱熹,《朱子语类》,卷一四〇,第3332 页。
⑱ 《乌江》,《笺注》,卷二,第238 页。此诗见载于16 世纪中叶的两部诗选中,一见田艺蘅《诗女史》,卷一一,5a;一见郦琥《姑苏新刻彤管遗编》,卷一七,16a。后者晚出,诗名题作《夏日绝句》。

即自刎而死。⑲

项羽的英雄气概与宋室的仓皇南逃形成了鲜明反差，后者不思进取，偏安南土，毫无戮力同心、收复故国的决心与意志。《乌江》诗据说作于1129年，即宋高宗（约1127—1162年在位）南逃后第二年，当时李清照和她丈夫离开建康，向长江上流行进，寻觅安居之所。他们路过乌江时一定造访了当地的项羽庙，因为赵明诚在《金石录》中列有那里的唐代碑铭，并纳入他的收藏。⑳李清照很可能在此赋诗感怀，她平生仅有一次行经该地。

另外，现存有李清照的两联断句，同样语带讥讽，描绘了金兵入侵与宋室无能的现状。断句成对，分属两首不同的诗，原诗皆不存，约作于南宋初期。第一联断句如下：

> 南渡衣冠欠王导，北来消息少刘琨。㉑

"衣冠"常用来指代士大夫官员。诗中提及的王导、刘琨皆为4世纪的晋代（265—420）人物，晋人和宋人一样失去了北方故土，在南方重建东晋政权，定都建康（今南京）。王导（276—339）是东晋的首任宰相，他重振朝纲，并指责那些意气消沉之士。刘琨（270—317）是晋朝的忠勇骁将，在北方为晋室而战，最终英勇牺牲。㉒李清照在诗中指出，宋朝恰逢国难之时竟缺少这样的英雄志士。

第二联断句如下：

> 南游尚觉吴江冷，北狩应悲易水寒。㉓

这里的吴江在江宁附近，李清照和她丈夫南逃时曾在1128年暂居于此。"吴江冷"引自一首唐诗，而李清照笔下的"冷"意谓在逃难客居的北人眼

---

⑲ 司马迁，《史记》，卷七，第336页。

⑳ 《金石录校证》，卷七，第125页（第1325号）。

㉑ 《笺注》，卷二，第256页。

㉒ 二人在《晋书》中皆有传，刘琨见卷六二，第1679—1693页；王导见卷六五，第1745—1754页。

㉓ 《笺注》，卷二，第258页。

中，南国风光竟黯然失色、哀冷凄清。[54] 第二句的“北狩”含蓄地指代被金人俘虏的宋徽宗和宋钦宗（约1126—1127年在位），并言及荆轲（卒于公元前227年）的典故：他奉命刺杀秦始皇而未果，出发前曾在易水河边与志士们道别，随后前往秦国，从容赴死。[55]

两联断句皆引自庄绰的《鸡肋编》，这本笔记写于12世纪30年代。[56] 所引条目记载了当时有关宋金对抗的若干条谚语箴言，都意在讽刺南宋官员的备战不力、反击乏术，无法收复北方故土，甚至不能阻止金人不断的南下侵扰。庄绰首先摘录了太学生的诗句“不御大金禁销金”，又引 72
《千字文》中的谚语，戏称曰“彼则寒来暑往，我乃秋收冬藏”，意在讽刺南宋军事失利，面对金兵每年冬天南下侵略而束手无策，迫使百姓避难于山林，即此处的“冬藏”之意。

庄绰特意把李清照的诗留到最后，并作如下介绍：“时赵明诚妻李氏清照，亦作诗以诋士大夫。”庄氏想借女子之口反映二帝被俘、宋室软弱的屈辱现状，使讽刺意味更为突出：一位弱女子（此处李清照的身份是赵明诚之妻）竟也有感而发、慷慨赋诗。所以作者才以李诗压轴，以彰显宋金对峙的可耻事态。李清照的诗在当时想必很出名，除了庄绰的引用，亦频繁见载于各种南宋文献。[57]

李清照的犀利诗风还蔓延于其他素材。1132年，她写有一联对句来取笑当年应举进士科的一位年轻考生。现在仅剩这一对句，因此我们无法断定它自成一联，还是截取自一整首诗。这个年轻人名叫张九成，他在殿试时写的文章令他荣登榜首，但李清照却嗤之以鼻，事情的缘由如下：殿试由宋高宗亲自拟题，张九成却写了篇辞藻华美却不切实际的阿谀之文，文中设想高宗无法尽情享受四时的风光、美味的盛馔、奢华的宫殿，因

---

[54] 唐诗断句见《旧唐书》，卷一九〇，A.4988。

[55] 司马迁，《史记》，卷八六，第2543页。

[56] 庄绰的《鸡肋编》自序写于1133年（绍兴三年），但正如学者们所指出，笔记中还记载了数年后1139年发生的事，因此庄绰显然在完成自序后仍不断地增添新资料。参见《鸡肋编》，第i页。

[57] 包括《诗说隽永》（约1150年），转引自胡仔《苕溪渔隐丛话》后集，卷四〇，第335页；阮阅《诗话总龟》后集，卷四八，第301页；魏庆之《诗人玉屑》，卷二〇，第460页。

为他时时惦念着二帝（他的父亲及兄长）在北方被俘的不幸遭遇。据说
高宗对此颇为动容，并将状元头衔颁给了张九成。李清照则不以为然，她
可能觉得张氏的溢美之辞与奉承口吻在议论时政的进士考试场合是不合
时宜的。[58] 张九成在行文中提到高宗无法享受"夜桂飘香"的快乐，李清
照便加以调侃，将他比附词人柳永，柳氏以擅写情爱之词著称，对句是这
样的：

> 露花倒影柳三变，桂子飘香张九成。[59]

"露花倒影"引自柳永（原名三变）的《破阵乐》，描绘了君臣士庶游赏
汴京金明池的盛况，词人身边尽是奢华的表演与盛装出席的宫妃。[60] 对
句暗示了这位新科状元和文人眼中的柳永一样轻薄无行、纵情放浪。李
清照对张九成的讽刺实与她批评南宋的软弱相似，她鄙视张氏言辞的虚
夸与无能。这句评语在当时也流传甚广：叶梦得（1077—1148）转引时未
曾系名，仅将其视为绝妙"的对"，[61]后来陆游指出它出自李清照的手笔。[62]

李清照有两句诗写给她的公公赵挺之（1040—1107），诗写得直白而
出色，在早期史料中被广泛征引，但仅以单句形式被传抄，所以我们无从
得知它们是否出自同一首诗。赵挺之是徽宗朝初期的达官显贵，他是名
干练的新党成员，并在 1101 年参与主持了对元祐党人的新一轮迫害。或
许是要嘉奖他在当时的得力表现，赵氏经由蔡京（1047—1126）推荐，于
1105 年和蔡京共同执政，但二人不久便关系破裂。1106 年出现的彗星令
徽宗忧惧，以为是天降灾异的征兆，随之罢免了蔡京，撤销他提出的多项
政策，这使赵挺之在当时独掌大权。可惜好景不长，蔡京于次年回到朝
廷，这次轮到赵挺之被免职，这是个沉重打击，赵氏在罢相五天后就去
世了。

---

[58]　这个观点由徐培均提出，参见《笺注》，卷二，第 261 页。

[59]　见徐培均《笺注》，卷二，第 259 页。

[60]　柳永，《破阵乐》，《全宋词》，第一册，第 35 页。

[61]　叶梦得，《岩下放言》，A. 332。

[62]　陆游，《老学庵笔记》，卷二，第 2362 页。

我们无法确定李清照写诗给赵挺之的确切年份,但应作于1101年李清照出嫁之后、1107年赵挺之去世以前,也就是说,当时的赵挺之正处于他的权力巅峰期。我们在谈到晁公武的评论时已见过这句诗:

　　炙手可热心可寒。[63]

这是当时赵挺之给世人留下的印象:其权势使他成为焦点人物,但又让人望而生畏,不由得心寒。辞章构思巧妙,而李清照对公公赵挺之的公允评价也令世人叹服。正如上文所言,此诗引自目录学家晁公武对李清照文集的评注,并称赞李清照"有才藻名"。[64]

　　另一句诗如下:

　　何况人间父子情。[65]

李清照的父亲李格非曾与苏轼及其他元祐党人有所往来,所以在1104年增添的党禁名单中,李格非亦属元祐"奸党"之列。当时赵挺之已贵为宰执,而李格非却被流放到偏远的象郡(今广西柳州附近)。[66] 相关文献指出,李清照曾上诗赵相,恳请她的公公赦免自己贬谪的父亲,或是减轻他的罪责。[67] 李清照在诗中流露悲痛之情,希望借此说服赵挺之对她父亲从宽处理。

　　不论李清照的诗歌写的是政治史实、宋金战争、新科状元,还是家庭变故,她总能语出惊人。这些诗句被时人广泛征引,写得格外出色,尤其考虑到它们出自女子之口,此般才华远远超乎众人的想象。

75

---

[63] 《笺注》,卷二,第255页。

[64] 《郡斋读书志校证》,卷一九,第1033页。

[65] 《笺注》,卷二,第253页。

[66] 《笺注》,卷二,第255—256页,注1。

[67] 参见1138年张琰为李格非《洛阳名园记》写的序言,《汇编》,第4页。徐培均对此另有一番解读,认为诗中指的是赵挺之与赵明诚之间的矛盾,李清照请求公公能感念他们父子间的人伦之情,详见《笺注》,卷二,第253—254页,注1。但张琰与李清照是同代人,他的说法也许更可信。

《词论》

李清照还有一篇重要作品反映了她争取认可的努力,面对众人的非议与成见,词人借此希望自己的作品获得批评家的首肯。这就是她的《词论》,文章谈论了她对这一韵语文体的看法、简明的词史发展脉络,以及她对北宋重要词家的逐一批评。

人们通常不这么看待易安居士的《词论》,它被简单地理解成对当代词家指手画脚的狂妄言论,或被当作李清照强烈而独立的个性写照(尤其是在女性主义学者眼中),因为她不惜批评当时广受好评的诸多文人。这篇《词论》还透露出李清照的自信,她对词体风格有着独到见解,并决心将严苛的标准付诸实践。上述理解各有千秋,但我想在此提出另一种解释:在我看来,这篇《词论》是一位颇有抱负的女词人在面对质疑时展开的深入思索。词人当然希望传达她对近来主流词家的看法,但她本人并非纯粹的词评家,罕见的创作才华实则与她的词论批评互为补充。《词论》曲折地表达了作者身为女子的尴尬处境,但她仍希望自己在词体创作中与男词人一较高下。我们在上文已多处提及针对李清照的言论,尽管易安词备受瞩目,但这并未消解精英文人对女作家的敌意,实际上,精英文人将易安词的流行归因于词意的肤浅。

当她写下《词论》时,李清照对抗的是当时的整个观念世界,她尝试摸索出另一种价值观,难怪她的措辞那么微妙而独到。

在此,我将《词论》全文引录于下。这篇词体文学评论的个别词句有些难解,包括特定的专业术语,学者对其内涵意见不一,但通篇主旨与总体思想是十分明确的。

词　　论

乐府声诗并著,最盛于唐。开元、天宝间,有李八郎者,能歌擅天下。时新及第进士开宴曲江,榜中一名士先召李,使易服隐名姓,衣冠故敝,精神惨沮,与同之宴所,曰:"表弟愿与座末。"众皆不顾。既

酒行乐作,歌者进。时曹元谦、念奴为冠,歌罢,众皆咨嗟称赏。名士
忽指李曰:"请表弟歌。"众皆哂,或有怒者。及转喉发声,歌一曲,众
皆泣下,罗拜,曰:"此李八郎也!"自后郑卫之声日炽,流靡之变日
烦,已有《菩萨蛮》《春光好》《莎鸡子》《更漏子》《浣溪沙》《梦江南》
《渔父》等词,不可遍举。

五代干戈,四海瓜分豆剖,斯文道熄。独江南李氏君臣尚文雅,
故有"小楼吹彻玉笙寒"、"吹皱一池春水"之词,语虽奇甚,所谓"亡
国之音哀以思"也。

逮至本朝,礼乐文武大备,又涵养百余年,始有柳屯田永者,变旧
声,作新声,出《乐章集》,大得声称于世,虽协音律,而词语尘下。又
有张子野(先)、宋子京(祁)兄弟、沈唐、元绛、晁次膺辈继出,虽时时
有妙语,而破碎何足名家。至晏元献(殊)、欧阳永叔(修)、苏子瞻
(轼),学际天人,作为小歌词,直如酌蠡水于大海,然皆句读不葺之
诗尔,又往往不协音律者。

何耶? 盖诗文分平侧,而歌词分五音,又分五声,又分六律,又分
清浊轻重。且如近世所谓《声声慢》《雨中花》《喜迁莺》,既押平声
韵,又押入声韵;《玉楼春》本押平声韵,又押上去声韵,又押入声。
本押仄声韵,如押上声则协,如押入声则不可歌矣。

王介甫(安石)、曾子固(巩),文章似西汉,若作一小歌词,则人
必绝倒,不可读也。乃知别是一家,知之者少。

后晏叔原(幾道)、贺方回(铸)、秦少游(观)、黄鲁直(庭坚)出,
始能知之。又晏苦无铺叙,贺苦少重典。秦即专主情致,而少故实,
譬如贫家美女,虽极妍丽丰逸,而终乏富贵态。黄即尚故实,而多疵
病,譬如良玉有瑕,价自减半矣。⑱

上文业已提及,人们通常认为《词论》写于李清照早年二十至三十
岁之间,这是因为文中列举的当代著名词人里没有周邦彦。周邦彦直至

77

78

---

⑱　《词论》,《笺注》,卷三,第266—267页。

1116 年方从地方调回京城，此后在徽宗朝声名鹊起。他在宫廷曾任多个显要官职，如秘书监、徽猷阁待制，并最终于 1122 年提举大晟府，因为他在当时被公认为词乐创作的行家。尽管李清照彼时隐居青州，但也不太可能对周邦彦一无所知，他已然是 12 世纪 20 年代最知名的词人。因此，学者们一般将这篇《词论》系于 12 世纪 20 年代以前。

李清照的《词论》是 11 世纪末、12 世纪初出现的重要词评中的一篇，其他词评包括黄庭坚为晏幾道词集所写的序、晏幾道的自序（两篇皆作于 1100 年前后）、张耒为贺铸词集所作之序，以及李之仪为吴思道词写的跋文（两篇约作于 1110 年）。[69] 这些文本共同构成了词评发展史上的重要阶段，它们前所未有地尝试论证词体创作的正当性及严肃性。[70] 尽管李清照的《词论》也是其中之一，但它与其他词评显然有着微妙差异。

李清照《词论》的一大特点是，作者坦然接受"词是卑俗文体"这一观念，对此不加反驳，这在文中有多次表达。首先，易安将词定义为"郑卫之声"、"流靡之音"，这类措辞常含贬义，并暗示了词是华靡淫荡的卑俗文体；但在李清照的笔下，"靡靡之音"被接受认可，仅仅作为词体文学的客观定义，她并没有抗拒这一措辞的负面效应。接着，在她对五代词的评说中，词同样是相对于其他崇高文体的低俗文类。她注意到，在群雄割据、战火绵延的乱世，尽管伟大传统业已没落，但文雅之词却流传了下来。词乐与斯文在此两相对峙，李清照明确将二者区分开来：斯文没落的时代，词体创作却繁盛不衰。词尽管被认为是"亡国之音"，但作者同时强调了其别样的美。

此处即可看出李清照与同时代其他词评家的绝大不同：别人会试图改变词体文学的卑微地位，他们认为这是对词的误解，并努力将之纳入文

[69]　上述序跋皆收录于金启华等编《唐宋词集序跋汇编》：黄庭坚，《小山集序》，第25—26页；晏幾道，《小山词自序》，第25页；张耒，《东山词序》，第59页；李之仪，《跋吴思道小词》，第36页。

[70]　我在《美的焦虑》（The Problem of Beauty）一书中曾在词史与词评发展史语境下讨论了这些序跋，其中也包括李清照的《词论》，参见原书第303—326页。中译本可参见：（美）艾朗诺《美的焦虑：北宋士大夫的审美思想与追求》第六章《宋词：新的词评观念，新的男性声音》"词论的发展"一节，杜斐然、刘鹏、潘玉涛译，上海古籍出版社，2013年。

学正统。晏幾道就把词追溯至乐府传统,声称词中之情无一不是古乐府之遗意。有人反对将古乐府与时兴之词相勾连,晏幾道则巧妙地回应说这样的乐府的确存在,可惜后来失传了。他也因此将词集题为《补亡》,提醒读者把他的词作与地位崇高的古乐府联系在一起。⑪ 而在黄庭坚所作的《小山词序》中,黄氏采取了一种更巧妙的处理方式:他没有把词和乐府联系在一起,而评价说文如其人,小山词体现了晏幾道人格之高远。所谓人不可貌相,晏幾道的痴恰恰是他的智,他沉沦下僚也不妨其超凡脱俗的气质。黄庭坚指出,小晏过于清高,不肯与世俗和光同尘,而他专注于填词的举动更反衬出极高的修养:他不像俗人那样借严肃文体抱怨自己时运不济,也正是他的率真心性驱使他创作世人眼中的卑下之词。此即黄庭坚笔下的小山之"痴","痴"成为他的人格特征,小晏的诸种"痴"态还包括他不去攀附权贵、不肯模仿"进士语"谋取官阶、为朋友挥金如土而不求回报等。通过晏幾道的诸种"痴"态(包括他对填词的专注),读者能体会到其人的性情与修养。

　　李清照的《词论》接下来又将词体文学独立出来,但这次不是将词与斯文对立,而是词与学的分离。易安随之将焦点从唐五代时期转向当代词人:她对柳永的评价相当传统,接着对若干词人的评价也没有太多的发挥余地,他们只是词史上的小人物;但轮到晏殊(991—1055)、欧阳修和苏轼时,情况就不同了,他们是当代士大夫领袖,身兼文人、学者与官员身份,李清照借此大显身手,在评价他们的词作时提出大胆的创见。易安称赞他们"学际天人,作为小歌词,直如酌蠡水于大海","大海"喻其学识与诗文,"蠡水"自然是指"小歌词",但这里却引入了一个悖论:尽管这些名士的学识远远胜过了填词的成就,可他们在创作"小歌词"方面并不入流,他们尝试填词,写出来的却是"句读不葺之诗"。李清照在下文接着阐述词体的韵律特征,随后又回到对名人学者的类似批评。这次的批评对象是王安石(1021—1086)

81

---

⑪ 《补亡》是小晏自序中提到的词集名,后来词集更名为《小山词》,晏序之题也改为《小山词自序》。

和曾巩(1019—1083),他们是当时著名的古文家,善于摹写西汉文章,后者长期以来被认为是道学之文的典范。然而,李清照竟打断了对崇高文体的赞美,并对此付之一笑——当曾、王这样的大学者"作一小歌词,则人必绝倒,不可读也",词与学的矛盾在此更加凸显,似乎博学与古文造诣恰恰成了填词的障碍,写得一手西汉文章的大学者却不懂得如何作小歌词,假使他贸然一试,也只能惹人发笑。对李清照而言,词体文学与其他文学成就毫无瓜葛,因此她总结说:词"别是一家,知之者少"。

李之仪在《跋吴思道小词》中也提出了相似观点,乍一看与李清照对晏殊、欧阳修和苏轼的评价相吻合。他说晏殊、欧阳修和宋祁(998—1061)尽管是当世的杰出词人,却也只是"以其余力游戏"而已。李之仪的核心观点是"长短句于遣词中最难为工",需要投入巨大的精力来沉吟与润色,与之相反,他抱怨那三位词人没有专心填词,而把词视为游戏消遣。李之仪同样意识到,就这些作家而言,他们的词体创作与诗文造诣并不相称。但他的想法却与李清照截然相反,他意图把词抬高为正统文体;李清照却不这么做,而是格外强调词体文学的独立性,词与其他文体无法兼容。

在论及词体风格、词同乐府和诗歌的关系时,李清照再次在词评家中独树一帜。她强调词所独有的韵律特征,因此才称得上"别是一家,知之者少"。别人则强调词与其他正统文体的密切关联:晏幾道声称古乐府已然道出词中之意;黄庭坚将小山词比附为"狎邪之大雅",并进一步说其中佳作乃"《高唐》《洛神》之流",次要的作品也可与古时歌谣相媲美;张耒也有类似的表达,他评价贺铸词"幽洁如屈、宋,悲壮如苏、李"。李清照却不曾费心建构宋词的正统渊源,她满足于该文体独特的审美与文学属性。

在这里,李清照与其他词评家的讨论核心围绕着词体风格(gendering)展开,现在是时候来处理这个问题了。诸如诗、词等重要文体的风格变化多样、层出不穷,很难简化为单一的格调,但在传统观念中,诗、词风格仍带有某种倾向性:诗格近乎阳刚(masculine),词体则偏于柔美(feminine),这些特性在成语"词媚诗庄"中被传神地表达出来。对于词风直接或间接的论述,在上述诸篇词论中已反复出现,并自成一类,构成词论的重要方面。李清照所强调的词与斯文、词与学、词与诗之间的对立，明显带有词体风格的暗示。少数妇女的确能作诗，尤其擅长填词，但学识无疑是男人们的专长，西汉文章则是其中最阳刚的体裁。而在李清照笔下，古文家王安石和曾巩 83 写作歌词只能当众献丑，就好比大男人佯装女儿态般可笑，无怪乎"人必绝倒"了。接下来，李清照又例举了一位词人，他也为女子代言，但仍没有完全成功。此人就是秦观，其词"专主情致"，后世词评家将之目为婉约词派（the feminine style）的宗主。在李清照眼中，秦观在词中试图扮演一位美女，但典故与隐喻的匮乏使词中角色只算得上是位"贫家美女"，"虽极妍丽丰逸，而终乏富贵态"。我们不得不承认，在易安看来，尽管"男子作闺音"之词相当常见，但男词人从未真正化身为女子，他们试图表现一位高贵女子的心声，却又无从落笔，结果不尽如人意。而李清照自己就是名门闺秀，这点无需伪装。易安《词论》已隐约传达出词体的"性别"（gender）内涵及刚柔风格的对峙，在此无需过度阐释说李清照把填词视为女子的专长、试图把该文体划定为女性专属的文学体裁（该论点由伊维德〈Wilt Idema〉与管佩达〈Beata Grant〉提出）。⑫ 词体文学毕竟长期由男人执笔，李清照不可能把该文体据为己有，况且正是这些男词人营造了"婉约"之词的美感特质。不过，李清照在《词论》中的确时不时地暗示：身为女子的她在词体创作中较男性占有优势。

如果说李清照着眼于词的婉约特质，并声称男词人的作品时常显得不伦不类，那么男词评家们的态度却截然相反。当然，他们并没有把词说成是阳刚文体（这听上去有些荒唐），而是转而说男子在填词时无需遮遮掩掩，因为词中流露的乃是人之常情。这方面最令人难忘的表述当属张耒在《东山词序》中的一段话：

世之言雄暴虓武者，莫如刘季、项籍。此两人者，岂有儿女之情 84

---

⑫ "李清照执着于婉约词风，这或许能被理解为对'以诗为词'做法的排斥，因为诗歌是男子主导的文体，李清照在此确保女人也有'她们自己的文体'。"伊维德（Wilt Idema）与管佩达（Beata Grant），《彤管：帝制时代的女作家》（The Red Brush: Writing Women of Imperial China），第235页。

哉? 至其过故乡而感慨,别美人而涕泣,情发于言,流为歌词,含思凄惋,闻者动心焉。[73]

张耒的立论甚是高妙。刘邦和项羽是无可否认的英雄,而张耒却提醒说此二人皆曾为某事而动情,感慨地唱起楚歌。这显然是个矛盾:英勇的战士竟唱起抒情歌曲。张耒则认为二者并非无法兼容,一个男人填词作曲也不意味着他没有男子气概。张耒在词序中言及刘、项二人,是为了消除他人对贺铸的批评,人们指责他沉溺于阴柔之词,不像个男子汉。这种观念在北宋相当普遍,张耒预料到类似说法,但他巧妙地将之化解,使对方无从指摘。正如反复强调词与古老的正统文学间的承续关系一样,张耒通过论证男子填词的正当性,力图纠正世人对词抱有的偏见——人们认为词缺乏男子气概,充斥着轻佻、任性、痴顽的儿女之情。男词评家对此格外敏感,想方设法为之争辩;李清照却从容得多,身为才女的她很适应词的婉约风格,不曾试图作出改变。

从这个角度看,我们就有可能从《词论》开篇发掘出新意。瑞塔·费尔斯基(Rita Felski)与其他女性主义学者已经指出,当妇女决定进入由男作家及男权价值观所主导的文本世界时,其表达往往对抗与妥协兼备,她们对男权社会中压制她们的传统观念既迎且拒。这在现实中难以避免,这些女作家置身于一个并非由她们自己创造的文学世界,其中的文体、语词及思想皆出自男人的手笔。一方面,女作家不得不采用既定的表达观念与形式;另一方面,女作家的性别身份注定了她是文学界的外人,她的创作必然或隐或显地挑战了男权社会的思维和表达习惯。而在李清照的年代尚不存在女性文人团体,其创作的孤立情境更迫使这名女子对自己离经叛道的想法加以掩饰。"女性写作的真意,"费尔斯基说,"需要在其言下之意、晦涩的表达及含蓄的暗示中摸索,此番真意往往离经叛道、不见容于世人,因此它在文本中埋藏得很深。"[74]事实也许并不总是这样,但

---

[73]　张耒,《东山词序》,金启华等,《唐宋词集序跋汇编》,第 59 页。
[74]　瑞塔·费尔斯基(Rita Felski),《女性主义之后的文学》(*Literature after Feminism*),第 69 页。

当我们发现一位女作家以曲折迂回的方式传达心意时,也不必感到惊讶。

《词论》开篇的李八郎故事乍一看显得很突兀,一篇词评或词史的开头往往将该文体的起源追溯至古乐府或其他诗歌形式,李清照却另辟蹊径,转而写了一则发生于特定历史情境(盛唐时的长安)的歌者轶事。这并非李氏的凭空杜撰,而是引自李肇《唐国史补》,[75]但故事本身并不出名,实际上,李八郎之名正得益于李清照的青睐才为今人所知。《唐国史补》只是把它当做趣闻记载下来,李八郎的乔装、演唱与身份的最终揭露没有任何重大意义;正是李清照将这则不起眼的轶事夸大为词史上的分水岭事件,她在记下此事后总结了词的发展趋势:"自后郑卫之声日炽,流靡之变日烦。"我们有必要在此质疑其前因后果:为何易安所描述的事件会对词乐的流行产生如此深远的影响? 如果此事导向了另一番结论,比方说男歌伶在日后更受欢迎,这听上去更合理。但李清照的论述使其结论与故事内容两相违背。

由于这令人百思不得其解,我们有必要转换思路,考虑这则轶事是否有弦外之音,隐秘地传达了作者意图? 它是否另有深意? 一旦我们对此有所领悟,或能更好地理解李清照为何以此开篇,并赋予它如此深刻的影响力。

一名出色的男歌伶乔装打扮,被带往新及第进士的宴会。他故意把自己装扮得不合时宜,衣衫破败,神情沮丧,而到场的众人都是前途无量的名人雅士,这令他显得尤为落魄。那位带他来的无名进士称他是自己的"表弟",并让他坐于末位,这符合他的卑微身份。众人当然对他不屑一顾,这位"表弟"显然是个闯入者,不配参与这场盛大的宴会。随后上场的女歌伶皆非泛泛之辈,她们是当时的名角,而当那位士人说他落魄的表弟也想献歌一曲时,迎来的却是众人的哂笑甚至怒意。可李八郎的精湛歌艺最终打动了所有人,宾客立即认出了他,因为这样的才华举世无双,并心悦诚服地对之罗拜。他卸下伪装,卑微之人终获荣耀。

86

<hr />

⑦ 李肇,《唐国史补》,第 59 页。

显而易见，李八郎平凡外表下的惊人才华对李清照意义重大，正是她在《词论》中质疑了当时顶尖词人的成就，并冷峻地指出其作品的缺陷。故事的人物性别在此别有寓意：当时的歌者多为女伶，但也不尽然，才华出众的男艺人也可能存在，只是非常罕见稀奇；相应地，身为女词人的李清照却是男性文学世界的闯入者。这么看来，易安以此开篇再合适不过：一位生不逢时、处于性别劣势的天才远远胜过那些时运亨通、占据性别优势的名人。但李清照不能以巾帼不让须眉的故事开篇，这样的表达过于直接，况且词史上根本没有类似事例可循；相反，她讲述了一位男歌伶胜过其他歌女的故事，并让读者自己揣摩其意。但故事内涵还是很清楚的：一位不为世俗所容纳的天才尽管备受质疑，但仍能凭其才华消除世人对外表与性别的偏见，他所需要的只是一展才华的良机。

李清照对《唐国史补》里的故事略作改动，使其更加符合上文所说的意图，这一论点由李国文首先提出。[76] 以下是《唐国史补》对此事的记载：

> 李衮（李八郎）善歌，初于江外，而名动京师。崔昭入朝，密载而至。乃邀宾客，请第一部乐，及京邑之名倡，以为盛会。绐言表弟，请登末座。令衮弊衣以出，合坐嗤笑。顷命酒，昭曰："欲请表弟歌。"坐中又笑。又转喉一发，乐人皆大惊，曰："此必李八郎也！"遂罗拜阶下。[77]

这则唐人轶事只是围绕一位名歌手的趣闻，讲述了世人对他的误解及最后的认可，以此说明人不可貌相。

李清照改写了故事，巧妙地变化细节，进而改观了故事的整体印象。她省略了开头长安与南土的地域差异，这与她的意图无关，也不符合其自身情况。接着，她改变了宴会场合，不再是一场普通的京城盛会，而是专门为新及第进士而举办的，众人皆是崭露头角的文学新星，在人才济济的

宴饮场合,歌伶们无疑跃跃欲试。乔装打扮的李八郎和与会众人的强烈反差在李清照笔下被刻意突显,他在名人显贵面前的出场显得不合时宜,不仅"衣冠故敝",而且"精神惨沮",他当然在这场名流盛会中不受待见。《唐国史补》中,宾客们起码注意到了李八郎,并加以嗤笑;但在李清照的叙述中,八郎与宾客之间社会与文化地位的差距是如此悬殊,以至于没人在意他,他在众人眼中仿佛不存在。

　　李清照还渲染了轶事中的表演场景,使之更为戏剧化。她特意提及歌女的名字,并说宾客们为之动容;不料那位名士忽然指向李八郎,并邀请他表演一曲。众人不仅嗤笑他(这在李肇笔下亦有提及),更有些人因此生气。"或有怒者"一句尤为关键,他们为什么生气?李清照极力呈现众人全然陶醉于名角的歌声中,而现在,如此绝妙的表演竟被一个落魄汉打断,难怪有人要发怒了。李清照对结局也作了不同处理:在李肇笔下,八郎"转喉一发",即刻就被人认出;而李清照却说他唱完了整首曲子。此处并非强调八郎歌艺有多精湛(歌者一发声,行家就心中有数了),关键是其歌声动人心弦的感染力。从听众的反应即可看出,他的表现绝不比那些歌女逊色,在李清照的重述中,无论乐人还是宾客,所有在场者皆为他的演唱所倾倒。

　　当我们从性别立场来解读李清照在《词论》中对这则轶事的改写,并考虑到她自己就是展露词才的奇女子,那么所引之事就与易安写作《词论》的意图有了密切关联。身为女作家,她试图在一个不属于她的领域为自己争得一席之地。一开始,她甘居末位,以获得入席资格。其他人当然会无视她,绝不会屈尊向她示好,她的女性外表使她同其他文人隔开,且低人一等。在这种场合下,作为无依无靠的陌生人,她非常焦虑,毫无自信。但起码她入了席,尽管只是被动的听众,却已经很难得了;而当她想要展露才艺时,却招致非笑与怒意。无论身为词人还是评论家,李清照都打破了填词及传播的标准模式,那是男人的专利,她对此心知肚明,预料到那些文士圈"内"的人会把她视作"外人",并对她动怒。然而,这样的预期只能通过引用一则唐人轶事迂回地表达出来,而故事说的竟是一位男歌伶打断了歌女们的表演,充满了反讽意味。

89

李清照预感到精英文士会被她的《词论》惹恼，这很快被证实。胡仔的评论写得最早，他在 1167 年写下这几句话：

> 易安历评诸公歌词，皆摘其短，无一免者，此论未公，吾不凭也。其意盖自谓能擅其长，以乐府名家者。退之（韩愈）诗云："不知群儿愚，那用故谤伤（此指李、杜的诗歌名望）。蚍蜉撼大树，可笑不自量。"[78]正为此辈发也。[79]

胡仔不曾明言李清照的女性身份，但她的性别的确是招致胡氏反感的一大原因。在胡氏观念中，李清照就相当于韩愈笔下可笑的"蚍蜉"，不仅因为她是个卑微的词人，更在于她是个女子，也正是同一个人在评论才女李清照时大肆渲染她的再嫁与离异。这般贬损女性的观点在一些后世词评家口中表达得更为直接，比如 18 世纪的裴畅曾说："易安自恃其才，藐视一切，语本不足存；第以一妇人能开此大口，其妄不待言，其狂亦不可及也。"[80]

让我们回到《词论》中八郎故事的结尾：李八郎的歌声使众人感动落泪，倾慕者围绕在他身旁，承认了他的才华，折服于动听的歌声，他们不再被外表所迷惑。李清照也曾设想自己被接纳，希望展现自己的才华，让世人懂得欣赏她，从而忘却她的相貌、性别与文人圈"外人"等制约。这就是她的梦想。

本章回顾了涉及读书习文的李清照诗词，并阐明创作在她生命中至关重要。早年的她或被李八郎故事所吸引，作为不合时宜的闯入者，八郎最终在宴会上被接纳和称许。但是，李清照对创作的忘我投入仍激起了世人复杂难解的议论。普通读者大多仰慕她的才华，而众多名人学者和词评家则未必，后者满怀疑虑地看待她的声名与作品，甚至抱以敌意，不放过她生平中的任何事件来质疑其文学成就。李清照本人充分认识到自

---

[78] 韩愈，《调张籍》，《全唐诗》，卷三四〇，第 3815 页。

[79] 胡仔，《苕溪渔隐丛话》后集，卷三三，第 255 页。

[80] 裴畅之语引自《词苑萃编》卷九，《汇编》，第 87—88 页。

己作为文人世界的闯入者将会遭受的质疑,甚至在再嫁悲剧发生前她就对此早有预感。实际上,李清照诗歌的阳刚风格正反映出她的一种策略,她想借此打消人们把她仅仅视为能文妇人的狭隘观念。下一章的主题将转向易安词,我们会发现她的词作引来了另一番争论和质疑。可不变的是,身为执着于写作的女子,她置身在男人建构的文学传统中,并努力写出佳作以博得世人的认可,而非招致反感与轻蔑。

第三章　易安词的相关预设

　　本章将讨论易安词的相关预设,而对词作本身会在最后两章详加解读分析。首先,我们将探讨系名易安词的文本整体感与可信度问题,现存的"易安词"实际上鱼龙混杂,来源多种多样,其中有多首真伪难辨。第二个问题关乎一种普遍而不假思索的阅读习惯:李清照的作品,尤其是易安词,常被读成个人传记,人们将其中的文学情怀与思绪比附于历史上的李清照。与之相关,我们还将考察赵明诚长期与妻子分离的传闻,并会看到研究李清照的近代学者通过对易安词进行传记式解读,围绕着夫妻分离问题得出了五花八门的结论。

真 伪 问 题

　　历史上曾有两部李清照作品集流传于世,一部是词集,题为《漱玉集》(也叫《漱玉词》),另一部是收录其诗文的《李易安集》。"漱玉"之名引自成语"枕流漱石",此处将"石"替换为"玉"。① 两部集子曾多次修订,篇幅不一,但均已散佚。在李清照的年代,词集往往独立于个人文集而以单本流传,所以我们在此只需关注《漱玉集》的散失,以及该集以外的易安词流传情况。

　　《漱玉集》的若干版本很早就刊印出来,在南宋时广为传布;可后来词集渐渐不再流行,并最终销声匿迹,其确切时间我们不得而知,可能早在 14 世纪词集就已散佚,而到了 16 世纪它肯定是失传了。文人兼藏书家杨慎(1488—1559)对易安词格外着迷,他说自己费尽周折也没能找到一份《漱玉集》抄本。

――――――――――

① 成语唤起了人们对无邪自然与隐居生活的向往。此词原先写作"枕石漱流",但孙楚(卒于293 年)误说成"漱石枕流",这种将错就错的说法遂流行于后世。参见《世说新语笺疏》,卷二五,第 6 条,第 781—782 页。

与此同时,自南宋起,多首易安词就常被编入词选及其他文献中。到了元、明、清时期,每当一部词选问世,总会冒出新的易安词,其中有几首曾系于他人名下,或是在早期词选中定为无名氏之作,但后来它们都变作易安词。直至清末,易安词的总数已从现存南宋文献中的36首,膨胀到75首之多,较前者不止翻了一番。这个数字到了当下仍在不断增长,最近有一份在网络上刊登的学术研究,就列举了88首易安词。[2] 换句话说,随着时间的推移,一些他人名下的词作及无名氏词会被贴上"易安词"的标签。这一现象是摆在李清照研究者面前的一大难题,因为当我们以作家为研究对象时,需要甄辨其作品的真伪。

针对这个难题需要选择相应的处理方法,让我们先来就易安词传播 93 史中的重要事件作一年代梳理。首先是《漱玉集》的编纂,它于12世纪刊印发行。我们不清楚刊刻的具体时间及翻印次数,但最早的刻本很可能在12世纪30或40年代就已流传。直到1206年才有文献提及易安词的刊印,但12世纪中叶有关易安词的大量评论意味着当时已有词集刻本流传于世。[3] 同样,我们也无从知晓《漱玉集》包含有多少作品。

《漱玉集》在后世的散失使得一部收录易安词的早期词选显得格外重要,那就是曾慥(1091—1155)于1146年编成的《乐府雅词》,总共收录了23首易安词。它是现存南宋词选中收录易安词最多的一部,也是李清照在世时已经刊行的仅有的两部词选之一。正如饶宗颐在20世纪60年代所言,这23首词是如今"最可靠"的易安词。[4]

另一部收录易安词的南宋词选是黄大舆(12世纪初在世)编纂的《梅苑》,共十卷,搜罗有上百首咏梅词。奇怪的是,此书所收录的大部分词作皆未署名,但它的确将五首词系于李清照名下,其中一首系名有误,应为

---

[2] 参见羲皇上人的《李清照集校注》,http://blog.stnn.cc/wbrr/Efp_Bl_1002157393.aspx。该文列举了88首易安词,而本章表一中仅列出75首,多出来的13首词是20世纪由李文裿(详见下文)首次署名李清照的作品,参见李氏的《上海新辑〈漱玉词〉》(我未曾见过此书)。

[3] 《漱玉集》的存在与流行在诸多南宋文献中被证实,赵彦卫在其1206年完成的笔记《云麓漫钞》中提到了词集的刊印,见《云麓漫钞》,卷一四,第245页。

[4] 饶宗颐,《词籍考》,第88页。

周邦彦词,并收录于周氏词集《片玉集》。⑤

94 　　我们从黄氏自序中得知,《梅苑》成书于 1129 年,比曾慥的《乐府雅词》还早。虽然成书年代甚早,但它所收的 5 首词仍十分可疑,读者可参看本章表一。⑥ 首先,5 首词无一入选《乐府雅词》;更奇怪的是,它们也不曾出现在其他早期词选中(第 29 号《玉烛新》除外,实为周邦彦所作,约成书于 1195 年的《草堂诗余》已将之准确系名),其中的几首直至 16 世纪晚期才被重新当作易安词,有两首更迟至 1630 年才再次出现。如表一所示,《乐府雅词》中的 23 首易安词仍时不时出现在后来的南宋词选中,但《梅苑》的那 5 首却不见踪影,它们在南宋诗词选《全芳备祖》中的缺席更令人吃惊。正如书名所暗示的,《全芳备祖》全面收录了当时吟咏花草的词作,其中两卷以梅为题,一为"梅花",一为"红梅",包括了宋代不同词人的咏梅之作。此外,编者陈景沂(1225—1264 年在世)非常熟悉易安词,我们几乎能断定他手头有一本《漱玉集》,因为他编选了一些更早文献中没有的易安词,分别吟咏了海棠、菊花、梧桐、芭蕉和桂树,但其中没有咏梅词。《梅苑》的 5 首易安词甚至在相传是 1370 年的残本《漱玉词》中也没有收入(详见下文)。

　　上述情况都说明,黄大舆记下了 5 首易安咏梅词,而来源却与其他南宋编者不同。黄大舆并非知名学者,也不精通词曲,他在序言中已经说明自己只是个赏梅人。他尽其所能收集咏梅词,但这份热情很可能使他难以拒绝可疑的伪作。因此,《梅苑》尽管是录有易安词的最早词选之一,但系名仍有疑点,不能与《乐府雅词》相提并论。

　　明代初期有两次与易安词相关的编纂事件,都疑点重重。第一个是1370 年编纂的《漱玉词》抄本,仅收录 17 首易安词,其中的 8 首此前从未95 署名李清照。我们不清楚它是残本还是选集,而且抄本本身没有存下来,

---

⑤ 这首词是第 29 号《玉烛新》,见黄大舆,《梅苑》,卷三,14a。

⑥ 表一借鉴了黄墨谷整理的《宋以来历代总集辑录李清照词一览表》,原表见氏著《重辑李清照集》,第 54—55 页。黄先生的初步工作对我很有帮助,但她的整理仅限于词选,而忽略了其他重要的明清文献,后者也有系名易安词的情况。

有关它的最早记载要迟至 1630 年：晚明藏书家兼出版家毛晋（1599—1659）把它翻印出来，收录于汲古阁本《诗词杂俎》，这本集子于 18 世纪末被选入乾隆御用藏书《四库全书》。人们对毛晋的学术成就评价不一，而他的许多出版文献也不太可靠。因此，抄本《漱玉词》在易安词传播史中的地位十分微妙：据称它的成书年代可追溯至 1370 年，但我们直到 1630 年才得知此书的存在。另一次编纂事件是明代《永乐大典》（1407）辑录了 5 首署名李清照的咏梅词，作品显然出自《梅苑》，可它们在原书中署名为无名氏词。《永乐大典》中的新出易安词找不到任何权威版本依据，更可能的情况是，那 5 首词在《梅苑》中与李清照原作相邻，而编者从中吟味出了"易安体"词风，便想当然地将之系于李清照名下。

之后传播史上的大事发生于 1583 年，陈耀文（1550 年进士）的词选《花草粹编》问世了。词集之名暗含两部早期词选，一是《花间集》，收录唐五代词作；一是《草堂诗余》，其中大部分是宋词。陈氏《花草粹编》共有多达 44 首易安词，另有 5 首题为其他词人（或无名氏）的作品在后世也变成了易安词，这么一来该词集的易安词总数就达到 49 首。事实上，如果我们把《花草粹编》等当时词选中的所谓易安词都包括在内，那么总数将增至 69 首。换句话说，1146 至 1570 年间，系名李清照及将要系名于她的词作数量较《乐府雅词》中的 23 首易安词翻了三倍，而这恰好发生在《漱玉集》散失以后。数世纪以来，词选及其他文献的刊印导致了易安词的增多现象，其范围远远超出上述的两部明代早期文本（参见表一）。陈耀文的《花草粹编》起码是《乐府雅词》成书后新增易安词的第十一部词选，通常每部词选都会添上几首"新"易安词，但光是《花草粹编》就增加了 9 首之多。

《花草粹编》之后，易安词的数量仍在缓慢上升。当王鹏运于 1880 年代重编《漱玉词》时，已经有 75 首词可供选择，他最终择取了 57 首，而他的新版《漱玉词》要比一个世纪前《四库全书》的版本（收录 17 首词）庞大得多，并成为了今天易安词集的通行底本。[⑦] 李文裿于 1930 年出版了

---

⑦ 王鹏运，《四印斋所刻词》本《漱玉词》，1881 年初版，1889 年刊行补遗本。

表一 宋至清末收入李清照词的32种文献一览

成书年代	书名 ＼ 编号·篇名	1 南歌子：天上星河	2 转调满庭芳：芳草池塘	3 渔家傲：天接云涛	4 如梦令：常记溪亭	5 如梦令：昨夜雨疏	6 多丽：小楼寒	7 菩萨蛮：风柔日薄	8 菩萨蛮：归鸿声断	9 浣溪沙：莫许杯深	10 浣溪沙：小院闲窗	11 浣溪沙：淡荡春光	12 凤凰台上忆吹箫：香冷	13 一剪梅：红藕香残	14 蝶恋花：泪湿征衣	15 蝶恋花：暖雨晴风	16 鹧鸪天：寒日萧萧	17 小重山：春到长门	18 怨王孙：湖上风来	19 临江仙：……常扃	20 醉花阴：薄雾浓雾	21 好事近：夜来沉醉	22 行香子：草际鸣蛩	23 清平乐：年年雪里	24 渔家傲：雪里已知	25 孤雁儿：藤床纸帐	26 满庭芳：小阁藏春	27 玉楼春：红酥肯放	28 玉烛新：溪源新腊	29 念奴娇：萧条庭院	30 声声慢：寻寻觅觅
1150	乐府雅词	x	x	x	x	x	x	x	x	x	x	x	x	x	x	x	x	x	x	x	x	x	x	x							
	梅苑																							x	x	x	x	x	x		
	草堂诗余				x								x	x							x									b	x
	花庵词选			x	x	x								x		x															x
	贵耳集																														x
1250	阳春白雪											x																		x	
	全芳备祖				x	x																									
	其他早期词集																												b		
	截江网																														
1300	翰墨大全																														
	毛晋本漱玉词				x	x	x							x	x															x	x
1407	永乐大典																														
	诗渊																														
	诗余图谱																														
	词学筌蹄																														
1550	词林万选				w																										x
	天机余锦																														
	杨金本草堂诗余																														
	七修类稿																														
	彤管遗编					x								x																	
1583	花草粹编	x			x	x						x	x								x										x
	古今女史					x								x																	x
	沈本草堂续集																														
	词的					x								x																	
	古今词统					x								x																	
1630	毛晋未刻漱玉词	x			x	x							x	x							x										x
	沈际飞本草堂诗余正集																														
	林下词选				x	x								x																	
	词综																				x										
	词谱													x										x							x
	御选历代诗余	x			x	x	x						x	x							x										x
1889	王鹏运编漱玉词	x	x	x	x	x	x	x	x	x	x	x	x	x	x	x	x														

注解：

x：代表署名李清照的词作

w：代表没有署名或署"无名氏"的词作

b：代表明确署为他人的词作

《花草粹编》（1583）继承了传统的词集编纂方式，在收录同一词人的不同作品时，仅在第一首词下标明作者，之后不再重复标出。因此该词，"X"包括直接署名与间接署名李清照的词。

35 鹧鸪天：暗淡轻黄	36 长寿乐：微寒应候	37 蝶恋花：永夜厌厌	38 怨王孙：梦断漏悄	39 怨王孙：帝里春晚	40 浣溪沙：楼上晴天	41 浣溪沙：髻子伤春	42 浣溪沙：绣面芙蓉	43 武陵春：风住尘香	44 点绛唇：寂寞深闺	45 浪淘沙：素约小腰	46 春光好：看看腊尽	47 河传：香苞素质	48 七娘子：清香浮动	49 忆少年：疏疏整整	50 玉楼春：腊梅先报	51 新荷叶：薄露初零	52 点绛唇：红杏飘香	53 青玉案：凌波不过	54 点绛唇：蹴罢秋千	55 丑奴儿：晚来一阵	56 浪淘沙：帘外五更	57 木兰花令：沉水香消	58 生查子：年年玉镜	59 柳梢青：子规啼血	60 青玉案：征鞍不见	61 临江仙：……春迟	62 摊破浣溪沙：揉起黄金	63 摊破浣溪沙：病起萧萧	64 殢人娇：玉瘦香浓	65 庆清朝：禁幄低张	66 减字木兰花：卖花担上	67 瑞鹧鸪：风韵雍容	68 品令：零落残红	69 如梦令：谁伴明窗	70 菩萨蛮：绿云鬓上	71 生查子：去年元夜时	72 鹧鸪天：枝上流莺	73 青玉案：一年春事	74 孤雁：天然标格	75 品令：急雨惊秋
																																b			b					
										w	w	w	w	w												w				w										
		w		b		w										w							w														w	w	w	
																						b																		
x																																								
																b	b															b				b				
	x																																							
		x																					w																	
						x	x	x	x	x	x	x	x																											
											x	x	x	x	x	x																								
																x																								
																x	x																							
																			x	x	x		b																	
																						x																		
																			b	w	w	x																		
																									x															
								x																																
x		x		x		x		x	x	b						w	b					b			x	x	x	x	x	x	x	x								w
	x	x																				x																		
						x		x	x							w	b																x	x						
																	x	x																		x				
																w																			x					
				x																																		x		
		x		x		x		x	x	x									x	x	x											x	x							
	x	x				x		x															x																	x
				x												x																	x							x
	x	x		x		x		x	x	x						x	x	x														x	x							
	x	x		x		x		x	x	x						x	x	x																						

李清照全集,囊括有 78 首词,增添了新的易安词,它们原本系《梅苑》中的无名氏之作,而李氏在没有任何权威版本依据的前提下擅自改作易安词。赵万里于 1931 年编辑出版的《漱玉词》则更为审慎,将 43 首词定为原作,另有存疑 9 首、辨伪 8 首。赵万里的判定影响很大,尽管他所谓的存疑与辨伪之词在后来的李清照研究中仍经常被认成是易安原作。⑧ 唐圭璋的《全宋词》借鉴了赵氏的考证,在 1965 年初版中最终收录 47 首易安词。最近出版的李清照"全集"包括 2002 年出版的徐培均《李清照集笺注》及 2005 年出版的徐北文《李清照全集评注》。两部书的编选十分相似:它们都收录了 50 多首词(分别是 53 首和 51 首),并附有若干首"疑作"(分别是 7 首和 13 首)。⑨ 然而,徐培均的"全集"底本是由晚明人毛晋编纂、未曾刻印的《漱玉词》修订本,共 49 首词,但许多作品的来源十分可疑。徐氏从日本收藏家那里获得了一份《汲古阁未刻本〈漱玉词〉》复印件,又从其他词选中额外增添了几首易安词,使总数达到 53 首,2009 年的再版更增至 59 首之多。⑩

任何李清照及易安词的研究者都值得反思这段特殊的传播史。我们有必要对李清照的作品全集提出质疑,其中有超过一半的作品在李氏身后数百年才为人所知,又无法在任何可靠的南宋文献中找到其根据。中国古代文献史上总有些来历不明的作品,一旦作品的署名存在问题,该作者的名气越大,作品真实性就越值得怀疑:作家声望会吸引后人将作品系于其名下。这不能简单归结为不择手段的编者或出版商为了提升销量而增添"新发现"的名家作品,当然这种情况时有发生:上述 11 部词选或多或少有其经济利益,互相存在着市场竞争关系,一部词选如果包含若干首李清照或其他大词人的"新"作,将会吸引更多关注与买家。因此,校订者、编者及书商把若干首词系名李清照的做法其实有利可图,更何况原来的《漱玉集》早已散佚。但除了这个因素,正如我们在第一章所看到的,

---

⑧ 赵万里,《校辑宋金元人词》本《漱玉词》。
⑨ 徐培均,《笺注》;徐北文,《李清照全集评注》。
⑩ 新增 6 首易安词收录于 2009 年版的"补遗"中,见《笺注》,第 540—551 页。

模仿前人文风的"拟作"堪称时尚,几十年、数百年过去了,拟作会被误认为原作而掺入其文集,这并非罕见。

对于词选所辑录的易安词,读者的宽容度也因人而异。有人倾向于只承认宋代文献中早出的这部分易安词,理由是当时《漱玉集》仍在流行,所以这类词的可信度很高。这种情况下,易安词原作的数量从《乐府雅词》中的 23 首上升至 36 首(但如果排除《梅苑》中的 5 首疑作及 1 首误系之词,那么就只有 30 首)。可在后世藏书家及宋词爱好者再也无法找到《漱玉集》原本的情况下,又有多少人乐于相信明代中叶至晚明出现的易安词呢? 后世词选从未说明这些"新"作的出处,更别提文献可靠性了(如果它有文本来源的话)。比方说,你怎么看《花草粹编》中新增的 9 首易安词? 我们设想在四百年中,易安词集已经失传,其他文献也未曾提及这些作品,可它们却不知为何流传了下来,突然出现在《花草粹编》中,这类作品的真实性有多高? 反过来,假使它们系明人伪作,陈耀文明知其不见于早期文献,却乐于将这些"新"作收入囊中,这种可能性又有多大? 在此情况下,我们不能断定说陈氏故意以假乱真,也许他基于商业利益的考量,希望自己的词选夺人眼球,因此不会严格审查词作可靠性,而是欣然采纳了它们。

陈尚君在"唐女诗人"的相关研究中格外提到,晚明人热衷于女性写作,当时出现的女性诗歌总集反向建构了历史,并总结说唐诗在晚明出现了"大批女作者"。[11] 陈氏的发现对于明代易安词的增多现象也颇有启发性。

可即便在同时期的明清诗选中出现了李清照的诗,[12]我们仍有必要

---

[11]　陈尚君,《唐女诗人甄辨》,第 21—22、23—25 页。

[12]　在此我想到了五首署名李清照的诗作,它们被收录在 16 世纪 50 至 60 年代出版的女诗人选集中,即田艺蘅的《诗女史》(1557)及郦琥的《姑苏新刻彤管遗编》(1567 年,下称《彤管遗编》)。这五首诗分别是《乌江》(《彤管遗编》题为《夏日绝句》)、《分得知字韵》、《晓梦》、《春残》和《感怀》(两部诗选皆以一段序言代替了诗题),参见田艺蘅,《诗女史》,卷一一,5a—5b;《彤管遗编》(续集),卷一七,15b—17a。有关这类诗词的研究可参考方秀洁(Grace Fong),《性别与经典的缺失:论晚明女性诗歌选本》("Gender and the Failure of Canonization: Anthologizing Women's Poetry in the Late Ming"),第 134—137 页。中译论文可参见《中国文学:随笔、报道、评论》第 26 期(2004 年 12 月),第 129—149 页。

质疑《花草粹编》及其他明清词选中的新出易安词。首先，李清照很早就以词名世，易安词远比她的诗文有名。人们记住了她的词，宋人名曰"易安体"，并不断地模拟其词风。随着时光的流逝，这些拟作很容易羼入易安词集的不同版本中。其次，系名问题是词体文学所特有的现象。在李清照的时代，词是口传的表演文体，单篇词作不像诗文那样与原作者关系紧密，也不存在确定的文本语境，同一首词的多种系名在词体文学中很常见。

　　有鉴于此，一种可行的方法是先将易安词研究聚焦于那些最可靠的作品，再渐次拓展到疑作和伪作。有一类易安词我们能确定是原作；另一类则比较可疑；还有许多易安词属于最不可信的一类，是数百年后的词集编者作为，其系名毫无根据，甚至异想天开；最后，有几首词实为其他南宋词家所作，它们见载于早期文献，直到很久以后才被分别系于李清照名下。为什么我们不先从可靠的易安词开始研究，看看我们能发现什么呢？然后再讨论其他疑作，并与真作相比照，看看它们改变、发挥，又背离了什么。这么做的目的并非要辨别那些疑作，它们仍将存疑，而我们或许永远无法确定其真伪；我们之所以如此安排，是为了要明确分清原作与疑作，不让它们从一开始就相互掺杂，混淆视听（这种情况经常发生）。我们从不打算精准地复原李清照作品的全貌，毕竟关于她的现存文献太少，其中还包括大量伪作。但是，通过对文献来源及作品可信度进行甄别，我们至少能对她的传统形象有更深一层的了解。因此，我们不仅会分析最可靠的"核心"易安词，同时也会对一些次要的疑作加以审视，它们或是真的，或至少相较于"核心"易安词发生了有趣的发展与转变。

　　令人不安的是，当代多数的李清照学术研究并没有对作品进行分辨，而是将数世纪后方才出现、来历不明的易安词与南宋词选中的作品混在一起，同等对待，它们都被用来揭示李清照的为文和为人。更糟糕的是，一些学者从大量疑作中任意汰择，以投合他心目中的李清照形象，致使不同的学术研究对其作品"全集"的判定大相径庭。

　　基于学术界对易安词自传体写作的共识，相应的评注也出现了有趣的循环论证:词人的生平越是详细,相关词作(就其年代及出处而言相当可疑)的细节就越能嵌入其生活情境,于是学者们就会牢牢抓住这一"契合点"不放,以此抵消对作品本身的真伪质疑。我们在李清照研究专家徐培均最近出版的李清照全集中见证了上述情况的发生。2002 年的初版《李清照集笺注》并没有收录明代《永乐大典》首次系名李清照的 5 首咏梅词,但同书于 2009 年的再版中却将之目为李清照原作,收录于"补遗"。徐氏不但相信它们出自李清照的手笔,还将每首词系于特定年份,并根据词中细节与关连,把作品弥合进词人在不同时期的所思所想及相关情境中。就词作真伪问题,徐培均给出了目录学依据,他讨论了《永乐大典》及《梅苑》各自的系名方式,但这显然站不住脚;[13]而让徐氏转变看法的另一大影响因素无疑是他对易安词的自传体解读,他发现这些咏梅词恰好能与李清照传记贴合无间。我将在下一节剖析这种自传体解读法。

　　我根据宋元明清期间易安词出现的年代次序将其编号,每首词的号码可参见表一及附录一,本书所引易安词也会在词牌后的括号内标出数字。[14]其中,《乐府雅词》中的 23 首作品(第 1—23 号)属于"核心"易安词;接下来的第 2 组可信度有所下降,它们是南宋末期(13 世纪中叶)的词选中发现的作品,还有一首见载于南宋笔记,这些作品被编为第 30 至36 号;第 3 组包括《梅苑》中的 5 首词(排除了系名有误的《玉烛新》)、1首元代文献所记载的作品,以及 8 首明初才出现的易安词,收录于毛晋翻印的残本《漱玉词》,它们的编号分别是第 24—28、37 及 38—45 号;第 4组的可信度最低,包括了那些晚明至清代才系名李清照的作品(《梅苑》的那首周邦彦词也在其中),总计 30 首之多(第 29、46—75 号),其中有许多作品原被系在他人名下,或者被视为无名氏词(即作者未知)。[15]

103

---

⑬　徐培均,《再版后记》,《笺注》(再版),第 552—556 页。
⑭　不以年代次序编号的唯一一例外是《乐府雅词》中的易安词(第 1—23 号),我把它们编在《梅苑》的 6 首作品(第 24—29 号)之前,尽管后者成书更早,但考虑到其他因素,这 6 首词仍十分可疑。
⑮　有关词作系名变化的详细论述,可参见《全宋词》"存目词"注释,第二册,第 1212—1213 页。

表二 易安词的可信度分类

组别	易安词	数量
1	第1—23号,出自《乐府雅词》。	23
2	第30—36号,出自其他南宋文献。	7
3	第24—28号,出自《梅苑》;第37号;第38—45号,出自毛晋所藏明早期(1370)《漱玉词》残卷。	14
4	第29号;第46—75号,属明清系名之作(包括《梅苑》的那首周邦彦词,误系于李清照名下),其中的大部分原先署名其他词人,或为无名氏词。	31
总数		75

104   我用来判定作品可信度的标准完全基于年代先后及早出易安词的可靠性,同理,越是晚出的易安词就越不可信。我尽量避免涉及词风判断,不把风格因素纳入考量范畴。我的做法显然与大多数李清照研究背道而驰,其他学者辨别易安词真伪的方法通常取决于词风的考虑。风格决定论的缺陷一目了然:首先,今人所能觉察到的任何风格特征必定也被前人所感知,有人会模拟甚至伪造这类词风,这点非常关键,因为我们现在已不再用李清照的语言(文言文)来书写,而古代那些潜在的模拟者却对此游刃有余;其次,词体文学历来有"男子作闺音"的传统,而他们经常以"易安体"填词;再次,一首词往往很短(只有几十字到上百字),题材受限,措辞与情感也有其套路,作为一种风格与情感表达都有所制约的文体,词本身就很适合风格模拟。因此,运用统计学方法分析词的措辞与意象,从而判定词作者的想法至今没有人能做到,也属意料之中。任何人若自以为通过其阅读体验就能精确地判定词家风格,进而声称基于易安词风就能辨别作品真伪,我只能说,此人对自己的识断自视过高了。

在不可胜数的李清照研究中,大量精力被投注在单篇作品的系年上。比方说,几乎每一部新出版的易安词"全集"皆以年代顺序编排作品,更有编者不遗余力地考证他们对特定作品的系年。此外,还有些研究聚焦于易安词的系年与真伪问题。⑯ 学者们把每首词分开处理，加以即兴阐发，并且总是执迷于词风及情感表述，将它当作易安词真伪及系年的根据。然而，有关李清照作品传播历史的系统阐述、易安词在后世的增多累积，以及词人生平与大量明清易安词之间一目了然的年代隔阂，这些论题在学术界却鲜有人问津。不可否认，有些编者严谨地区分了李清照原作与"存疑"作品，但其判断基础却仍是即兴或印象式的，而未曾对易安词的传播史及其疑点作细致的审察。

自传体解读的困境

易安词研究的另一项预设关乎其传统解读方式：人们将词中角色等同于历史上的李清照本人。据我所知，近来所有中文学界的李清照研究都这么做，人们想当然地如此赏析词作，而对解读方法本身不加反思。

例如下面这首易安词，选自《乐府雅词》，今人对它的赏析就是典型的自传体解读：

浣溪沙（第 10 号）

小院闲窗春色深。重帘未卷影沉沉。倚楼无语理瑶琴。　　远岫出云催薄暮，细风吹雨弄轻阴。梨花欲谢恐难禁。⑰

此词勾勒了一名孤独女子的生动肖像，既有她所看见的春景，又有她起伏的心绪。尽管该主题在词中很常见，但词作者的敏感和聪慧仍增添了作品的兴味。末句写得最动情：梨花的凋谢恐怕无可挽回，这听起来像是无理的喃喃呓语；但如此表述恰到好处地唤起了对春花的惜慕，那名女子希望梨花永不凋谢，而这一心愿不可能达成。另外，词中还有些艺术效果极佳的藻饰，如烟云"催"生薄暮、细雨抚"弄"碎阴等表达。

李清照研究专家陈祖美对它有如下品评："此首亦当作于李清照待字

---

⑯　如王璠《李清照词真伪考》，收录于氏著《李清照研究丛稿》，第 3—34 页。

⑰　《笺注》，卷一，第 67 页；《全宋词》，第二册，第 1203 页。

汴京之时，且属少女怀春之什。"[18]她意指年轻的李清照之所以有怀春与
惜春之情，是因为她将要出嫁，并会经历人生的重要转折。而在徐培均为
此词所作的注释中，他在引用陈氏说法后提出异议。[19] 他从下阕的"岫"
字获得启发，指出首都开封地势平坦，而青州（赵明诚的故乡，在赵、李二
人成亲后，李清照于 1107 至 1121 年间与丈夫在此居住）西南有座仰天
山，仰天寺即坐落于此，附近有个罗汉洞；他进一步说明，其时赵明诚常外
出游览，在当地搜寻历史碑铭，并于 1109 年在罗汉洞留下题名。徐氏总
结说李清照所见到的"远岫"就是仰天山的罗汉洞，当时她正思念着在那
里旅游的丈夫。

107 　　徐培均的解释引经据典、构思巧妙，但他给此词附加了许多具体的地
理及年代特征，而我们通常不会这么读词。"岫"既可以指峰峦，也可以
指山穴，而李清照并没有使用罗汉洞的"洞"字，这微微削弱了徐氏的观
点。不宁惟是，陈、徐二人解读方法的关键在于：他们都把词读成自传，均
设想词中女子就是李清照本人，表达着词人独有的思想与情感。（我们是
以第一人称、还是第三人称来指代词中女子？——也就是说，是"我倚楼、
我无语、我理瑶琴"，还是"她倚楼、她无语、她理瑶琴"？——这又是另一
个问题了。汉语诗歌语言无需读者在两者间选择其一，但英文翻译者却
必须有所取舍。）[20]徐培均就提供了一种巧妙的自传体解读，他将词中细
节与李清照在青州的生活轨迹一一作了比照：词中的"远岫"意指丈夫所
游览的那座山，而"小院"指的就是这对夫妻在青州的居所归来堂，诸如
此类。[21] 陈、徐二人就词的具体系年有所分歧，但他们的解读有一共同前

[18] 转引自徐培均《笺注》，卷一，第 68 页，原文见陈祖美《中国诗苑英华·李清照卷》（我未曾读
　　 过此书），而她的《李清照词新释辑评》也有关于此词的类似评论，可供参考，详见此书第
　　 14—16 页。

[19] 《笺注》，卷一，第 68 页。

[20] 此处涉及汉语与英语之间一个关键的翻译问题。在将易安词译成英文书面语时，作者发现
　　 以汉语写就的原词缺少英文语法所必须的主格结构。而身为英语读者，作者也由此"发现"
　　 了易安词的"人称问题"，从而提供了耳目一新的解读路径。作者对该问题更深入的探讨可
　　 参见本书第十、十一章的相关阐述。——译者按

[21] "小院"细节参见《笺注》，附录一"年谱"，第 437 页。

提,即词中的女子就是李清照。

下面这首词引来了另一种解读分歧,但不同说法间或隐或现的前提却是一致的:

减字木兰花(第 66 号)

　　卖花担上。买得一枝春欲放。泪染轻匀。犹带彤霞晓露痕。　　怕郎猜道。奴面不如花面好。云鬓斜簪。徒要教郎比并看。[22]

这首词的解读分歧在于是否承认它为李清照原作。它被列在我的第 4 组易安词下,在明代《花草粹编》中首次出现,因此很可能是伪作。现代李清照研究的元老赵万里也提出质疑,并将它归入存疑之作,但他的判断基于词风,言其"词意浅显,亦不似他作",[23]而与作品年代的晚出无关。当代学者则更愿意相信它出自李清照之手,并认为赵万里的质疑武断而不通融。可即便这些学者承认了该作,他们也一致将它系于李清照早年,认为她在嫁给赵明诚后不久写下了这首词。2004 年,诸葛忆兵出版了他的研究著作《李清照与赵明诚》,书中他对这首词作如此评价:"青春妙龄的少妇李清照,买花是为了赏花,是对美的欣赏,同时也是为了装饰自己,珍视自己的青春年华。……这时候的精心化妆,当然是为了博得丈夫赵明诚的赏识,所以,买花、戴花的动作中又多了一层对幸福爱情执着追求的含义。"[24]

还有一种可能,即李清照写的并非她自己,可惜诸葛忆兵和其他承认此词的学者都不曾想到,正如徐培均所言,此词"尽情表现青春气息与新婚之乐",他们断定作品写于赵、李成婚后不久。[25] 相应地,赵万里以风格标准来质疑它,也是基于他对李清照其人的想象,认为这样的词风与一位高贵可敬的淑女很不相称。赵万里以相同的理由质疑了另一首易

---

[22]　《笺注》,卷一,第 9 页;《全宋词》,第二册,第 1210 页。

[23]　转引自王仲闻《李清照集校注》,卷一,第 71 页。

[24]　诸葛忆兵,《李清照与赵明诚》,第 49 页。

[25]　《笺注》,卷一,第 10 页。

安词《点绛唇》(第 54 号)，诸葛忆兵对此指出：赵万里因"词中女子的举止不像是名门闺秀，而与市井妇女之行径相似，便否定这是李清照的作品"。⑳

其实，我们能毫不费力地在学术上对易安词系年的若干考虑因素提出异议。这样的编年完全基于作品与作家生平的对应，可李清照的身世对我们而言或虚或实，而批评家提供的视角又非常有限：如果这是首流露哀愁的词，它就必定是写夫妻分离的生活情境，又由于批评家不想把所有的悲伤之作都留到赵明诚死后才完成，其中的许多首便写于赵、李成婚后丈夫离家远行的时期（详见下文），李清照通过填词来排遣孤寂。

或许，即便在赵明诚身边，李清照也会感到寂寞，但读者却不愿这么想。如果换成一位现代作家，情况就不一样了，我们很能理解她在爱情中饱尝孤独与失意，即使她心爱的人近在咫尺。可一旦言及李清照，人们便不作此设想。类似地，怀春之词也必然写于词人早年，应作于她出嫁前后。因此，徐培均才将《浣溪沙》系于青州时期，而以开封地势平坦为由否认了更早的系年；其实，李清照后来在许多有山的地方待过（如杭州、金华等地），但人们常觉得一位老妇不会对春天格外敏感，从而排除了李清照南渡后的居所，尽管其地形也与词中的描写相吻合。

上述解读的最大问题在于他们将词中女子等同于李清照本人。事实上，李清照出身官宦之家，深谙词体文学的表演程式。她的父亲厕身于当时的高级文人圈，年轻的李清照在宴饮或聚会场合一定见过人们填词、听过词乐表演，即便当时不在场也会有所耳闻。这些场合下演唱的歌词多为情爱之作（其他文化亦然），或是写失恋女子的孤独，或是刻画女子在男人面前搔首弄姿。李清照对当时的词体文学极其熟稔，这从她的《词论》便可看出，我们无法想象她对男性填词的程式懵懂无知。

---

⑳　诸葛忆兵，《李清照与赵明诚》，第 36 页。

为什么女词人被这样解读？

词体文学的自传体阅读习惯并不仅仅适用于李清照或其他女词人，读者也如此欣赏男词人的作品，个别词家尤其突出。我们如今区分作者与文学角色的做法，对于欣赏中国古代文学的汉语读者而言相当陌生。的确，"诗言志"的强大传统要求诗人做到言为心声；但人们对词的看法或许有所不同，毕竟它是合乐的歌词，歌者本人并非词作者，且二者性别往往不同。实际上，人们也把一些男词人的作品读成自传。南唐的亡国之君李煜（937—978）擅长填词，习惯上后主词采取的就是自传体读法，人们将词中慨叹光阴流逝、惋惜青春不再的无尽悲愁化入后主本人的亡国之痛。北宋词人柳永据说流连于烟花柳巷，他的词常被视作以第一人称叙述自己与歌女间的情事。欧阳修常写情爱之词，而读者又无法明确分辨词作者与词中角色的界限，致使他的政敌借机利用，冒欧公之名伪造了若干首词来描写老夫对少女的爱情，以此坐实他的"盗甥"罪名。㉗ 有时也会有词人故意让读者以自传体方式阅读他的作品，苏轼是这方面的典型。为了让词更接近于自传，他特地附上详尽的词序，以此将作品嵌入他的人生轨迹。尽管苏轼自有其用意，但之后的踵武者并不多。

尝试以自传体写作的词家毕竟是少数，我们看到，男词人仍经常代女子立言，或是以一位女子为描摹对象，这类词作无法直接解读成自传体。但若是一个女人以女性口吻写一首女性题材的词作，情况就大不相同了，读者会设想所有女性作品都表达了她们的切身感受或生活经历，这种现象绝非仅见于易安。换句话说，人们对待男、女词家的作品采取了不同标准：男性词作中填词者与词中角色及对象的分离，并不适用于女性词作。

对于词作者与词中角色的分离有若干种解释。我们当然可以说，就

㉗　参见拙著《欧阳修的文学作品》(*Literary Works of Ou-yang Hsiu〈1007 - 1072〉*)，第161—165页。

男词家而言,二者的分离更自然,因为许多男性词作都是由女性角色"歌唱"的。相反,女人却很少假托男性口吻进行创作,但女词人有时也会创作一些性别角色不甚分明的词作,但这类作品还是一律被读成自传体。

显然,对女性作品的不公平待遇与男人的性别优势有一定联系。在宋代,文化传统使得写作被认为是男人的特权,而当时更为普及的科举制度加强了士大夫写作的认同感。由于当时的男人主导文学领域,其中大多数又极有古典修养,因此当读者十分稀罕地见到一首女性作品时,自然会对之别有期许。在极富文化底蕴的古代中国,人们往往觉得女子之文就创作水平而言属二流作品,在辞藻、典故及文学感染力方面皆不及男子之作。女作家的表达必定是直白而浅显的,进一步说,她们只会用"自己的"口吻来写作。

人们如此对待女性作品的另一大因素无疑是阅读过程中的偷窥心理。就女子诗文不宜外传而言,这在一定程度上是因为人们会以性别眼光窥探她所流露的情感。对少数流传在外的女性作品而言(无论有意无意),读者(尤其是男性读者)会倾向于偷窥隐私般地阅读它们,借以观察女作家最私密的时刻、情感,甚至是她的身体,并乐在其中,这种偷窥心理很自然地激起众多读者的好奇。传统社会的大家闺秀不会抛头露面,甚至在家中也只待在闺房,这就使得女性作品有其独特魅力,让人们得以一窥那重门深闭的墙垣之内的禁忌。如果取消了女性作品与她本人之间的关系,就无法满足人们的偷窥欲,作品本身也会失色不少。

此外还有一个原因:假如一位女子也学会了代言体写作,这会让男读者们无所适从。人们能接受男词人细致地描摹虚构角色——如淑女、侍妾、陪客或者名妓,当然也包括诸多男性形象——但如果女词人也这么写,就会被认为是虚伪做作、不合规矩。传统社会中,妇女的地位及权势根本无法与男人相提并论,男人则要求她们学会敬畏与服从。若一名女子也有杜撰人物的本领,就会使男作家的类似做法显得不足为奇,反过来更肯定了女子的才华,这与从属的、恭敬的、忠贞的女性形象背道而驰,从而挑战既定的社会礼教。与之相比,简单地认定女人无从掩饰自己的表达要来得容易得多。

我们能找到与李清照同时代的若干首女词人作品，词中女性显然不是词作者本人。下面这首词就是个例子，它由曾布之妻魏夫人所作，我们在第一章提到过她，而她的丈夫曾布是历经神宗、哲宗与徽宗三朝的名臣，在当时颇具名望。魏夫人的原词如下：

定　风　波

不是无心惜落花。落花无意恋春华。昨日盈盈枝上笑。谁道。今朝吹去落谁家？　　把酒临风千种恨。难问。梦回云散见无涯。妙舞清歌谁是主？回顾。高城不见夕阳斜。㉘

词作描摹了一名女艺人，她如词中的"落花"般从这家沦落到那家，言下之意是，她辗转于不同的男主人。她凭歌舞来取悦对方，而主人的恩宠却无法依恃，使她的归宿茫然未卜。这首词处理了一个历史悠久的传统题材，词中女子往往是演唱此词的歌女，她被不同的富有顾主包养。

同样，我们应想到李清照也会创作传统题材的词作，这类词可能无涉于她本人的生活经历。可惜读者却不容许这位著名的才女有这种创作权利，所有易安词都被读成自传体。人们可以质疑系名李清照的词作真伪，可一旦它被认定为原作，就会被立即安插进她的生平，很可能被系年，并帮助学者重构词人的身世。比方说，如果这首词描写了一名卖俏女子，人们绝不会考虑词人借传统题材进行创作的情况，而会把它读成是李清照在与赵明诚调情，并将词作系于二人的婚姻蜜月期。于是，这首词就被用来反映词人当时的心境，这就陷入了循环论证。人们武断地排除李清照虚构角色的可能性，可其他词人却经常这么干。易安词的自传体读法是如此根深蒂固，以至于它被视作李清照作品唯一正确的解读方式。在这里，我们并不是说易安词中没有半点自传成分，她的若干首词的确提到了一些生活细节，如具体的居所或地名，即便词中没有出现这些特指，它们

113

㉘　魏夫人，《定风波》，《全宋词》，第一册，第347页。

也能与我们所了解的词人经历相契合。然而，我们不该不加批判地将文学角色等同于历史上的作者本人，这种思路很狭隘，我们应保持警觉。同时，我们必须承认，李清照传记的建构存在严重的循环论证问题：读者在易安词中听到了"李清照"本人的诉说，并借此想象着词人不同阶段的生活与情感。学者们甚至热衷于对易安词进行确切系年，而这几乎完全基于过分简化的先入之见：人们先假定不同时期的词人心态，仿佛她在特定处境下只能抱有唯一情绪似的，然后相当主观地判定哪些词归属于哪个生活阶段。由此导致的后果是，学者们对具体作品的系年存在着混乱的分歧。而在大多数情况下，作品内外都没有确凿的系年证据，研究无从推进，只剩下词作本身一些模棱两可的细枝末节。

最后，我们有必要提及公平对待作品的问题。我们对李清照抱以热忱，因为她在其置身的文化历史中显得那么独一无二，身为女作家，她至少有一些出色作品打破了世人对女子习文的偏见，从而扭转女性写作的不利局面。她是一个留下出色的文学作品、在历史上确有其人的名女子，可谓世所罕见。我们无比期待她的言说，因为除了她，我们又如何获知当时名门闺秀的心声呢？但正是对这位奇女子的热情使我们将易安词与同时代男性词作区别对待，我们把易安词读成自传，而完全忽视了她也具备男词人的拟题与杜撰能力。这实在是不智之举，我们不禁要问：这样的解读是否过于偏狭？但易安词的自传体解读是如此根深蒂固，致使我们必须努力保持高度自觉，才能规避其弊端。

为什么赵明诚不给李清照写家信？

在汉语学界，即便是最新的易安词研究，都染上了自传体解读的色彩。它导致了不同学者间的分歧，这些高度主观的阐释彼此间纠缠不清、相互矛盾（附录二就一个问题罗列了不同学者的阐述，我们得以一窥他们各自的观点与分歧）。在此我来作一示范，具体考察李清照和赵明诚在二十七年婚姻中的数次别离。我们先来看这首易安词：

一剪梅(第 13 号)

　　红藕香残玉簟秋。轻解罗裳,独上兰舟。云中谁寄锦书来,雁字回时,月满西楼。　　　　花自飘零水自流。一种相思,两处闲愁。此情 115 无计可消除,才下眉头,却上心头。㉙

　　上阕的"雁字"指的是大雁飞行的阵列,类似于汉语的"一"字或"人"(或"八")字,传说大雁能捎来远方爱人的音讯。"锦书"化用典故,意指分居夫妻写给对方的信件。㉚ 词中的"西楼"通常指代女子居所,主人公往往独自在家,她的爱人不在身旁。这首词中,即便大雁已经归来,词中之人期待它们捎来远方的书信,但"云中谁寄锦书来"一句最好还是理解为反问,意谓杳无音讯,读者一般作此理解。㉛

　　生活于 14 世纪的元人伊世珍曾撰写笔记《琅嬛记》,其中引用了这首词,并交代了它的由来:李清照成婚后不久,丈夫赵明诚便"负笈远游",妻子不忍见他离去,就在一段织锦上写下此词,并把它交给赵明诚作为别离的信物。㉜ 伊世珍自称在所谓的"外传"中得知此事,而"外传"显然是有关李清照身世或赵、李婚姻的杜撰之作。可有趣的是,围绕词人生平的通俗浪漫化叙事早在元代已经浮现,可惜这篇"外传"没有流传下来。

　　学界对伊世珍笔记的评价并不高,里面满是虚构不经之词。伊氏所 116 引传记同样不可信,在讲完《一剪梅》词的由来后,这篇"外传"又记下了赵明诚的一个梦,预言了他未来的妻子。赵明诚在梦里读一本书,但醒来后只记得三句话:"言与司合,安上已脱,芝芙草拔",其意不可解。他把三句话转述给父亲,父亲通过汉字的拆合破解了谜底,这三句话的意思是"词女之夫"。不久,才女李清照就被许配为赵明诚之妻。这则故事很可

㉙　《笺注》,卷一,第 20 页;《全宋词》,第二册,第 1204 页。
㉚　苏蕙曾在织锦上绣有著名的回文诗,并把它寄给远方的丈夫,这里的"锦书"即出典于此。参见《晋书》,卷九六,第 2523 页,转引自《笺注》,卷一,第 22 页。
㉛　例如徐北文对此句的解释,参见《李清照全集评注》,第 7 页。
㉜　伊世珍,《琅嬛记》,《汇编》,第 28—29 页。

能是围绕着这对著名夫妻而产生的谣传之一。

尽管《琅嬛记》文本十分可疑，但赵明诚成亲后便离家远游的说法却很受欢迎，在无数的明清词话、笔记中被广泛征引，连清代学者俞正燮也在他那篇影响深远的李清照长篇传记中转述了此事，并信以为真。[33] 这一说法还不断出现在最近的李清照研究中，包括徐培均的权威注本《李清照集笺注》，由上海古籍出版社于 2002 年首次出版。[34]

赵、李夫妻分离的盛行观念并不仅仅得益于《琅嬛记》的记载，学者在李清照的自述中也找到了相关论据，下面是《金石录后序》中的一段话：

> （赵、李成婚）后二年，出仕宦，便有饭疏衣练，穷遐方绝域，尽天下古文奇字之志。[35]

徐培均读得格外仔细，并"纠正"了《琅嬛记》记载的偏差。这段话表明，赵明诚的离家并非为了拜师求学（即"负笈远游"），而是要去搜集碑铭上的"古文奇字"，并最终写就专著《金石录》。

但是，《后序》的叙述本身存在多种解释。假如把上面这段话抽离上下文单独来看的话，它读上去的确像是赵明诚离家远行，去探寻碑铭古文；可在原文语境中，它的涵义却并非如此：

> 余建中辛巳（1101）始归赵氏，时先君作礼部员外郎，丞相（公公赵挺之）时作吏部侍郎，侯年二十一，在太学作学生。赵、李族寒，素贫俭。每朔望谒告出，质衣取半千钱，步入相国寺，市碑文果实归，相对展玩咀嚼，自谓葛天氏之民也。[36]
>
> 后二年，出仕宦，便有饭蔬衣练，穷遐方绝域，尽天下古文奇字之志。日就月将，渐益堆积。丞相（赵挺之）居政府，亲旧或在馆阁，多

---

[33] 俞正燮，《易安居士事辑》，卷一五，第 763 页；又见《汇编》，第 107 页。

[34] 《笺注》，卷一，第 22 页；又见徐培均"年谱"，《笺注》，第 423—424 页。

[35] 《笺注》，卷三，第 309 页。

[36] 葛天氏，古帝名，相传他治理下的民众过着平和安乐的生活。

有亡诗、逸史、鲁壁、汲冢所未见之书，㉝遂尽力传写，浸觉有味，不能自己。后或见古今名人书画、三代奇器，亦复脱衣市易。尝记崇宁间（1102—1106），有人持徐熙（10世纪）《牡丹图》，求钱二十万。当时虽贵家子弟，求二十万钱，岂易得邪？留信宿，计无所出而还之。夫妇相向惋怅者数日。

从上下文来看，赵明诚似乎从未离开京城。在他妻子的协助下，赵氏通过亲缘关系得以阅览宫廷馆阁的稀有文献、碑铭及古玩。这里的年代次序很关键：李清照于1101年出嫁，赵明诚当时还是个太学学生；据她所言，丈夫在两年后（1103）开始了他的仕宦生涯。我们不清楚赵明诚最初担任何种官职，但我们的确知道他于1105年十月被任命为鸿胪少卿。㉟很少有人年纪轻轻就获得如此显要的官位，这无疑得益于赵明诚父亲在徽宗朝初期的显赫地位（他的两名兄长也同时被委任高官）。

　　黄盛璋1957年发表了有关李清照与赵明诚的重要论文，对赵氏早年离京一事重新做了考证。㊴他否定赵明诚早年离开京城及其家人的传统看法，甚至解释了此番误解何以产生。李清照在《后序》中说赵明诚"出仕宦"，黄氏认为伊世珍（及其所引"外传"）将"出"误解为"出发"前往地方赴任，但正确的理解是"出而仕矣"，亦即赵明诚"从太学出来，开始做官"。南宋学者洪迈抄录的《后序》文本佐证了黄氏的观点：洪迈的转述仅仅说赵氏"从宦"（有的版本作"从官"）。㊵黄盛璋进一步推翻了《琅嬛记》对《一剪梅》词由来的说法，他指出词中的若干特点无法满足"赠别之词"这一说法。

　　最近李清照生平及其作品研究的出版专著中，学者们大多同意黄盛璋的观点，认为赵明诚在他早年并未离京，这些学者包括王仲闻、陈祖美、

118

119

㉝　鲁壁和汲冢曾出土古书，两处因其发现而为人称道。详见第六章注释④。
㉟　参见徐培均"年谱"，《笺注》，第427页。
㊴　黄盛璋，《李清照事迹考辨》，第317—319页；又见其《赵明诚李清照夫妇年谱》，第149—150页。
㊵　洪迈，《容斋四笔》，卷五，第684页。

于中航、诸葛忆兵与邓红梅。㊶ 但正如上文所言，有关赵明诚在新婚燕尔之际离开妻子的传统观念仍被一些学者所保留，徐培均就坚持这种说法，并将两首易安词（包括第 13 号）系于这段时期，使之与爱人别离的场景相匹配。

尽管有些学者认同黄盛璋的观点，但我们在其研究中发现了一个有趣的现象：许多人又炮制出赵、李夫妻分离的另一种解释。这些不同观点有两个令人惊讶的特征。首先，二人的分别情形可谓众说纷纭，花样层出不穷，这些解释皆晚于黄盛璋的研究，且大多数在最近十到十五年间方才出现。每位学者有其各自的说辞，任何研究新作的出版都试图推翻之前的说法，并提出自己的"创见"——换言之，学者们从未就夫妻分离的具体情形及原因达成共识。另一大特征是这些解释各有缺陷，很容易遭到质疑，这似乎也是学者们彼此间缺乏共识的原因。下面，我将简要概述夫妻分离的三种说辞以及它们各自的疑点。

陈祖美认为，远行的人不是赵明诚而是李清照，她在当时回到了故乡章丘（今山东境内）。1103 年，朝廷颁布政令，禁止元祐党人及其子孙任职，并勒令他们离开京城，李清照也因此被迫离家，直至 1106 年党禁被取消时才回京。但其中有段时期党争较为缓和，禁令也有所松弛，李清照曾回京城小住（如 1104 年），但因政治形势吃紧而再度离京。㊷

我们知道，1102 至 1104 年间，在蔡京的煽动下，李清照之父李格非的确列入元祐"奸党"的名单。这并不意外，因为他在元祐年间任太学教授，并往来于苏轼文人圈。而当年对旧党的迫害中，的确有政令明确禁止元祐党人及其亲属参政，1102 年三月颁布的一项政令要求元祐"子弟"迁居地方、不得入京；㊸同年九月的一项政令禁止皇族与元祐"子孙"通婚，

120

㊶　王仲闻，《李清照集校注》，第 25 页；陈祖美，《李清照新传》，第 64—65 页；陈祖美，《李清照词新释辑评》，第 50—51 页；于中航，《李清照年谱》，第 47 页；诸葛忆兵，《李清照与赵明诚》，第 47—49 页；邓红梅，《李清照新传》，第 47—55 页。
㊷　陈祖美，《李清照年谱简编》，《李清照新传》，第 274—275 页；又可参见陈祖美，《李清照年谱》，《李清照评传》，第 291 页。
㊸　杨仲良，《续资治通鉴长编纪事本末》，卷一二一，13a（第 3773 页）。

并补充说如若婚事尚未操办,之前的婚约就必须取消。㊹ 上述法令成为陈祖美证明李清照离京的依据。

虽然如此,我们仍无法确信这些政令也适用于元祐党人的女儿,如此一来,党禁范围未免过大,并且女儿在家族中的地位较低,不太可能名列元祐"子孙",党禁尤其不会去追究已出嫁的女子。上述第二项政令关乎皇室成员(赵明诚家族不包括在内),也丝毫没有涉及已婚夫妻,如赵、李二人。此外,这位元祐党人之女碰巧有位身为宰执的公公,他在 1102 年是地位仅次于蔡京的朝臣。退一步讲,就算元祐党人的女儿被纳入党禁范围内(这种可能性极小),如果有谁能法外开恩的话,那定非李清照莫属,因为她的后台过硬。我们还有一个顾虑,那就是李清照自己在对这段时期婚姻生活的追述中,一点儿都没提到离开丈夫、回到故乡的情况。实际上,在上文所引《后序》中,李清照回忆起"崇宁间"夫妻二人相伴共处的生活,他们闲暇时忙着收集文物,那是段美好惬意的时光。在她的回忆中,那些年唯一的憾事是身为"贵家子弟"的他们仍无法获得徐熙的《牡丹图》。假如李清照的确受到了党禁冲击,那她为什么在《后序》中只字不提?况且这篇序文写于事后三十年,当时的舆论普遍批评徽宗朝党禁,而受害者在历经波折后也已被平反昭雪。

诸葛忆兵则提供了这对夫妻新婚离别的另一番情形。诸葛氏提醒我们,当二人成亲时,赵明诚还是个太学学生,所以他不得不住在太学宿舍,只能在每月初一和十五回家看望自己的新婚妻子。㊺ 同样,这一观点无法同李清照的自述("自谓葛天氏之民")相契合。李清照的确谈到她和她丈夫在每月朔、望日会去相国寺购买碑铭、书籍,但这也许仅是指他们在太学放假时的活动,并不能说赵明诚每月只在家待两天,而身为权相之子的赵明诚或许还有些特殊优待。而诸葛氏却通过想象赵明诚寄宿太学,来解释一些叙写离别的易安词,并将作品系于这段时期。其中的一首

121

㊹ 杨仲良,《续资治通鉴长编纪事本末》,卷一二一,16a(第 3779 页)。
㊺ 诸葛忆兵,《李清照与赵明诚》,第 38—43 页。

就写词中女子登楼远望,抱怨着"远信"迟迟未来。⁴⁶ 如果我们愿意相信诸葛氏的理解,那么李清照也未免太矫情了。

邓红梅于2005年出版了《李清照新传》,又提出了一种夫妻新婚别离的新说法。⁴⁷ 这一次,邓氏将时间挪至1106年李清照回京以后,崇宁年间对元祐党人的迫害已告一段落。而这些年的朝堂之上,蔡京与李清照的公公赵挺之却斗得很凶。二人是旧时同僚,赵挺之于1105年曾一度与蔡京同登宰执(所以李清照在《后序》中称其为"丞相");但二人的共事关系仅维持了一个月,赵挺之便自愿辞官,徽宗对他十分同情,并赐予他京城宅邸以安度晚年。1106年初,彗星的出现使徽宗改变了主意,不久罢免蔡京,赵挺之复相,并独掌朝纲。不幸的是,赵氏的此次任命并不长,蔡京于1107年(大观元年)重获恩宠,转而报复劲敌,赵挺之于是年三月受辱免职,五天后便卒于京城家中。又过了三天,蔡京开始对付赵挺之的三个儿子(包括赵明诚),他们被指控涉嫌参与其父的贪污罪行,并被带去监狱立案审查,所幸这些指控无果而终,七月,他们被无罪释放。

根据李清照生平的权威叙述,她和赵明诚于1107年岁末离开京城,回到亡父的青州故居,他们在那儿待了十多年,最初几年在服丧中度过。但是邓红梅发现了一首谢逸诗,并由此提出了一种新的离别情景。谢逸(1068—1113)是位江西诗人,与当时的若干文人互有往来。这首诗题作《送赵德甫(赵明诚)侍亲淮东》,⁴⁸邓红梅借此精心构想了一个复杂情节:由于丈夫突然亡故、儿子们被控有罪,赵夫人(郭氏)在这双重打击下离开京城,前往南京寻求庇护,那里离她丈夫初次任职之地(位于淮南东路)相距不远。赵氏兄弟于七月被无罪释放后,赵明诚便离开京城,先去接他母亲回来,再到青州安排父亲的丧事。但他并没有急着去接母亲,而是绕道西南陆路,经由四川,沿长江而下,路过三峡后抵达南京,在远行途中尽量搜罗碑拓铭文。谢逸的赠诗便提到瞿塘峡和著名的滟滪堆,赵明

---

⁴⁶ 《怨王孙》(第39号),《笺注》,卷一,第18页;《全宋词》,第二册,第1208页。
⁴⁷ 邓红梅,《李清照新传》,第59—66页。
⁴⁸ 《全宋诗》,第二十二册,第14833—14834页。

诚将会经过那里。直至 1108 年夏,赵明诚才把母亲带回京城。一家团聚后,赵家母子和李清照共同前往青州服丧。

此前无人留意这首写给赵明诚的谢逸诗,邓红梅的首次关注值得肯定,但她的结论却容有商榷。若撇开此诗,我们没有理由相信赵夫人会突然决定离开首都,经过长途跋涉来到南京,当时她正等待着三个儿子的审讯结果,这与她及整个赵家的命运休戚相关。更让人难以置信的是,如果赵明诚真要到南方接回母亲,他又怎么会跑到千里外的四川游山玩水,还悠然地沿着长江一路观览后才抵达南京呢?当时整个家族正沉浸在赵挺之去世的悲痛之中,家族的声望、地位以及赵氏兄弟的政治前途遭受严重打击,有哪个不肖子弟敢在接母亲回家服丧的途中观光玩耍呢?

其次,邓氏假设谢逸当时身处汴京,并在赵明诚临行前写下了这首赠别诗。但事实上,谢逸晚年已回到故乡临川(今抚州市,位于江西省中部,南昌市的南面)。谢逸在多年前曾来到首都,当时准备应考科举,入朝为官,但没有成功。最后,他放弃了举业,回到临川,以教学为生。1103 至 1109 年间,谢逸曾为临川人写下数篇墓志铭,足以证明他在 1107 年赵挺之去世前后一直居住在此。(一些墓志铭还提到逝者家属亲自来到他家,请他为其亡亲撰写哀辞。)[49]也就是说,最有可能的情况是谢逸在临川送别赵明诚,后者将东行至淮东(今江苏)。这么一来便意味着,在从三峡到南京的沿江途中,赵明诚还要向南绕道数百里去临川拜访谢逸。

最后,这首谢逸诗并不符合 1107 年赵明诚的生活境遇。诗中丝毫没有提到其权相之父的亡故,也没有交代服丧的情形。恰恰相反,全诗基调是乐观向上的。诗中夸赞赵明诚是位前程似锦的少年才子,将其喻为天马("恐是天厩真乘黄"),并建议他在世间闯荡时不要急于"速售"其才,而要学会耐心等待。实际上,这是种典型的诗歌题材,它题赠给青年,祝贺他的早年成就及其远大前程。如果谢诗写于 1107 年,这相当不合时

124

---

⑭ 谢逸,《陈府君墓志铭》、《故承奉郎王及至墓志铭》、《江居士墓志铭》以及《吴夫人墓志铭》,见《全宋文》,第 133 册,卷二八七七,第 254—255、257—258、262 页;卷二八七八,第 268—269 页。最后一篇墓志铭出现的"临汝"曾是临川郡治之名。

宜，当时赵明诚正经受着多重悲剧性打击。

　　这首诗本身仍是个谜。也许它并非写给这位"赵德甫"（谢逸没有留下其他写给赵明诚或"赵德甫"的诗）。也许它的确是写给赵明诚的，但当时的"赵德甫"一定还是个年轻人，诗歌言其"年未二十如老苍"。也许这首诗写于赵氏早年南行期间，当时他未满二十一岁，还没成婚，也尚未入太学学习，但事实是否如此我们无法确知。总之，此诗看上去并不像邓红梅所设想的那种情形。

　　就李清照与丈夫新婚别离的情况，陈祖美、诸葛忆兵与邓红梅三人都有各自不同的解释，但他们却被同一种冲动所驱使，其观念也异曲同工。由于黄盛璋对赵明诚成婚后离家远行这一传统观念的反驳极其有力，这些学者不得不寻找另一个造成夫妻别离的理由。他们的设想拘泥于细节，且互不兼容，这反映出观念与史实的张力，他们执着于找到这样的离别场景，但记载夫妻二人当年生活的史料着实有限，这令我们无从下断语。

　　学者们对于赵、李夫妻别离的专注，并不仅限于他们在京城的早年时光，还蔓延至他们"屏居"青州之时。夫妇二人于1107年赵挺之死后就住在青州，一待就是十四年。就我们所知，赵明诚直至1121年秋才复职出守莱州。有些人猜测赵明诚的复出或许更早，但没有史料依据，我们也无从推断。

　　文学研究者特别关注青州期间赵明诚离家出游的情况。我们听说他定期远行，跋山涉水，穿越乡野，去寻找古代碑铭，以扩充他的收藏。多首易安词叙写了孤寂或离别之情，它们常被系于这一时期。学者努力使我们相信那些作品是李清照的寄托之词，她正思念着远游访古的丈夫。

　　然而，当我们用批判的眼光仔细审视赵明诚在青州时远行的文献依据，就不难发现，学者们同样是用最琐碎的线索，做最大胆的推断，这与上述汴京时期夫妻分离的说法如出一辙。赵明诚在青州时期的确多次离家出行，但很少有证据说明他频繁外出，或是长期离家在外。幸运的是，赵明诚在《金石录》中留下了相关线索，他的题辞记录了自己如何获得碑铭，或是标明真迹、拓片所在的地点，从中我们得知了他在当时数次出游的具体时间及目的地。他造访次数最多的地方是青州南部的仰天山，那里的罗汉洞最为出名，每逢中秋，月光会从洞顶的一处罅缝中穿透而过，"仰天山"也因此得名。此山距青州六十四公里，据我们所知，赵明诚总共去了四次，具体时间分别是在 1108 年重阳节、1109 年端午节、1111 年中秋节，最后一次是在 1121 年四月，不久赵明诚就要前往莱州赴任，行程方向刚好与仰天山相背。此外，他还记有一段碑铭，但没有系年，附在 1108 年的条目后，这可能来自他的第五次出游。⑤⁰

　　除了仰天山，赵明诚还常去长清县的灵岩寺。长清县位于济南南部，距青州约 173 公里。根据赵明诚对当地碑铭的最后一次记录，他总共去了灵岩寺三次，具体时间分别是在 1109 年九月、1113 年夏及 1116 年三月。⑤¹ 在第二次出行中，赵明诚顺便同朋友一起去了泰山，⑤²泰山离那儿很近，位于长清县东南四十公里，赵明诚回家途中正好经过此地。

　　由此，我们一共知道赵明诚的七次或八次出行，它们零散地分布在十四年闲居期间。其中最远的一次也就离家一百七十多公里，我们无从确知出游的天数，但上述线索表明赵明诚离家的时间并不长。赵明诚仅在一则碑铭记录中明确提到出游持续的时间：1109 年他出发前往灵岩寺，"凡宿两日乃归"。而 1113 年的出行日程似乎也很短，赵明诚于闰月初六（6 月 22 日）还在灵岩寺，两天后就身临泰山之巅。⑤³

　　有几首易安词通常系于青州时期，如果我们将学者对这些词的说法同赵明诚真实的出行情况相比照，就会发现明显的理解偏差。我们很难把那些充盈着孤寂、消沉氛围的易安词，与赵明诚的短时出游联系在一起。实际上，这种偏差并不是说词作本身与赵明诚出游的记载互相抵牾，

---

⑤⁰　关于赵明诚游览仰天山的情况，可参见于中航《李清照年谱》，第 60—61 页（1108 年）、第 61 页（1109 年）、第 65 页（1111 年）、第 84—85 页（1121 年）。

⑤¹　这张碑铭拓片现藏于北京首都图书馆，于中航将其原文引录于《李清照年谱》，见原书第 62 页。

⑤²　同上，第 67—68 页。

⑤³　同上，第 68 页。

毋宁说是学者们附加给易安词的情感表达同赵明诚短期旅行的事实存在隔阂。

我们不妨来看一首易安词名作。徐培均将它系于1109年，写于赵明诚出访灵岩寺期间。[54] 而根据赵明诚自己的说法，那次他在寺里留宿了两夜，之后便起程回家。李清照原词如下：

凤凰台上忆吹箫（第12号）

香冷金猊，被翻红浪，起来慵自梳头。任宝奁尘满，日上帘钩。生怕离怀别苦，多少事、欲说还休。新来瘦，非干病酒，不是悲秋。　　休休。这回去也，千万遍《阳关》，也则难留。念武陵人远，烟锁秦楼。唯有楼前流水，应念我、终日凝眸。凝眸处，从今又添，一段新愁。[55]

当然，我们也无法证明徐培均的说法一定是错的，或许此词的确是李清照的自陈，她盼望着去灵岩寺做短期旅行的丈夫早日归来。但是，我们仍能从词意中体会出与徐氏说法相龃龉之处。词中女子既是抒情主人公，又是被观察描写的对象，她似乎正经受着一次长期别离，致使她因思念而消瘦，妆奁也久已蒙尘。《阳关》是离别之曲，它经常唱给即将远行的人听，而不适用于外出游玩的场合。实际上，通篇词意都不像是为离家数日的人而写的。

其他学者或许意识到把这首感伤之词与本地的游玩活动相联系有些别扭，因此，他们最近又提出了新的解释，认为它作于赵明诚复职出守莱州之时，丈夫让李清照独自待在青州。[56] 但这一情景本身也存在疑点。得益于李清照与赵明诚的自述，我们能确知赵明诚从1121年秋至1124年秋担任莱州知州（宋代知州的任期通常为三年），接下来的1124至1126年又出守淄州（位于青州东部），直到金兵入寇改变了一切。一些学

54　《笺注》，卷一，第61页。
55　《笺注》，卷一，第59—60页；《全宋词》，第二册，第1204页。
56　陈祖美，《李清照新传》，第96—97页；邓红梅，《李清照新传》，第85—87页；诸葛忆兵，《李清照与赵明诚》，第91—93页。

者要我们相信赵明诚在 1121 年复职前几年就离开了青州,并将《凤凰台上忆吹箫》等词系于那段时期。这一说法实属空说无凭,没有任何证据说明赵明诚在 1121 年前身处异地任职。在缺少其他旁证的情况下,这些学者唯一的根据就是他们自己系年的易安词,仿佛那些作品就是所谓的夫妻分离的"证据",这明显又是循环论证。

针对李清照与赵明诚夫妻离别的不同说法,其实有一种解决之道来回应这个难题:那就是破除自传体解读易安词的思维定式,不再将词中女子与历史上的李清照一一对号入座,词中情语也不一定是对赵明诚的表白。如果我们换一种思维方式,一视同仁地看待李清照与同时代的其他词家,那么易安词中伤情女子的形象也可以是传统题材的再创作,而《凤凰台上忆吹箫》的词中主人公就属于这类传统文学形象,而不是历史上的李清照本人。在柳永、欧阳修、秦观,以及几乎所有宋代男词人笔下,我们都能轻易地在词中找到为爱人离去而伤心的怨女。由此来看,将《凤凰台上忆吹箫》置入李清照生平的做法毫无意义,而试图把它与夫妻分离的现实相挂钩的意愿也同样徒劳无功。

关于这点,我们的论述其实能更加简洁,但这么做的缺陷是忽略了汉语学界大量的李清照研究与批评,这些详赡的研究资料极具价值,但同时也充满了疑点。简单地说,我们应该承认李清照与同时代的男作家一样,有能力虚构文学形象、杜撰事件情节;尽管她是男性文人圈中的唯一女性,但这并不意味着她一定要以自传体写作,其他作家并不如此,男词人常以代言体填词,李清照为什么不可以呢? 进而,人们常把词人李清照设想成赵明诚的贤妻,严格制约其创作主题,从而将她的文学个性及自我形象简化为"赵明诚之妻"这唯一身份。这对任何妇女都不公平,而对才女李清照而言尤其如此,但绝大多数关于李清照的文学批评却恰恰是这么做的。

我们将在第十、十一章围绕易安词的文学性展开论述,届时将会回到这些话题,并对此作更深入的阐发。但在此之前,我们要先讨论词人的后半生、她的其他诗文,以及"李清照"形象在后世被复杂建构与重塑的历史。我们在《导论》中已经提到,围绕易安词解读的难题实则与这些关节密不可分,因此,我们暂将易安词阐释挪到最后,先来探讨前人对李清照其人其文的观念建构。

第四章　守寡，再嫁，离异

本章关注的焦点将从李清照的文学转移到她的身世，其中年遭际成
为她的人生转折点。李清照的生平受到广泛关注，并且是同时代女性中
记载最翔实的一位。有关她的身世传闻不但流传后世，而且与其文学作
品勾连在一起，一方面是因为作家的文学表达植根于她的生活体验，另一
方面则是由于人们的阅读习惯往往混淆了作品与作家的界限。我们将会
看到，由此导致的结果是易安词几乎只能被读成自传，我们在词人的传记
情境中想象易安词的创作由来。

前一章已涉及李清照的一些早年经历，如她在年轻时嫁给赵明诚，二
人早期的婚姻生活（当时赵明诚还是太学生），以及他们在青州的闲暇时
光，当时的赵家已失宠，被免职的赵明诚正赋闲在家。事实上，除了李清照
的居住地以及她丈夫的行踪，我们对其早年身世所知甚少，这并不奇怪，对
于那个时代的女子来说，她所谓的生平是由婚姻状况和丈夫的履历构成的，
后人所能了解的就只有这些。不错，现代的李清照传记作者充实了她的早
年故事，在细节上添油加醋，但这类踵事增华之举几乎完全取材自李清照的
文学作品。这种做法存在两个问题。首先，其文学作品的大部分系年都被
用来建构作家扑朔迷离的身世。某个传记家可能把几首词系于青州时期，
并以此重构李清照当时的生活处境；可另一个却将相同作品的创作年代提
前或挪后了几十年。自不待言，尽管每位传记家都有各自的理由，但由于大
多数易安作品没有明确纪年，而作品年代的内在文本"证据"又明显不足，
使得其作品编年的做法站不住脚，也正因如此，不同学者对具体作品的年代
划分会大相径庭，甚至相互矛盾。第二个问题在于，哪怕李清照的自述不存
在年代上的含糊性，但考虑到写作动机、自传可靠性等问题，其文本本身也
必须加以仔细审视，我们将在下一章深入探讨这类难题。

1126 至 1127 年，金兵南下入侵大宋，李清照的生活也随之发生了戏
剧性转折。北方战火绵延，致使衣冠南渡，李清照也随同成千上万的北人

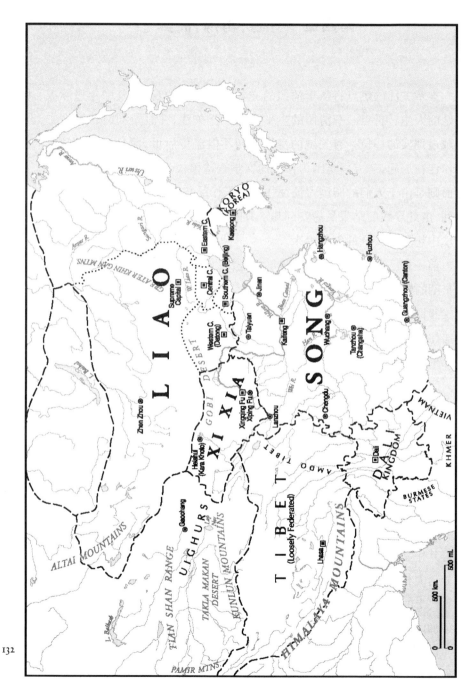

地图一　公元1100年前后的北宋与邻国形势图（Reprinted by permission of the publisher from *Imperial China*, 900–1800 by F. W.

一起开始了流亡生涯，而其个人身世也从此和王朝兴衰交织在一起。赵明诚不巧在南渡途中去世，迫使李清照在战火纷乱的岁月独自流离于人间。略带反讽的是，李清照这一时期的生平资料有所增多，这部分得益于她和赵明诚被迫卷入了两宋之际的历史迭变，使得当时的文献多次提到他们；另一个原因则是李清照自己在当时有意识地标明创作日期，而她的早期作品并不纪年。

逃避金兵与赵明诚之死

女真族原是契丹人所建大辽国的从属部落，其活动区域位于大宋北部，在后世被称为满洲。但女真族后来背叛了大辽，并于 1115 年建立了自己的国家，即大金国。[①] 北宋在此后数年与新兴的金国结成政治军事同盟，共同对抗大辽。辽、宋两国在北方长期对峙，北宋希望借此收复五代后晋时割让给大辽的燕云十六州。但实际情形是，金人把辽国军队赶到西面，而将这些土地据为己有，大金也从此取代了大辽成为北方霸主。1124 年，金国与西夏签订和平协议，并于 1125 年初俘获了辽国的末代皇帝，大辽灭亡。接二连三的胜利鼓舞了金人的士气，而北宋朝廷没有赋予大金国应有的尊严与地位，惹恼了他们，金兵便将侵略扩张的目标转向北宋。金人兵分两路，于 1125 年末包围了北宋首都汴梁（开封），在城墙外围屯兵扎营。宋廷对此手足无措，徽宗更将皇位禅让给他的儿子钦宗，但已经难以扭转颓势。钦宗与气势汹汹的金兵达成和议，但和约中有关领土与岁贡的条款充分暴露了北宋的劣势。同时，朝臣也分裂为主和与主战两派，当钦宗在此后数月尚摇摆于两派政见时，金人却做好充分准备，再度出兵。这一次，他们不再为任何和谈而妥协。经过一段短时间的围城，金兵于 1126 年末攻破北宋都城，涌入汴京，在宫中大肆劫掠，迫害城

①　关于金人入侵北宋的详细史实，可参见李瑞（Ari Daniel Levine），《宋徽宗与宋钦宗》（"The Reigns of Hui-tsung and Ch'in-tsung"），第 614—643 页。

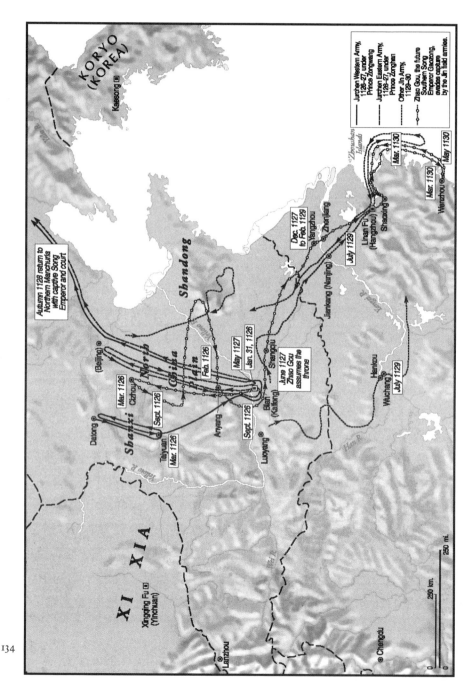

地图二　公元1126—1130年间金兵入侵北宋路线图　(Reprinted by permission of the publisher from *Imperial China, 900–1800* by F. W. Mote, p.204. Cambridge, Mass.: Harvard University Press, copyright © 1999 by F. W. Mote.)

里百姓。钦宗与其父徽宗两位北宋皇帝被俘,金人还捕获了几乎所有的皇亲国戚,以及成千上万的宫中嫔妃、太监、朝臣与工匠,其中包括约三千名囚犯。他们作为俘虏被全部带往北方,还有一长条盛满宫廷珍宝的车队紧随其后。徽宗唯一没有被俘的儿子在围城前逃出首都,很快被立为新的大宋皇帝,史称高宗,在其流离生涯中组织了他的朝廷班子。高宗及其臣僚向南躲避金兵,侥幸逃脱俘虏的官员与其他北人也追随高宗来到江南。

　　歌舞升平的徽宗朝在可耻的结局中落幕,曾经辉煌一时的北宋王朝至此灭亡。中华帝国在如此可怖而屈辱的情形中没落,时人始料未及。而1126—1127 年的战事还远未结束,金兵在此后的数十年屡次南侵,渡过淮河,在东南与西南拉开两条战线,进逼南宋朝廷。高宗不止一次逃离首都临安(今杭州),生怕自己像父兄那样被俘。南宋将兵也曾多次北上反击,但双方的战况最终表明,金人无法消灭南宋,而南宋也无法收复黄河流域及北方中原地区。1141 年,高宗与金人达成和约,并向强大的金国称臣,这令南宋主战派叹惋不已。此后近一百年,宋、金双方在不安而彼此僵持的和平中度过。

　　在高宗统治的头几十年,北方故土的沦丧并非南宋政权的唯一顾虑,内忧与外患同时并存。金兵入侵与宋室南渡极大削弱了中央政府的控制力,尽管南部地区名义上仍属大宋领土,但地方豪强的暴乱与战时无序状态在地方上迅速绵延开来。有时,高宗既要在仅存的南宋领土上维持起码是表面上的秩序,又要防卫虚弱的北境线,以备金人南侵。最近一项研究表明,在高宗朝前期(包括 12 世纪 30 年代),南宋的核心地域中仅有临安周边近一百六十公里的小范围地区受中央政府直接管辖,除此之外的大部分地区则据称被"地方盗贼和军阀"把持。[2]

　　1126 年底金兵洗劫汴梁时,赵明诚正任淄州(今山东淄博)知州,李清照也在那里。1127 年三月,当夫妻二人正准备南逃时,他们得知了赵

---

②　陶晋生,《宋室南渡与高宗朝政》("The Move to the South and the Reign of Kao-tsung"),第 663页,图 23。

明诚母亲在江宁(今南京)去世的消息。赵明诚于是先行离开,去筹办母亲丧事,李清照则回到青州(邻近淄博)故居,闭门整理南下的行李衣物。她于十二月离开青州,携带有十五车的书籍等什物,而不得已留下了约十个房间的卷帙书册。她于 1128 年春抵达江宁,与丈夫会合。是年九月,赵明诚起知江宁府,但于 1129 年三月被罢免,因为他在一场暴乱的前夜弃城而逃,而此次暴乱事后被一位忠勇的将领镇压下去,赵明诚的怯懦之举有损名誉。③ 事后,赵明诚与李清照离开江宁,乘舟沿长江上游西行,打算在鄱阳湖附近的赣江流域择地而居。同年五月,就在他们走到一半时,赵明诚被重新任命为湖州知事,并在其赴任途中受召觐见高宗。为了躲避金兵,高宗也在南方度过了一段流离生涯,而现在则定居于赵明诚刚刚离任的江宁府,高宗将此地更名为建康府。赵明诚一定为复职而欣喜若狂,因此立马前去赴任。他在收到好消息后不久便离开李清照,于六月十三日骑马奔赴建康,而把李清照留在了停泊于池阳(今安徽贵池)的行船上。而到了七月底,李清照却意外收到消息说赵明诚于途中染病,在建康城病重。她急忙乘舟出发,日行三百里,希望马上见到丈夫。可当她赶到时,赵明诚已病入膏肓,回天乏术,他于 1129 年八月十八日故去,终年四十九岁。

如果说那些导致赵明诚之死的变故已经够纷乱了,那么他故去后数月间的事态则更加恶劣。金兵重新发动南侵,此次战事从 1129 年底一直持续至 1130 年年初。金兵此次甚至渡过了长江,一支先头部队横扫东南,意在抓获高宗本人,这位大宋皇帝被迫往海岸线方向逃跑。赵明诚去世后仅一个月,高宗便不得不离开建康,在敌人到来前南逃。高宗于九月抵达苏州,十月来到临安,十天后又逃往越州(今绍兴),并在十二月来到明州(今宁波)。金兵则紧追不舍,十一月攻破建康,十二月拿下临安及越州,随后向明州进发。金兵在明州遭到顽强抵抗,这给了高宗喘息逃脱的机会。这位皇帝在明州沦陷前一天乘船出海,金兵将领完颜兀术(卒于

---

③ 这一时期的历史叙述参考了徐培均"年谱"所记载的事件,《笺注》,第 456—494 页。就赵明诚罢守江宁一事,参见第 471 页。

1148 年)强征船只出海追赶,但为时已晚,高宗沿着海岸线南下,而金兵搜寻不到高宗的去向。在漫长的中国历史中,高宗作为在位皇帝出海避难,据说还是头一遭。④

　　李清照也遭遇了此次战乱,她基本遵循高宗从建康出发的南逃路线,但比皇帝行程慢了约半个月,也仅仅比金兵快了一步。但高宗在明州乘船出海,而李清照似乎选择从陆路南逃,并时不时地出现在久遭兵燹之地(见地图三)。但她最终也不得不从黄岩出海,并加入了皇帝的御用船

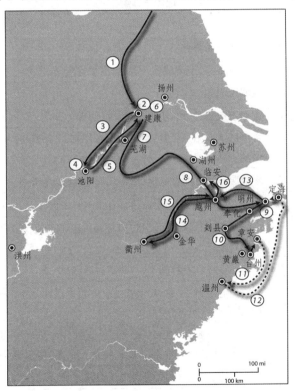

地图三　李清照南逃路线示意图

---

④ 在《李清照事迹考辨》中,黄盛璋将这一时期高宗、金兵与李清照的逐年行踪以表格形式清晰地呈现出来,详见原书第 334 页。我对当时李清照的活动叙述正是基于他的事件重构,徐培均在其"年谱"中也大量借鉴了黄氏研究,参见《笺注》,第 456—494 页。李清照于 1129 年 8 月(赵明诚去世之时)至 1129 年 12 月的逃难路线还有另一种说法,参见王璠《李清照研究丛稿》,第 90—107 页;又见陶晋生《宋室南渡与高宗朝政》,第 653—655 页。

队,于 1130 年一月末抵达温州。对于高宗和李清照而言,温州是此次东南逃难路线的目的地。金兵于 1130 年年初开始北撤,高宗及其追随者(包括李清照)再度沿着海岸线乘船北上,四月,大批人马在越州下船登岸。1131 年年初,高宗废除了建炎年号,改元绍兴,希望凭此开创南宋王朝的新气象。可不久金兵又发动了新一轮攻势,高宗直到 1132 年初才定都临安,李清照也在该年春天来到了南宋新都城。

地图三详解		
年/月		
1127	①	李清照开始南逃。
1128/2	②	为躲避金兵,李清照离开青州,南抵建康(江宁)。
1128/9		赵明诚起知江宁。
1129/3	③	赵明诚被罢免,赵、李夫妇沿长江西行。
1129/5	④	夫妻抵达池阳。六月,赵明诚重新任职,出守湖州,并前赴建康接受南宋朝廷敕命。
1129/7	⑤	李清照获悉赵明诚病重,沿长江而下,急赴建康。
1129/8	⑥	夫妇在建康重逢,赵明诚于该月十八日去世。
	⑦	李清照最初打算定居洪州,但金兵攻陷了该地,她决定逃往东南地区。
1129/10—11	⑧	李清照途经临安和越州,与高宗撤退路线一致。
1129/12	⑨	高宗担心被俘,于是从明州和定海登舟出洋。李清照由陆路避难,从明州南逃,途经奉化。
1130/1	⑩	李清照路过剡县,在那里舍弃了一大部分行李,之后前往台州,抵达黄岩,并雇舟入海,前去投奔停泊于章安的高宗船队。
1130/1	⑪	李清照追随高宗船队,乘舟抵达温州。
1130/3—4	⑫	金兵北撤,追随高宗的李清照乘船返回明州。
	⑬	李清照返回越州。
1130/12	⑭	金兵发动新一轮攻势,李清照被迫沿钱塘江逃往衢州。
1131/3	⑮	李清照再度返回越州。
1132/1—2	⑯	高宗终于回到临安,李清照也随后抵达。

然而,在战火中保全性命还不是李清照面临的唯一难题,她不仅要活下去,还想妥善安置仅有的收藏,而在战乱年头,繁重的藏品无疑拖累了她的行程。但她绝不想轻易放弃,这些艺术品不仅对她来说意义非凡,已故的丈夫从池阳出发前也曾叮嘱她将宗器随身携带,"与身俱存亡"。⑤ 如今,这样的嘱托一定成为李清照沉重的负担。

她的困难还不仅仅是在战火中将这些物品转移地点那么简单,她是一个独自逃难的寡妇,身边没有年长的儿子或其他亲人的扶持,其收藏很容易成为乡野盗贼的目标。在对这段往事的回忆中,李清照提到自己曾向弟弟寻求庇护,可实际上我们不清楚她是否与弟弟会合,她也没说这位亲人有没有给予帮助。无论是哪种情况,这段叙述都反映了一位无助的单身寡妇在社会动乱的每个关节点遭人欺压。她不断地带着收藏寻找新路线,希望把它们置于安全之所,但每一次的期许都落空了。

李清照对这段时期的回忆见载于她的《金石录后序》(简称《后序》),但叙述条理有些紊乱,令人不解,时有岔开的题外话,而年代先后也不连贯,常出现倒叙或插叙。细致研究过此文的学者发现了明显的地点顺序错误,并指出文本的若干语句曾被篡改,一些地名可能存在讹误。⑥ 但也可能原文本身便是如此,其中的令人费解之处恰恰重现了她亲身经历的战乱动荡,这就是她记忆中的战争经历。李清照的传记作者试图以《后序》的这段材料重构并绘制出她当年的逃难路线,本书图三的绘制也属于这种尝试性的做法,其中必然包含一些武断的解读,并试图抹平李清照本人叙述中不合理的前后矛盾之处。下文是《后序》中的相关回忆性章节:

> (赵明诚)葬毕,余无所之。朝廷已分遣六宫,又传江当禁渡。

---

⑤ 李清照《金石录后序》全文见本书第六章。
⑥ 黄盛璋与王仲闻都得出这一结论,见黄盛璋《李清照事迹考辨》,第331—332页;王仲闻《李清照事迹编年》,《李清照集校注》,第246页。

时犹有书二万卷，金石刻二千卷，器皿、茵褥，可待百客，他长物称是。余又大病，仅存喘息。事势日迫，念侯有妹婿（李擢）任兵部侍郎，从卫在洪州，遂遣二故吏，先部送行李往投之。（1129年）冬十二月，金人陷洪州，遂尽委弃。所谓连舻渡江之书，又散为云烟矣。独余少轻小卷轴书帖，写本李、杜、韩、柳集，《世说》，《盐铁论》，汉、唐石刻副本数十轴，三代鼎鼐十数事，南唐写本书数簏，偶病中把玩、搬在卧内者，岿然独存。

上江既不可往，又虏势叵测，有弟远任敕局删定官，遂往依之。（1130年1月）到台，台守已遁。之剡，出陆，又弃衣被，走黄岩，雇舟入海，奔行朝，时驻跸章安。从御舟海道之温，又之越。庚戌（1130）十二月，放散百官，遂之衢。绍兴辛亥（1131）春三月，复赴越。壬子（1132），又赴杭。

先侯疾亟时，有张飞卿学士，携玉壶过视侯，便携去，其实珉也。不知何人传道，遂妄言有"颁金"之语，或传亦有密论列者。余大惶怖，不敢言，亦不敢遂已，尽将家中所有铜器等物，欲赴外廷投进。（1129年12月）到越，已移幸四明，不敢留家中，并写本书寄剡。后官军收叛卒，取去，闻尽入故李将军家。所谓岿然独存者，无虑十去五六矣。惟有书画砚墨可五七簏，更不忍置他所，常在卧榻下，手自开阖。

（1131年3月）在会稽（即越州），卜居土民钟氏舍，忽一夕，穴壁负五簏去。余悲恸不得活，重立赏收赎。后二日，邻人钟复皓出十八轴求赏，故知其盗不远矣。万计求之，其余遂牢不可出。今知尽为吴说运使贱价得之。所谓岿然独存者，乃十去其七八。所有一二残零不成部帙书册，三数种平平书帖，犹爱惜如护头目，何愚也邪！[⑦]

从上文可以看出，觊觎李清照收藏的不仅有金兵、军阀和地方豪强，甚至连高宗皇帝及其亲信也对之虎视眈眈，所谓的"颁金"谣言更是把李清照吓坏了，因为它影射南宋皇室对其藏品感兴趣。乍一看，这种说法难

---

⑦ 李清照，《金石录后序》，《笺注》，卷三，第312页。

以置信：南逃的高宗仅能保全自身，时时担心自己像父兄那样被金兵俘虏，怎么还会花心思去关心那些书籍名物呢？可这种想法恰恰忽视了其中的深意：皇室对历史文物的占有加强了南宋的文化正统色彩。就在几年前，宋徽宗坐拥数以万计的卷帙书册、艺术藏品和古代名器，其宫廷收藏之丰盛可能是当时历史上绝无仅有的，但这一切都在金人占领汴梁时被洗劫一空。年轻的高宗身为徽宗之子，他对文化艺术的态度与乃父相同，也致力于充实宫廷收藏，即便动荡不安的时节也依然如此。高宗躲避金兵时，他还在处心积虑地重建皇室收藏，尽管这难以想象，但却是事实，高宗的此番努力在当时文献中得到印证。比如我们读到一则笔记说："太上（高宗）警跸南渡，屡下搜访之诏，献书补官者凡数人。"⑧另一则笔记说："思陵（高宗）妙悟八法，留神古雅。当干戈俶扰之际，访求法书名画，不遗余力。……故四方争以奉上无虚日。"⑨赵、李夫妇花了近三十年的心血经营其藏品，定是当时数一数二的私人收藏，难怪高宗及其侍从垂涎于此。

　　这期间还发生了一件事，尽管李清照未曾提及，但我们从其他史料中得知，赵明诚去世后仅一个月，高宗御医王继先就找到李清照，想要购买其藏品中的古玩。他的企图没有得逞，赵明诚的表亲谢克家时任兵部尚书，他向高宗上疏表示抗议，此事方才作罢。以下是李心传在其高宗朝编年史中记载的事件始末：

> 　　和安大夫开州团练使致仕王继先，尝以黄金三百两，从故秘阁修撰赵明诚家市古器。兵部尚书谢克家言："恐疏远闻之，有累盛德，欲望寝罢。"上批令三省取问继先因依。⑩

我们不知道王继先是出于自身目的这么做，还是经由高宗的指示才试图获得李清照收藏的古玩，后者的可能性更大，⑪但两种情况其实差别不大。众所周知，王继先是高宗的亲信，后世史传将之目为皇帝的"佞幸"

⑧　王明清，《挥麈录》，卷一，第 3579 页。
⑨　周密，《齐东野语》，卷六，第 5495 页。
⑩　李心传，《建炎以来系年要录》，卷二七，第 423 页。
⑪　后一种可能的情况由南宫博提出，参见氏著《李清照的后半生》，第 30—31 页。

之一。⑫ 谢克家的措辞明显暗示王继先代表了高宗利益，而购买藏品之举有损皇帝的声誉。⑬ 为何王氏的做法会遭到如此非议？很可能是因为王继先在李清照经历丧夫之痛时趁机怂恿她，试图廉价购得古玩，显得他是个十足的卑鄙小人。假使位高权重的谢克家没有阻止他，这场不公平的买卖就很可能成交。

李清照所说的可怕谣传也许和王继先试图购买她的收藏有关，她所影射的秘密探访或许出自高宗的授意。但如果假设成立，相关谣言又如何与令人费解的张飞卿"玉壶"事件联系在一起？我们仍不得而知。

《后序》中的"颁金"一词在同代文献中反复出现，可以互证。唐宋以后的历代帝王经常把黄金（及丝帛）赏赐给臣子，借此表彰功勋，这就是所谓的"颁金"，它不能用来称呼普通人之间的馈赠。⑭ 为什么"颁金"之语令李清照惶恐？我们只能妄加猜测：也许她担心人们误会自己囤积居奇，嫌王继先的出价不够高，换言之，即敲诈皇室财富；也许正是"密论列"的谣传让李清照害怕，"密"字说明她无从公开申辩，这给了赵家政敌以可乘之机；也许令她发愁的是，亡夫曾慷慨赠予张飞卿一件古玩，这给世人留下了错误的印象，而现在李清照又必须拒绝高宗侍从的买卖。我们也不清楚到底是李清照恳请谢克家进言以打消王继先的念头呢，还是谢克家主动为之？毋庸赘言，任何人，哪怕不是单身寡妇，也并非身处战乱年代，当他或她听说自己牵扯进朝廷的秘密调查，都无疑会胆战心惊。

这里有必要指出《后序》中此段叙述的另一种解读，它在学界流传

---

⑫ 王继先其人名列《宋史·佞幸传》，卷四七〇，第 13686—13688 页。

⑬ 邓红梅对谢克家言论的解读与此不同，她以为谢氏误会了李清照，觉得她在得知王继先的意图后打算把这些珍贵藏品卖给他，因此谢氏上报高宗，阻止二人的交易。但谢氏是李清照的亲戚，即使要阻止这场买卖，也会私下协商，绝不可能将此事上奏朝廷。邓氏还误读了《后序》中的"颁金"一语，认为它指李清照想要出售藏品以"换得黄金"，而把谢克家所谓的"盛德"来指代亡夫赵明诚而非高宗的名誉，这显然是误读。其观点见氏著《李清照新传》，第 138—144 页。

⑭ 这一点由徐培均提出，参见《笺注》，卷三，第 330—331 页，注 58。同代文献中出现"颁金"一词的还有李攸，《宋朝事实》，卷三，15b 页；钱易，《南部新书》丁集，第 46 页；孔平仲，《送董少卿》，《全宋诗》，第十六册，第 20913 页。

甚广。⑮许多学者将李清照自述中的张飞卿事件与随后的谣言结合起来,并将"颁金"之"金"理解为入侵的金兵,由此认为"颁金"谣言指的是李清照(或是她个人所为,或是与不久人世的丈夫合谋)把玉壶"进献给金人",以此讨好敌军,得以在战乱时节安然度日。这一立场的好处在于,它解释了李清照对谣言的极度恐惧,因为这样的叛国行径在当时是重罪;另外,这种解读也很容易将谣言视作莫须有之罪,对于坚信李清照是"爱国词人"的学者而言尤其如此,他们绝没有想过女词人会背叛大宋。⑯ 但这样的辩白其实毫无必要,此番解读忽略了"颁金"一语在同代文献中的用法,同时也无视具体的历史情境:李清照(及其病危的丈夫)从没有机会向金兵献媚,类似做法在当时很不合理,甚至绝无可能。

　　无论如何,相关谣言以及宫廷展开的秘密调查都让李清照心神不宁。至少在当时,她觉得自己已无法保有其收藏了。在社会秩序几近瓦解的年代,身价贵重的私人藏品对于李清照而言负担过重,她无法凭一己之力携带它们。而现在,她不仅发现搬运这些繁重的行李相当不便,她的收藏甚至给主人招致祸端,朝廷的注意使她身临险境。她说自己决定将收藏悉数捐献给宫廷,但恰逢高宗南逃,这一计划最终没有实现,于是她把大多数藏品寄存在她自以为安全的剡县(位于越州南部)。事后李清照又告诉我们,她放在当地的收藏很快被一支朝廷军队没收,成为一位将军的私人财产。

再嫁与离异

　　1132 年(绍兴二年)春,高宗离开越州,返回临安,并定都于此。李清照也随后来到临安,很可能和她弟弟同住。后来,她又嫁给了一个叫张汝舟

---

⑮　这一解读可追溯至清代学者俞正燮的《易安居士事辑》,卷一五,第 768 页;又见《汇编》,第 111 页。该观点被许多现代学者采纳,如陈祖美,《李清照新传》,第 146 页;诸葛忆兵,《李清照与赵明诚》,第 157—158 页。

⑯　邓红梅,《李清照新传》,第 140 页。

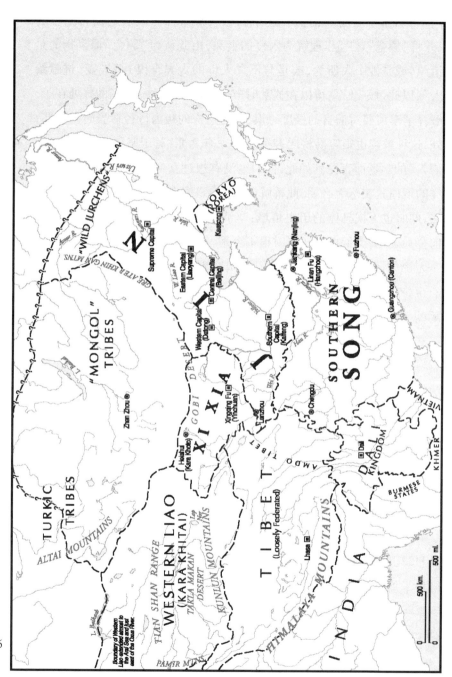

地图四 公元1140年前后的南宋地图 (Reprinted by permission of the publisher from *Imperial China, 900–1800* by F. W. Mote,

的人,这次改嫁一定发生在她到达临安后不久,也许是该年三月或四月。
我们的推断基于李清照的自述,她自言其第二次婚姻还持续不到"十
旬",而我们从其他文献中得知,同年九月初,李清照就去公堂状告张汝
舟。此次诉讼于九月初一结案,张汝舟被免职,并流放到偏远的柳州(今
广西柳州市)。[17]

关于李清照的再嫁风波,我们想要知道得更多:它是如何发生的? 147
李清照出于哪些考虑才答应了这门婚事? 张汝舟的意图又是什么? 成
婚后二人又发生了何种争执? 可惜相关资料非常粗略,留下了重重疑
点,文献帮助我们对当事人的意图作出合理猜测,但仅此而已。一些宋
代文章和笔记附带提及再嫁事件,李清照本人就此事写有一封很长的
书信,这封信的文笔极为出彩,并提供了诸多细节,但书信有其自身限
制,我们必须妥善处理该文本。这场官司的一大后果是李清照自己也
被投入监狱,但九天后就重获自由,显然她得到了翰林学士綦崈礼的帮
忙,经其疏通而使李清照脱身囹圄。这封信就是李清照出狱后写给綦
崈礼的,他是赵明诚的亲戚,李清照在信中表达了她的感激之情,并解
释了当初如何被张汝舟骗入这场灾难性的婚事。书信并不是对此事的
客观叙述,李清照在羞愧难当的情形下感谢自己的恩人,并站在个人立
场重述了此事。可话说回来,这封信也让读者得以洞察李清照对此事
的感受,好比她的公开表态,所以书信以雅致的骈文写就,用典极为繁
复。但文体的形式主义外表无法掩盖其背后想要表达的情感实质,下
面就是书信原文:

投翰林学士綦崈礼启

清照启:素习义方,粗明诗礼。近因疾病,欲至膏肓,牛蚁不
分,[18]灰钉已具。尝药虽存弱弟,应门惟有老兵。既尔苍皇,因成造

---

⑰ 李心传,《建炎以来系年要录》,卷五八,第1003页。
⑱ 3世纪时,殷仲堪父亲曾因病重而神志不清,当他听见床下蚂蚁的细微响动时,误以为是牛
斗。语出《世说新语笺疏》,卷三四,第6条,第914页。

148

次。信彼如簧之舌，惑兹似锦之言。弟既可欺，持官文书来辄信；[19] 身几欲死，非玉镜架亦安知？[20] 黾勉难言，优柔莫决。呻吟未定，强以同归；视听才分，实难共处。忍以桑榆之晚节，配兹驵侩之下才。

身既怀臭之可嫌，惟求脱去；彼素抱璧之将往，决欲杀之。[21] 遂肆侵凌，日加殴击。可念刘伶之肋，难胜石勒之拳。[22] 局天扣地，敢

149

效谈娘之善诉；[23] 升堂入室，素非李赤之甘心。[24] 外援难求，自陈何害？岂期末事，乃得上闻。取自宸衷，付之廷尉。被桎梏而置对，同凶丑以陈词。岂惟贾生羞绛灌为伍，[25] 何尝老子与韩非同传？[26] 但祈脱死，莫望偿金。友凶横者十旬，盖非天降；[27] 居图圄者九日，岂是人为！[28] 抵雀捐金，利当安往？将头碎璧，失固可知。[29] 实自谬愚，分知

---

[19] 此处援引了 7 世纪的王适故事：他在求婚时谎称自己已做官，媒人伪造了官方文书，但女方家长未曾过目，因而信以为真。事见韩愈《试大理评事王君墓志铭》，《韩昌黎文集校注》，卷六，第 436 页。

[20] 这里化用了另一则骗婚的典故：温峤（288—329）的姑姑为女儿觅婿，她原请温峤做媒，而温氏却自己提亲，骗姑姑收下他的聘礼，那是一架玉镜台，温峤追随刘琨北征刘聪时所得，实则玉镜台还是刘家之物（刘琨是温峤的姨丈）。事见《世说新语笺疏》，卷二七，第 9 条，第 857 页。

[21] 卫庄公在战争中受伤，逃往戎州己氏家族寻求庇护。他向己氏出示一块玉璧，说："活我，我与女璧。"己氏答曰："杀女，璧其焉往？"于是己氏杀了卫庄公而夺得玉璧。见《春秋左传逐字索引》，B.12.17.5/464/10 – 11（Ai 17）。

[22] 刘伶是著名的酒徒，曾惹恼了一个俗士，那人想动粗，刘伶从容说道："鸡肋岂足以当尊拳！"参见刘孝标注，《世说新语笺疏》，卷四，第 69 条，第 250 页。石勒是后赵（4 世纪）的开国君主，年轻时以拳脚功夫著称，见《晋书》卷一〇五，第 2739 页。李清照在此意指二事合用。

[23] 谈娘又称踏摇娘，其夫酗酒，醉后便殴打妻子，谈娘常向邻里诉苦，当时有人模仿她的怪异举止，谈娘在后世成为滑稽喜剧中的典型角色。参见崔令钦，《教坊记》，10a—b。

[24] 李赤被厕鬼所惑，把恶鬼误当成美妻。当他追随厕鬼步入溷厕时，还自以为身处华美富丽的洞房，最终掉入厕中死去。见柳宗元《李赤传》，《柳河东集》，卷一七，第 311—312 页。

[25] 评注家们业已指出，李清照在此似合用了西汉文人贾谊（前 200—前 168 年）与大将韩信（卒于公元前 196 年）二人之事，《史记》载韩信"羞与绛（绛侯，即周勃）、灌（婴）并列"，见《史记·淮阴侯传》，卷九二，第 2628 页。

[26] 此句仍属用典，而非创新之语。《史记》有《老子韩非列传》，但二人学说似不兼容，老子属道家，而韩非子属法家。南齐人王俭曾与王敬则共事，但他瞧不起后者，因此说"不图老子遂与韩非同传也"，语出《南史》，卷四五，第 1130 页。李清照在此意谓她同张汝舟无法共处。

[27] 这句是说此次再嫁风波多由人事造成（包括她自己的过失），而非出于天意。

[28] 此句意谓上天也帮助她摆脱牢狱之灾。

[29] 这两句话的意思似乎是说，尽管她自己无足轻重，不值得他人出手相救，但为此事而放弃生命对她自己来说也是不智之举。"抵雀捐金"援引《庄子》之典，见《庄子逐字索引》，28/82/21—22；"将头碎璧"引自《史记》，卷八一，第 2440 页。

狱市。㉚

　　此盖伏遇内翰承旨(綦崈礼),搢绅望族,冠盖清流,日下无双,
人间第一。奉天克复,本原陆贽之词;淮蔡底平,实以会昌之诏。㉛
哀怜无告,虽未解骖,㉜感戴鸿恩,如真出己。故兹白首,得免丹书。㉝　150
清照敢不省过知惭,扪心识愧? 责全责智,已难逃万世之讥;败德败
名,何以见中朝之士! 虽南山之竹,岂能穷多口之谈? 惟智者之言,
可以止无根之谤。

　　高鹏尺鷃,本异升沉;火鼠冰蚕,难同嗜好。达人共悉,童子皆
知。愿赐品题,与加湔洗。誓当布衣蔬食,温故知新。㉞再见江山,
依旧一瓶一钵;重归畎亩,更须三沐三薰。忝在葭莩,敢兹尘渎。㉟

末句"葭莩"的意思是远房亲戚,此处意谓李清照与綦崈礼有疏远的亲缘
关系。

　　根据李清照的自述,我们可以试着重构她到达临安后的生活经历。
李清照于1132年初来到临安,此前她已有两年在逃难中度过,往来奔波
于江南地区,这时距离赵明诚在建康突然去世已过去了两年半。在逃难　151
岁月中,她眼睁睁地看着自己收藏的书画器物日益散失,而每次保全它们
的努力最终都失败了。

　　就李清照决定改嫁一事,当事人在描述中格外强调自己的衰病与孤
苦无依,并反衬追求者的狡诈。到了1132年春,李清照为其亡夫已完成

㉚　文中的"谬愚"并非指李清照本人,而是那些待她如罪犯的狱卒。

㉛　在此,李清照将翰林学士綦崈礼同唐代文臣陆贽(754—805)、李德裕(787—849)相媲美,李
　　德裕曾于会昌年间(841—846)起草诏令,并留有文集名曰《会昌一品集》,期间讨平了泽潞
　　叛乱(而非淮蔡吴元济之乱,李清照用典有误,参见王仲闻《李清照集校注》,转引自《笺注》,
　　卷三,第292页)。文中夸张地把镇压朱泚叛变与敉平藩镇之乱的功劳归结为诏书辞令,由
　　此彰显文臣拟诏的重要性。

㉜　晏子在路上遇见贤人越石父身系缧绁,便慷慨地捐出一匹马,将他赎回。参见《史记》,卷六
　　二,第2135页。

㉝　古时犯人的罪行用朱笔书写。

㉞　语出《论语》,2/11。

㉟　书信原称《投内翰綦公启》,收录于12世纪末赵彦卫的笔记《云麓漫钞》,见原书卷一四,第
　　246—247页。本书所引文本来自《笺注》,卷三,第281—283页,并受益于徐培均所做的详
　　尽注解。

二十七个月的服丧期,在此期间,她身为寡妇独自逃难,途中还要照管珍贵文物,处境危险,甚至可说是不堪一击。她无疑需要一位男性亲属的扶持,所以不得不去投靠亲弟弟。但李清照又说她和弟弟都被那个追求者给骗了,言下之意似乎是弟弟也催促她答应这门婚事,这并不奇怪,弟弟也要养活自己的家人,他一般是不会把姐姐带进家门的。实际上,寡妇的亲属往往会鼓励她们再嫁,这样可免去家人的赡养责任。

　　寡妇改嫁在李清照的时代十分寻常。寡妇需要为亡夫服丧三年(实际上是二十七个月),之后便可再嫁,这在当时非常普遍。当然,不同社会阶层对寡妇改嫁的容忍度参差不齐;一般来说,寡妇再嫁在社会下层群体中更加普遍,人们对此也比较宽容;而精英士大夫在儒家男权价值观的支配下,对寡妇改嫁的抵制更强烈一些。但在神宗执政年间(1068—1075),禁止"命妇"(官员赵明诚之妻李清照也名列其中)再嫁的法令已被取消,我们在宋代文献中能找到许多士人之妻再嫁的实例。㊱

152　　但合法的并非就可取。整体上看,宋代社会就寡妇改嫁一事以消极评价为主,士人群体尤其如此。如司马光、程颐、朱熹等士人领袖就曾严厉批判寡妇再嫁,其中最有名(或曰臭名昭著)的论调来自程颐的说法:

　　　　又问:"或有孤孀贫穷无托者,可再嫁否?"

　　　　(程颐)曰:"只是后世怕寒饿死,故有是说。然饿死事极小,失节事极大!"㊲

"节"字在此处被译作贞洁(chastity),其内涵十分丰富,囊括了德行(integrity)、原则(principle)等意义。对道学家而言,没有什么比一个人"失节"更可耻的了;而对妇女来说,她的"节"体现在她忠于丈夫,亦即贞洁(chastity),这是女子最根本的德行。

　　程颐采取了极端形式化的表达,但的确有很多人认为寡妇最好不要

㊱　宋代寡妇改嫁的情况与唐代、元代很不一样,详细的讨论可参见游惠远《宋元之际妇女地位之变迁》,第268—287页(尤其是第277—279页)、第345—350页。

㊲　程颐,《河南程氏遗书》,22B. 301。

改嫁。宋代政府会定期宣传贞妇守寡的事迹，在布告、横幅及牌坊上记录其德行，甚至会赐予她们粮米，减免其税收。这些贞妇被塑造成道德楷模，人们常把她们同孝子并举。[38] 的确，贞妇与孝子的美德有共通之处：决定留在亡夫家中的寡妇会照料公公婆婆，代其亡夫践行孝道。这样的无私行为值得称颂，相形之下，一些妻子则不愿守寡，抛弃夫家亲属而另择良夫。但有的寡妇却是被亡夫的家人教唆而被迫改嫁的，这或是因为夫家觉得多了张嘴吃饭，给家里造成负担，或是想等寡妇再嫁后侵吞其亡夫的财产，甚至是寡妇的嫁妆。碰到后面这种情况，有些寡妇会据理力争，誓不再嫁，被视作贞妇烈女，而其他寡妇则选择默默屈服，放弃她们的法定财产。

就李清照的情况而言，她没有理由继续守寡。公公婆婆早在赵明诚生前就已离世，所以她没有赡养老人的义务。李清照没有生下赵家子嗣，也就无需为了抚养儿子而留在赵家了。

我们已经发现，身为没有孩子的寡妇，李清照在面对外人掠夺时无力反抗。即便是在金兵南侵、社会失序以前，这样一位寡妇的处境也不容乐观，更何况她还携带有贵重的收藏。伊沛霞（Patricia Ebrey）研究了宋代太平时期寡妇的生活状况，她注意到：

> 寡妇想要自立并不容易。……无疑，宋代的寡妇想通过更有效的法令来持有她们的嫁妆及亡夫的田产，可即便是要维护这些合法财产，她们仍遇到重重阻力。一些男性族人会想方设法从寡妇那里压榨财富，甚至发明一些手段专门针对女方而非男性。……现存的宋代断案资料提供了这方面的诸多个案，反映出无子的单身寡妇最容易成为剥削目标。她们毕竟是弱女子，从小就被规训说要与人为善、学会忍让，男人决定公事，女人学会服从，而一个女子公开在外抛

---

[38] 伊沛霞（Patricia Buckley Ebrey），《内闺：宋代的婚姻和妇女生活》（*The Inner Quarters：Marriage and the Lives of Chinese Women in the Sung Period*），第194—198页。中译本可参见：（美）伊沛霞《内闺：宋代的婚姻和妇女生活》，胡志宏译，江苏人民出版社，2004年。

头露面则被视为可耻……实际上,寡妇不仅要提防恶人,甚至还要对
自己的亲戚存有戒心。[39]

张汝舟其人,我们了解的不多,唯一为人所知的记载说他是个卑微的
武官。1131 年,他曾是池阳军中小吏,1132 年身任监诸军审计司,他有承
奉郎之衔,但官位很低(在三十级官阶中排在第二十九位)。[40] 一些研究
则认为张汝舟的仕途更显赫,他曾多次出守地方,并身任中书门下省检正
公事,但如今学者们一般认为此人与李清照再嫁的那位张汝舟重名,而非
同一个人。[41]

在给綦密礼的书信中,李清照强调了张汝舟的骗局,通过典故我们得
知,张汝舟有意隐瞒了真实身份,冒充官职,甚至连聘礼也可能是假的。
而李清照又突出表现自己当时的病痛和犹豫,尽管她境遇不佳,勉强答应
了婚事,但实是身不由己。两人一旦成婚,李清照便很快发现这是个重大
错误。这封书信正是一位羞愧者的自陈。

二人成婚后究竟发生了什么? 我们无从得知,但李清照的书信暗示
了张汝舟因觊觎其收藏才迎娶了她。根据李氏自己在《后序》中的表述,
那时她的收藏已散失殆尽,我们不明白张汝舟为什么还要打她的主意。
但我们有理由认为《后序》夸大了她的损失,我们将在下文见到,张汝舟
完全可能从这门婚事中获利。但李清照对他的侵犯予以坚决抵抗:"身既
怀臭之可嫌,惟求脱去;彼素抱璧之将往,决欲杀之。"李清照在叙事中穿
插典故,明白无误地揭示了她的遭遇。"遂肆侵凌,日加殴击"一句表达
得相当直白,毫无文饰。之后的两句借典故描写殴打的情形:一句是说强
壮的恶棍对弱小之人拳脚相加,另一句则引用了可怜妇女遭醉酒丈夫殴
打的故事。李清照对这些典故加以镕裁,以突出双方力量的强弱对比。

---

[39]　伊沛霞(Patricia Buckley Ebrey),《内闱:宋代的婚姻和妇女生活》(*The Inner Quarters:Marriage and the Lives of Chinese Women in the Sung Period*),第 190 页。

[40]　参见罗文(Winston W. Lo)《宋代官职简介》(*An Introduction to the Civil Service of Sung China*),第 72 页,表六。

[41]　见邓红梅《李清照新传》,第 149 页,注 1;南宫博《李清照的后半生》,第 62—64 页。

在传统文言文中,人们不常读到有关家庭暴力的文学典故,但李清照却在这封书信中做到了这点。

即便在当下,一些钟爱李清照的博学之士仍觉得文中的暴力描写是 155
夸大其词,[42]甚至有学者因为拒绝相信这场家庭暴力,进而怀疑书信的文本可靠性,这段殴打情形的描述反倒成了质疑的一大理由。[43]年轻一辈的学者(尤其是女学者)在近年来李清照的生平研究中,则更倾向于认为这样的控告属实。的确,李清照在信中以大量篇幅渲染了殴打事件,这使我们几乎能确信作者意图,她将此作为整套叙事中的关键环节。

宋朝法律对丈夫休妻一事制定了若干条件,但妻子却无权主动提出离婚。[44]除非夫家对她有所侵犯,诸如发生了爬灰乱伦之事,法官才会同意妻子的离婚诉求。[45]可李清照的控诉显然不符合条件,而主动离开丈夫的妻子将受到两年的拘禁处罚。[46]

因此,李清照并不以离婚提起诉讼,而是指控她丈夫的渎职行为,并希望这次审判能促使她解除婚姻,结果也如其所愿。她控告张汝舟"妄增举数入官"。[47]宋代官僚行政的相关条款规定,到达特定年龄、考进士多次不中的举子,都可以上奏朝廷,由皇帝赐予"特奏名"以谋得官衔,[48]有时需要此人达到一定年龄(如四十岁),外加应举次数的相关记录(如六 156
次),才能获此优待。当然也有例外,"特奏名"的颁布很灵活,没有定制,而得享殊荣的人即使没有通过进士科考试,也能步入仕途。由于涉及到

---

[42] 南宫搏,《李清照的后半生》,第57页。

[43] 俞正燮在评论此信时含蓄地表达了这层意思,并对这段暴力描写提出质疑,参见《易安居士事辑》,卷一五,第777—778页;又见《汇编》,第119—120页。

[44] 伊沛霞,《内闱》,第258页。

[45] 马伯良(Brian E. McKnight)著,刘子健(James T. C. Liu)译,《宋本〈名公书判清明集〉》(The Enlightened Judgments: Ch'ing-ming Chi, The Sung Dynasty Collection),第377—378页。

[46] 伊沛霞,《内闱》,第258页。

[47] 见李心传,《建炎以来系年要录》,卷五八,第1003页。

[48] 我在此援引了陈祖美对"增举数"的解释,她对宋代这一官员选拔恩赐制度的讨论很有启发性,参见陈女士的《关于易安札记二则》,第87—91页。邓红梅则对"增举数"有另一番见解,认为它是指张汝舟夸大了他应举的举荐人数,参见氏著《李清照新传》,第153页。宋代文献表明,陈祖美对"增举数"一词的理解是正确的。

应举次数,考进士科的举子除了填写年龄及出身,还需上报应试次数,而夸大举数的人将会受到严厉处罚,但总有些谎报之人能侥幸逃脱。张汝舟显然是其中之一,但很不幸,他竟然愚蠢地在新婚妻子面前对此洋洋自得。张氏最终被判有罪,不仅遭到罢免,而且被贬至偏远的柳州,不难料想,这场婚姻也就此终结。

那么,为什么控告张汝舟的李清照会被拘禁九天,之后又为何写信感谢綦崇礼呢?王仲闻的解释代表了一般流行的看法:他认为,在李清照指控她丈夫的同时,自己也遭到宋代法律的制裁,法律规定任何亲属若起诉家中尊长(如父母、祖父母、外祖父母及丈夫),无论对方是否有罪,原告本人都将遭受两年拘禁。[49] 这就是李清照身陷囹圄的缘由。而已故赵明诚的亲戚綦崇礼恰巧在这时晋升为翰林学士,他凭借其地位说服朝廷对李清照法外开恩,确保她重获自由。李氏在信中说"故兹白首,得免丹书",就是说她在綦崇礼的干涉下得以无罪释放。如若我们对此事原委的理解属实,那么李清照状告张汝舟之举就更有意味了:李清照本人不太可能事先预料到綦崇礼的干预会奏效,这毕竟需要高层的恩准;她一定是在明知自己将会被拘押两年的情况下,仍毅然起诉她的丈夫,由此更反衬了她为了结这桩婚姻表现出的近乎决绝的态度。

有学者最近对此次诉讼及李清照拘留后释放的解释表示异议,宋词研究专家王晓骊在其未发表的论文中提出了新看法。[50] 在考察了宋代有关家族诉讼的法令后,王晓骊指出李清照的情况并非拘禁两年而提前释放,她的行为并不符合减刑的要求。[51] 王氏认为,此次拘留实则是针对她及其丈夫的短暂审讯,因此仅仅只有九天。这听上去很合理,但也产生了新问题:綦崇礼在其中没有发挥作用。在李清照的书信中,我们知道綦崇礼显然在某一刻出手相助,并使事态发生了显著变化,李清照对此万分感

---

[49] 王仲闻,《李清照事迹编年》,《李清照集校注》,第 252 页。
[50] 王晓骊的论文题为《李清照为什么只入狱九天?》,她友善地与我分享了她的研究。王女士现任教于华东政法大学人文学院。
[51] 王晓骊考察了其他拘留减刑的案例,发现李清照不符合其中任何一例,因此得出了该结论。

激。假使綦氏并没有帮助李清照脱身囹圄,他一定有其他重要之举,但我们无法确知。

无论是上述的哪种情形,这封写给綦崇礼的书信都表明李清照对这场再嫁风波感到无比羞愧。尽管措辞雅驯,但字里行间仍流露出自惭之情。一些冠冕堂皇之语读来却令人震撼,如"败德败名"、"难逃万世之讥"、"扪心识愧",传达出一位女子沉痛的感慨。当然,毕竟是李清照自己决心提起诉讼,从而曝光她再婚的失败。作家在信中已逆料胡仔二十年后对此事的苛评:"传者无不笑之。"[52]可无论如何,这仍然是李清照的自我选择:她宁愿蒙受世人的非议,也决不愿再维系这段婚姻。

更深远的话题

几个世纪后,历经明末、清代直至 20 世纪,人们就李清照再嫁、旋即离异之事提出质疑,并最终激烈地否定了它。提及李清照再嫁的诸多南宋文献被一个接一个地质疑、辨伪,而对《投翰林学士綦崇礼启》的解读则更是夸张扭曲,人们坚信原文曾被篡改,或径直是伪作。在否定了李清照的再嫁事实后,清代学者将相关文献记载看作是李清照仇敌的阴谋,他们营造了李清照再嫁、离异的假象,并以此贬损女词人的名节,而那些认为记载属实的人则被这一阴谋所蒙蔽。令清代学者引以为傲的是,他们披露了这一历史诡计,为李清照平反,据说他们这么做是为李清照改嫁一事"辩诬"。

为李清照"雪耻"的学术运动从清代绵延至 20 世纪,这一现象本身很有意思,它向我们展现了重塑李清照的历史、后世对寡妇改嫁的态度,以及中国古代最杰出的女词人"李清照"这一形象的本质。尽管当下的学术共识已经转向,近二十年来,越来越多的学者认同李清照再嫁及离异的历史属实,但清代至 20 世纪以来对此事的抵制态度至今仍有迹可循。

158

---

[52] 胡仔,《苕溪渔隐丛话》前集,卷六〇,第417页。

159　某些学者依然坚信此事子虚乌有,而不愿接受"再嫁争论"另一方的观点。除此而外,通俗文学显然回避了这一话题,有些人通过官方或民间渠道建构并传播着李清照的传统形象。在中国共有四所李清照纪念馆,其中的三所未曾提及她的再嫁事实,而墙上所陈列的详尽的编年传记也对此只字未提。关于李清照的后世接受史,我将在后面的章节中继续讨论。

　　诚然,李清照的再嫁与随后的离异给她本人带来了创伤般的沉痛经历,但这些事件能不能反过来极大地帮助我们了解其身世呢?它们是否反映了李清照其人以及她所身处的社会状况?再嫁风波被认为是李清照生命中的大事,早在南宋时人们便不厌其烦地对此议论纷纷。而早期评论家陈述事件的方式是把它同女词人的非凡才华相提并论,从而暗中削弱其才女的光辉。

　　也许再嫁事件还有其他的理解方式。比方说,它们是否凸显了李清照的个性?现代学者有时会将李清照改嫁之事理解为其独立精神的体现,因为她罔顾精英士人的指摘而毅然作此决定。甚至有人声称李清照的再嫁恰恰证明她与赵明诚的婚姻非常美满,以至于她无法忍耐守寡的寂寞,才仓促地想要再次组建家庭。[53] 我的个人理解是,她的再嫁更可能是一个寡妇所面临的巨大困境造成的,而与她的性格及早年的幸福婚姻无关。李清照后来回顾了赵明诚死后所遭遇的变故,凡是读过这段自述的读者,又有谁会为她不久决定再嫁一事而感到吃惊呢?在写给綦崈礼的书信中,李清照解释了当时决定嫁给张汝舟的情形,并强调说自己和她的弟弟都被他给骗了,读者不难想象,她本人的窘境也在一定程度上促成了这场骗局。

160　　与之相应,李清照坚持与张汝舟离婚一事倒能看出她的个性。一位妻子控告她的丈夫在当时很不寻常,这绝非人妻的本分举动,而宋代法律所规定的两年拘禁更抑制了类似状况的发生,同时强化了妻子应被动顺从的传统习俗。而张汝舟显然低估了他的新婚妻子,他想当然地以为自

─────────────

㊼　诸葛忆兵,《李清照与赵明诚》,第163—164 页。

已能肆意侵占妻子的收藏,可事实却远非如此。这在李清照写给綦崇礼的信中也被直白地表达出来,作者自陈说,一旦她认清了张汝舟的真面目,便万分惊讶,"身既怀臭之可嫌,惟求脱去";她还自愿披露自己所受的虐待,通过引经据典来展现强者对弱者的欺压,而不愿在自叙中抹去这段情节,我们在上文已对此作了分析。对于张汝舟背地里所做的龌龊之事,这个女人绝不忍气吞声。我们或许能将此举归因于李清照的出身,她毕竟成长于世宦之家,曾接受古典教育,在父亲的文人圈中往来交际;作为妻子,她曾与赵明诚较量学识,并常常胜过她的丈夫。但有人或许进一步猜想,有没有和李清照出身相似的宋代女子也被下嫁给暴戾的粗人,而她却选择默默忍受,为了避免众人的非议而放弃反抗呢?

或许,此事最具启发性的意义在于,它使读者透过一位女子的切身经历来感知李清照身处的时代。我们致力于研究宋代社会、文学与制度,也对此有了充分了解;但我们不曾以女性视角来切入审视这些问题,因为男性经历与成就在相关史料中占据着强势的话语权。我们对精英士人的研究已相当深入——如士大夫、文人、道学家等——但我们却很少知道,他们的妻子是谁?若碰到原配早逝、续弦再娶的情况(这在当时很常见),他们又有何感受?而关于士人之妾,我们的认识就更少得可怜了。有没有宋代名人曾经离过婚?研究者很少提出这个问题,因为当时的文献讳言此事,而研究者也已习以为常。比如说,较李清照年轻一辈的诗人陆游就曾在母亲的威势下休妻,若干年后,当他再次遇见自己的前妻唐婉时,陆游写下一首词以寄托多年来的惆怅之思。[54] 这符合读者的期待:男性文人在自传体创作中往往对此避而不谈,却乐于代女子口吻叙写情思,而代女子立言本身恰恰体现了其男性立场。

道学家经常谈论"出妻"问题,但这些言论多是实践指南,而少有亲身经历的描述。司马光的《家范》、程颐的师门讨论都指出,丈夫就"休

161

---

[54] 陆游,《钗头凤》,《全宋词》,第三册,第1585页。

妻"一事过于软弱,[55]二人声称有很多妻子不称职,应当被休,而丈夫惧内的现象在当时普遍存在。针对程颐的"出妻"言论,他的一位弟子担心此举会被丈夫们滥用:

> 又问:"古人出妻,有以对姑叱狗,藜蒸不熟者,[56]亦无甚恶而遽出之,何也?"
>
> 曰:"此古人忠厚之道也。古之人绝交不出恶声,君子不忍以大恶出其妻,而以微罪去之,以此见其忠厚之至也。且如叱狗于亲前者,亦有甚大故不是处,只为他平日有故,因此一事出之尔。"[57]

程颐对丈夫的评价很高,称其为"忠厚",这与他对人妻的严苛批评构成鲜明反差。他显然认为没有丈夫会无缘无故地随便休妻。

李清照的身世在此别具价值,它使我们看清了宋代寡妇的艰难处境,哪怕在太平年代,有成年子孙的体恤照顾,一位寡妇的日子总不太好过。我们或许猜想,作为特权精英之一的李清照会比同时代其他寡妇的生活来得容易些,生计更有保障,也更自立。然而,她的书画艺术收藏等物质财富却使她更易成为脆弱的攻击目标,尤其是在社会失序的战乱年代,其收藏令这位单身寡妇身临险境。

通过李清照的切身经历,我们也看到,一位妇女若是嫁错了人,她的处境会多么悲惨。司马光和程颐呼吁丈夫降低休妻的门槛,可他们却不为人妻着想,从未考虑过不幸的婚姻对她们意味着什么。李清照一旦认清了新任丈夫的本来面目,她便身处两难境地:如果她继续维系这段婚姻,就会不断遭受虐待,并最终失去她的所有财产;可如果她决定作个了断,她就成了公众羞辱与嘲讽的对象——年老的寡妇再嫁三个月后竟起诉她的丈夫,这到底是怎样的一个女人啊? 这个女人凭借其社会地位及

---

⑤ 司马光,《家范》,卷七,20b—21a;又参见卷三,6a—6b。

⑤ "对姑叱狗"见范晔,《后汉书》,卷二〇,第 1017 页。"藜蒸不熟"恰是援引孔子门生曾子休妻的故事,见《孔子家语逐字索引》,38/67/2—4。

⑤ 程颐,《伊川先生语》第四,《河南程氏遗书》,卷一八,第 243 页。伊沛霞在《内闱》中援引了这段对话,见原书第 257 页。

受人追捧的作品,在当时赢得了其他妇女无法想象的知名度。如今,她却在新的舆论眼光下声名狼藉,原先对她才名的倾慕也转化为对其为人的非笑。其实,在李清照的《投翰林学士綦崈礼启》中,她本人对公众舆论与嘲讽有充分感知,也早已预见到此事颇损清名。

李清照生平中的这些事件使我们得以窥探宋代精英社会的一个层面,这非常难得。结婚、丧偶、再婚与离异——它们在女子生命中的意义与男子截然不同。而传统上男性文人不会公开自己的私事,这使得情况更加复杂:男人们在面对成亲、丧妻与休妻时,本应流露出更多的焦虑、反思与感怀,但他们不太在创作中提起这些。毕竟,男人对待这类事情有更多的转圜余地。一般而言,丈夫对妻子意味着什么,同妻子对夫君意味着什么,二者实在无法相提并论。最后,我们不妨再次回想一下赵明诚离开池阳前对妻子的叮嘱:他让妻子将宗器随身携带。而几周后,他便撒手人寰,李清照说他生前未曾交代后事。此后,我们眼看着李清照独自应付动荡的变局,这几乎把她拖向了深渊——而不幸中的万幸是,她最终挨过了这段不堪回首的遭遇,尽管已是遍体鳞伤。

第五章　巨变后的写作

　　对于刚刚经历再嫁与离异的李清照来说，此后的岁月仍然艰难。在嫁给张汝舟之前，李清照已于 1132 年回到南宋首都临安，但不久以后的 1134 年，金兵再度南侵临安，这轮攻势又导致了大批民众的逃难迁徙、流离失所。李清照则移居到距临安西南约 160 公里的金华地区，在当地生活了一两年，直到金兵撤走后才返回首都。

　　尽管李清照历经坎坷，但离异后的几年是她文学创作的丰收期，并几乎成为她一生中最高产、最具创造力的阶段。除了继续作诗填词，她还转向了文章与赋体创作。在短短两年多的时间里，她写下了若干篇重要作品，其中最知名的就是《金石录后序》，我将在第六章详加论述。

　　这些作品的一大显著特色在于其公共性面相。无论她是在频繁地陈述当时的政治、军事议题，还是在书写日常消遣及娱乐，李清照都设想了一群理解她的读者：她把自己写进文学，指涉自身的处境与意图。她采用了全新的表达范式，我们在她 1132 年写给綦崇礼的书信中第一次发现此类表达。在接下来的岁月中，身为文人的李清照最终摆脱了写信时那股沉重的羞耻感，通过全新的途径将自己重塑为一个自信而有持守的女性。

　题献给使臣的诗作

　　这一时期内最具政治性与公共性面相的作品是写于 1133 年夏的两首诗，李清照把它们题献给廷臣韩肖胄（1075—1150）与胡松年（1087—1146），二人即将出使金国，代表大宋进行外交谈判。两首长诗（尤其是第一首）的内容是对宋金关系的评判与建言。在金兵侵占大宋北方半壁江山的时局下，区区一位弱女子竟也投身于宋金关系的激烈争论中，甚至直接向枢密使韩肖胄与工部尚书胡松年进言，两位朝臣即将出使金国去执行艰巨的外交任务——这个事实本身就令人咋舌，在宋朝政治中也史无前例。不仅如此,诗歌内容也与献诗之举一样意义非凡。

尽管宋、金两国持续对峙,南宋顽强抵抗着金兵一波又一波的南侵行动,但宋廷仍然持续不断地派遣大臣出使金国。朝廷通常声称其出使目的是为了给徽宗、钦宗二帝及其他皇室成员进献贡品,他们被金人俘虏,幽禁在遥远的北地,大宋使臣想必也会试图说服金人释放那些皇亲国戚。但1133年的出使任务十分特殊:是年五月,前任使节潘致尧回到南宋,并向朝廷报告说金人想要宋廷派遣一位高官与之和谈。① 五天后,高宗皇帝挑选了枢密使韩肖胄,他是名老练的官员,有出使大辽的经历,而担任其助手的是工部尚书胡松年。② 当时的朝廷已就宋、金议和一事发生分歧,而一旦和谈成功,便意味着再也无法收复中原失地。但和谈正是韩肖胄此次的外交使命,高宗在当时偏向和议,希望能以此确保徽、钦二帝及其他皇亲回国。在韩肖胄出使前的上书中,他提到廷臣因各自的和、战立场而发生激烈争论,但基于当下的艰难国势,认为"和议乃权时之宜",他补充说朝廷可在将来整顿武备,收复故土,"军声大振,理当别图"。③ 使臣出发之后,在淮北与伪齐傀儡政府作战的宋军也收兵撤离,以免破坏韩肖胄的和谈任务。④ 韩氏于该年十一月回到临安,并有金朝官员同行,这是大金国第一次派遣使臣回访宋廷,以示尊重。⑤ 然而,正是那个韩肖胄在开封会见的伪齐领袖刘豫,趁韩氏归国之际,派军渡过淮河,攻占襄阳,由此发动了两国间的又一轮战事。直到八年后,宋、金和议才最终达成,此次和谈在中国历史上臭名昭著,南宋被迫承认北方中原故土归金国所有。

李清照于1133年夏天听说了韩肖胄与胡松年的出使任务,并写下两首诗作为回应,第一首更长达八十行,它们直接题献给两位使臣。两首诗之所以能留存至今,是因为它们被完整抄录在12世纪末赵彦卫的笔记

165

---

① 李心传,《建炎以来系年要录》,卷六五,第1102页;徐梦莘,《三朝北盟会编》,卷一五五,11b—12a,其中记载了金国方面的讯息,格外提及和谈的意向。
② 李心传,《建炎以来系年要录》,卷六五,第1103—1104页。
③ 同上,卷六六,第1112页。
④ 同上,卷六五,第1108页。
⑤ 同上,卷七〇,第1180页。

《云麓漫钞》中。⑥ 在介绍该作品时，赵彦卫发现易安词以刻本形式广为流传，可她的其他诗文却鲜有问津。赵氏自己显然折服于李清照的才华，并尽其所能让她的其他作品受到世人的关注，在同一则笔记的后半部分，赵彦卫不加评论地征引了李清照写给綦崇礼的书信。以下则是两首诗的全貌：

上枢密韩公工部尚书胡公

₁₆₆

绍兴癸丑(1133)六月，枢密韩公、工部尚书胡公使虏，通两宫也。⑦ 有易安室者，父祖皆出韩公门下，今家世沦替，子姓寒微，不敢望公之车尘。又贫病，但神明未衰落。见此大号令，不能忘言，作古、律诗各一章，以寄区区之意，以待采诗者云。⑧

其一

₁₆₇

三年夏六月，天子视朝久。凝旒望南云，⑨垂衣思北狩。⑩ 如闻帝若曰，岳牧与群后。贤宁无半千，⑪运已遇阳九。勿勒燕然铭，⑫勿种金城柳。⑬岂无纯孝臣，识此霜露悲？⑭ 何必羹舍肉，⑮便可车载脂。土地非所惜，玉帛如尘泥。谁当可将命，币厚辞益卑。四岳金曰

---

⑥ 赵彦卫，《云麓漫钞》，卷一四，第245—247页。

⑦ 诗序日期原作"五月"，但诗歌首句称"三年夏六月"，"六月"也符合李心传的相关记载，因此我对原序作了相应修改。此处的"两宫"是指被俘的宋徽宗和宋钦宗。

⑧ 《笺注》，卷二，第220—222页。我对这组诗的阐释得益于徐培均《笺注》、王仲闻《李清照集校注》（第109—120页）及徐北文《李清照全集评注》（第195—205页）。清代学者对两首诗的分法有所不同，认为"三年夏六月"至"与结天日盟"是题写给韩肖胄的第一首诗，"胡公清德人所难"至"长乱何须在屡盟"是题写给胡松年的第二首诗。王仲闻对此的反驳很有说服力。此前的英文译作采纳了清人的分法，而忽略了易安诗序的说明："作古、律诗各一章。"参见王红公(Kenneth Rexroth)、钟玲(Ling Chung)，《李清照诗词全译》(*Li Ch'ing-chao: Complete Poems*)。

⑨ "凝旒"体现了天子的沉思与专注。

⑩ "北狩"委婉地指涉高宗父兄的被俘，实际上，他们留在北方出于被迫，而非自发的狩猎或旅行。"垂衣"令人联想起道家圣人的"无为"。

⑪ 语出《孟子·公孙丑》下："五百年必有王者兴，其间必有名世者。"此处意指圣王的出世。

⑫ 此句及下一句例举了两场北方战役，都是古代英勇的汉将打败北方敌兵的战绩。后汉将领窦宪（卒于92年）击败匈奴后，在燕然山刻石勒功；参见《后汉书》，卷二三，第814—815页。

⑬ 东晋桓温（312—373）曾在金城种下柳树，数年后北征时故地重游，发现原先的树苗已长成亭亭大树；参见《世说新语笺疏》，卷二，第55条，第114页。

⑭ 霜露的出现令君子心生凄絸，因此想起逝去的时节与双亲的老去，此处指高宗思念幽禁于北地的父母；参见《祭义》，《礼记逐字索引》，25.1/123/24。

⑮ 颍考叔（卒于公元前712年）在主公款待他的宴席上把羹汤中的肉放在一边，准备带回家让母亲品尝，因为他的母亲从未吃过肉羹；参见《春秋左传逐字索引》隐元年，B1.1.4/2/25—26。

俞,臣下帝所知。中朝第一人,春官有昌黎。⑯ 身为百夫特,行足万
人师。嘉祐与建中,为政有皋夔。⑰ 匈奴畏王商,⑱吐蕃尊子仪。⑲ 夷 168
狄已破胆,将命公所宜。公拜手稽首,受命白玉墀。曰臣敢辞难,此
亦何等时!家人安足谋,妻子不必辞。⑳ 愿奉天地灵,愿奉宗庙威。
径持紫泥诏,直入黄龙城。㉑ 单于定稽颡,侍子当来迎。㉒ 仁君方恃
信,狂生休请缨。㉓ 或取犬马血,与结天日盟。胡公清德人所难,谋
同德协心志安。脱衣已被汉恩暖,㉔离歌不道易水寒。㉕ 皇天久阴后 169
土湿,雨势未回风势急。车声辚辚马萧萧,壮士懦夫俱感泣。闾阎嫠
妇亦何知,沥血投书干记室。夷虏从来性虎狼,不虞预备庸何伤。衷
甲昔时闻楚幕,㉖乘城前日记平凉。㉗ 葵丘践土非荒城,㉘勿轻谈士弃

---

⑯ 此处将韩肖胄比拟中唐著名的官员韩愈,二人的姓氏相同。

⑰ 这一联涉及韩肖胄的曾祖父韩琦与祖父韩忠彦,二人分别是北宋嘉祐与建中靖国年间的宰执。皋陶和夔是圣主尧、舜的臣子。

⑱ 王商是汉朝丞相,当匈奴单于来到汉廷觐见天子时,王商的容貌与威严令单于生畏;参见《汉书》,卷八二,第2270—2271页。

⑲ 郭子仪是中唐名将,在平定安史之乱中发挥重要作用。据《新唐书》本传记载,郭将军的声望令一个回纥将领闻风丧胆,诗中的"吐蕃"似是误记;参见《新唐书》,卷一三七,第4604页。

⑳ 据《宋史·韩肖胄传》载,韩肖胄出发前夕,他的母亲嘱咐说:"韩氏世为社稷臣,汝当受命即行,勿以老母为念。"高宗听说后,特封韩母为荣国太夫人;参见《宋史》,卷一三八,第11691页。

㉑ 黄龙城,金国首都,在今黑龙江哈尔滨附近。

㉒ "侍子"即被金人扣留的赵宋皇子,诗中一厢情愿地认为金人会让宋室成员随同韩肖胄回到南宋,以此向高宗示好。

㉓ 汉将终军(卒于公元前112年)自愿请命缉拿南越王,用长缨羁縻敌犯,把他们押送回朝廷问罪;见《汉书》,卷六四下,第2821页。

㉔ 韩信称说汉王刘邦(未来的汉高祖)对自己的关切无微不至,"解衣衣我,推食食我";见《史记》,卷九二,第2622页。

㉕ 在荆轲(卒于公元前227年)出发刺杀秦王之前,他高歌一曲以示永诀,歌曰:"风萧萧兮易水寒,壮士一去兮不复还。"见《史记》,卷八六,第2534页。

㉖ 尽管楚、晋两国约定结盟,楚人却在盟会时将战甲穿在衣内,出其不意地偷袭晋人;见《春秋左传逐字索引》襄二十七年,B9.27.3/293/16—25。

㉗ 629年,吐蕃原定在平凉与唐王朝结盟,却突然违约,袭击了唐朝官员浑瑊;参见《旧唐书》,卷一三四,第3700页。关于那次突袭的记述没有提到"乘城"(登城),它应出自李清照的想象。

㉘ 葵丘和践土是春秋时期诸侯结盟的著名地点;参见《春秋左传逐字索引》僖九年,A5.9.2/81/12;僖二十八年,A5.28.8/109/31。我只能把这句诗理解为反问句,也就是说,在葵丘和践土两地达成的盟约并非长久之计,而这些地方也最终沦落为荒城丘墟。

170　儒生。露布词成马犹倚,㉙嵋函关出鸡未鸣。㉚巧匠何曾弃樗栎,刍荛之言或有益。㉛不乞隋珠与和璧,㉜只乞乡关新信息。灵光虽在应萧萧,㉝草中翁仲今何若? 遗氓岂尚种桑麻,残虏如闻保城郭。嫠家父祖生齐鲁,位下名高人比数。当时稷下纵谈时,㉞犹记人挥汗成雨。子孙南渡今几年,漂流遂与流人伍。欲将血泪寄山河,去洒东山一抔土。㉟

其二

171　　想见皇华过二京,壶浆夹道万人迎。连昌宫里桃应在,华萼楼前鹊定惊。㊱但说帝心怜赤子,须知天意念苍生。圣君大信明如日,长乱何须在屡盟。㊲

　　李清照清楚地知道当时的主和派在朝廷占据上风,而韩肖胄之所以被任命为和谈的首脑,正因为他也是鲜明的主和派。和很多人一样,李清照也反对这一决定,有人将之批评为软弱的绥靖政策。上述两首诗巧妙而独到地传达了诗人的反感,尽管作品表面上对高宗的圣旨歌功颂德,对

㉙　东晋袁虎曾随桓温北征,但因罪免官。而当桓温需要起草一份战事告捷的文书时,袁虎出色地完成了这一任务,他倚马作文,下笔不辍,写满了七纸;参见《世说新语笺疏》,卷四,第96条,第273页。

㉚　此处引用了著名的孟尝君的故事,他以门客众多而为人所知。有次孟尝君夜半路经嵋函关(函谷关),他的一个下等门客会模仿鸡鸣,致使守卫误以为黎明已至,开关放行,方才帮助孟尝君在黎明前通过关口,从而逃脱了秦王的追兵;参见《史记》,卷七五,第2354页。这一联中,诗人劝韩肖胄采纳卑微下属的建议与协助,她很可能还影射自己,而不单单指此次出行的随从。

㉛　本联的主旨与上联相同,语出《庄子》(见《庄子逐字索引》1/3/4)及《诗经・大雅・板》,254/3。

㉜　"隋珠"、"和璧"是两件传说中的珍宝。

㉝　灵光殿是西汉皇子恭王余的宫殿,相传在西汉末年,长安皇宫皆遭战乱而损毁,唯有灵光殿岿然独存。这句诗暗示说1126—1127年的金兵入侵与王朝浩劫较两汉之际的战乱更为惨烈,但汴梁宫殿仍在,呼唤着南宋人回到中原故土。

㉞　古代齐国位于李清照故乡的东北面,著名的稷下学宫就坐落于此,它吸引着各地学者远道而来,生动地讨论着各种哲学与政治议题。

㉟　东山在鲁国(即李清照故乡)东北部,亦见于《孟子》,7A/24。

㊱　两座建筑皆为唐代长安宫殿建筑群的一部分,此处用来指代汴梁的宋代皇宫。连昌宫以茂盛的桃树闻名。

㊲　关于数次结盟与长期动乱之间的联系,语出《诗经・小雅・巧言》,198/3:"君子屡盟,乱是用长。"

两位使臣也赞赏不已,但却迂回地暗示出他们的做法有待商榷。在这些作品中,李清照给自己出了个棘手的难题:她把诗歌题写给高宗钦点的使臣,他们将去完成一项富有争议的和谈任务,而诗人则要表达她对其主张的批评,认为这种做法愚昧可笑,毫无原则可言。她依凭精妙的文辞做到了这点。

　　在第一首诗的开头("三年夏六月"至"币厚辞益卑"),李清照格外强调了高宗对被俘父兄的孝敬之情。诗歌听上去好像是说,此次出使的唯一目的是传达高宗及宋室对北方皇亲的体恤,甚至希望他们能安然回到南宋。高宗似乎始终挂念着父兄的安危("垂衣思北狩"):他专门挑选了一名忠臣孝子作为外交使节,来替他完成尽孝道的责任("岂无纯孝臣");他自己则流露出一位孝子的悲哀("识此霜露悲");他不能理解为什么在自己的晚年不得不与母亲生别离("何必羹舍肉")。高宗为父母的遭遇而哀伤过度,以至于中原故土已对他毫无意义("土地非所惜"),而为了竭力确保亲人的安全,乃至最终接他们回家,高宗无论花费多少玉帛金银也在所不惜("玉帛如尘泥")。然而,在这些颂扬高宗的诗句背后,还有一层言外之意甚是明显:一旦我们考虑到中原沦丧不仅是以高宗为首的赵姓皇族的悲剧,更是中国史无前例的王朝浩劫,高宗的决定就令人反感。诗歌里的高宗皇帝已不在乎沦丧的国土,并自愿奉上丰厚的玉帛供奉,这令人回想起当时主战派对和议的指责,他们力图武力收复中原。鉴于和战双方的激烈争论,这层言下之意对于当时的读者是一目了然的,尽管它掩盖在高宗"孝子"形象的背后。李清照在诗中进一步指出,高宗明确表态,对先前由名将率领收复北方失地的胜利战果毫无兴趣("勿勒燕然铭,勿种金城柳")——高宗究竟有什么样的理由令他放弃反攻,拒绝北方战事的吉兆呢?起码从上述诗句看来,高宗的想法显得荒谬可笑。同样明显的指责见于本段最后的高潮:"币厚辞益卑。"这样的和谈无异于丧权辱国,对南宋财政也是一笔巨大的损失,这无疑让反对者愤愤不平。

　　在接下来的两部分("四岳金曰俞"至"残虏如闻保城郭"),李清照的

172

批评稍有缓和，这或许是因为韩、李两家是世交，而易安本人也很敬重韩肖胄。可尽管诗歌渲染了韩氏的忠孝与此次任务的初心，但仍隐含着质疑与批评。在提及北方金兵时，李清照的措辞照例充满了汉族优越感："夷狄"在韩肖胄的威势下闻风丧胆、稽颡叩头，诸如此类。这或许是称述北方敌国的惯用典故，可考虑到当时金人已侵占了大宋的半壁江山，并俘虏了大批皇亲国戚，诗歌的措辞显然有悖事实，我们应对此有所自觉。更具说服力的是诗中暗示的一处矛盾：诗人既宣称"仁君方恃信"，又提醒说敌人向来不守信用（"夷虏从来性虎狼，不虞预备庸何伤。衷甲昔时闻楚幕，乘城前日记平凉"）。李清照不断强调历史上胡汉背盟的事例，令高宗信任金人的决策显得有勇无谋、险象环生。由此，我们便能理解诗人借韩肖胄之口说出"狂生休请缨"时，恰恰在诗人看来是错误的态度与策略。接下来的六句"葵丘践土非荒城，勿轻谈士弃儒生。露布词成马犹倚，崤函关出鸡未鸣。巧匠何曾弃樗栎，刍荛之言或有益"，是劝说两位使臣包容不同意见，听取低微之人的建议。诗人可能意指随从韩、胡使臣的低级官僚，也可能想到了她自己，她在上文委婉地称说自己"闾阎嫠妇亦何知"。而当诗人言及小人与"樗栎"时，她或许是劝告两位使臣不要因为其卑微地位而拒绝她的建言。

在全诗尾声，李清照无疑聚焦于她的个人身世（"嫠家父祖生齐鲁"至"去洒东山一抔土"）。尽管诗人如今是个寡妇，但她仍记得自己的父祖是齐鲁当地的名士，浸润于"稷下纵谈"的风雅传统中，博学之士纷至沓来，就哲学与政治议题互相切磋讨教。李清照就是在百家争鸣的氛围下成长起来的（"犹记人挥汗成雨"），而在时下国家危难的关头，她感到自己有责任一抒己见，我们对此毋庸置疑。"子孙南渡今几年，漂流遂与流人伍"两句委婉地指涉她自己，她也是李氏的"子孙"，却遭受了戏剧性的命运打击：她不得不背井离乡，成为流亡难民的一员。这几乎是整首诗中唯一一处揭露现实的措辞，强调了昔日的大宋盛世一去不复返，并多少影射着恶劣的现状。而同代读者会意识到，不单单是李清照沦落他乡，她的无数同胞，包括新即位的高宗皇帝，实际上都是南渡流亡者。而诗人的流人身份最终引向了尾联的叙述："欲将血泪寄山河,去洒东山一抔土。"
而那是她再也回不去的故乡。"血泪"一词回应了上文的"沥血投书干记
室",血书体现了对崇高事业的忠贞不渝与无私奉献,并且往往用于节义
之士进言抗议的场合。李清照在诗序中说,自己在听闻出使和议的消息
后"不能忘言",也是类似的意思。它唤起了诗人直言进谏的义务,并指
出现实政策的误导性——此类义务向来专属于男性,但不是这一次。

　　如果说第一首诗主要运用了威严的庙堂措辞,借以暗示当下的宋、金
和谈是软弱、愚昧的话,第二首诗则聚焦于金人占领下北方父老的艰难处
境。此诗开篇想象了一场热闹的喜庆场景,北宋遗民夹道欢迎南宋使节
的到来。这当然纯属虚构,当初正是赵宋王室屈辱地抛弃了北方民众,即
便当地汉人仍然热切盼望着宋室的回归,金人也不会允许此类事件的发
生。㊳ 领联提及了唐朝首都长安的两座宫廷建筑,以此借指汴梁的北宋
皇宫,南宋使节在前往金国首都的路上将会途经那里。连昌宫建于唐高
宗时期,那里以茂盛的桃树而闻名,据说中唐时已遭废弃。㊴ 李清照的诗
句令人联想起荒无人烟的宋廷,尽管它废置的缘由比起唐代连昌宫更具
灾难性。"华萼楼前鹊定惊"一句的意味更深,华萼楼同样是唐代建筑,
但它在当时文献中常与宫廷宴饮、声色犬马联系在一起。㊵ 正是那个结
局悲惨的唐玄宗下令建造了华萼楼,它与诸位皇子的寝宫相毗连,而玄宗
则经常与皇子在华萼楼中聚会玩乐。鉴于其他文学典故,我们能理解喜
鹊目睹南宋使臣归来时那种既惊又喜之情。当李清照写下这句诗时,她
完全可以涉及其他宫殿名,却偏偏挑出了唐代史料中的华萼楼,那里经常
举行轻薄奢华的宫廷宴会,而主持者正是玄宗本人,他的前期统治相当成
功,却在安史之乱中致使家国沦丧,玄宗本人不得不引咎退位——无疑,
李清照的用典绝非巧合:宋徽宗的"轻薄"(这是 1126 年后宋人的普遍看
法,甚至早已有之)、他的禅位及其悲惨结局都恰好与典故相契合,更说明

174

㊳　参见钱钟书对范成大诗歌中类似场景的评论,《宋诗选注》,第 224 页。

㊴　元稹,《连昌宫词》,《全唐诗》,卷四一九,第 4613 页。

㊵　郑处诲"逸文",《明皇杂录》,第 56 页。

这是诗人有意为之。由此,这句诗隐含了诗人对宋徽宗,即高宗父亲的批评,并将王朝浩劫归咎于他。

175 　　"但说帝心怜赤子,须知天意念苍生"是南宋使节向沦陷区的大宋遗民传达的消息,劝慰他们说南宋皇帝没有忘记他们,甚至上天也对其关怀备至。这听起来十分宽慰人心,或许是诗歌所力图营造的效果。可在李清照的立场看来,如果南宋朝廷实际上采取了和议策略,所谓的关切之语将一无是处。"圣君大信明如日"回应了前首诗所谓的"仁君方恃信",而此处显然是说北方乡亲应信任宋高宗,后者从未把他们忘记。可言下之意却是说,高宗的对金政策同往常一样,是基于他对金人的信任,他也因此才决定派遣高官北上与金人和谈。然而,李清照在第一首诗中已明确指出这种轻信是错误的。末句"长乱何须在屡盟"作为整组诗歌的顶点恰如其分,诗人始终在顾左右而言他,这句也不例外。它化用了《诗经·小雅·巧言》的典故:"君子屡盟,乱是用长。"原诗将长期的战乱与国家动荡归咎于诸侯的屡次结盟,而其权势较量恰恰酝酿着更频繁的动荡,而非采取行动根除战争。而李诗的意思则对《诗经》的说法发出质疑:为什么屡次结盟必然导致动乱的结果呢?可鉴于"屡盟生乱"的断语出自五经之一的《诗经》,以及李清照所身处的现实表明,宋、金的数次谈判都无法阻挡金兵入侵的步伐(更不消说从他们手上夺回中原故土了),"长乱何须在屡盟"很可能是反语。读者应体会出《诗经》的说法才是正确的,并且十分契合当下的危难时局。李清照不能在两位南宋使节的出行前夕直截了当地宣扬这种论调,可通过她组织文辞的方式,不难看出其真实寓意,最近的评注家也已经点破其语。[41]

"打马"主题作品

　　1133 年由韩肖胄和胡松年主持的出使任务并未取得实质进展,宋金

---

[41]　如王英志,《李清照集》,第 137—138 页。

和议没有达成,金人也不打算释放被俘的赵宋皇室。该年年末,伪齐的刘 176
豫发动了新一轮南侵战事,攻占了汉水沿岸的襄阳(今湖北西北部)。当
时形势严峻,因为自襄阳的进一步南侵将会使南宋国土分裂为二。由岳
飞(1103—1142)领导的宋军予以反击,并在 1134 年夏夺回了襄阳,可同
年九月,金国与伪齐的兵力却在东面的淮河流域重新发起攻击,很可能再
次渡过长江,从而威胁到南宋首都临安。李清照本人这样描述随后的
动乱:

> 今年冬十月朔,闻淮上警报,江浙之人,自东走西,自北走南,居
> 山林者谋入城市,居城市者谋入山林,旁午络绎,莫不失所。[42]

当时又有朝臣建议高宗避乱南逃,但在宰执赵鼎(1085—1147)的坚持
下,高宗这次决定留下来直面金兵,并声称将在反击中"御驾亲征"。高
宗西行至平江(今苏州),金兵自淮河南下,在合肥一带被岳飞率领的宋
军击溃。不久,金国将领听说金太宗完颜晟已病入膏肓(他于 1135 年一
月去世),于是大举撤兵,急于回到北方挑选王位继承人。金太宗的病危
恰逢其时,致使金人的此次南侵很快结束,贫弱的南宋又逃过一劫。

　　当 1134 年金兵新一轮攻势发起之时,李清照显然感到临安非久留之 177
地。鉴于四年前金兵南下的迅雷之势,这次她早早地开始寻觅避难所。
她从临安乘船溯流而上,抵达富春江,再往西南方行进,来到金华(今浙江
中部),并寄宿于那里的一位陈姓人家中。我们不清楚她在金华住了多
久,但起码待到次年;而一旦她确信不再有战争威胁,便很可能于随后的
1135 年返回临安。

　　到达金华后,李清照于 1134 年岁末创作了一组非凡的作品,其主题
是关于一种名叫"打马"的博弈游戏。这组作品包括:(1)《打马图经序》,
这是她为这个游戏的"图经"所写的骈体序言,"图经"本身没有存世,序
言的内容包括对"打马"游戏的概述、作者当时身处的具体环境,以及"打

---

[42]　李清照,《打马图经序》,《笺注》,卷三,第 340—341 页。

马"与其他博弈的比较；（2）《打马赋》，此赋是对游戏的修辞性描述，并特意将"打马"博弈与现实军事谋略联系起来，这在传统文学中很常见；（3）《打马图经命辞》，由十三篇简短的条目或段落构成，它们用诗意的文辞说明"打马"游戏的不同步骤、策略及章法，这些"命辞"中的部分乃至全部很可能是"图经"的说明文字。将上述作品统而观之，我们看到了文人李清照的另一面：一个十足的博弈者、智者兼决策者。这组作品还能与上述题写给使臣的诗作互为补充。"打马"博弈被比拟为军事较量，参与者往往三至五人不等，他们是博弈中的军事指挥，仿佛置身战场，努力施展谋略，让自己的军队（即用来博弈的"马"）战胜对方。李清照的"打马"主题作品充满了对南宋初期现实战情的影射，这些指涉或显白，或隐晦，正是此种特征使得这组作品足以与上述诗作互见互补，而这些影射让我们进一步理解李清照当时所经受的希望与挫折，那时的她是个不久前离异的单身寡妇，在被迫离乡的八年后仍在战乱中颠沛流离。

　　"打马"是宋代的一种博弈游戏，金钱在游戏中发挥重要作用，玩家在博弈中或盈或亏。"打马"只是当时诸多博弈的一种，但和其他游戏一样，它在宋代以后就不再流行，逐渐失传。因此，我们对于"打马"的游戏规则及具体操作尚有诸多疑点，但足以看出游戏本身非常复杂，规则繁琐。基于今人对"打马"细节的无知，我们无从领会李清照作品中的个别文辞，尤其是《命辞》，但幸好她的《打马图经序》及《打马赋》文意显白，尚能让读者领会其意。

178

打马图经序

　　慧则通，通即无所不达；[43]专则精，精即无所不妙。故庖丁之解牛，郢人之运斤，师旷之听，离娄之视，大至尧舜之仁，桀纣之恶，小至

㊸　语出《赵飞燕外传》伶玄《自叙》，8b。

掷豆起蝇,巾角拂棋,㊹皆臻至理者何? 妙而已。后世之人,不惟学圣人之道不到圣处;虽嬉戏之事,亦不得其依稀仿佛而遂止者多矣。夫博者,无他,争先术耳,故专者能之。余性喜博,凡所谓博者皆耽之,昼夜每忘寝食。且平生多寡未尝不进者何? 精而已。

　　自南渡来,流离迁徙,尽散博具,故罕为之,然实未尝忘于胸中也。今年冬十月朔,闻淮上警报,江浙之人,自东走西,自北走南,㊺居山林者谋入城市,居城市者谋入山林,旁午络绎,莫不失所。易安居士亦自临安溯流,过严滩之险,抵金华,卜居陈氏第。乍释舟楫而见轩窗,意颇适然。更长烛明,㊻如此良夜何。于是博弈之事讲矣。

　　且长行、叶子、博塞、弹棋,近世无传。若打揭、大小猪窝、族鬼、胡画、数仓、赌快之类,皆鄙俚不经见。藏酒、摴蒱、双蹙融,近渐废绝。选仙、加减、插关火,质鲁任命,无所施人智巧。大小象戏、弈棋,又惟可容二人。独采选、打马,特为闺房雅戏。尝恨采选丛繁,劳于检阅,故能通者少,难遇勍敌;打马简要,而苦无文彩。

　　按打马世有二种:一种一将十马者,谓之"关西马";一种无将二十马者,谓之"依经马"。流行既久,各有图经凡例可考;行移赏罚,互有同异。又宣和间(1119—1125)人取二种马,参杂加减,大约交加倖幸,古意尽矣。所谓"宣和马"者是也。余独爱"依经马",因取其赏罚互度,每事作数语,随事附见,使儿辈图之。不独施之博徒,实足贻诸好事,使千万世后知命辞打马,始自易安居士也。

　　时绍兴四年(1134)十一月二十四日,易安室序。㊼

　　这篇序言叠加了若干主题及意蕴。李清照在首段将小技小道同治国方略相类比,其共同的衔接点在于"专则精,精即无所不妙"。依凭这种

179

180

㊹ 相传魏文帝曹丕(187—226)能用巾角拂动弹棋,无一不中。参见《世说新语笺疏》,卷二一,第1条,第712页。

㊺ 原文作"自南走北",这在当时的处境下不太合理,所以我把它改成"自北走南"。

㊻ 语出杜甫《今夕行》,《杜诗详注》,卷一,第59页。

㊼ 李清照,《打马图经序》,《笺注》,卷三,第340—341页。

巧妙措辞，李清照顺利地找到了光明正大的理由来为博弈而作文。这是种辩护性策略，但并不止于此，它表达了当时十分流行的一种观念，即"至理"不仅能在长期的沉潜学习中悟得，也体现于微不足道的技艺中，苏轼便在不同场合探讨过这个主题。[48] 李清照对这种观念的影射是全文的第一处暗示，即她并非仅就博弈而论博弈，而是想借此激发更深远的话题。在第一段结尾，她谈及对博弈的爱好，紧接着便声称自己几乎战无不胜——这种说法颇为不逊，尤其对一位女子而言。更出人意料的是，她将博弈简化为人性的一种冲动："争先"。这又与传统女性的谦逊品质背道而驰。

　　第二段偏离了博弈主题，叙述了金兵南侵及当时的避难场面，李清照本人则移居金华。作为她生平的研究者，我们当然想知道得更多。她是独自上路，还是得到了弟弟一家的照顾？金华当地有没有她的亲友或恩人？有种猜测认为，李清照之所以寓居金华，是因为赵明诚的妹婿李擢在当地任官，李清照此前曾向他求助（详见下文的《金石录后序》）。[49] 可若果真如此，她到达金华后又为什么寄居在一位陌生人家中呢？

　　然而，这段文字其实显得多余，她的个人处境是穿插在序言中的离题描述，可作者却对此不惜笔墨，她一定别有用意。实际上，作者写的不仅仅是她从京城流徙至金华的个人遭际，更渲染了新一轮战事氛围下的社会动荡，而她并未戚戚于个人得失。她在这段最后言及自己对寓居生活感到自足惬意，因为她不再有水路颠簸之苦。"更长烛明"一句引自杜甫诗，它恰到好处地反映了作者的好学与聪慧。

　　接下来的一段以博物学的方式将作者所知的博弈游戏一一列举出来，包括那些在宋代徒有名目的种类，至此，李清照对博弈的专精已不容置喙。而作者不仅运用例举法，还进行排除法，所有这些游戏都有这样或那样的缺陷：它们或"近世无传"，或"鄙俚不经见"，或"近渐废绝"，要么

---

[48] 参见拙著《苏轼生命中的言、象、行》（*Word, Image, and Deed in the Life of Su Shi*），第279—280 页。

[49] 参见徐培均"年谱"，《笺注》，第 490 页。

"质鲁任命,无所施人智巧",要么一次"惟可容二人"。最后入围的两类博弈中,李清照又指摘"采选"过于繁难——我们最初或许以为"采选"难倒了李清照,到后来才明白,她是说如此高难度的比赛令李清照找不到对手,"难遇劲敌"!

最后,李清照进一步缩小范围,讨论了"打马"的不同玩法。我猜想她在言及"宣和马"时别有深意。南宋初期,任何对宣和时期的追述都会激起强烈而一致的反应,即对徽宗朝奢靡风气的嫌恶,及其无力抵御金兵入侵的愤懑。当李清照批评说"宣和马""交加侥幸,古意尽矣",读者自然会联想起昏聩的徽宗朝政,统治者仅以"侥幸"维持政局,背离了治道,致使天意不再眷顾大宋。篇末有两点令人耳目一新:首先,李清照的创作对象不仅是那些博弈之徒,还包括其他"好事者",这显然暗示了某种题外之旨;接着,全篇以一个非同寻常的论断束尾——千万世以后,人们一提起"打马"游戏便会想到易安居士,正是她首先为这项博弈写下了正规"命辞"。

李清照将"打马"称作"闺房雅戏"(第3段),她明确指出在所有博弈游戏中,只有"打马"需要动用才智,而批评其他博弈过于低级,"宣和马"更是仅凭运气。性别的反讽贯穿了整篇序言:这里有位女子为"打马"游戏撰文,而这类博弈恰恰被视作纸上谈兵之术。她告诉读者自己沉迷于较量谋略的比赛,屡战屡胜,并预测说后人将从她那里获悉"打马"游戏之精妙。与此同时,她又游离博弈主题,提到了近年来宋朝的军事弱势及社会动荡。她对"宣和马"的尖锐批评令人想起玩物丧国的宋徽宗。之后,她在篇末暗示说博弈之人与"好事者"都能从她的作品中获益——李清照的"打马"作品显然话里有话。她在各处埋下伏笔,暗讽执政者。身为女子的李清照仅被允许写作"闺房雅戏",但她却希望介入国家朝政及防御决策。在读这篇序言时,我们体会到作者的骄傲与挫败感,她自恃对当下形势及政策洞若观火,可同时容许她发言的空间却如此狭隘。

李清照的《打马赋》约作于同一时期,在这篇赋中,作者对于决策计谋有更为精到的阐述。《打马赋》的每一句都好比微言大义,回应着时下的战局，作者认为宋军将领应采取更恰当的策略来对抗金兵。其中最为生动的段落来自全篇尾声：

> 　　且好胜者人之常情，游艺者士之末技。说梅止渴，稍疏奔竞之心；⑤⑩画饼充饥，少谢腾骧之志。⑤⑪ 将图实效，故临难而不回；欲报厚恩，故知机而先退。或衔枚缓进，已逾关塞之艰；或贾勇争先，莫悟阱堑之坠。⑤⑫ 皆由不知止足，自贻尤悔。当知范我之驰驱，勿忘君子之箴佩。况为之贤已，事实见于正经；⑤⑬用之以诚，义必合乎天德。牝乃叶地类之贞，反亦记鲁姬之式。⑤⑭ 鉴髻堕于梁家，溯洄循于岐国。⑤⑮ 故绕床大叫，五木皆卢；沥酒一呼，六子尽赤。⑤⑯ 平生不负，遂成剑阁之师；⑤⑰别墅未输，已破淮淝之贼。⑤⑱ 今日岂无元子（桓温），明时不乏

183

184

---

⑤⑩ 《打马赋》几乎每一句都有典实，我仅对这些典故作简明扼要的注解，以期领会李清照的文意。有一次，曹操手下的士兵在行军途中口渴难耐，曹操谎称前方有一大片梅子林，将士们因之想到甘酸的梅子味，不禁垂涎欲滴，便不觉得口渴了，他们抓紧赶路，终于找到了汲水处。参见《世说新语笺疏》，卷二七，第 2 条，第 851 页。

⑤⑪ 魏文帝曾批评徒有虚名而无才干的人，就好比画饼于地，无法让人填饱肚子；见陈寿《三国志》，卷二二，第 651 页。

⑤⑫ 齐国将领高固作战英勇，战后还炫耀说自己将兜售"余勇"，卖给需要打仗的人；见《春秋左传逐字索引》成二年，B.8.2.3/187/15。

⑤⑬ 语出《论语·阳货》，17/22："饱食终日，无所用心，难矣哉！不有博弈者乎，为之犹贤乎已。"

⑤⑭ "牝乃叶地类之贞"，语出《易·坤》卦辞："元亨，利牝马之贞。君子有攸往，先迷，后得主，利。"《象》曰："牝马地类，行地无疆。""反亦记鲁姬之式"，指的是鲁国淑姬嫁给齐国高固时的礼仪：高固最初把淑姬的马车还了回去，但马匹却在齐国待了三个月，如若婚事不成，高固准备把淑姬连同马匹一起再送回鲁国。参见《春秋左传逐字索引》宣五年，B7.5.3/162/31 - B7.5.4/163/1；又《春秋左传注疏》，卷二二，2a。

⑤⑮ 此句及下一句肯定是指"打马"游戏的下法及步骤。梁冀之妻孙寿把头发梳成"堕马髻"，这里是说游戏中的马卒"堕"入敌方的陷阱；参见《后汉书》，卷三四，第 1179—1180 页。"溯洄"则用来形容马卒从侧面迂回行进的方式。

⑤⑯ 这两句分别涉及东晋刘裕和 10 世纪时的南唐刘信，他们在博弈中孤注一掷，皆因受到上天的垂青而击败对手；参见《太平御览》，卷七五四，5a—5b；郑文宝，《南唐近事》，卷二，第 223 页。

⑤⑰ 341 年，当东晋大将桓温出兵征讨四川（剑阁）的割据政权成汉时，大家都觉得没有胜算，只有刘惔不以为然，认为桓温志在必得："伊必能克蜀。观其蒲博，不必得则不为。"参见刘义庆《世说新语笺疏》，卷七，第 20 条，第 401 页。

⑤⑱ 此句结合了谢安的两个下棋故事，他曾任东晋的军事指挥，在 383 年的淝水之战中击败了苻坚。开战前夕，谢安与侄儿谢玄下棋，以别墅为赌注，谢玄平日的棋艺较谢安高出一筹，但这次却输给了谢安，因为谢安对战事已成竹在胸，而谢玄却忧心忡忡，无法专心下棋。后来，晋军告捷的消息传来，谢安正好也在下棋，他收到书信后不见喜色，若无其事地继续对弈；参见《晋书》，卷七九，第 2074—2075 页；又见《世说新语笺疏》，卷六，第 35 条，第 373—374 页。

安石（谢安）。又何必陶长沙博局之投,⁵⁹正当师袁彦道布帽之掷也。⁶⁰

　　辞曰:佛狸定见卯年死,⁶¹贵贱纷纷尚流徙。满眼骅骝杂骓骃,⁶²　185
时危安得真致此?⁶³木兰横戈好女子!⁶⁴老矣谁能志千里,⁶⁵但愿相将过淮水。⁶⁶

　　这段《打马赋》引文包含有几层意思。引文的首句及下文是作者为"打马"游戏正名,她引用"望梅止渴"和"画饼充饥"两个典故(它们都虚有其表而非现实)来进行辩护:"打马"是纸上谈兵的游戏,并非真实的军事斗争,但游戏本身仍能让玩家过把瘾。尽管"画饼充饥"通常是个贬义词,意谓徒有虚名而无实效,但李清照在此处显然反用其意。同样,我们在下文被告知说孔夫子也曾对博弈有过正面评价,认为它能培养心智。篇末更历数了一连串的历史人物,他们都是喜爱或精通类似"打马"博弈的朝官武将。他们对博弈的钟爱绝非出于巧合,而是体现了他们的军事天才,博弈能磨砺其战术技巧,甚至促使他们顿悟开窍。博弈与军事战略

---

⁵⁹　陶侃也是位东晋将领,以纪律严明著称,当他发现属下以饮酒、博戏为乐时,便将酒器与博弈之具投进江水中;见《晋书》,卷八三,第 2170 页。

⁶⁰　袁耽(字彦道)是东晋的博弈高手。有一次,正在服丧的他答应替桓温还债,便同那个债主博弈较量。袁耽先乔装扮扮,把布帽置于怀中;当他赢钱百万后,便取出布帽扔在地上,反问说:"汝竟识袁彦道不!"见《世说新语笺疏》,卷二三,第 34 条,第 748—749 页。

⁶¹　这句诗引自一首童谣,它预言了北魏太武帝拓跋焘(字佛狸,424—452 年在位)之死,当时的北魏大军正对南朝刘宋政权虎视眈眈。佛狸在此指代金太宗。这首童谣原被看作谶语,而李清照的引用似乎也是一种期许与预言。人们将这篇《打马赋》系于 1134 年(绍兴四年),因为与之匹配的《打马图经序》写明了创作日期。实际上,下一年就是个卯年(1135 年,绍兴五年,乙卯年),而太宗也的确于该年去世,尽管他的病故并未解决宋、金矛盾。写下此句的李清照似乎已经听说了金太宗病危的消息。当然,这篇赋也有可能作于 1135 年而非前一年,这句诗也只是借 5 世纪的童谣来指代金太宗亡故的事实。

⁶²　"骅骝"、"骓骃"相传是上古的名驹。

⁶³　此句引自杜甫的《题壁上韦偃画马歌》,诗人希望韦偃画的骏马能在危急时刻协助唐王朝重振河山;杜甫,《题壁上韦偃画马歌》,《杜诗详注》,卷九,第 754 页。

⁶⁴　木兰是 5 世纪著名的女战士,她女扮男装,加入了对抗北方游牧部落的北魏军队。

⁶⁵　此句化用了曹操的《步出夏门行》:"老骥伏枥,志在千里。烈士暮年,壮心不已。"见《魏诗》,卷一,第 354 页。

⁶⁶　淮河是南宋与伪齐傀儡政权的分界线,当然它绝非牢不可破。李清照,《打马赋》,《笺注》,卷三,第 355—356 页。

之间的关联在东晋桓温和谢安两个人身上体现得尤为明显。在文献记载

186 中,谢安如此忘我地下棋,以至于对千里以外的战局了不挂怀,又或者,神
机妙算的他早已预见战争的结局? 这些故事人物背后的原型,是未卜先
知、神秘莫测的圣人领袖,而棋局好比微型战场,圣人在其上摸索、提炼、
推演着天机妙算。

　　将博弈与战术相对举其实并不新鲜,但若由一名女子提出这种转喻,
那就意义非凡了。李清照反复提醒读者,"打马"是"闺房之雅戏"(亦见
于《打马赋》开篇,此处未引),现实中的女子当不了将军,但她们可以在
博弈中发挥机智,谋划布局,进而洞悉现实中的军事战略。李清照似乎在
那个喧嚣动乱的年代急于建言,当时的南宋在新一轮战事中仍处弱势。
至少,她意图表达内心的忧虑,并巧妙地凭借她对"打马"博弈的精通(这
点毋庸置疑),使其言辞不至于被轻易打发,尽管她只是区区一名弱女子。

　　引文的另一大特征是对克制及审慎战术的强调。作者认为知机先
退、衔枚缓进、驱驰有度才是制胜之道;与之相应,贾勇争先、不知止足则
是失败根源。如果说军事战术有阴阳两面的话,此赋无疑更强调阴面,这
显见于"牝乃叶地类之贞"一句。李清照援引了《易经·坤卦》卦辞,坤卦
正是纯阴之象,但她丝毫没有提及与之平衡的纯阳之乾卦。牝马的贞顺
在《易经》中喻指顺应时势的人,不同于主动出击,在此处则反映了决策
者的审慎与明智。"反亦记鲁姬之式"与之成对,说的是新娘的马匹被扣
留在丈夫那里,并不急于连同马车一起归还,同样指出战略上未雨绸缪、
以备不虞的重要性,反对盲目涉险。

187 　　篇末的韵文("辞曰")令人难忘,它不仅展现了作家高超的用典技
巧,也在其中融入了李清照的自我形象。首句"佛狸定见卯年死"引自一
首童谣,它预言了北魏太武帝拓跋焘于451年的突然离世;"时危安得真
致此"摘自杜甫的《题壁上韦偃画马歌》。这些典故使《打马赋》融入悠久
的文学传统,这类作品以描写威胁中原王朝的军事冲突为主题(如外族入
侵及叛乱),表达了诗人的忧虑与义愤。摘引杜诗成句尤见其慧心:这位
唐代诗人凝视着一幅壁画,上面绘有两匹骏马,而诗人正在为荼毒中原的

战乱而备感忧虑；李清照则想象自己正面对着"打马"游戏中形形色色的"骏马"，它们以古代名驹为名，[67]即所谓"满眼骅骝杂骈骊"，这恰恰令作者更强烈地意识到宋军的弱势，己方在近来战役中每每不敌金兵铁蹄的蹂躏。

"木兰横戈好女子"中的木兰形象更强化了读者的感知，断定李清照在这类"打马"主题作品中自许为一名女战士，并提供了她自己对战事时局的反思。李清照与花木兰之间的类比或许略显突兀，致使一些读者认为其不可当真，进而觉得李清照只是借木兰形象加以自嘲。但该句的上下文却不支持这种阐释：身处"时危"之局的作家已垂垂老矣，她仅有的愿望只是北渡淮河而已，其中丝毫没有打趣或忸怩之态。当然，她并没有忘记自己不过是在为博弈而写作，但她本人对"打马"游戏的精通，及其对南宋困局的个人见解，都使得她的言论绝非泛泛之谈。耐人寻味的是，"木兰横戈好女子"在诗律上也特出不群，它没有与之匹配的对句，而其上下文都是成对写就的，如此非同一般的结构使此句显得格外峭拔有力。

除此之外，我们还能透过十三篇《打马图经命辞》，更好地理解李清照的另一个创作动机。这些作品是李清照对"打马"博弈最为具体详尽的阐述，以说明游戏规则及实际操作；同时，它们又是今人最难理解的篇目，因为我们已无法重构当时的"打马"游戏。尽管文本解读困难重重，但其中仍喻示着一连串密切相关的主题，反映了李清照创作这类题材的特殊旨趣。

如果说《打马赋》宣扬作战的审慎与明智，反对冒进，那么《命辞》则指出胜败乃兵家常事，失败只是一时的，终有否极泰来、反败为胜的一天。《命辞》反复言及秦国将领孟明视，他在与晋军的战役中屡战屡败，却仍获得秦穆公的信赖，并最终率领秦军击败了晋兵。[68]同样，文中还提到

---

⑦ 关于"打马"游戏中战马的命名方式，李清照在《打马图经命辞》之"下马"序言中有具体陈述，见《笺注》，卷三，第376页。这一命名方式在南宋的《事林广记》中得到印证，参见陈元靓，《纂图增新群书类要事林广记》辛集上，7a—7b。

⑱ 《左传》中对孟明视的若干条记载参见《笺注》，卷三，第381页，注4；李清照在"下马"及"打马"之一中提及了孟明视，参见《笺注》，卷三，第376、380页。

"塞翁失马"的著名典故,这位老人每次遭遇的意外事件,其结局的幸与不幸皆同众人的预期相反。⑥ 此处的寓意非常明显:只要处理得当,便可因祸得福,故曰:"成败有时,夫复何恨?"⑦此外,作者认为倘若谋划有方,也能以少胜多:"既能据险,以一当千;便可成功,寡能敌众。"⑦正因如此,李清照才对游戏中的"落堑"环节格外关注。⑦ 当玩家的战马落堑时,它

189 便失去了行动能力(它很可能被敌方战马摆开的阵势所围困)。这当然挫败了玩家的实力,但只要获得特定的点数或者其他玩家采取新动作,落堑的马儿同样能"飞出"解困——正如刘备的的卢马在危急时刻腾身跃过檀溪那样。这时,不仅战马失而复得,玩家也能因此获得丰厚的奖励,这便是因祸得福的典型例子。

十三篇《命辞》中的其中一则讲的是一位玩家彻底失败后愿意卷土重来,其措辞虚拟了被击败的战马口吻:

打马(之三)⑦

被打去全马,人愿再下。词曰:

亏于一篑,败此垂成。久伏盐车,方登峻坂。岂期一蹶,遂失长途。恨群马之皆空,念前功之尽弃。但素蒙剪拂,不弃驽骀;愿守门阑,再从驱策。溯风骧首,已伤今日之障泥;恋主衔恩,更待明年之春草。

按:"亏于一篑"语出《书·旅獒》:"为山九仞,功亏一篑。"原用来劝戒在位者积微成著、朝乾夕惕的重要性;李清照转义为胜败之差仅悬于一线。

190   "久伏盐车"指的是骏马被用来承负盐车,而无法纵情驰骋;参见贾谊《吊屈原赋》,《史记》,卷八四,第 2493 页。

"恨群马之皆空"语出韩愈《送温处士赴河阳军序》:"伯乐一过冀北之野,而马群遂

空。"⑭李清照在这里加以发挥,意谓所有的马都被对手击败下场。

"已伤今日之障泥"出自《世说新语·术解》:"王武子(济)善解马性,尝乘一马,着连钱障泥,前有水,终日不肯渡。王云:'此必是惜障泥。'使人解去,便径渡。"⑮而与王济的马不同,此处的战马污损了障泥之布。

"更待明年之春草"事出《左传》宣公十五年:"初,魏武子有嬖妾,无子。武子疾,命颗曰:'必嫁是。'疾病,则曰:'必以为殉。'及卒,颗嫁之,曰:'疾病则乱,吾从其治也。'及辅氏之役,颗见老人结草以亢杜回,杜回踬而颠,故获之。夜梦之曰:'余,尔所嫁妇人之父也。尔用先人之治命,余是以报。'"⑯此处是指战马承诺在将来报答主人的恩德。

本篇及其他《命辞》多围绕着努力奋战、忠心事主、克服艰险等主题,并坚信失败只是一时的,还有否极泰来的转圜余地,这些都影射了当时与金兵正面对峙的南宋王朝。尽管《打马图经命辞》表面上只是游戏规则说明,但同代人绝不会错过其间隐含的政治及军事指涉。通过这层隐喻,我们看到《命辞》着眼于未来,作者希望宋军的不懈斗志能扭转颓势,在宋金对峙中重操胜算。

---

⑭ 韩愈,《送温处士赴河阳军序》,《韩昌黎文集校注》,卷四,第164页。
⑮ 《世说新语笺疏》,卷二〇,第4条,第704页。
⑯ 《春秋左传逐字索引》,B7.15.2/180/20–23。

第六章 《金石录后序》

　　《金石录后序》(下文简称《后序》)是李清照为亡夫赵明诚的学术著作《金石录》而写的,我将用整整一章的篇幅来论述此文,这不单单缘于其知名度,更因为文本生发出一连串纠缠难解的问题。但需注意的是,《后序》与上章所讨论的作品是一个整体,因为它们隶属于同一创作时期,均写于李清照再嫁、离异后不久;同时,这组作品都需要置入文人李清照当时的创作情境及意图之中:她试着依凭创作重塑自己,再次确立其作家身份,恢复先前的地位与尊严。

　　下表是这组作品的简要系年:

1132 年 2—3 月	李清照自东南地区回到临安。
1132 年 6—7 月	嫁给张汝舟。
1132 年 9 月	状告张汝舟,被短暂拘禁,释放后给綦崇礼写信,表达感激之情。
1133 年 6 月	在韩肖胄、胡松年出使金国前夕,李清照作诗题献给两位使臣。
1134 年	撰写《金石录后序》。
1134 年 10 月	在金兵再次入侵前夕,李清照离开临安,前往金华避难。
1134 年 11—12 月	撰写"打马"主题作品。

　　我在此处强调把《后序》置入李清照当时的生活情境,并与同时期的作品互相参照,这看似老生常谈,实则与《后序》的传统读法大相径庭。《后序》通常只被孤立地阐释,罔顾李清照的其他同期创作,更只字不提先前发生的再嫁与离异事件。即便将《后序》与其他文本并置阅读,通常也只有易安词,尤其是那些被解读为赵李夫妻恩爱的词作。这篇长序连同那一类易安词看上去互补互证:李清照在《后序》中追忆她早年与赵明诚的美满婚姻,而易安词则反映了夫君离家时的孤寂之情以及赵明诚亡故后的极度绝望。

而当我们对传统读法提出质疑,又会发生什么呢?首先,我们需将《后序》与同时期其他作品相并列,李清照在离异后曾有过一段创作旺盛期,这种解读方式立即令人耳目一新。传统读法往往天真地看待此文,仿佛它仅仅叙述了作者对早年婚姻生活的留恋以及守寡后的艰辛,并全然出自单纯的感伤情怀,萦回着惆怅与哀伤;而当我们将《后序》置入相关年代与社会情境中,就很可能领悟其弦外之音,由此摆脱了不加反思的感伤情怀式解读。不仅如此,在同时期创作中,《后序》是唯一叙述个人身世的文本,实际上它写得相当私密,与李氏南渡后的曲折遭际关系密切。

我们先前已读过《后序》的若干片段,以下是全文:

金石录后序

右《金石录》三十卷者何?赵侯德父(赵明诚)所著书也。取上自三代,下迄五季,钟、鼎、甗、鬲、盘、匜、尊、敦之款识,丰碑大碣、显人晦士之事迹,凡见于金石刻者二千卷,皆是正讹谬,去取褒贬,上足以合圣人之道,下足以订史氏之失者皆载之,可谓多矣。呜呼!自王涯、元载之祸,书画与胡椒无异;[①]长舆、元凯之病,钱癖与《传》癖何殊?[②] 名虽不同,其惑一也。

余建中辛巳(1101)始归赵氏。时先君作礼部员外郎,丞相(公公赵挺之)时作吏部侍郎,侯年二十一,在太学作学生。赵、李族寒,素贫俭。每朔望谒告出,质衣取半千钱,步入相国寺,市碑文果实归,相对展玩咀嚼,自谓葛天氏之民也。

后二年,出仕宦,[③]便有饭疏衣练,穷遐方绝域,尽天下古文奇字之志。日就月将,渐益堆积。丞相居政府,亲旧或在馆阁,多有亡诗

193

---

① 王涯(原刊本误作王播)、元载都是唐朝宰执,下场悲惨。王涯爱好书画,把它们藏在复壁后的洞穴中,他遇害后,家中遭到洗劫,昔日的珍藏被弃置街头,参见《新唐书》,卷一七九,第5319页。元载因专权纳贿被唐代宗赐死,人们在他家发现了八百石胡椒,见《新唐书》,卷一四五,第4714页。

② 和峤字长舆,为人吝啬,杜预(字元凯)称他有"钱癖",而杜预则自称有"《左传》癖",他毕生都在为《左传》作注。参见《晋书》,卷四五,第1284页;卷三四,第1032页。

③ 这句话的意义及其重要性,可参考第三章的相关讨论。

逸史、鲁壁、汲冢所未见之书,④遂尽力传写,浸觉有味,不能自已。后或见古今名人书画、三代奇器,亦复脱衣市易。尝记崇宁间(1102—1106),有人持徐熙(10世纪)《牡丹图》,求钱二十万。当时虽贵家子弟,求二十万钱,岂易得邪? 留信宿,计无所出而还之。夫妇相向惋怅者数日。

后屏居乡里十年,⑤仰取俯拾,衣食有余。连守两郡,⑥竭其俸入,以事铅椠。每获一书,即同共校勘,整集签题。得书画彝鼎,亦摩玩舒卷,指摘疵病,夜尽一烛为率。故能纸札精致,字画完整,冠诸收书家。

余性偶强记,每饭罢,坐归来堂烹茶,⑦指堆积书史,言某事在某书某卷、第几叶第几行,以中否角胜负,为饮茶先后。中即举杯大笑,至茶倾覆怀中,反不得饮而起。甘心老是乡矣! 虽处忧患困穷而志不屈。

收书既成,归来堂起书库大橱,簿甲乙,置书册。如要讲读,即请钥上簿,关出卷帙。或少损污,必惩责揩完涂改,不复向时之坦夷也。是欲求适意而反取僇栗。余性不耐,始谋食去重肉,衣去重采,首无明珠翡翠之饰,室无涂金刺绣之具。遇书史百家字不刓阙、本不讹谬者,辄市之,储作副本。自来家传《周易》、《左氏传》,故两家者流,文字最备。于是几案罗列,枕席枕藉,意会心谋,目往神授,乐在声色狗马之上。

至靖康丙午岁(1126),侯守淄川,闻金人犯京师,四顾茫然,盈箱溢箧,且恋恋,且怅怅,知其必不为己物矣。

---

④ 此处提到了古代两次著名的文献出土事件。第一次发生在公元前2世纪,鲁国孔子故居的墙壁内发现了古文经传;第二次发生于公元3世纪,汲郡(今河南汲县)的战国墓出土了《竹书纪年》等古书。

⑤ 1107年,赵挺之在政坛失势,并于不久后去世,其子赵明诚的政治生涯受挫。李清照的故乡在青州(今山东青州市)。

⑥ 1121至1126年,赵明诚先后出守莱州、淄州(又名淄川),均在今山东省境内。

⑦ 归来堂得名于陶潜(365—427)著名的《归去来兮辞》,坐落于李清照在青州的故里。因此,李清照在这段叙述中又将回忆倒转至赵明诚外出赴任前的1120年代初。

　　建炎丁未(1127)春三月,奔太夫人丧南来,既长物不能尽载,乃先去书之重大印本者,又去画之多幅者,又去古器之无款识者,后又去书之监本者,画之平常者,器之重大者:凡屡减去,尚载书十五车。至东海,连舻渡淮,又渡江,至建康(南京)。青州故第尚锁书册什物,用屋十余间,期明年春再具舟载之。十二月,金人陷青州,凡所谓十余屋者,已皆为煨烬矣。

　　建炎戊申(1128)秋九月,侯起复知建康府。己酉春三月罢,具舟上芜湖,入姑孰,将卜居赣水上。⑧ 夏五月,至池阳,被旨知湖州,过阙上殿,⑨遂驻家池阳,独赴召。六月十三日,始负担,舍舟坐岸上,葛衣岸巾,精神如虎,目光烂烂射人,望舟中告别。余意甚恶,呼曰:"如传闻城中缓急,奈何?"戟手遥应曰:⑩"从众。必不得已,先弃辎重,次衣被,次书册卷轴,次古器;独所谓宗器者,可自负抱,与身俱存亡。勿忘也!"遂驰马去。

　　途中奔驰,冒大暑,感疾,至行在,病痁。⑪ 七月末,书报卧病。余惊怛,念侯性素急,奈何! 病痁或热,必服寒药,疾可忧。遂解舟下,一日夜行三百里。比至,果大服茈胡、黄芩药,⑫疟且痢,病危在膏肓。余悲泣,仓皇不忍问后事。(1129 年)八月十八日,遂不起。取笔作诗,绝笔而终,殊无分香卖履之意。⑬

　　葬毕,余无所之。朝廷已分遣六宫,又传江当禁渡。时犹有书二万卷,金石刻二千卷,器皿、茵褥,可待百客,他长物称是。余又大病,仅存喘息。事势日迫,念侯有妹婿(李擢)任兵部侍郎,⑭从卫在洪

196

197

---

⑧　这句话是说,他们打算在今江西赣江定居。赵李夫妇沿长江逆流而上,从建康(今南京)来到今安徽贵池(即下句的"池阳")。

⑨　赵明诚被召重返建康,宋高宗的朝廷当时驻跸于此。

⑩　"戟手"一词的涵义可参考王水照的解释,详见徐北文,《李清照全集评注》,第222页。

⑪　此句是说赵明诚抵达建康后病重。

⑫　这两方中药皆用于治疗发热高烧。

⑬　此句出典于曹操去世前嘱咐妻妾的《遗令》:"余香可分与诸夫人。诸舍中无所为,学作履组卖也。"陆机《吊魏武帝文》引用了这句话,见《文选》,卷六〇,7b。

⑭　赵明诚妹婿李擢的身份考订,可详见徐培均"年谱",《笺注》,第474—475页。

州，遂遣二故吏，先部送行李往投之。(1129 年)冬十二月，金人陷洪州，遂尽委弃。所谓连舻渡江之书，又散为云烟矣。独余少轻小卷轴书帖，写本李、杜、韩、柳集，《世说》，《盐铁论》，汉唐石刻副本数十轴，三代鼎鼐十数事，南唐写本书数箧，偶病中把玩、搬在卧内者，岿然独存。

　　上江既不可往，又虏势叵测，有弟远任敕局删定官，遂往依之。(1130 年 1 月)到台，台守已遁。之剡，出陆，又弃衣被，走黄岩，雇舟入海，奔行朝，时驻跸章安。从御舟海道之温，又之越。庚戌(1130)十二月，放散百官，遂之衢。绍兴辛亥(1131)春三月，复赴越。壬子(1132)，又赴杭。[15]

198　　　先侯疾亟时，有张飞卿学士，携玉壶过视侯，便携去，其实珉也。不知何人传道，遂妄言有"颁金"之语；或传亦有密论列者。余大惶怖，不敢言，亦不敢遂已，尽将家中所有铜器等物，欲赴外廷投进。(1129 年 12 月)到越，已移幸四明，不敢留家中，并写本书寄剡。后官军收叛卒，取去，闻尽入故李将军家。所谓岿然独存者，无虑十去五六矣。惟有书画砚墨可五七箧，更不忍置他所，常在卧榻下，手自开阖。

　　(1131 年 3 月)在会稽(越)，[16]卜居土民钟氏舍，忽一夕，穴壁负五箧去。余悲恸不得活，[17]重立赏收赎。后二日，邻人钟复皓出十八轴求赏，故知其盗不远矣。万计求之，其余遂牢不可出。今知尽为吴说运使贱价得之。[18]所谓岿然独存者，乃十去其七八。所有一二残零不成部帙书册，三数种平平书帖，犹爱惜如护头目，何愚也邪！

　　今日忽阅此书，如见故人。因忆侯在东莱静治堂，[19]装卷初就，

---

⑮　关于其时宋高宗、金兵与李清照的具体行踪，可参见黄盛璋，《李清照事迹考辨》，第 334 页。

⑯　会稽就是上文提到的"越"，今浙江绍兴。这段叙述的事件发生于 1131 年春，作者第三次居越期间。

⑰　一些文献版本中，"不得活"作"不已"。

⑱　吴说是当时有名的书法家，见陶宗仪，《书史会要》，卷六，46a。

⑲　东莱即莱州，赵明诚于 1120 年代初任莱州知州。

芸签缥带，束十卷作一帙。每日晚吏散，辄校勘二卷，跋题一卷。此二千卷，有题跋者五百二卷耳。今手泽如新，而墓木已拱，悲夫！

昔萧绎江陵陷没，不惜国亡而毁裂书画；[20]杨广江都倾覆，不悲身死而复取图书。[21]岂人性之所著，生死不能忘欤？或者天意以余菲薄，不足以享此尤物邪？抑亦死者有知，犹斤斤爱惜，不肯留人间邪？何得之艰而失之易也！

呜呼！余自少陆机作赋之二年，至过蘧瑗知非之两岁，三十四年之间，忧患得失，何其多也！[22]然有有必有无，有聚必有散，乃理之常；人亡弓，人得之，[23]又胡足道？所以区区记其终始者，亦欲为后世好古博雅者之戒云。[24]

这段叙述引人入胜，读者无不为其身世而动容。有关《后序》最早的评论都一致表达了对她的同情，甚至对李清照及其再嫁行为抱有敌意的南宋评论家也是如此。洪迈在李清照去世仅仅数十年后，便将《后序》完整抄录进他的笔记《容斋四笔》，并附以评论："赵没后，悯悼旧物之不存，乃作《后序》，极道遭罹变故本末。……自叙如此，予读其文而悲之。"[25]自此迄今，读者的观感都如出一辙，不曾改变。

近年来，宇文所安（Stephen Owen）提出了《后序》的一种另类解读，从而跳出了简单的移情式（empathy）读法。[26]在李清照对收藏及夫妻关系的若干叙述中，宇文所安发现了夫妻疏远的迹象，并影射了婚姻中力量权

199

200

---

[20] 萧绎即南朝梁元帝，事见《隋书》，卷四九，第 1299 页。

[21] 杨广即隋炀帝，事见《太平广记》"炀帝"，卷二八〇，第 2229 页。

[22] 李清照十八岁出嫁，五十一岁时写下《后序》，其间历时三十四年。陆机（261—303）年二十写下《文赋》；蘧瑗（公元前 6 世纪）"年五十而有四十九年非"（《淮南子·原道训》）。这一说法可参见黄盛璋，《赵明诚李清照夫妇年谱》，第 156—157 页。

[23] 语出《孔子家语》，《孔子家语逐字索引》，10.6/17/17。

[24] 李清照，《金石录后序》，《笺注》，卷三，第 309—313 页。

[25] 洪迈，《容斋四笔》，卷五，第 684—686 页。

[26] 宇文所安（Stephen Owen），《追忆：中国古典文学中的往事再现》（*Remembrances：The Experience of the Past in Classical Chinese Literature*），第 80—98 页。中译本可参见：（美）宇文所安《追忆：中国古典文学中的往事再现》中《回忆的引诱》一文，郑学勤译，生活·读书·新知三联书店，2014 年。

威的不均衡。宇文所安迈出了关键一步，他的新观点有助于重新考量这篇《后序》。但他尚未考虑文本以外的一系列事实和问题，它们与文章本身密切相关。

着眼于文本之外

首先，我们需强调《后序》的特殊性。它相当私人化，深情而感伤，这在更早的中国文学中是从未有过的，尤其在女性创作中实属首例。文中细致描摹的赵、李婚姻生活在当时很有冲击力，部分是由于时人不习惯如此直白地描写家庭私事，起码不会写进文章。当李清照在绍兴年间将赵明诚的学术研究进献给朝廷时，这篇私人化的序文也成为学术著作的一部分。我们无法确知此事的具体年份，但这篇《后序》显然在李氏进献原书时就附在文末，因此很可能在她写下此文时就意图使它公之于众。若果真如此，一篇不同寻常的私人叙述便与公开的展示奇妙地交汇在一起——这种结合令人惊异。

《后序》有许多特质，但也不乏传统思维。文中评论了执迷于身外之物的愚昧，再丰厚的收藏也免不了散失的命运，并以藏品亡佚的结局来警示后世的好古博雅者：这套思维方式在宋代评论身外之物、尤其是艺术收藏的文章中屡见不鲜。欧阳修在《集古录目序》（此书正是赵明诚《金石录》所效仿的先驱）中感叹万物聚散的必然之理，并提到旁人嘲笑他徒然耗尽心力网罗石刻碑铭；[22]苏轼常常在文中点破世人执迷于外物的虚妄，并大力批评当时的艺术收藏家沦为自身藏品的奴隶，无法自拔；[23]更有甚者，尽管作家本人多年倾心于艺术品鉴，并热情地写下专著，但仍要对"玩

---

[22]　我在《美的焦虑》(*The Problem of Beauty*)一书中引录了欧阳修的《集古录目序》，并加以讨论，参见原书第12—13页。中译本可参见：（美）艾朗诺《美的焦虑：北宋士大夫的审美思想与追求》第一章《对古"迹"的再思考：欧阳修论石刻》，杜斐然、刘鹏、潘玉涛译，上海古籍出版社，2013年。

[23]　关于苏轼对此的具体思考，可参见《美的焦虑》第165—188页。中译本可参见《美的焦虑》第六章《苏轼、王诜、米芾的艺术品收藏及其困扰》。

物丧志"采取贬抑批判的辩护声明,这一策略已自成套路。李清照之父李格非在《洛阳名园记后序》中便采取了此类论述,洛阳园林的繁盛成为了国运治乱之候:洛阳园林愈是奢华,就愈是昭示了帝国之"衰"的螺旋式陨落的宿命。㉙

也许我们最好把它视作一种说得通的假设,即在这篇独创而复杂的长文中,李清照纳入了多重动机和目的。对《后序》的传统读法是单面的,并指向唯一的意涵,即文章表达了李清照对她早年婚姻的追思,而那段黄金岁月的戛然而止、夫君的早逝以及收藏的散失,都令她黯然神伤。几百年来的中国历史中,《后序》连同诸多易安词的这套阐释被用来塑造经典化的赵、李夫妇理想婚姻,而当这种理想婚姻被《后序》所描绘的劫难所打断、破坏时,反而更加动人心魄。但是,当我们反思李清照在写作《后序》时身处的广阔社会情境及相应挑战时,便会发现传统解释忽视了若干问题,这些问题对再嫁、离异后的李清照至关重要。李清照写给綦崇礼的书信中明白透露出那些事件给她招致的奇耻大辱,尽管《后序》叙述了李氏的早年婚姻及其意外中断后的沧桑经历,但总有一颗羞耻心隐秘地悬置于文本之后。简而言之,1134 年的李清照无疑心事重重,而非单纯地想要以动人的叙事纪念其早年婚姻生活。

无疑,她当时的一大考虑是阻挡更多觊觎者掠夺其藏品,从《后序》的下半段可以看出这类人为数不少,从入侵的金兵、贪婪的将领,到偷鸡摸狗的房东等等,不一而足。而在离异事件后,李清照更将她的第二任丈夫视为劫掠者中的一员,正如她在给綦崇礼的书信中所评论的那样:"身既怀臭之可嫌,惟求脱去;彼素抱璧之将往,决欲杀之。遂肆侵凌,日加殴击。"不宁惟是,我们在第四章业已指出,甚至高宗也对李氏收藏虎视眈眈,起码他的僚属在赵明诚去世不到一个月便唆使李清照出售藏品。赵明诚的表亲谢克家向高宗上疏,声讨这一无耻唐突之举,抗议即刻奏效。

202

㉙ 关于苏轼对此的具体思考,可参见《美的焦虑》第 144—161 页。中译本可参见《美的焦虑》第三章《牡丹的诱惑:有关植物的写作以及花卉的美》"洛阳牡丹和洛阳花园"一节。

可不久李清照就听闻"颁金"谣言,意谓赵宋皇室垂涎于她的收藏,甚至有秘密调查之说,这令她惶恐万分,并决定将大部分藏品进献给朝廷,但却事与愿违,包括高宗在内的所有人都因金兵南下而仓皇避难。

在这一情形下,我们得知至少有一件赵、李夫妇名下的艺术藏品在赵明诚去世数年后出现在皇家收藏中,那就是北宋大书法家蔡襄(1012—1067)的真迹,这耐人寻味。李清照的收藏是如何被收入南宋秘书省的?是通过直接买卖还是间接转手?我们不得而知。它或是李氏寄存某地却从未取回的藏品之一,或是径直从她身边偷走的财产。无论哪种情况属实,蔡襄的书法已于1133年纳入宫廷收藏,也正是那位谢克家的题跋才使我们了解这一情况,并连同其他题跋在若干史料中被反复征引:"姨弟赵德父(赵明诚),昔年屡以相示。今下世未几,已不能保有之,览之凄然。汝南谢克家,癸丑(1133)九月十一日,临安法慧寺。"[30]

203　　谢克家写下跋文的地点至关重要。法慧寺(又名法惠寺)是临安佛寺,位于城墙东端涌金门(又称丰豫门)内。[31] 传说寺中一口井哪怕旱灾肆虐时也从未枯竭,因此寺庙也成为朝廷官员的祈雨之所。[32] 南宋朝廷定都临安时,便占据了法慧寺及其周边的一块空地供皇室使用,郊庙仪式所使用的精致礼器便贮藏于此。[33] 不久,就在谢克家写下跋文的同一年年初,法慧寺成为南宋同文馆的所在地,以便迎接朝鲜使节的到来,可惜这批使臣不幸在海上遇难,从未抵达临安。[34] 而在谢氏题跋三个月后,法慧寺又成为秘书省所在地,[35]历经十年,直至附近新建了一座更适宜的建

㉚　卞永誉,《式古堂书画汇考》,卷一〇,2b—3a。

㉛　法慧寺的地理位置在两处文献中被明确提及,一是田汝成《西湖游览志余》,卷一四,第195—196页;一是苏轼《申三省起请开湖六条状》,《苏轼文集》,卷三〇,第868页。

㉜　参见田汝成《西湖游览志余》,卷一四,第196页;又见《咸淳临安志》,卷八〇,17b。

㉝　楼钥,《攻媿集》,卷五四,6b—7a。

㉞　李心传,《建炎以来系年要录》,卷六三,3a—b。

㉟　据李心传的记载,此事发生在1134年正月,见《建炎以来系年要录》,卷七二,2b。其他史料也录有此事,但没有确切的时间记载,仅仅说法慧寺作为秘书省始于"绍兴初",参见《咸淳临安志》,卷七,1a;陈骙《南宋馆阁录》,卷二,1a;田汝成《西湖游览志余》,卷一五,第206页。又,这些征引文献能说明"法慧寺"与"法惠寺"可相互通用。

筑作为秘书省办公场所。除了经籍文献,秘书省还藏有礼器与名人字画。㊱ 实际上,1143 年新建秘书省的决定是由于法慧寺坐落于平民居所,容易引发火灾,地理位置不尽如人意,因此将贵重收藏放在那里有欠妥当。㊲ 新建筑于 1144 年竣工,高宗皇帝随即"召群臣观累朝御书御制、书画古器等"。㊳ 尽管法慧寺被正式指派为秘书省是谢克家题跋后三个月的事,但蔡襄书法很可能在 1133 年九月已被安放在寺内,因为相关的筹备工作业已展开。(否则,我们就得假设法慧寺所藏的蔡襄书法是为朝鲜使节而准备的,但使臣从未到来,因此这种可能性极小。)换句话说,正如黄盛璋所总结的那样,那卷蔡襄真迹出现在即将成为秘书省的法慧寺中,恰恰意味着它已成为皇室收藏。㊴

五年前,赵明诚刚刚离世,正是这位谢克家阻止了高宗御医王继先向李清照购买古玩的举动,而如今,他在南宋临安朝廷发现了赵明诚生前钟爱的一幅字画,于是题跋以示其感慨惋惜之情。谢克家的坦率出人意料,或许在朝担任要职的他不必顾虑直抒胸臆的后果:近年来,他历任兵部尚书、礼部尚书,曾被短暂任命为参知政事。㊵ 他在绍兴三年(并于次年去世)写下这篇跋文时,身任资政殿学士,能够出入秘书省。谢氏失望地发现,自己先前防止赵家收藏落入皇室的努力落空了,起码这件藏品就是如此。因此,他在跋文中流露出失落之情,在沉默中抗议皇室的贪婪。当然,其措辞是借一位亲属遗物以示哀悼,语气委婉;同时还不分时间先后地将书法贮藏地点称为"法慧寺",而非"秘书省",由此稍稍掩盖他的批评。如果谢克家直接在卷轴上题跋,那么有几十年来的前人跋文在前,谢氏的增添续题也显得合乎情理。㊶

㊱ 田汝成,《西湖游览志余》,卷一五,第 206 页。

㊲ 参见李心传所引严抑奏疏,《建炎以来系年要录》,卷一五〇,17b—18a。

㊳ 《咸淳临安志》,卷七,1a—b。又见上注 36 所引史料。

㊴ 黄盛璋,《赵明诚李清照夫妇年谱》,第 177 页。

㊵ 谢克家的官职可参见《宋史》,卷二一三,第 5550、5551 页;又见李心传《建炎以来系年要录》,卷二七,第 549 页。

㊶ 包括米芾(1051—1107)在内的前人题跋皆收录于卞永誉《式古堂书画汇考》,卷一〇,2b。

《后序》中，李清照格外强调其藏品散佚之广、劫掠次数之多，其叙述完整呈现了夫妻三十年间收藏的典籍珍品无可挽回的遗失过程。而藏品的日益减少反而使李清照更加爱惜残存的一切，从文末可以看出，李氏身边留下的少数珍藏不仅有其艺术价值，更成为亡夫及二人婚姻的珍贵纪念。

看过李清照《后序》的读者也许会惊讶地发现，尽管《后序》逐年记下了收藏的散失，可当 1134 年李清照寓居金华时，竟还随身带着一本《哲宗实录》，此书分为《前录》一百卷和《后录》九十四卷。㊷ 我们之所以得知此事，是因为朝廷在 1127 年南渡时遗失了原本，并于 1135 年向李清照索要此书，具体文书如下："诏令婺州（即金华）索取故龙图阁学士赵明诚家藏《哲宗皇帝实录》，缴进。"㊸这显然指的是李清照及其金华的寓所。赵李夫妇藏有《哲宗实录》并不稀奇，因为赵明诚父亲赵挺之在 11 世纪 90 年代正是《实录》的编纂者之一。顺带一提，这并非朝廷第一次索取重要的本朝政治历史文献：三年前的 1132 年，朝廷试图在"故相"赵挺之的老家泉州（今福建东南部）找到善本《哲宗实录》。㊹ 我们知道，当时赵明诚的兄弟赵存诚与赵思诚住在那里，所以朝廷希望从他们手中获得此书，㊺可惜没有找到，倒是李清照手上有本《实录》。于是，朝廷在 1135 年转而向李清照索取，并成功地将《哲宗实录》按时收归朝廷，为不久后重修《实录》做准备。㊻

李清照在《后序》尾声历数了剩下的典籍，声称自己"所有一二残零不成部帙书册，三数种平平书帖"而已。我们无法从中想象她竟藏有一整套《哲宗实录》，而哲宗是北宋最富争议的皇帝之一，这部为他修撰的"实

㊷ 参见晁公武，《郡斋读书志》，卷六，第 233 页。另有《重修哲宗实录》150 卷，见同书下一条目。

㊸《宋会要辑稿》"崇儒"，卷四，24a（第 2242 页）。

㊹ 同上，22a（第 2241 页）。

㊺ 参见徐培均"年谱"，《笺注》，第 487—488 页。

㊻ 1135 年南宋朝廷获得《哲宗实录》一事，见载于李心传《建炎以来朝野杂记》，卷四，第 109 页。

录"有近两百卷的篇幅,其规模与体积一定十分庞大,且应为抄本而非刻本。

基于上述情况,现代学者南宫搏断言李清照夸大了自己的损失。[47] 这不是否认其藏品大量散佚的事实,而只是暗示说她保有的收藏比《后序》所描述的情形要好一些。另一处迹象也能说明问题:约十八年后的1152 年,李清照在临安造访了米友仁(1074—1153)的家,并随身带来两幅米芾的书法作品,米芾正是米友仁的父亲,李清照请米友仁在卷轴上题跋。这两篇跋文如今都保存了下来,[48] 并明确提到李清照此次拜访的目的是请米友仁验明真伪,确保它们是米芾的真迹。米芾卒于1107 年,是当时最著名的书法家之一,他的书法作品一定价值连城,尤其是经由其子认证题跋后的真迹。《后序》中,李清照声言自己仅存"三数种平平书帖",这显然与事实不符。

为什么李清照要在《后序》中夸大自己的损失?我们已经知道,一旦赵明诚离世,很多人——高宗皇帝、险恶的房东、贪婪的继夫等等——都想把赵、李夫妇的收藏据为己有。强调自己的损失惨重是一种策略,用以保护李清照剩下的藏品。身为单身寡妇的她无疑希望别人以为她已一无所有,从而打消投机取巧的念头。[49] 毕竟,夫妇二人的收藏不仅仅是早年婚姻的纪念,也是一笔不菲的财富,李清照必须依凭它们度过自己的余生,更何况她已不可能再嫁。此外,在《后序》中如此叙述自己的处境也能使其获得世人的同情,这对那时的寡妇来说,是大有裨益的。

其他目的和考量

在经历了1132 年的个人灾难——再嫁、诉讼、拘禁、离异——之后,李清照需要重塑自我,恢复尊严和名誉。我们仍记得她在写给綦崈礼的

---

[47] 南宫搏,《李清照的后半生》,第 103 页。
[48] 米友仁,《灵峰行记帖跋》、《先人寿诗帖跋》,《全宋文》,第 143 册,第 183 页。
[49] 南宫搏也想到了这点,参见《李清照的后半生》,第 85 页。

书信中流露出芒刺在背的羞耻感("责全责智,已难逃万世之讥;败德败名,何以见中朝之士!虽南山之竹,岂能穷多口之谈?惟智者之言,可以止无根之谤"),此外,我们也看到诸多舆论,反映了世人对其不幸抱以冷嘲热讽,甚至是带有性别歧视的幸灾乐祸。某种程度上,李清照最终做到了她在给綦崇礼写信时不曾料想的事情,那就是以才学兼备的妇女身份回到士大夫精英阶层(我们已知道她曾拜访过高级官员米友仁)。但李清照从写信时的自省自责,到重新步入上层社会的自尊自信,期间尚需付出巨大的努力,《后序》的写作就是她重获尊严的关键一步。

我们能确定李清照重新振作的三个目的,不仅涉及到具体的法律效力,还包括更抽象的社会意义。首先,她希望重新成为亡夫赵明诚的"命妇",如此便能拿到朝廷颁发的月俸,而若其身份是张汝舟之妻,月俸也随之取消。[50] 其次,她想与赵家亲属重归于好,赵家人彼此间联络紧密,政治势力强大,能协助她重获"命妇"地位,或至少不阻挠她的行为。第三,她想恢复自己先前在士人圈中独享的"才女"光环。当然,这三个目标彼此重合,不必孤立地看待它们。

我们不清楚李清照何时、借由何种途径重获命妇身份,但她的确做到了。而为了获得命妇身份,她再嫁张汝舟一事不仅要作废,甚至要从历史档案中抹去,仿佛它从未发生过。这很可能需要朝廷甚至皇帝的特殊眷顾,因为它越出了常规法令的制约,但现存文献没有记载具体流程及时间。一本写于1141年的著作把李清照称作"赵令人李",我们知道,"令人"是当时命妇的封号。[51] 此书是一本骈文批评著作,编纂者正是谢克家(赵明诚表亲)之子谢伋,他无疑熟知李清照的近况。谢伋在书中恰到好处地引用了李清照写给亡夫赵明诚的祭文,并评价她是"妇人四六之工者"。[52] 除此而外,李清照曾于1143年给皇帝、后妃进献贺岁帖子,并呈

208

---

50 命妇的月俸可参见《宋史》,卷一三二,第4351页。文中讨论了战时经济困难,月俸暂时停发之事。

51 稽璜等,《钦定续通典》,卷三八,15a。转引自南宫博《李清照的后半生》,第61页。

52 谢伋,《四六谈麈》,9a。

上赵明诚的《金石录》，这都间接证明了她已恢复命妇地位（更确切地说是"外命妇"，与宫廷中的"内命妇"相区别），因为没有地位的平民妇女绝不可能有这些渠道和特权。[53] 甚至 1135 年的诏令要求"索取故龙图阁学士赵明诚家藏《哲宗皇帝实录》"，也暗示了李清照作为赵明诚遗孀的身份在当时已被承认。同样，她在 1133 年题献给韩肖胄与胡松年的长诗中，也两度自称是"嫠妇"、"嫠家"。

也许李清照的《后序》为她重获命妇身份发挥了一定作用，但更有可能的是，1132 年的诉讼与判决是促成此事的关键。根据当时律令，起诉丈夫的李清照理应拘禁两年，但九天后她就被释放了，因此她的案子是个特例。我们无从得知李清照的公堂陈词，但她在给綦崈礼的书信中控诉张汝舟诈婚，并在她犹豫不决时便"强以同归"。无论是诈婚还是逼婚，都足以使这段婚姻作废，从而恢复她赵明诚遗孀的身份。王晓骊的最新论文则提出另一种解释：李清照控诉张汝舟的结果是二人婚姻作废，这是因为李清照没有遵守遗孀为亡夫守寡三年的规定。[54] 她为赵明诚守寡三十个月后就嫁给张汝舟，未满三年期限。但这种说法也有缺陷，因为宋代律令明确指出"三年"的守寡时间通常在二十七个月后便被认为期满。[55] 王晓骊坚持认为在李清照的案件中，官员有权在字面意义上解释"三年"时限（借此作为二人婚姻违法并作废的根据）。但这仅仅是臆断，我们无法确定这一说法属实。

我们不清楚《后序》在李清照重获地位的过程中发挥了何种作用，但作者显然想要从她的立场诉说其个人遭际，并希望借此转移那些聚焦在她身上的"羞辱"与耻笑。如此看来，我们能从《后序》中发掘出四个创作目的。首先，她想以赵明诚忠贞之妻的面目示人，描绘了夫唱妇随、情投意合、天生一对的夫妻形象。其次，她想要澄清，在夫君不合时宜地猝然

---

[53] 有关外命妇参与宫廷节庆礼仪活动的具体情形，可参考郑居中《政和五礼新仪》，此书是徽宗朝编修的礼仪专著，同书卷 170、188 及 190 详尽记载了外命妇的相关礼仪。南宫博也提到了这点，详见《李清照的后半生》，第 109、119 页。

[54] 王晓骊，《李清照为什么只入狱九天？》，第 6—8 页。

[55] 窦仪，《宋刑统》，卷三〇，第 242 页。

离世后，她仍为他守寡，没有忘记他，并竭尽全力保护先夫所珍视的收藏。尽管她最终没能守护它们，但当藏品不断散失，残存的一切就更有意义，它们是赵李早年婚姻的纪念，是赵明诚当年念兹在兹、悉心珍藏的实物。自然，李清照的再嫁事件令人们怀疑她对前夫的忠贞，那时的寡妇经常改嫁，但往往以其名声为代价。那位妇女的地位越高，人们就越是想当然地以为她衣食无忧，从不会把金钱、单身等"低级"考量因素放在心上（更别说性需求了）。更何况，李清照可不是一般的寡妇，她名极一时，作为女性，其声望或恶名在当时无人能及。这样一位妇女在她年近五旬时再嫁、旋即离异，极大地损害了自己的信誉和清名。于是我们也就不会惊讶，当时的文学评论家表面上品评李清照的诗词作品，却总要对其灾难性的再嫁事件浓墨重彩地提上一笔，它已成为其生平的标志性事件，表明她德行有缺。为了摆脱裹挟在她身上的种种非难，李清照自然会想要说服众人，尤其是赵氏亲属，证明她是钟情于赵明诚的妻子。[56] 在《后序》流传开之前，人们无从知晓她与赵明诚的婚姻状况，也不可能凭空想象出夫妻二人的美好生活，后人普遍熟知的理想婚姻图景很大程度上源自《后序》的记载。或许时人以自传体方式解读易安词，从而认为词人在丈夫离家时十分牵念他，但他们脑海中绝没有赵、李二人志同道合、情深意重的夫妻形象，而这一观念建构却在后世独具魅力。关于词人的生平，同代人仅知道她曾是赵明诚之妻，却在丈夫去世后不久便改嫁他人，更何况大多数寡妇在她改嫁的年纪都选择保持单身。按照这一思路，人们会质疑李清照对赵明诚及其回忆所投注的感情，李清照本人也一定对此心知肚明。

创作《后序》的第三个目的是暗示读者，李清照在赵明诚去世后只身一人，要同时躲避入侵的金兵与地方流寇，这使她的处境倍加艰辛。而她所竭力维护的藏品更威胁到个人安危，因为它们招来了盗贼和投机者。在给綦崈礼的信中，李清照说明自己是在病痛、困惑、求婚者的欺骗与弟弟的催促下做出了再嫁的错误决定；《后序》中尽管没有明确提及再嫁之

---

[56] 有关李清照创作《后序》的这一目的，同样是南宫搏首次提出的，见《李清照的后半生》，第85页。

事,却委婉地表明当时的处境已不容许她保持单身,《后序》的叙述说明守寡对李清照而言并不可行——任何得知当时具体情况的读者都会得出这一结论。第四个创作目的与第三个目的密切相关,那就是影射赵明诚应对李清照后来的艰难处境负有一定责任,因为他不切实际地让妻子保全文物,而没有为即将守寡的妻子做好必要的筹划。一些关键段落透露了上述事实,一是夫妻二人在池阳的告别场景:"余意甚恶……(赵明诚)遥应曰:'……独所谓宗器者……与身俱存亡。勿忘也!'"一是赵明诚去世时的描述:"取笔作诗,绝笔而终,殊无分香卖履之意。"有人已经指出,赵明诚在池阳告别时表现得有些疯狂,读者对其举止、衣着与眼神的描写无甚好感。而他对妻子所下的指示又表明,他将收藏看得与妻子的安危同等重要,这令人诧异,丈夫的命令在日后如魔咒般与李清照如影随形。

《后序》所描述的丧夫情景切断了亡夫与遗孀的一切联系,李清照在赵明诚去世后无所适从,她甚至不敢在丈夫弥留之际询问后事。与之相应,赵明诚临终时沉迷于自我,对妻子的请求与隐忧毫无顾及,只专注于书写自己的绝笔诗。最后一句运用了"分香卖履"的典故,在学术界中被广泛讨论,认为它可能暗示了妾室的存在。这一议题可以生发若干种论点,但毋庸置疑的是,李清照在此强调了赵明诚毫不关心她这位即将守寡的妻子。我们在《后序》中看到赵、李二人亲密的夫妻生活,以及丈夫故去后妻子对他的追忆;但我们也看到赵明诚如此沉迷于收藏,致使他漠视了妻子的安危,他对李清照守寡后负担重重的流离生活负有一定责任。

我在上文给出了若干理由,来重新审视《后序》的传统读法。常规阐释把《后序》看作李清照回忆赵明诚的深情陈述,却无视了文本自身的复杂性以及当时的创作情境,同时也疏忽了此文与同时期其他作品的相互关联。尤为奇特的是,尽管此文充斥着极为私密的叙事,但文本本身却被公之于众。在李清照将赵明诚的《金石录》进呈给朝廷时,也一定附上了这篇《后序》,因此,她很可能是以公开的创作心态写下这篇《后序》的。

当我们对《后序》进行批判式阅读时,便能从文本中焕发出全新的理解与意蕴，那么或许是时候重新考虑李清照与赵明诚的婚姻情况了。当然，我们对此只能加以揣测，而不像文本细读那样有把握，毕竟这对夫妻的私密之事我们大多无从知晓。但通过对《后序》的解读，也正如少数细心的学者所觉察到的那样，我们能在文本中发现指涉二人关系的微妙表达，它们往往被消解在理想婚姻的观念投射中，世人对后者热情满溢，而恰恰是《后序》一文成为造就赵、李理想婚姻观念的首要文献。除此而外，李清照在填词时往往会流露夫妻之情，这也是对易安词的传统理解。因此，我们对赵、李理想婚姻的观念有效性提出质疑，也与我们取径另一种文学分析的方式品评易安词密切相关，我们将在后续章节着手处理这一难题。

第七章 "李清照"形象的开端:南宋至元代的接受史

李清照还在世的时候,人们就开始试图将她接纳进主流文化价值观之中。这些价值观,主要是由几个世纪以来的男性构建,他们需要找到一个接纳她的方法,因为这位非同寻常的女子已经自我证明了在男性文学世界里的成功。于是,一个漫长而复杂多变的契约就这样开始了:契约的一方是李清照,她被其作品以及众所周知的行为代表着;契约的另一方是评论家和其他一些人,他们将会塑造与修改李清照的形象。更甚的是,李清照一会儿被视为是对理想的文学才女的侮辱,一会儿又被视作她们的原型。

晚年的不幸

一些评论家于李清照在世的时候就对其发表过意见,胡仔便是其中之一。早在1148年,他就作出了一条重要的评论。如是所见,胡仔一上来就称赞李清照是一位卓越的女词人,并从她两首广为人知的词里摘句为例,然后接以这样的论断:"此语亦妇人所难到也。"但是其最终的结论却是这样:"易安再适张汝舟,未几反目,有《启事》与綦处厚云:'猥以桑 榆之晚景,配兹驵侩之下材。'传者无不笑之。"①

胡仔这段话的写作时间,只比李清照的再嫁与离婚晚了十八年。他最后一句揭示出,李清照已经成了他和同僚们闲谈的"话题"。胡仔知道李清照写给綦崇礼的感谢信,甚至熟知信件内容,因为他引用了两句典型体现李清照所蒙之羞的句子。尽管李清照是用这两句向綦崇礼解释,她是如何把自己卷入这场羞辱性事件的。但是对于闲聊此事的胡仔及其同僚来说,这并不是充满酸楚或值得同情的句子,它们只是笑柄而已。

---

① 胡仔,《苕溪渔隐丛话》前集,卷六〇,第416—417页。

诸如胡仔这样的评论家是通过作品了解李清照的。一位有着高超写作水准的女性本身就非常可供谈资,如果她还被发现有着离奇的行为(但不是可作榜样的行为),则会遭到更多的蜚短流长,李清照也不能幸免于此。她写给綦崈礼的信就被广泛地传播,至少其中的名句得以口耳相传。这显示了人们普遍着迷于此,欷歔着如此羞辱性事件居然也会降临在这样一位才女的头上!李清照的词作也可以从印刷品中读到,如果她写给綦崈礼的信被传播开来,这些词可能会获得完全不同的待遇,它们会成为闲谈中一个引出丑闻的话题。

胡仔通过一组矛盾与冲突建构起他的评论方式。一方面,李清照卓越的诗词天赋,超出了人们对于女性能力的预期;另一方面,她作为再嫁寡妇,也有着不一般的行为举止。这种矛盾也能在其他的南宋评论中找到,除了第二章引用过的王灼与晁公武的话,朱彧也曾这样说到:

> 诗之典赡,无愧于古之作者。词尤婉丽,往往出人意表,近未见其比。所著有文集十二卷、《漱玉集》一卷。然不终晚节,流落以死。天独厚其才而啬其遇,惜哉![2]

215　正如第二章考察过的那样,这段话里有一个惯用的结构和转折。他们从赞赏其诗作开始,接以她的不幸,或者是她再婚中的不当行为,以及接踵而至的悲惨结局(这样看来,胡仔的评论也是相同的结构)。李清照之所以最终成了一个孤苦伶仃、无家可归的漂泊者,是因为她"再嫁某氏",然后又与其离婚,[3]或者是因为她作为寡妇没有守住贞操,再或者是因为她没有遵守其行为道德准则。

当我们意识到这种在文献中普遍重复出现的评价几乎是没有事实依据的时候,它们就会变得格外引人注意。有充分的证据表明,李清照基本上在南宋首都临安度过了她生命中的最后二十年。在这段时间内,她与显要官员,甚至包括皇室,有至少一定程度的接触。诚然如是,我们可以

---

② 朱彧,《萍洲可谈》,此处是一则佚文,引自王仲闻《李清照集校注》,第 310 页。
③ 王灼,《碧鸡漫志》,卷二,第 88 页。

发现她在 1134 年离开了首都，搬去了西南边的金华。但是这并不是漫无目的的游荡，而是为了躲避当年金兵的入侵。不仅仅是李清照，数以万计的人因为此次入侵而逃难。

我们不知道李清照在金华住了多久，但 1135 年的夏天，她还在那里，那时朝廷在征调她所藏的《哲宗实录》。关于李清照的文献记载在 1135 年之后有所缺漏，我们不可能知道接下来的几年里她在什么地方。但是可以肯定，1143 年她已经回到了临安。大多数学者也相信，她回到首都的年份要远早于此，可能就在 1135 年高宗安全回到临安之后的数月。1143 年，李清照创作了几首节序颂诗，并将其献给了朝廷。这些诗是为皇室和妃嫔所作。为了庆祝立春，她给皇后和贵妃献上了贺春帖子。同年五月，为了庆祝端午节，她给皇帝、皇后和夫人献上了端午帖子。学士院负责征集这些颂诗（可能有相当大的数量），为它们精心打造外观——每首诗被写在饰以金线的丝布上，并用特定的装饰封装好，以区别所献对象的等级。④ 这些诗在 1143 年被收集与上呈，但是这个活动只不过是每年的惯例。这是自 1126 年的国难以来首次恢复这项古老的献诗习俗。⑤ 216
我们可以肯定，那年的献诗活动受到了特别的关注。

仅根据李清照在 1143 年参与了献诗活动的事实，我们就可以推测此时她已经回到了临安。周密在笔记里抄录了她的每一首端午帖诗，并明确地提到了她那个时候身在临安，可见周密是确信这一点的。⑥ 同样重要的是，李清照是被要求写作颂诗的，她的诗也被允许上呈给皇室。这意味着李清照十有八九已经恢复了命妇身份。无论如何，她几乎不可能是上引文献所描述的形象：一个漂泊于"江湖"、被社会所耻的女子。如果她是这样的话，没有人能够联系得上她，并让她去写作这些诗，更不用说

---

④　周密，"立春"，《武林旧事》，卷二，11a（转引自《笺注》）。

⑤　李心传，《建炎以来系年要录》，卷一四八，第 2375 页（转引自于中航《李清照年谱》，第 132 页）。

⑥　周密，《浩然斋雅谈》，A12b。

被倾向于认为可以胜任此事了。⑦

　　还有其他的证据显示李清照在 12 世纪 40 年代间居住在临安,并在此一直生活到了 50 年代。如前所述,在 1134 年之后的某一时间点,她向朝廷正式上呈了赵明诚的《金石录》。可以确定,这是绍兴年间发生的事,但具体的时间则无从知晓。⑧ 1150 年,她在临安拜访了米友仁至少一次。因为李清照藏有米友仁之父的书法,故而她请求米氏为这幅作品撰写题跋。

　　这样看来,李清照不仅于 12 世纪 40 年代居住在临安,很可能直到 12 世纪 50 年代中叶逝世的时候,还住在那儿。充分证据表明,她在此期间积极于社会活动。她给皇帝和宫廷嫔妃献上颂诗,她向朝廷进呈赵明诚关于古代石刻的学术札记,她拜访了一位当时最重要的画家、书法家。她甚至要为显贵的孙家小女儿提供教育服务(正如第二章讨论过的那样)。无可否认,我们不能详尽地重构出李清照在这些年间的生活,但是从我们所掌握的材料中可以看到,她并不像早期评论所描述的那样,以漂泊乡里、无家可归、贫穷艰辛的状态度过余生。

　　我们或许会问,这些错误的记载是怎么产生的? 尽管这些记载是错误的,但它们的内容却有着惊人的一致。很显然,它们有着特定的传播与流行空间。它们究竟服务于什么目的? 我们可以轻松地想到两种可能性。首先,写下这些记录的男人,感到他们的社会地位和身份可能被寡妇选择再婚的行为所威胁,于是将李清照悲惨余生的传言视为自然与相应的后果,一个她在赵明诚死后再嫁这不当行为的后果。广为流传的一种认识是,这个特别的女性不仅再嫁,而且拙劣地选择了再婚的对象,因此

----

⑦　在周密的记载中,有一个关于李清照献诗的有趣细节。他告诉我们在那个时候,学士院中有一位叫秦梓(秦楚材)的翰林,他是颇受后世非议的宰相秦桧(1090—1155)之兄。他因为厌恶李清照的诗,所以最终免去或减少了李清照因端午献诗而可以得到的皇帝赏赐。秦梓为什么厌恶李清照? 在王仲闻的注释中,他先提到李清照与秦家有亲故,因此认为秦梓希望李清照允许他将这些诗以他的名义上呈,可是李清照拒绝了他,并以她自己的名义将诗作上呈。于是秦梓当然非常愤怒。王仲闻,《李清照集校注》,第 261 页。

⑧　这来自洪适(1117—1184)的记载,《隶释》,卷二六,17b。

她的第二次婚姻就是个灾难。于是，之后发生的事，即持续不断地沦落到不幸和耻辱中，就只能被视作这么一个"不道德"的女性所应得的报应。对于许多人来说，想到李清照经历了这样的双重灾难之后，还可以保持名望，在上层社会里依然引人注目，是一件令其不安的事，因为他们认为这似乎太不合情理了。这样，一个替换的剧本就产生了。

其次，把李清照生命中最后的二十余年认为是在凄惨的孤独中度过的，似乎能够与许多被系于她名下的词作背景氛围相适应。长期以来，读者坚持以自传方式阅读她的词作，这便于确信紧接着她再婚与离婚之后的，是悲惨的境遇。与之相同，自传式的阅读也便于理解这样的假说：即便在赵明诚活着的时候，他也是要经常出门远行的，他的妻子还是独自在家。

赵明诚的贤内助

在早期评论中，明显还有另一种对待李清照的方式。这种方式根植于她的《金石录后序》，所有的依据均来自序文间流露出的赵明诚和李清照婚姻关系的性质。虽然早期关于《金石录后序》的评论比较少，但是这些评论已经足够证明李清照对其婚姻的记叙吸引了人们的注意力，并持续地激起一种特定的反应。下面是其中的四条，第一条来自于洪迈：

> 东武赵明诚德甫，清宪丞相（赵挺之）中子也。著《金石录》三十篇。上自三代，下讫五季，鼎、钟、甗、鬲、盘、匜、尊、爵之款识，丰碑、大碣、显人、晦士之事迹，见于石刻者，皆是正讹谬，去取褒贬，凡为卷二千。

> 其妻易安李居士，平生与之同志。赵没后，慇悼旧物之不存，乃作《后序》，极道遭罹变故本末。今龙舒郡库刻其书，而此序不见取。比获见元稿于王顺伯，因为撮述大概……（省略部分为《金石录后序》的缩录）

> 时绍兴四年也，易安年五十二矣。自叙如此。予读其文而悲之，

218

为识于是书。⑨

赵师厚（1205 年在世）在他的跋语中这样写到：

> 赵德甫所著《金石录》，锓版于龙舒郡斋久矣，尚多脱误。兹幸假守获睹其所亲钞于邦人张怀祖知县，既得郡文学山阴王君玉是正。且惜夫易安之跋不附焉，因刻以殿之。用慰德父之望，亦以遂易安之志云。⑩

陈振孙（1211—1249 年在世）对于《金石录》和李清照的《后序》如是说：

> 余尝窃笑之（指其他金石学著作），惟其附会之过，并与其详洽者，皆不足取信矣。惟此书跋尾独不然，好古之通人也。明诚，宰相挺之之子。其妻易安居士为作《后序》，颇可观。⑪

最后是一个 13 世纪的佚名作者的按语：

> 易安居士李氏，赵丞相挺之之子讳明诚字德夫之内子也。才高学博，近代鲜伦。其诗词行于世多。尝见其为乃夫作《金石录后序》，使后之人叹息而已。今录于此。⑫

这几条早期评论中有一个反复出现的观点非常引人注目，即《后序》证明了李清照与她的丈夫同心同德，熟悉《后序》的读者会认同这种观点是合理的。李清照的文化修养水平远远超过了普通妇女，这就为赵、李二人一起从事收藏活动提供了可能。大多数的妻子即便对于这项事业满怀兴趣，但是对于参与收集藏品、校钞书籍、研究碑文并为其写提要等工作来说，她们并不具备李清照所拥有的能力。作为这种超乎寻常的夫妻双方共有的兴趣和事业的证据，《后序》被视为对于幸福婚姻的纪念。于

---

⑨ 洪迈，《容斋四笔》，卷五，第 685—686 页。
⑩ 赵师厚，雅雨堂本《金石录》跋，《汇编》，第 13 页。
⑪ 陈振孙，《直斋书录解题》，卷八，第 233 页。
⑫ 来自无名氏所作《瑞桂堂暇录》，应该是南宋末年的作品。《汇编》，第 25 页。

是,在上引的佚名条目中,《后序》被说成了是李清照"为"她的前夫所作,好像以此告慰他的在天之灵。这样读来,李清照在《后序》原文里明确表达的主旨——她写这篇文章是针对后世好古博雅者的警示,收集这些藏品实际上是无用与荒唐的——就被完全忽视了。赵师厚在校订并重刊《金石录》的时候,把李清照的《后序》添加在了书末。在他看来,这个举动有着双重意义,因为其可以有效地满足这对已故夫妻双方的心愿。这两个人又一次被视作天生一对而成双出现,甚至无论生死与否,终归如是。

尽管这些论者投注了大量的热情在描述夫妻共同参与收藏活动上,220
并以此引申出了他们理想中所欣赏的和睦夫妻,但他们所描述的赵李关系还是有着清晰的性别等级。赵明诚写下了大量的关于藏品的学术提要,多达两千卷。但李清照只是为其增添了一篇短短的《后序》,这篇序文最鲜明的特征就是它如此地感人。赵明诚在外游历,收集珍贵的古董,将其搬运回家。他对于古物的记录属于学术和历史的世界,这个世界绝大部分是男人的领域。李清照则留在家里,思念着在外的丈夫,最终为赵明诚的著作贡献了一篇《后序》。这篇《后序》完全是居家的、个人的、怀旧的。陈振孙的评论集中体现了这个不公正的差异。他先把赵明诚的《金石录》与其他金石学著作相比较,详细描述了其优点。之后,他才简单地说李清照的《后序》"颇可观"。这不可能是对李清照作品原创性和影响性的公正评价,但这是陈振孙可以勉强承认的全部。李清照在赵明诚去世后没有能力守护他们辛苦收集来的藏品,这也说明了李清照一旦孤身一人,就变得非常弱小。正如《后序》中清楚记述的那样,作为寡妇的她无力保管如此大规模的藏品。这样的揭示肯定特别吸引男性读者,《后序》中关于李清照无助的记录也有意无意地增强了男性的优越感。他们既然说读其文而悲之,那么就一定觉得如果赵明诚一直在世的话,事情或许会不一样。

这些早期热衷于李清照《后序》的人或许会欣赏其间对于幸福婚姻时光的感人追述,关于李清照把自己奉献给赵明诚及其价值观的肖像描写,以及藏品最终流散的悲情故事,但是他们似乎不能探寻出李清照所说之语的更深内涵。直到明代,才出现了一位持不同看法的评论家,他认为李清照在对于聚散之自然的认识上,展现出了比她丈夫更高明的智慧。因为她描述了伴随着藏品的积聚,迷恋与贪婪也随之不断增长,更在《后序》的末尾进行了深刻的思考,反思了她与其丈夫的行为是多么地荒唐。⑬ 只有到了现代,我们才开始探索李清照在文中留下的不能和丈夫平等使用珍贵藏品的线索,这被认作是体现了夫妻权力的不平等。⑭

　　或许,这些早期关于《后序》的评论最为明显的特点是没有提及李清照的再婚和迅速离婚。这些评论家只是接受了李清照关于其婚姻的记述,以及藏品聚散的故事。所以与其他早期评论家不同,他们没有想到要去谴责李清照作为寡妇的"不当举止"。这些评论家似乎不太可能不知道李清照的再婚,因为这件事情和它的意外结局在南宋广为流传。这群评论家更可能是对此事件视而不见,他们根据李清照的记述而关注于她幸福的初婚,于是对材料做出了取舍。

外传里的故事

　　在建构李清照形象的早期,还可以辨认出第三条线索。很明显,关于这位特别的女性及其第一任丈夫的口头传说很早就开始形成了,最终演变成为颇具传奇色彩的故事。我们发现,这些早期故事努力关注着李清照的反常特点,并承认这些特点的存在。与此同时,他们也开始重新塑造李清照,弱化她的奇特之处,使其在当时的文学家和评论家那里,不再显得那么咄咄逼人。本来并不需要这样的刻意企图,但是一位女性身上存在的高超文学天赋给男性带来的文化迷失感,足以对他们产生持续的冲

⑬ 曹安,《谰言长语》,39b;另见《汇编》,第31页。
⑭ 宇文所安(Stephen Owen),《追忆:中国古典文学中的往事再现》(*Remembrances: The Experience of the Past in Classical Chinese Literature*),第80—98页。中译本可参见:(美)宇文所安《追忆:中国古典文学中的往事再现》中《回忆的引诱》一文,郑学勤译,生活·读书·新知三联书店,2014年。

击，因此他们要采取某种方式去改变这样的状态。如果要重塑一个人，那么运用其自己的话来达到此目的是最有效的方式之一。李清照自己就创造了一大堆可服务于这项任务的材料。

如果没有更早的文献材料的话，那么李清照的外传出现于14世纪（或者可能是李清照与赵明诚的合传）。这篇外传记载了她婚姻中的逸闻趣事，当然还包含了更多的其他内容。一部外传是把与传主相关的道听途说、演义性的记述，以及正传所排斥的不可靠或琐碎的传说汇集在一起。这种文体之所以被称作"外传"，不仅仅是因为它不在官方的皇家历史正传类别里，也因为它通常包含了被认作历史真实的传记材料之外的东西。将某个作品贴上"外"的标签，是为了引起读者的注意，提醒他们不要把这个作品当作冷静客观的历史记录，因为其间充斥着关于所写对象的通俗传闻。一些泄露内情的南宋文献提示出关于李清照的故事可能早在她在世的时候就开始流传了，这些故事也建构出她在后世长期流传的形象。为诸如李清照这样的女性撰写外传，并不是什么奇怪的事。这些故事也是将李清照出众的原创性词作适应于传记框架的一种办法。因为文化中缺少对待像她这样女性的传统与准备，于是这些故事能以它们的方式帮助人们理解这位最为不寻常的女性。

如果不是14世纪的伊世珍在他的《琅嬛记》里引用了这个"外传"，我们将对其一无所知。《琅嬛记》本身的学术声誉不高，四库馆臣就认为其"语皆荒诞猥琐"而未收入《四库全书》，因此它也被排除在皇家图书馆之外。虽然这种材料是没什么价值的，但它在重建通俗想象中的人物形象时，却有着很重要的意义。下面就是伊世珍从外传中摘录的两段李清照轶事（我已经在第三章引用过它们，但是这里呈现的是它们的全部）。第一条如下：

> 易安以《重阳·醉花阴》词函致明诚。明诚叹赏，自愧弗逮，务欲胜之。一切谢客，忘食忘寝者三日夜，得五十阕，杂易安作，以示友人陆德夫。德夫玩之再三，曰："只三句绝佳"。明诚诘之。曰："莫

道不消魂，帘卷西风，人似黄花瘦。"政易安作也。⑮

223 第二条轶事是这样的：

> 赵明诚幼时，其父将为择妇。明诚昼寝，梦诵一书，觉来惟忆三句云："言与司合，安上已脱，芝芙草拔。"已告其父。其父为解曰："汝待得能文词妇也。'言与司合'是'词'字，'安上已脱'是'女'字，'芝芙草拔'是'之夫'二字，非谓汝为词女之夫乎？"后李翁以女女之，即易安也，果有文章。易安结缡未久，明诚即负笈远游。易安殊不忍别，觅锦帕书《一剪梅》词以送之。词曰：……

非常遗憾，我们看不到完整的外传，这两条轶事就是我们所能找到的全部。散佚的篇幅里很可能包含了大量的这种围绕李清照和她丈夫的故事。

但是，即便是这些外传中的小花絮，也是非常有趣的，亦可以给人以启示。首先，故事中的李清照所写的词都被认作自传体，并且都是寄给赵明诚的。这两则轶事最清楚地证明了，人们在非常早的时候就开始自传式地阅读易安词了。在第一则轶事里，词作取代了信笺。当然，这是寄给赵明诚的词，词中那位为他而憔悴、变瘦并失去生命热情的女子是李清照。与之相似，在第二则轶事中，李清照以一个即将孤居的妻子口吻创作了所提到的词，诉说着她对离家远行丈夫的相思。下面我们就回到这种阅读方式。

第一则轶事关注了妻子在文学天赋上优于丈夫的问题。在这则叙述中，此问题是用轻幽默的方式谈起的。作者以夸张、戏谑的方式描述了赵明诚的决定，以至于他成为了一个漫画式的端正而充满自尊的学者。这使得故事的结局能给读者留下更为深刻的印象——尽管李清照那三行词
224 句被悄无声息地隐藏在赵明诚的五十首词作里，它们的优势还是那么显

---

⑮ 伊世珍，《琅嬛记》，《汇编》，第 28 页。通行版本的最后一句作"人比黄花瘦"，而非此处的"人似黄花瘦"。此词是第 20 号词，《笺注》，卷一，第 52—53 页。《全宋词》，第二册，第 1205—1206 页。

眼。但这对于赵明诚来说,却是非常尴尬的。

这则故事会使人回忆起周煇在笔记里所记下的内容,这个材料想必更加可靠。周煇在抄录了李清照《浯溪中兴颂诗和张文潜》之后这样写道:"顷见易安族人,言明诚在建康日,易安每值天大雪,即顶笠披蓑,循城远览以寻诗,得句必邀其夫赓和,明诚每苦之也。"⑯周煇《清波杂志》自序写于 1192 年,这与其所谈论的事件相隔了六十余年。但是正如周煇所言,他并非没有可能结识李清照的第二代或第三代后人。周煇关注的是赵明诚和李清照在建康的故事,尽管赵明诚仅当了半年的江宁知府,但是1128—1129 年的冬天(1128 年九月至 1129 年三月)他们确实在那里,由此我们可以进一步确信周煇记载的可靠性。相应地,周煇的记载也使我们回忆起李清照在《金石录后序》中所描述过的一个场景——她与丈夫在青州的晚上经常从事的自我消遣:他们先煮好茶水,然后检视一叠书,玩一个指出一件事在书中第几卷、第几章、第几叶的游戏。猜对的人可以喝一口自己的茶。李清照在《后序》中以这样的话开始这段记述:"余性偶强记。"在记述游戏的时候又说道:"中即举杯大笑,至茶倾覆怀中,反不得饮而起。"这意味着她也总是这个比赛的胜者。

周煇用"每苦之"三字来描述赵明诚在被要求创作他自己的诗句时所遭受的失意,这三字的意思是"赵明诚总是觉得这件事是很痛苦的",或者是"对于被要求做这件事,他感到很为难"。或许这就是李清照的族人告诉周煇的原话,这些族人肯定是想让周煇把这个细节当作李清照卓越天赋的证据。因为周煇的记载是为了引起大家对于李清照卓越诗篇的关注,所以族人们所说的故事正好完美地配合了他的目的。但是,在外传所记的轶事中,赵明诚的失意被过分地放大了,并且还带上了滑稽的色彩。这里不再有一个引以为傲之后代的回忆,更不可能是李清照自鸣得意的往事。现在这个妻子的绝对优势令她的丈夫感到绝望,他将自己锁在房间里苦心经营了三天三夜,但即便这样,他还是败下阵来。这则轶事

225

⑯ 周煇,《清波杂志》,卷八,第 5096—5097 页。

的叙述口吻是幽默的,但是在幽默之深处,隐藏着一个严肃的论题:丈夫并不想被他的妻子抢去风头,尤其是在这样的一个父权家长制社会。如果他想到他的妻子正在抢去他的风头,那么这也会令他采用孤注一掷的手段去努力恢复原有的等级秩序。我们在这里瞥见的世俗层面的李清照形象说明了一个问题,即她高超的文学天赋制造了一种不安定的效果:这会使得她的丈夫缺乏自信,甚至会威胁到她丈夫在婚姻中的地位,因为他本应该毫无疑问地有着更为丰富的知识和更高超的写作技巧。这则轶闻之所以滑稽,恰恰是因为这对夫妻间的故事完全不同于应该发生的那样,于是读者就被逗笑了。但是他(如果这个读者是男性)或许并不希望自己成为这个赵明诚,因为赵明诚有一个时常提醒自己注意到自身劣势的妻子。

第二则轶事包括了两个部分,第一部分与一个预兆了李清照和赵明诚婚姻的梦有关,第二个部分交代了李清照一首久负盛名之词的缘起。与第一则轶事一样,这两个部分都关注于李清照和她丈夫的关系。赵明诚的梦属于一个在中国流传很广的故事类型。当主人翁从梦中醒来时,记起自己梦见了一个难解的字谜。另外一个有着更高明智慧的人,运用拆字组字的方法为他揭示了谜底(这就是李约瑟〈Joseph Needham〉所谓的"测字占卜"〈glyphomancy〉)。汉字的字形很适合于这样的字谜编码,而在中国文化中,这样的一些经过重新拆分组合过的语句是进行预言的标准方式。

赵明诚的梦预示了李清照将会嫁他,这意味着什么? 这意味着他们的婚姻是命中注定的,是一切故事得以发生的先决条件。对于口头传说中的李清照来讲,拥有一个美好而浪漫的婚姻是她至关重要的特征,而这种命中注定的信念,正是该婚姻的一个重要组成部分。这对男女的结合并不像通常那样受父母之命,而是上天早就安排好的,甚至在双方父母订下婚约之前就已经注定了的。在这种关于此婚姻何以发生的信念背后,隐藏着一个未被明说的假设,即这对夫妇彼此非常般配。现代学术界在提到他们婚后的生活时,总会提到这句话:"夫妇志同道合,共赏文物。"⑰这种婚姻

226

⑰　见《笺注》,第419页。

画面来源很早,也就是李清照自己在《金石录后序》里的记述。她的叙述实在是太有影响力了!在婚姻由父母做主的时代,有这样一对如此情志相投的夫妇,是一件多么不寻常的事!这样,世俗民众就会认为他们的婚姻肯定是上天安排好的,可是这种想法完全超越了李清照自己的话,但却可以在外传中找到一席之地。

这则轶闻的第二个部分描述了李清照是怎样创作《一剪梅》的(这首词在第三章讨论过)。值得注意的是,这首词在宋元时代很有名。在南宋词选中,这首词的入选率最高,它的流行也一直持续到了下一个王朝,直到今天也并未衰退。如是所见,这段话反映出了一个坚定的看法,即赵明诚在1101年与李清照结婚,但不久之后,他就出门远行了。直到黄盛璋提出不同意见之前,这种观念是学者间的普遍共识(见第三章的讨论)。黄氏认为,李清照在《后序》里关于其丈夫结束太学学习而进入官僚体系的记载有些模糊难解,这就导致了世俗民众相信,赵明诚曾经有过离开京城的远游。但是,很难知道是外传的记载产生了关于这对夫妇早年分居的误解,还是说外传的记载仅仅是在文学上反映了这个误解已经普遍流传。

实际上,正像黄盛璋指出的那样,这首词作完全不符合故事里声称的创作背景。这首词读上去并不像创作于离别之时。在词中,深爱的男子已在远方,这个西楼上的人(宋词中典型的独居女性形象)正等待着他的来信,她希望信函能被鸿雁送来。但是信根本就没有来。如果赵明诚正要启行,李清照会送给他一首写有他在远行时从不寄信回家内容的词么?她似乎不会这么做吧。

如果这首词不能很好地符合创作背景的话,或许是因为这个背景本身就是编出来的,就如同赵明诚在新婚伊始即出门远游的观念是编出来的一样。捏造关于赵明诚远游的轶闻以及这首词的本事,可以达到这样几个不同的目的:首先,尝试解释了为什么这位自我意识到获得了如此理想婚姻的幸福女性(这与轶事的第一部分紧密相关),会写下这么一首悲伤的词作。正因为他们二人是如此地般配,自然,在丈夫必须离开的时

227

候,妻子才会感到难以抑制的悲伤。她感到悲伤的原因还会有什么呢?这只能是因为她的丈夫要出门远行了。这个假设再一次出现了——李清照无论什么时候进行写作,她都是在写自己的故事,她不可能以另外一个人的身份说话。这种李清照必须写她自己的观念,压倒了词作与创作环境无法很好匹配的窘境。其次,这个故事加强了李清照深情的形象。"易安殊不忍别",她的焦点完全在赵明诚身上,根本无法忍受即将到来的分离。第三,这个故事间接回应了第一则轶事中涉及的问题,它暗示了无论李清照写什么作品,都发自于她对赵明诚深挚的爱。她要表达爱意和思念的冲动,驱使着她去写作。这种观念把李清照的天赋关进了围栏,实际上,这令她的诗词天赋从属于她的婚姻、她妻子的身份。这大有助于解决妻子在作为男性使命的文学创作中,为何能优于其丈夫的困惑。这个李清照的形象,把她的非凡天赋完全磨平为对于赵明诚爱意的表达,与那个踏雪寻诗情、让与之唱和的丈夫叫苦不迭的李清照形象完全不同,也与那个在与丈夫的文学记忆游戏中胜出时哄然大笑的李清照形象完全不同。这种对李清照文学天赋的微妙解释,实际上在第一则外传轶事中就出现了。尽管赵明诚写不出她所写的优秀诗篇,但无论如何,她所写的是她对于赵明诚的深切思念。

孤独女性的写照

上文区分了早期评论中两组李清照的接受形象,二者差异很大。其中一组绝不会忽视她的悲惨再婚,并且为此严厉指责她。另外一组仅仅是在她对赵明诚浓烈的爱意环境下构建她的图像,尤其是从她的《后序》里营造出这样的氛围。属于第二组的赵、李轶事都把他们的婚姻理想化成天生一对,尽管一些故事谈及了让赵明诚尴尬不已的场合,毕竟他有一个总是令其黯然失色的太太,但是这些故事在展现尴尬的时候,又会将李清照的强势疏导为她是在表达对赵明诚的爱意,这使得尴尬可以被人们所接受。

我们可以将这两种描述李清照的方式理解为是相互矛盾的，但是更为确切的处理方式则是将它们视为不同读者和评论家的不同选择。这两种李清照形象之间存在着一个矛盾，即贤内助（以及恋旧情的寡妇）和再嫁寡妇之间的矛盾。但是我们在南宋文献里看不到任何一位特别的评论家注意到了这里面存在着的矛盾。或许是因为这两种形象的差别实在太大，所以南宋文献所透露出的，是评论家们仅仅对两者做了一个简单选择，而非在脑海中同时存有这两个形象以直面困惑。我们在之后的章节里可以看到大量的互不兼容的李清照形象及其演绎，这些情况将促使我们回到这组矛盾本身，并由此牵引出后世接受史的发展线索。

无论哪一种生活样貌，都会提供给南宋评论家一个适用于忧愁、悲伤文学表达的传记式场景。当然，两者的背景和情感是不一样的。其中一个将李清照视为贤内助，她与其夫共同拥有着对于古董的热情。当他出门远行（为了增加拓印的收藏量）时，甚至在他早逝之后，她会用精巧而辛酸的词作来表达她的思念与寂寞。对于另一个来说，李清照的晚年不仅仅充满了对于赵明诚早逝的忧伤，也包含了她对于其再婚与离婚的羞愧和自责。这些事件所带给她的耻辱，加重了她失去赵明诚的痛苦，同时也给她的文学创作增添了更深一层的悲痛。

在男性的词体文学创作中，有一种"效易安体"的风尚，即在词中仿效李清照的悲痛。如果没有更早证据的话，这个风气产生于李清照逝世后不久，并在南宋一直持续着。这使得李清照的形象更加完整，更加引人入胜。或许这听上去很奇怪，但是当我们回想起男性词人总是乐于描写失恋女子，或者以其口吻来创作词篇时，我们似乎就不会那么惊讶了。有时，一个历史上真实存在过的女性引起了作者的想象，于是他们接下来就会利用这个人物角色来创作诗歌。这极有可能就发生在"朱淑真"身上，毕竟另外的一些著名女性已经有此遭际，她们可能是真实的历史人物（比如王昭君），也可能是虚构的形象（比如苏小妹）。但是李清照的新颖之处在于，她提供了一个真正创作过诗词的女性样式。现在，这些诗词就可以被用来模仿、竞争与超越。

229

　　下面是刘辰翁(1232—1297)模仿李清照元宵词的例子。李清照的原词(在本章下文中会引录到)对比了叙述者面对同样节令时的不同心态,如今的她忧郁而悲伤,但回忆中的元宵节却洋溢着青春的欢乐。颇具讽刺的是,这首词的词牌叫《永遇乐》。刘辰翁在其同调的"效易安体"词作前写了一段小序:"余自乙亥(1275)上元诵李易安《永遇乐》,为之涕下。今三年矣,每闻此词,辄不自堪,遂依其声,又托之易安自喻,虽辞情不及,而悲苦过之。"⑱这里存在着一个很有意思的情感混合。刘辰翁或许每次听到李清照之词时都深为感动,因为其明言"不自堪"。但是他又无法抑制自己仿效此词的冲动(实际上他这样做了两次),他将自己当成李清照,并为在悲苦情感上胜过李词而骄傲。他哀愁地回忆着李清照的哀愁,而她的困境又吸引着他想到自己所沦入的不幸。我们知道,刘辰翁经历了蒙元入侵,正是在这个时候,他开始仿效李清照的词作。刘辰翁见证了王朝的毁灭,并将此乱象等同于李清照经历过的北宋灭亡。他的作品称赞了李清照的词情,并将其作为自己的象征,更特别褒奖了她用才华横溢的句子描写每况愈下之遭际的能力,这些句子描写了她对于北宋京城元宵节之华美的回忆。刘辰翁是这样想象李清照晚年境况的:

　　　　此苦又谁知否? 空相对,残釭无寐,满村社鼓。

230　看来,那个晚年"漂泊于江湖"并在贫病交加中死去的李清照形象,对于刘辰翁有着强大的吸引力,同时也给其带来了特别的效用。

　　实际上,对于李清照的文学仿效在 12 世纪就已经出现了。学者侯寘肯定生于李清照还在世的时候,他写就了下面这首题名"效易安体"的词:

眼 儿 媚

　　花信风高雨又收。风雨互迟留。无端燕子,怯寒归晚,闲损帘
钩。　　　　弹棋打马心都懒,搁掇上春愁。推书就枕,兔烟淡淡,蝶梦

---

⑱　刘辰翁,《永遇乐》并序(两首其一),《全宋词》,第五册,第4087 页;亦见《汇编》,第22 页。

悠悠。⑲

词中成双成对地筑巢的燕子，是一个不受欢迎的意象，因为其让女性想到了自己孤零零的现状。她拉下了窗帘，是因为天色已晚，并且不愿意再次看到燕子而触景伤情。词中提到的弹棋打马意味着这首词不仅仅是在写作手法上"效易安体"，而且词中说话的女子（或者说被描述的女子——这首词可以被读作第一人称叙述，也可以被读作第三人称叙述）就是李清照。因此，春天除了带给她悲伤之外，就什么也没有了。这里的李清照甚至不能以读书写作的方式来自我消遣。她推开了书本，早早地上床睡觉。很显然，我们正置身于这位著名女词人的虚构形象中。系于李清照名下的可靠作品，听上去与此词一点也不像，她从没有提到过阅读和写作是一种无效的排遣寂寞的方式。在这首词的结尾场景中，这个想象的李清照在床上难以入眠，看着炉中升起的淡淡香烟，甚至不能清晰地回忆起时常萦绕在心头的往事，那往昔的岁月（与她丈夫在一起的时光）已经一去而不返。

早期词选中的情况

231

在很早的时候就流传开来一个李清照的形象，这个形象充满了对其深爱之丈夫的思念，而这个思念又被描述为就是她在文学作品中表达的真切动人之情感。这个形象的模糊性足以产生出多种特定变体。在某些人的思维里，李清照的悲惨命运是源于她的再婚和迅速离婚。如果是那样的话，她悲惨地漂泊于江湖之上，并以此度过的最后二十五年，是有着因果报应的元素。她的行为给自己带来了痛苦，或者说上天要惩罚她作为寡妇的"不忠"。另外的读者和评论家将她的悲伤坐实于赵明诚的经常离家远行以及早逝。

李清照自己的作品促成了她的这个形象，尤其是将它们读成自传的

---

⑲ 侯寊，《眼儿媚》，《全宋词》，第三册，第1862页；亦见《汇编》，第13页。

时候。与之相同，李清照所写的《金石录后序》很早就吸引了人们的关注，并激起了人们的赞赏与同情。

这个流传甚广的李清照形象很可能影响了易安词在南宋（及后世）词选中的面貌。当时的士大夫文化明显热衷于描述依赖于男性、并在他离开的时候感到痛苦的女性。这种文化氛围下的男性，在他们自己的文学创作中，就没完没了地描写着这种模式下的女性形象，词体文学尤甚。当男性选家遇到极为罕见的自己填词的女性时，他们会被其词集中那些与主流相一致的女性形象作品所吸引。这个主流当然是占压倒性多数的男性作家决定的。我们在第一章中看到一些历史上的，以及可能是想象中的女诗人类似的创作，她们这些诗歌所反映出的女性寂寞情感和依赖性不仅对男性有着本能的吸引力，也含蓄地证实了男性笔下的典型女性形象是以此为惯例的。

关于这里提出的论题，有两点需要强调。其一，尽管李清照自己的作品促成了她的形象，但这一形象的生命和推动力却是男性读者和评论家所赋予的，他们将之复杂化、浪漫化，因为这个形象投合了男性审美，他们通过编选她自己的作品使其强化。此外，男性还把这个形象编入了小说轶闻，使其更为复杂精细。李清照自己促成了这个形象，但是最终的复杂与夸大的版本，却是在历史长河中，被与她毫不相关的人创造和定型的，这远非词人自己所能掌控——这两点其实并非自相矛盾。其二，我们在这里所讨论之词人的作品全集，似乎流传不广，并且在南宋选家重建出他们自己心中的词人形象之后，就散佚了。这一点非常重要，需要我们时刻铭记。于是，选家们建构出的形象，实际上有着特别的影响力。一旦她的词集《漱玉集》与其他的文学作品一道散佚，那么其作品的面貌永远也不可能回到未经过滤的状态了。

我们将考察几种南宋晚期词选，它们的成书都要迟于最早的那本《乐府雅词》（1146）。我们可以从它们所选取的词作看出，易安词中具有特定主题的部分，是怎样一步步成为选取重点的。这些词选是《草堂诗余》（约 1195 年），《花庵词选》（1249），《阳春白雪》（约 1250 年），以及《全芳备祖》（约 1250 年）。易安词在任何一种词选中的入选数量，都明显比《乐府雅词》少。《乐府雅词》选了 23 首，但是这四种一共只选了 14 首（《草堂诗余》5 首，《花庵词选》8 首，《阳春白雪》3 首，《全芳备祖》6 首）。后面四种选本的编选者，极有可能接触过《乐府雅词》，因为这个选本在当时非常有名，并明显有着广泛的流传。但是《草堂诗余》和《全芳备祖》的编选者也显然接触到了其他的文献材料（可能就是李清照的词集），因为在二者所选的词篇里，有一些并不见于《乐府雅词》。

　　引起我们注意的，是这四种词选内部的重合，以及它们与《乐府雅词》的重合。这些特定的"最受欢迎"的词篇在多个选本里出现。同时这些词篇显示了特定之共有面貌。抄录在下面的是入选率最高的词作，在后四种词选中出现了三次：

如梦令（第 5 号）

昨夜雨疏风骤。浓睡不消残酒。试问卷帘人，却道海棠依旧。知否？知否？应是绿肥红瘦。[20]

醉花阴（第 20 号）

233

薄雾浓云愁永昼。瑞脑销金兽。时节又重阳，宝枕纱厨，半夜凉初透。　　东篱把酒黄昏后。有暗香盈袖。莫道不销魂，帘卷西风，人比黄花瘦。[21]

按：瑞脑（也作龙脑），是一种香料（borneol，冰片），产自婆罗洲（Borneo）。

这两首词有一些引人注目的特点。我们可以明显地察觉到，二者都在描述一位女性人物。虽然在第一首词里，明确的人物性别标记比较少，但是这个人对于花的关注及其说话的口吻，都无时不在暗示着读者，这是一位女性。在李清照之前的词体文学创作中，有一个历史悠久的写作传统。这个传统使得词中的人物形象要么没有强烈的存在感，要么其性别被刻意地模糊化。这些特点在这两首词中都不能被发现，因为其间描写

---

[20]　《笺注》，卷一，第 14 页；《全宋词》，第二册，第 1202 页。
[21]　《笺注》，卷一，第 52—53 页；《全宋词》，第二册，第 1205—1206 页。

的女性是可以被明显感知到的。这种写作方式很容易让读者觉得,词中的人就是李清照自己。

第一首词中的女性,其特色不仅仅是她在说话,更在于她的深情倾诉。这是一位被赋予强烈情感的女性,这个情感体现在言语迸发中。第二首词里就没有这样的情感爆发了,不过最后一句别出心裁的比喻("人比黄花瘦"),有着与前一首的感叹语("知否,知否")非常类似的表达效果(菊花的花朵不会凋谢在地上,它们会在枝头保持着原来的形状,慢慢地皱缩与枯萎。知晓这个常识有助于我们理解这句词)。这句话是双关的,它试图告诉我们这是个深感愁苦并饱受折磨的女子。或许这是两首词间最显著的共有线索。词中描写的女性有着过分的敏感,她会因为一些普通人察觉不出的现象而极度忧郁(第一首词);她实在是悲痛欲绝,以至于随意瞥到秋风吹拂起帘子,就伤感起来了(第二首词)。读者在阅读的时候必须小心谨慎,以免忽略了这个可以显示她愁苦程度的事实。这个女性相当敏感,又脆弱得无与伦比。

两首词中都出现了"瘦"字,这并不完全是巧合,当然也不是无关紧要的。"瘦"是二词的最后一字,是二词的词眼。二者最后展示给读者的画面,都是这个女性日渐消瘦的形象,这经过了精心的构思。在第一首词里,字面上看来是日益凋零的花朵,但是因为有着将花朵读成女性喻象的悠久传统,读者知道这里是在表达一种绝望的情感。被风雨摧残而逐渐暗淡的"红",实际上是对于女性叙述者年华老去的比喻,而她也为此凋零憔悴、痛苦不已。

我们或许会说,这两首词当然会是南宋词选家最喜爱的词章:它们写得如此之好,有着富含感染力的细节,并且直到今天还是易安词中最受喜爱、最常见于选本的作品。但是当我们做出这样的评价时,我们又是否客观呢? 我们怎么能肯定,我们没有被传奇化的李清照影响? 或许正是这个传奇化的李清照在一定程度上使得我们对这些词印象深刻。因为这些词符合于李清照的形象,同时也强化了这个形象。但是这个形象顺应于男性文化,而且也是被男性文化所接纳、传播的,直到今天依旧萦绕在我们身边。

我们可以来看看一些被选入《乐府雅词》但不见于后四种词选的作品,以此与上二首做个对比。因为这些词被选入《乐府雅词》,所以后四种词选的编选者一定知道它们,但是他们选择了忽视,或者说将其从备选中剔除。我们在下面还是给出两个例子:

怨王孙(第18号)

湖上风来波浩渺。秋已暮,红稀香少。水光山色与人亲,说不尽,无穷好。 莲子已成荷叶老。清露洗、蘋花汀草。眠沙鸥鹭不回头,似也恨、人归早。[22]

235

鹧鸪天(第16号)

寒日萧萧上锁窗。梧桐应恨夜来霜。酒阑更喜团茶苦,梦断偏宜瑞脑香。 秋已尽,日犹长。仲宣怀远更凄凉。不如随分尊前醉,莫负东篱菊蕊黄。[23]

按:仲宣指王粲(177—217),这位诗人因为战乱离开家乡山东而到了南方的荆州。他某日登上高楼,凝望着家乡的方向,创作了一篇表达他渴望回乡之情的《登楼赋》。

有很多理由可以解释为什么这两首词不见于《乐府雅词》之后的四种词选。但是这两首词不能很好地适用于已经逐渐成形且流行开来的李清照形象,可能也是原因之一。这意味着,二词很难与关于李清照写作动机的假设相调和。这个假设认为,李清照的首要写作动力,来源于她要表达对赵明诚深切的思念,来源于她要疏泄在赵明诚出门远行时或他早逝后受到的痛苦。上引第一首词中的女性,显然是在湖边漫步。她似乎是一个人,完全被晚秋湖边的美景所吸引。她根本没有想到一个远方的或者已逝的丈夫。在她启程回家的时候,她想象着鸟儿为她的归去感到奇怪,因为有谁会愿意离开这片迷人的地方呢?

在第二首词中,叙述者的处境包含了一些不幸的因素,但即便是这

236

---

[22] 《笺注》,"补遗",第540页;《全宋词》,第二册,第1205页。
[23] 《笺注》,卷一,第101页;《全宋词》,第二册,第1205页。

样,其也不完全符合读者所"期待"的李清照。首先,叙述者在上阕的情感是非常乐观的。她的美梦或许被打断了,但是她醒来后发现身边有着令人愉悦的茶与香。在下阕中,她依旧享受着秋天的长日,她的思绪转到了思乡的主题,但是她只是将其视作最好远离的东西而抛却之。读者可以看到古时候的仲宣(王粲)与词人的共通点,毕竟他们都来自山东,又都发现自己背井离乡而到了南方。但是词中的叙述者毅然决定不能允许自己承继王粲的情感,她不会使自己沉溺于乡愁。取而代之的是,她将追随陶潜的脚步,想喝酒的时候就喝一点,以慰藉自己的心情。篱笆旁边的菊花,来自于陶潜著名的诗,给人一种坚定自持的感觉,同时也体现着孤独中的自适,甚至是对于当下遭际的超脱。这首词像上引之第 20 号词(《醉花阴》)一样,以菊花收尾,但是二者的表现方式是不同的。这一次,菊花作为坚忍与操守的形象出现,它来源于陶潜的隐逸诗,叙述者决定"不辜负"它们。一个女词人以这种方式直接援引男诗人的典故,也是相当出人意料的。

虽然第二首词中短暂地出现了离乡的愁绪,但这两个例子都没有任何关于离家或已逝丈夫的暗示。这种元素的缺乏,使得二者很难与李清照的形象相调和。这种李清照的形象是一位脆弱而善感的女性,其诗词所表达的情感,都与她对赵明诚深切的爱意密切相关。关于李清照诗词灵感来源的假说,这些南宋的选家有意无意地参与其中,提炼、强化着这一假说,而一旦碰到像上两首这样不能与此假说相匹配的词作时,他们就选择了忽视。

第八章　维护寡妇形象，否认再嫁事件：
明清时期的接受史

本章将勾勒李清照在帝制时代晚期（即元、明、清三朝）的接受史及其声誉变化情况。在这几个朝代里，人们对于李清照的认识观念和形象塑造上都发生了一些有趣的转变。这些转变在很大程度上反映了当时中国社会的变迁、对女性态度的转化，以及在如何看待女性才华这一难题上的观念变化。这段时期出现的关于李清照的新看法，也为她在现代的新形象奠定了基础。我们将着重讨论两个议题。第一个是李清照逐步增长的女性诗人名气。在明代晚期，她作为卓越的早期女性作家的地位最终得以确立。第二个议题与之相反，在明清两朝对寡妇"贞节"极端强调的氛围中，人们对于李清照再嫁行为的非议日渐增多。上述两种对待李清照的态度之间，存在着明显的张力，这迫切需要一个方案来缓解。最终，它在 18 世纪末或 19 世纪初被一种有趣的方式解决了。

女性写作在明清的兴起

为了理解李清照女性诗人名气的增长，并跟随此增长的脚步，我们必须首先知晓，参与写作、尤其是诗词创作的女性，在明清之际有了引人注目的增长。这些女性可以是作家、读者、文集编选者、编辑甚至批评家，以至于她们在帝制时代晚期成为文学界一支显著且有影响的力量。在过去的二十五年间，一些北美和中国学者所作的开创性研究，已经改变了我们对中国帝制时代晚期女性写作状况的理解。传统的观念认为，写作是男性的特权，妇女则甘于与之保持一定的距离，大多数情况下，她们只是读者而非作者。但是这种观念现在已经站不住脚了。学界已经开始关注一些以往被忽视的材料，其中很多只能在中国或其他地方的稀见书籍中找到。这些材料表明，特别是从 17 世纪开始，各色社会阶层的女性，非常活跃于文学作品的生产和传播。最近出版的一些论著对这些情况有着详尽的记录和讨论。

对于女性参与写作现象来说，其中只有一小部分值得特别地评论。尽管中国妇女自古以来就在进行着写作，但是就我们所知，最初的时候只有一些孤立的、个体的行为。即便李清照从事了写作，但是我们还是得说，她依然只是一个孤独的女性作家。如果她从其他人那里得到了关于其作品的反馈意见，那么这些人只能是男人而非女性。但是在明末清初，尤其在上层社会和知识阶层中，出现了女性作家群体，这些阶层的女性被称作"闺秀"。到了19世纪，出现了女性诗社、专门为妇女举办的文学沙龙以及男女共同参与的文学沙龙。这时候的女性可以成为其他女子的写作导师，如果难以经常见面的话，她们就长时间地保持通信以讨论各自的作品。正如魏爱莲(Ellen Widmer)最近讨论过的那样，女性特别热衷于阅读清代的小说，尤其是《红楼梦》，并以抒情诗的形式品评原著。① 那部小说中的年轻才女形象实在是太生动了，以至于女性作家可能会有的样态，在男性读者以及类似书中那样的女性读者那里明显得到重新认识。

也有一些男性对不断兴起的女性写作颇感兴趣，在明代中后期，出现了许多由男性编选的女性诗歌选本。这些选本显示了一种新的男女诗歌等级意识，以及一种对处在已有公认作家标准之外的女性诗人的好奇。② 在清代，我们可以发现积极推动女性文学的男人，这些男人周围聚集着私淑女弟子或他招收的女学生，鼓励并指导她们进行写作。袁枚(1716—1798)就是其中最著名的一位，或者说是在他那个时代最臭名昭著的。但他并不孤独，早在一百年前，就已经有男性擅自出版女性诗歌了。他们开始为女性辩护，给出她们需要通过写作来表达自己的理由。同时，他们甚至提出了这样的观点：女性诗歌要比男性写得更自然，女性的诗句中蕴含

239

---

① 魏爱莲(Ellen Widmer)，《美人与书籍：19世纪的中国女性与小说》(*The Beauty and the Book：Women and Fiction in Nineteenth-Century China*)，第30、154、225—247页。

② 参见方秀洁(Grace Fong)，《性别与经典的缺失：论晚明女性诗歌选本》("Gender and the Failure of Canonization：Anthologizing Women's Poetry in the Late Ming")。中译论文可参见《中国文学：随笔、报道、评论》第26期(2004年12月)，第129—149页。

了一种在男性笔下找不到的精神美感。③

　　女性自己在女性作品的保存、传播以及评论中扮演了积极的角色，她们并不满足于让这些领域仅仅掌握在男人手里。④ 在一些信件和论诗绝句中，晚明及清代的女性着手建立思考或评论女性诗歌的方式，并将其置于一个新的、有别于传统上由男性分配给诗歌的话语空间。传统观念认为，女子无才便是德，或者说正因为女子才华的匮乏，才保证了她品德的高尚。这一时期的淑女建构话语空间的策略之一便是积极面对并抵制此古老的观念，她们强调才与德的兼容，大胆地宣称自己就同时具备此二种素质。⑤ 此时也出现了搜集、评论、传播女性诗歌的女性选家。这些选家敏锐地意识到女性作品的弱势，以及随之而来的易散性。但是，除了需要保存文献，一些女性选家还认为，男人编选的女性诗选总会有这样或那样的缺陷，这种信念也促使着她们自己去从事编选。比如女性选家季娴（1614—1683）在她的《闺秀集·凡例》中争论道：男人在处理女性诗文的时候倾向于用一种较低的标准，因此在他们的选本中会出现许多平庸而枯燥的诗歌，这些诗歌实际上对于女性诗人的形象大为有害。⑥ 这番议论暗示着她自己编选的《闺秀集》具有更高的入选标准。

240

　　尽管李清照生活在几百年前，但是她仍然对明清两朝的这些发展变化起着重要的作用。词体文学在明清时代的复兴，便是其中之一。对于那些帝制时代晚期的女性写作支持者（无论男女）来说，拥有一个足资借鉴的早期先行者，是至关重要的。李清照就是这样一位先行者，她的示范作用和影响力远大于其他的早期女性作家。在所有早期女性作家中，李清照有理由独获殊荣。尽管当时的女性作者对全部文学形式都有涉猎，但是词体文学与女性之间的特殊关联，使得其对女性作家有着格外的吸

---

③　孙康宜（Kang-i Sun Chang），《明清女诗人与"才""德"观》（"Ming-Qing Women Poets and the Notions of 'Talent' and 'Morality'"），第252—253页。

④　在这个问题上，参见方秀洁，《作者是她自己：帝制时代晚期文学的性别、机制与创作》（Herself an Author: Gender, Agency, and Writing in Late Imperial China）一书，第121—158页。

⑤　孙康宜，《明清女诗人与"才""德"观》，第250—256页。

⑥　方秀洁，《作者是她自己》，第135页。

引力。而在这一领域,没有哪个早期女性作家可以与李清照匹敌。李清照的重要性不仅仅在于她进行了词体文学创作,更在于她的作品即使与同时代最优秀的男性作家相比也毫不逊色。她不仅是一位知名作家,而且是一位大家,她的成就只有少数几位男性作家能与之媲美。⑦

作为偶像的女词人

尽管在李清照自己的时代,她被公认为具有杰出的文学才华,但是绝大多数关于她的评论,都在赞赏之语里注明了她毕竟是一位女性。伟大的理学家朱熹就是这种留意的典型。李清照有一首咏古绝句,诗中将上古两个王朝征服事件(即商汤灭夏与武王伐纣)与王莽篡汉相类比,这明显是在谴责北方的刘豫傀儡政权。朱熹在征引了这首诗后评论道:"如此等语,岂女子所能?"⑧南宋晚期的罗大经在完成于1248年的笔记里也有着类似的评论:他在讨论诗词的叠字运用时,以李清照《声声慢》一词的首句收尾,因为此句惊人地连续使用了七个叠字,罗大经最后评述道:"以一妇人,乃能创意出奇如此。"⑨

偶尔也会遇到这样的评论家,即便是面对最优秀的女作家,他也觉得必须详细说明女性诗篇中之不足。元代诗人杨维桢(1296—1370)便是其中之一,他说了下面这段关于女性诗人的话:

> 女子诵书属文者,史称东汉曹大家氏(班昭)。近代易安、淑真之流,宣徽词翰,一诗一简,类有动于人。然出于小听挟慧,拘于气习之陋,而未适乎情性之正。比大家氏之才之行,足以师表六宫,一时文学而光父兄者,不得并议矣。⑩

杨维桢的观点很可能代表了上文所及之宋代评论家的观点,他们提醒我

⑦ 在这一点上,参见张宏生《经典确立与创作建构:明清女词人与李清照》,第280、297页。
⑧ 朱熹,《朱子语类》,卷一四〇,第3332页。
⑨ 罗大经,《鹤林玉露》乙编,卷六,第5308页。
⑩ 杨维桢,《东维子集》,卷七,第19页;亦见《汇编》,第26页。

们注意,哪怕考虑到李清照的所有天赋,她依然是一位女性作家。

然而,到了明代,情况开始发生变化。一种不同的关于李清照的评论渐渐兴起,并在明朝后期成为主流。这种观点认为,李清照和最出色的男作家一样优秀。在这样的构想下,人们不再认为她仅仅是一位富有才华的女性,甚至也不认为她只是最优秀的女作家,而是完全把她接受为一位可以与最具天才的男作家相匹敌、相竞争的对手。

这一变化不仅仅是人们对于李清照的评价有所转变,也与晚明至清代对女性写作的日益接受有着密切的联系,这与明清时代特定的写作氛围相适应。明清时期的评论家宣称李清照的成就等同于同时代最优秀的男性作家,并以此孕育出一种新观点:对女性写作合法性的认同。他们的评论具有双重作用:既可以鼓舞女性参与写作,也可以鼓励男性对女性作品采取开放宽容的态度。

明代文学家杨慎(1488—1559)这样评价李清照:"宋人中填词,李易安亦称冠绝,当与秦七、黄九争雄,不独雄于闺阁也。"[11]很明显,他决定把李清照与当时那些最出色的男作家放在一起进行比较。话说回来,杨慎的第二任妻子黄峨,就是一位非常知名的词人,诗词唱和一直伴随着这对夫妇的生活。清代评论家王士禛(1634—1711)如是补充道:"张南湖论词派有二:一曰婉约,一曰豪放。仆谓婉约以易安为宗,豪放惟幼安(辛弃疾)称首,皆吾济南人,难乎为继矣。"[12]或许有人会说,这段评论在某一方面依旧体现着性别偏见,因为其将李清照与明显更具"女子气的"词风相联系,故而王士禛还是存留着传统上将她与男性诗人分而视之的态度。但是从另一方面来说,婉约风格完全是词体文学的正体和尊体,它并非女词人的专属词风。王士禛将李清照定性为婉约风格的宗主人物,实际上是将其上升到了卓越超群的位置。王士禛机智地将两个名号带"安"字的词人放在一起,使他的观点广为流传并影响深远。在后代,这个观点被

242

---

⑪　杨慎,《词品》卷二,《汇编》,第35页。
⑫　王士禛,《花草蒙拾》,《汇编》,第75—76页。

称作词史上的"二安"说。⑬ 清代评论家甚至坚持说李清照实际上要比男性词人更为优秀。这个观点或许可以与一些清代诗论相联系,这些诗论认为,女性具有一种男性所无的特殊诗歌天赋。下面是集学者、出版家、藏书家于一身的李调元(1734—1803)关于李清照的评论:

243

易安在宋诸媛中,自卓然一家,不在秦七(秦观)、黄九(黄庭坚)之下。词无一首不工,其炼处可夺梦窗(吴文英)之席,其丽处直参片玉(周邦彦)之班。盖不徒俯视巾帼,直欲压倒须眉。⑭

王士禛的"和漱玉词"

除了在评论中给予李清照高度评价,王士禛也创作了十六首"和漱玉词"。这些词与李清照的原词有着完全一致的韵脚,⑮它们在清代也广为人知。鉴于王士禛当代诗人、选家、文学评论家的多重领袖身份,他和韵漱玉词的行为强有力地提升了李清照的女作家地位,也同时把她建构为词体文学中的典范词人。这些和词别有趣味之处在于,它们体现了王士禛如何理解清初对李清照的普遍认识,并将其再塑。下面的这首词可能是王士禛和词中最有名的一首:

蝶恋花 和漱玉词

凉夜沉沉花漏冻。欹枕无眠,渐听荒鸡动。此际闲愁郎不共。

244

月移窗罅春寒重。 忆共锦裯无半缝。郎似桐花,妾似桐花凤。往事迢迢徒入梦。银筝断绝连珠弄。⑯

与他的和韵漱玉词通例一样,王士禛在这里也采用了虚构的李清照形象。

---

⑬ 沈增植,《菌阁琐谈》,《汇编》,第158页。
⑭ 李调元,《雨村词话》卷三,《汇编》,第97页。
⑮ 这些词见于他的词集《衍波词》,也见于其与邹祗谟合编的词选《倚声初集》。
⑯ 王士禛,《衍波词》卷二,见《诗文集》卷七,收于《王士禛全集》,第二册,第1495页。也见于《汇编》,第77页。

他不只是在写一首和韵词作，也并不满足于用第三人称叙述来描写词中形象，而是以第一人称来填他的词，似乎他就是她。王士禛在词中假扮李清照，并试图重新创造她的声音，正由于对于这位早于其好几个世纪的女词人的喜爱，才产生了这种有趣的形式。

李清照的原词描绘了一位女性正忍受着与其在外情人的短暂分别。[17] 在最后一句中（"夜阑犹剪灯花弄"），她正剪弄着灯花，这是一个传统的吉兆，预示着那位在外的男人想必会提早回来。王士禛则将其置换成了一种绝望的孤独：我们可以从最后一句看出，王士禛描写的是一个已经成为寡妇的李清照。她关于过往幸福的回忆只是"徒入梦"，因为其已经不可能在醒着的时候重新经历这一切了。寓意着她与赵明诚幸福婚姻的"琴瑟"，已经弦断无声。

王士禛并不总是像这样改变词境，但却常常将其"仿作"聚焦于赵明诚的离开，不管是短暂分离还是阴阳永别。下面是他的另一首和词：

如梦令（其二）　和李清照词

帘额落花风骤。春思慵如中酒。久待不归来，解识相思如旧。堪否。堪否。坐尽宝炉香瘦。[18]

245

这首词里的李清照还不是寡妇，她正在思念着在外的丈夫，显然也在期盼着他的归来。但是回忆起原词（"知否。知否。应是绿肥红瘦"）的读者就会意识到，王士禛已经大幅度地改变了词旨。原词展现了一位女性猛然间意识到，昨夜的风雨肯定打落了大部分的春花；但王士禛并不满足于仅仅写这么一个主题，他的"李清照"词全部围绕于主人公与其丈夫的关系。在这首和韵词中，李清照原词里的红花之瘦变成了宝炉中的香烟之瘦，这暗示了她已经在此坐了很久，徒自等待着丈夫的归来。李清照曾经在词中将自己憔悴的容颜比作枯萎的菊花，这也早已成为她最著名的词句。对于许多读者来说，王士禛这首和词的最后一个字或许也会和黄花

---

[17]　李清照《蝶恋花》（第15号），《笺注》，卷一，第84页；《全宋词》，第二册，第1204页。

[18]　邹祗谟、王士禛，《倚声初集》，卷二，4a；也见于《汇编》，第79页。

之句有着同样的表达效果，都使人想到这位词人本身的柔弱。

尽管女性的寂寞是王士禛和词的核心，但是其中也有一些词从这种困境中释放出来，取而代之的是作为妻子的李清照与其夫打情骂俏的小片段。比如有一首就以这样的场景结尾：李清照羞涩地询问其夫，是否知道如何替她画眉（"问郎曾解画眉无"）。[19] 下面是另外一首此类型的词作：

浣溪沙·春闺（其二）　和漱玉词

渐次红潮趁曆开。木瓜香粉印桃腮。为郎瞥见被郎猜。　　不逐晨风飘陌路，愿随明月入君怀。半床鸳梦待郎来。[20]

246　对于这种词来说，王士禛模仿的是一些描写轻浮女子形象的词作，尽管这些词被系于李清照名下，但是没有一首可以被明代以前的文献所验证，因此它们的可靠性是很有问题的。王士禛并不在意这些词作的晚出，对于他来说，打情骂俏和孤苦伶仃正是他所想象的李清照之相辅相成的两方面。虽然他重点关注的是后者，但是前者与他心目中的预设相协调。两者都是关于李清照全身心专情于赵明诚的表现，也是王士禛从李清照的文学表达中择取出的前后两种状态。

王士禛甚至将夫妻间的性生活引入了对于轻浮李清照的肖像描写，我们可以看到暗示李清照等待着丈夫与其共衾的线索。下面是一个最露骨的例子：

浪淘沙　和漱玉词

砚匣日随身。检点残春。横云斜月斗鲜新。昨夜相思曾入梦，香雨香云。　　记得啮丹唇。似喜还嗔。醒来惆怅隔仙津。欲识回肠千万转，日日车轮。[21]

"雨云"（更常见的是"云雨"）是男女交合的标准借代词，于是我们可以知

---

⑲ 《浣溪沙》其一，《倚声初集》，卷三，13a；也见于《汇编》，第 79 页。
⑳ 《浣溪沙》其二，《倚声初集》，卷三，13b；也见于《汇编》，第 79 页。
㉑ 《浪淘沙》，《倚声初集》，卷九，7a；也见于《汇编》，第 79 页。

道这个叙述者前夜做了一个什么样的梦。李清照是一位有着崇高名望的
前辈词人,这么一首"和韵"作品显然亵渎了读者期待中端庄得体、并有
着自我约束力的形象。于是有人或许会问,这样的词是否太过分了呢?
我认为王士禛之所以在描写李清照的时候可以写下这种放肆的句子,并
不仅仅是因为她是一位女性——很难想象他在和韵一位男性词人作品的
时候也会写下这种句子——而更是因为,对于他来说,"李清照"的全部,
就是她丈夫的妻子。大多数情况下,这意味着她是一位在丈夫外出的时
候抑制不住自己沮丧心情的妻子。但这也可以意味着,她的性需求以及
对于其夫的性依赖是能够被允许表达出来的。这首词较王氏其他相关主
题词作走得更远,但是词中的性活动也很明显不是真实的,也不是正在发
生的,取而代之的是一场春梦,一个涉及过往记忆的春梦。词中暗示的性
爱是透过孤独寡妇的心思而被人所见,性行为本身必须被归入修辞手段,
其象征着对于不可重现之过往的渴望与怀恋。但在可靠的李清照作品
里,像这样的东西是根本没有的。

才女与"真言"

　　后世还发展出了另一个形象要素,即李清照的成就逐渐遍布于越来
越多的领域,这在明代尤甚。李清照的才能逐渐不限于写作,还包括了书
法、绘画、甚至音乐。我们在之前的章节里已经看到,及至元朝,李清照的
生活已带上了某种传奇色彩。而元、明两朝对于李清照多样才能的认
识正体现了围绕李清照的传说故事在与日俱增。晚明时期,多才多艺的
才女观念日益深入人心,她们有时是名妓,有时是人妻。[22] 李清照此时以
多才多艺的女性形象出现,应该是这一新现象的反映。
　　元人元淮(1335 年在世)应该是最早将李清照描述为画家和书法家
的人。在他的绝句《读李易安文》中,他提到了画扇,以及一份李清照手

　247

---

[22]　孙康宜,《明清女诗人与"才""德"观》,第 249—255 页。

迹(或许这个手迹就是诗题中的"文")。㉓ 他对于这份手迹的评价相当高,以至于认为其间的一些字甚至要优于书圣王羲之(303—361)。书画评论家及鉴赏家夏文彦(1365 年在世)写了一段关于胡夫人的评论,他提到胡夫人精于琴、书,画梅、竹、小景俱不凡。最后夏氏告诉我们,时人将胡夫人比作李清照。㉔

248   元末明初,出现了据说是李清照手书的白居易著名叙事诗《琵琶行》。文士陈傅良(1137—1203)和宋濂(1310—1381)分别为这幅书法题写了序跋,二者关于李清照以及《琵琶行》在她生命中重要与否的观点,完全是南辕北辙的(详见下文)。㉕ 到了晚明,署名李清照的艺术品明显变得更多。画家莫是龙(1596 年在世)宣称买到了一副李清照所画的墨竹图。诗人兼画家陈继儒(1558—1639)是一位女性写作的拥护者,他记载了莫是龙的购买经历,并对自己无缘一见而感到遗憾。㉖ 艺术品收藏家、鉴赏家张丑(1577—1643)在其编纂的书法绘画目录中,记载了几种署名李清照的作品。㉗ 首先,他提到在一幅 10 世纪的五代画家周文矩画的苏蕙图上有李清照的小楷。苏蕙是一位生活于 4 世纪的女性,她因为在锦缎上写下了一首长篇回文诗而著名,这首回文诗成功地挽回了将要抛弃她的丈夫。李清照在画上用小楷写下的,就是苏蕙的这首回文诗,以及传为武则天作的诗序。其次,他还提到了一幅(或几幅)署名李清照的竹石图。最后,他记录了一份李清照手书的《一剪梅》词稿,并指出这份手稿原来被元代画家倪瓒(1301—1374)收藏。

    与李清照同时代的文献并没有提到李清照是一位书法家、画家或音乐家,相关材料是在她逝世一个世纪或更久之后才逐渐产生的。同时,署名李清照的艺术作品还要到更晚的时候才出现与流通。不过,到了明清时期,人们已经普遍相信她同时拥有多方面的才能和成就。李清照就这

㉓ 元淮,《金囦集》,《汇编》,第 27 页。
㉔ 夏文彦,《图绘宝鉴》卷四,《汇编》,第 27 页。
㉕ 宋濂,《题易安所书〈琵琶行〉后》,《宋学士集》卷三二,《汇编》,第 30 页。
㉖ 陈继儒,《太平清话》卷一,《汇编》,第 45 页。
㉗ 张丑,《清河书画舫》,《汇编》,第 52—53 页。

样被转变了，换句话说，由明代名妓文化与"才子佳人"小说催生出的"才女"（或称"才妇"）观念中，我们能隐约看到李清照的影子。事实上，李清照在现已失传的明代古书《才妇录》里占有一席之地。[28] 在这种丰满的李 249
清照形象不断流传的局面下，我只发现一位近代人士发出了质疑的声音，他就是艺术评论家顾文彬（1811—1889）。在面对署名李清照的墨竹图和署名朱淑真的菊花图时，顾文彬明智地问道："安知无饰粉黛于壮士，蒙衣袂于妇人者？"这句话的意思就是，可能是男性扮演了这些著名女性。顾氏接下来说到，如果我们坚持相信这些不靠谱的系名，那么这些女性自己就很可能"匿笑地下"。[29]

　　明清时期另一个长盛不衰的李清照话题，就是评论其词作的情感真挚性。她有一首这样开篇的词（第 10 号《浣溪沙》）："小院闲窗春色深。重帘未卷影沉沉。倚楼无语理瑶琴。"著名画家、书法家董其昌就这样评价道："写出闺妇心情，在此数语。"[30] 晚明词选家沈际飞（1621—1634 年在世）在评论另一首词作《念奴娇》（第 30 号"萧条庭院"）时，也同样地说道："真声也。不效颦于汉魏，不学步于盛唐，应情而发，能通于人。"[31] 沈氏同时代人陆云龙这样评价这首词："苦境，亦实境。"[32]

　　"真"与"实"长期以来被认作是文学作品的基本价值评判标准，对诗来说尤其如此。但是将二者从之前的文体引入词体文学中，却会带来麻烦，毕竟后者最原初的面貌就是适于歌唱。诗的主流是感于哀乐、缘事而发，但词体文学的写作则通常不必如此，而是为了表演的需要。这意味着 250
词中的形象将会被一个又一个的歌者扮演，每一位歌者都尽力呈现一场"动人的"演出，每一位听众都知道这只是一场歌唱表演，而并不沾染个人独有的情感表达色彩。更甚的是，男性词人经常以女性口吻写作，因为这些词篇将会被付诸歌女演唱。于是，这种文体的情感可信度就很值得

---

[28]　这本书中对李清照的评论被张丑抄录在《清河书画舫》中，《汇编》，第 53 页。

[29]　顾文彬，《过云楼书画记》，《汇编》，第 152—153 页。

[30]　董其昌，《便读草堂诗余》卷一，《汇编》，第 45 页。

[31]　沈际飞，《草堂诗余正集》卷四，《汇编》，第 48 页。

[32]　陆云龙，《词菁》，《汇编》，第 58 页。

怀疑了。因此,评论家无法轻易地为词体文学给出"真挚"和真情的评价。但在评诗时,这却是最基本的手段。这就是词体文学要努力与诗同尊的主要原因之一,同时也是为什么其始终没有获得与前代文体相同地位的主要原因之一。

但是在李清照身上,困扰着词体文学的这个麻烦却消失了。评论家简单地设想她以自己的身份在词里说话。在她的词中没有"虚构形象",词人不加修饰的真言也没有被人为地刻意改造。她的词作被彻底地认为是对于其生命中的某个事件之真实、直白的表达,它们也因为这种"真情实感"而得到赞赏。

今天,我们发现这种阅读易安词的方式有许多不尽如人意之处,它会让我们变得过于天真,从更坏的方面来说,还会让我们始终保持居高临下的姿态,这种姿态是因为她是女性而强加给她的。由于我们在尝试重构近世李清照的接受史,我们不能假称这种易安词的阅读方式并不存在,也不能否认这种阅读方式增强了易安词的吸引力。考虑到易安词只是浩瀚宋词中的一部分,我们可以确信,明清评论家将易安词读成这位 12 世纪女性真挚情感表达,是一件破天荒的事。男性词人在作品中经常发出明显不符其身份的声音,但是李清照的词作却与这种特性相异,使得易安词在宋词中独树一帜,并由此获得特别的力量与权威。在男女一致地为女性写作合法化寻求新解释的时代,确信李清照的作品里拥有特别的个性,是可以满足当下需要的。

因此,明清时期的女词人对李清照有着特别的认同感就毫不奇怪了。她们公开地模仿李清照的著名词句,或者以明显表露原词情感的方式进行改写。她们和韵易安词,并在词序里明白交代。③ 晚清女词人许德蘋(卒于 1861 年)和韵了她认为是李清照所作的 54 首词,甚至根据李清照词集的名称而将自己的词集命名为《和漱玉集》。在人们将李清照奉为

---

③ 形形色色的模仿、借用、改写以及和韵,可见张宏生在《经典确立与创作建构》中列举的大量例子,第 289—304 页。

早期女词人翘楚的同时,还有一个有趣的现象:人们在提到李清照的同时,还常常谈论她独特的创作风格,并称之为"易安体",这个短语指的就是易安词特殊的个人写作风格。从这一点我们很容易可以看出,女性写作的确可能与男性不同,女性词人所体验和感受到的主观情感世界定然不同于男性。这种可能性有力支持着后代女作家,也成为女性写作合法化的依据。对于帝制时代晚期的女词人而言,李清照已经成为了一种典范和评价标准。一位女词人所能得到的最高评价就是,其作品不输于李清照。然而后世几乎没有一位女词人能超越李清照,她永远是卓越的标杆、女词人的典范、"才女"的象征。

元明清时期的寡妇再嫁情况

人们对于寡妇及其能否再嫁的态度变化,是帝制时代晚期诸多发展之一。这与上文所述的现象同时发生,也影响着李清照形象的构建。如是所见,对于宋代社会各阶层来说,寡妇再嫁并不罕见。不过,人们对此也有一些非议,这主要来源于旧的儒家道德观念:一个女人嫁两个丈夫等同于一个奴仆服侍两位主人。在这种思维模式下,妻子在第一任丈夫死后再嫁,说明其缺乏道德准则与对前夫的忠诚。在李清照的时代,遗孀在丈夫死后不再改嫁以保持"贞节",实际上只是一种理想的行为规范,通常并不被人们所遵守。柏文莉(Beverly Bossler)在最新研究中讨论了包括寡妇为亡夫守节在内的女性忠贞观念的不断强化,认为这个进程出现于南宋。她将这个进程追踪到了北宋灭亡,指出在南渡前后,针对女性的暴行以及女性的殉难与政治危机、政治背叛一样普遍。她同时也指出:"总的来说,女性忠贞问题在南宋关于社会与道德的论述中,还是一个相对次要的主题。"[34]但是在李清照之后的几个世纪,直至帝制时代末期,随

252

---

[34] 柏文莉(Beverly Bossler),《歌妓、侍妾与贞节观》(*Courtesans, Concubines, and the Cult of Female Fidelity*),第252页。

着朝廷大力提倡寡妇守节这一礼教规范,寡妇对于亡夫的忠诚变得越来越重要,社会对寡妇再嫁的容忍度越来越低,寡妇必须忠于亡夫的理念也日益严格地被施行于日常生活中。

对寡妇及其再嫁的态度逐渐严厉,是一个漫长而复杂的历史过程,其中包含着政治、法律、制度和意识形态等因素。从李清照的时代到晚清,有三个关键的历史结点促进了这一历史进程。第一个发生在元朝,蒙古统治者推行的法律变革改变了当时的婚姻法、女性财产权,并蔓延到更广泛的婚姻权利。㉟ 在蒙古征服中国后不久,元世祖忽必烈颁布了一项法令,规定一位男子死后,他的弟弟甚至他的儿子有权娶他的寡妻(当然,这里的儿子是名义上的,她不可能是其亲生母亲)。这是将古老的蒙古习俗娶寡嫂制强加于被征服的汉族。在汉族人眼里,这是一个恐怖的行为,因为儿子或弟弟娶家族中年长者的寡妻被认作是乱伦。汉族人早就了解北方游牧民族的这个习俗,并将其认作是他们明显未开化的证据。仅仅过了五年,这项法令就有所松弛。尽管娶寡嫂制仍然被准许,但是寡妇可以通过宣称她要为亡夫守节来避开这项制度。这个寡妇会被要求做一个公开的守节誓言,任何人都可以检举揭发她违背誓言的行为。

253　　几年以后,另一个关键性变革出现于财产法领域。在中国,人们约定俗成地认为女性带到夫家的嫁妆是她的个人财产。如果后来她由于丧夫或离婚等原因离开了夫家,不论选择再嫁还是回娘家,嫁妆都可以带走。但是在1303年,礼部制定了一项新的条例,明确规定如果一位女性无论是由于丧夫还是离婚而离开夫家,她结婚时带到夫家的全部个人财产都必须被没收,也就是说她的嫁妆变成了夫家的财产。不久,朝廷又颁布了新的规定,更进一步地削弱了寡妇掌控自己生活的能力。传统上,寡妇可以自由选择再嫁或回到娘家,但到了元朝第二任皇帝武宗(1307—1311)年间,寡妇如果选择守节,那么她必须继续住在夫家。更甚的是,如果她

㉟ 我在这里只是概括了柏清韵(Bettine Birge)的观点,详见氏著《宋元时代的妇女地位、资产归属与儒家反应》(*Women, Property, and Confucian Reaction in Sung and Yuan China*〈960-1368〉),第200—282页。

选择再嫁,则必须由夫家说亲,再婚的彩礼也将成为夫家的财产。这些法令从根本上改变了寡妇的法律地位,把安排再婚的权利从寡妇及其父母那里转移到了夫家手中。

这些出现于元代的变化或许意味着一次意外的文化趋同,即蒙古草原风俗与理学家朱熹、黄榦(1152—1221)所推广的儒家伦理观念的趋同。寡妇留在夫家,并由夫家控制她的未来、支配她的财产,是蒙古的风俗,但是这些习惯却在父系意识形态上与理学家偶合。当这些理念在南宋晚期第一次被明确表达出时,它们即成为了中国传统妇女观、财产观、再嫁观转变的标志。朱熹的后学黄榦,在 13 世纪初已经在鼓吹寡妇应守节而非再嫁,应留在亡夫家里,应让出个人财产的支配权并与夫家分享。现在,多亏外族的征服以及理学家在蒙古朝廷里的权势,元朝将黄榦的理想以立法的形式制度化。更甚的是,元朝的这些发展大多延续到了帝制时代晚期。比如,明清的法典就写入了禁止寡妇离开夫家时带走其嫁妆的律令。

元朝政府不仅修改了关于再婚和财产的法律,还积极提倡寡妇守节。朝廷命地方官查找民间的节妇并上报朝廷,然后由官方认可、表彰。匾额被悬挂上这些节妇的门楣,她们的税役也被免去。政府也明确规定了旌表的条件:必须是三十岁之前就公开宣誓守节,并一直守贞到五十岁的寡妇。在中国历史上,这是第一次在全国范围内系统化地推行关于寡妇守节的法令。元朝的这些节妇标准被明清两朝一直沿用。

除了官方旌表和免除税役,元朝政府的法律改革还给了不选择再婚的寡妇另一个理由。因为女性自己的财产权和婚姻控制权已经被极大地削弱,所以寡妇要想继续拥有她婚前带给夫家的任何财产,宣誓守节并留在夫家就成为了唯一的办法。这也是她避免被强行嫁给非她自己或其父母选择的第二任丈夫的唯一途径。此外,娶寡嫂制最终在 1330 年完全对汉族女性无效,因此选择留在夫家的女性不会被强迫与小叔成婚。于是,随着相关权利与选择的极大削弱,许多寡妇屈服于新法规的压力,选择发誓守一辈子寡,也就并不令人意外了。

第二个决定性的时间点出现在明朝后期。学者认为,15 世纪发生的道学复兴运动是一次文人学士对于明初中央集权统治的反抗。他们尝试用这种方式重申参政基础,以此加强士大夫在国家政权和政策上的控制力。哲人与文士希望按照儒家思想重构官僚政治,并十分强调"五常"在其间的重要性。随后,从 15 世纪末开始,兴起了一股建造祠堂的潮流,其声势在 16 世纪愈发浩大。这股潮流绝大部分由地方官推动,他们热衷于此是为了显示自己拥护新兴的礼教。这些祠堂是为了纪念符合儒家道德理想的人物和殉道者而修建,绝大多数不是献给女性,而是以其高尚行为获得令名或者自我牺牲的男性。比如乡贤祠,是为了纪念当地具有德行的男性;再如明宦祠,是为了称颂非本籍的地方官。不过,还是有一小部分的祠堂是为了表彰符合儒家道德规范的女性而建,这使得道学复兴运动更加全面与完整。那些被纪念的男性,无论有无官职,都彰显了他们高尚的道德品行。而对于得到立祠祭颂的女性来说,绝大多数是烈女——为保持处女贞洁或守寡而死的女性。

柯丽德(Katherine Carlitz)对于明朝中叶纪念节妇的建筑进行了研究,她通过翻检地方志追踪了江南地区这类建筑的增长过程。㊱ 宋元方志并没有关注这些节妇,宋代文献也几乎没有关于此类纪念建筑的记载。但是从 15 世纪的方志起,节妇名单开始经常出现。到了 16 世纪,几乎每一个县都能找到纪念这类女性的牌坊或祠堂。明代社会充斥着对于女子"贞洁"的热情。田汝康(T'ien Ju-k'ang)统计了明代地方志里提到的终生寡妇数量,这个数字是空前的。㊲ 此种热情的一个特点就是表彰寡妇为丈夫殉死的行为。尽管当时的很多人,包括几位皇帝与一些士大夫,对于这种行为充满了情感矛盾,但依然有相当部分的人认为这是女性对于亡夫的最大忠诚。明朝中后期的寡妇祠堂,大部分是为殉节寡妇而建,而非

㊱ 柯丽德(Katherine Carlitz),《明代中叶江南地区的祠堂、统治阶层认同及寡妇贞洁观》("Shrines, Governing-Class Identity, and the Cult of Widow Fidelity in Mid-Ming Jiangnan")。

㊲ 田汝康(T'ien Ju-k'ang),《男性焦虑与女性贞节:明清时期道德观念的比较研究》(Male Anxiety and Female Chastity: A Comparative Study of Chinese Ethical Values in Ming-Ch'ing Times),第 39—69 页。

守节寡妇，这种殉节行为也成为了当时诗歌和戏曲的主要内容之一。实际上，正如柯丽德指出的那样，明代的烈女崇拜，与当时对于"情"的追慕密切相关。这些称颂烈女的作品并非只有道德说教，其中苦难女性形象也有着诗意的魅力。这些寡妇往往青年丧偶，最终选择与其夫共亡。在她的柔弱和苦难的沉重面前，读者往往会为其英勇的赴死投来同情与怜悯。柯丽德敏锐地察觉到，在诗歌中新出现的烈女形象是柔弱的，但人们却往往会将这种柔弱暗示成她们容易遭受性侵犯。㊳

关于寡妇态度发展变化的第三个时间点出现在清朝，并在清朝最强盛的雍正（1723—1735）、乾隆（1736—1795）年间达到顶峰。朝廷对节妇的大力宣扬是这一时期的著名现象。清政府在表彰鼓励节妇方面，远比元明两朝积极有力。表彰守节或殉死寡妇在清朝之前主要是地方性事务，中央政府最多回应一下地方上的这类要求。但清朝与之不同，中央政府自己主导了全国范围内查找节妇烈女的事务，并由朝廷为其颁发荣誉，这些荣誉往往是死后追授的。同时，纪念她们的祠堂与牌坊，也是由中央财政拨款修建。㊴ 这里有一组耐人寻味的数字：曼素恩（Susan Mann）指出，从清朝建立的 1644 年至 1734 年之间，江南地区有 6840 位寡妇因其贞节而受到政府的表彰；1733 年，仅苏州一府就记录有 120 位寡妇受到表彰。㊵ 如果我们以此推算直到清朝灭亡的整个 18 世纪全国受表彰的节妇数量，那肯定是数以万计的。正如一些到访过清朝的早期外国旅行者所指出的那样，祠堂和牌坊是 19 世纪的中国最普遍的景观。

为什么满族政权会对宣扬贞节寡妇如此执着，以至于使其从事了这么一项影响深远的政治活动？戴真兰（Janet M. Theiss）在其最近关于此

256

㊳　柯丽德，《明代中叶江南地区的祠堂、统治阶层认同及寡妇贞洁观》，第 636 页。
㊴　这些议题在相关论著中已经被详细讨论过，参见戴真兰（Janet M. Theiss），《丑行：18 世纪中国的贞洁政治》（ Disgraceful Matters: The Politics of Chastity in Eighteenth-Century China），第 25—54 页。
㊵　曼素恩（Susan Mann），《缀珍录：18 世纪及其前后的中国妇女》（ Precious Records: Women in China's Long Eighteenth Century），第 24 页。中译本可参见：（美）曼素恩《缀珍录：18 世纪及其前后的中国妇女》，定宜庄等译，江苏人民出版社，2005 年。

现象的研究中指出,清政府对于节妇的青睐是其更大规模的教化运动之一部分,这场教化运动也可以说是以渗透的方式培育和提高其民众的道德水准。事实上,清政府经常插手被认为是有问题的社会活动或社会行为,它们包括子女不孝、家庭不睦、奢侈的婚丧仪式、邪教团体、戏院暴力、弃杀女婴,以及在公共场所的性挑逗。源源不断的皇帝圣旨、朝廷公告、法规律令下达给地方官员,让他们防患于未然:首先,他们需要巡视辖区,时时洞察民情;其次,地方官员需要找到调动当地官僚体系的方法,组织他们介入居民的生活,对其进行道德教化,以提高其生活水平——这是对于帝国官僚的一个完全新颖的设想,给他们在教化任务中安排了新的职责。在旧有的儒家观念中,官僚阶层只是道德模范,他们自己具备了很高的道德修养,并以之感染民众追随他们的脚步;但是清朝的统治者不再满足于此,他们将地方官僚设想为积极的道德活动家,可以直接参与到加强民众道德行为规范的建设中去。

在宣扬贞节寡妇的同时,清政府也有着一个与前代不同的重要突破。满洲皇室斩钉截铁地不接受寡妇自杀,但这在明朝却是贞节寡妇崇拜的关键要素。雍正帝与其后的乾隆帝宣布这种行为是不道德的,并拒绝给任何一位殉节寡妇以皇家表彰。有趣的是,清政府继续褒奖抵抗强奸或反对再婚而自杀的烈女。但是他们反对寡妇为丈夫殉节,并将其视作不负责任的行为。我们的确可以想见这种风俗会给社会带来的不安定影响:寡妇殉节之后,谁来照顾年幼的子女和老迈的公婆呢? 朝廷的敕令还猛烈抨击这种行为是懦弱的表现。他们认为,对于寡妇而言,面对着可能数十年的守寡而继续活下去,要远比不计后果地轻率了却自己的生命更艰难,同时也更为英雄。

对于寡妇自杀的抵制在不止一个方面为满族统治者的利益服务,这使得他们更容易将贞节寡妇崇拜引入其大规模的教化运动中。他们将寡妇的自杀定性为对于儒家道德理念的通俗曲解,使其贴上了不光彩的标签。他们因此可以说这是在帮助教育民众,净化他们的思想,使其变得更加文明。在满洲入关的最初十年里,寡妇的自杀更多地与明朝官员为国殉难相等同，这些明朝官员宁愿结束自己的生命也不愿接受满族的统治。这些自杀的贞节寡妇会让人回忆起那些对明朝忠贞不二的殉难官员，或者至少让人笼统地想起对于明朝的忠义。因此，基于政治因素与那些所谓的道德高地，满族统治者根本不可能接受寡妇自杀，更不会去颂扬这种行为。

　　寡妇不再自杀，意味着其接受了自己的命运，但是也保持了对亡夫的忠贞，这正好符合当时的社会、政治价值观：忠诚、默默承受苦难、自我克制、将群体利益置于个人利益之上等等——这些正是作为外族征服者的满族统治者希望在被征服民众中建立起来的道德规范。在这样的视角下，我们就能够理解为什么满族统治者将寡妇的忠贞放在了他们推行的全部道德观念和行为规范的首要位置。在困境中逆来顺受、默默忠于本分、以此证明其贞操的守节寡妇，也因此成为特定人格的象征，在汉族子民中对这类人加以表彰宣传符合了满族统治者的利益。

对李清照的道德谴责

　　随着社会日益重视寡妇贞节，我们可以看到这种观念变化影响着明代评论家对李清照的意见。李清照的再婚决定于此时开始受到谴责，这是在宋代文献里找不到的。早期文献对李清照再婚的批评，更多地是缘于其不幸的结局，而非再婚事件本身。比如胡仔记录的时人嘲笑李清照嫁给张汝舟后又迅速与其离婚，正是说明了此点。因为在李清照的时代，寡妇再婚是较为普遍的事，就算当时已经有人认为这是一件不道德的事，也只是一个萌生未久的观念。但是在明代，再嫁事件本身就足以激起严厉的批评，到了清代甚至变本加厉。

　　明代文学家、道学家宋濂在据称是李清照手书的白居易《琵琶行》上题了一段跋语，[41]我们就以之为例，看看明代发生的变化。宋濂看到的这

258

---

[41]　宋濂，《题易安所书〈琵琶行〉后》，《宋学士集》卷三二，《汇编》，第30页。

幅书法作品已经题有南宋文人陈傅良的跋语,陈氏的跋语没有流传下来,但它毫无疑问是表达了对于李清照及其再婚的同情。这刺激了宋濂在其旁添上了自己的跋语,对李清照的行为和陈傅良的同情提出了异议。

宋濂认为,李清照抄录白居易的诗篇是有其特殊理由的。他推测李清照的这个举动是因为她在改嫁、离异之后,把自己与诗中忧郁的商人妇等同起来。诗里的女子曾经是位名动京城的琵琶女,但随着年华流逝与容颜老去,她发现自己不再那么受欢迎,最终嫁给了一位客商。可是这个客商经常要外出置货,每逢此时,她只能独自一人留在家中的船上,也就是白居易遇见她的地方。总而言之,宋濂认为这个寂寞的、被遗弃的商人妇,就是李清照心中的自我形象。有些宋代评论就认为李清照在离婚之后"漂泊于江湖",以此聊度余生。这些评论与宋濂的观点相近,如果宋濂熟知它们的话,他就更有理由相信李清照与琵琶女之间存在着类似。宋濂还写了一首诗,表达了他对于陈傅良之说与李清照之所为的保留意见,这首诗也是其题跋的关键线索。全诗抄录于下:

> 佳人薄命纷无数,岂独浔阳老商妇。青衫司马太多情,一曲琵琶泪如雨。此身已失将怨谁? 世间哀乐长相随。易安写此别有意,字字似诉中心悲。永嘉陈侯好奇士,梦里谬为儿女语。花颜国色草上尘,朽骨何堪污唇齿。生男当如鲁男子,生女当如夏侯女。千载秽迹吾欲洗,安得浔阳半江水?

诗的前四句提到了白居易和他的《琵琶行》。但我怀疑第五句既适用于《琵琶行》中的商人妇,也适用于李清照。相较于前职业歌妓首次走入了婚姻的殿堂,"此身已失"四字似乎更符合明代关于失节寡妇的观念。"易安写此别有意,字字似诉中心悲"提到了李清照与商人妇的身世共鸣,"永嘉陈侯好奇士,梦里谬为儿女语"一句表达了对于陈傅良同情此类女性的反对。

宋濂在最后几句里提出了最尖锐的批评。李清照的再嫁行为被认作是非常污秽的事,以至于复述这个故事都会沾污唇齿。此污秽需要被洗白(这个洗白工作已经进行了几百年，甚至会持续至千年之久)，但是她的行为实在是太肮脏了，以至于需要用半江浔阳水(即白居易诗歌的背景)去洗刷。倒数第二句"生男当如鲁男子，生女当如夏侯女"提到了两个道德模范，第一个因其抵御色诱而闻名，第二个则因为其忠于家族。鲁男子是《孔子家语》里提到的一位与寡妇比邻而居的男子。某个暴雨之夜，寡妇的房子被冲垮了，但是这位鲁男子拒绝让寡妇到他家避雨过夜。当寡妇向他苦苦哀求时，他在窗边对寡妇说，他之所以不愿意让她进来，是害怕自己会被引诱而做出一些有损其"德行"的事。据说孔子很赞赏他的行为。[42] 夏侯女在三国历史传说中是蜀汉重要将领张飞(卒于221年)的妻子。她由任职于曹魏的叔父抚养长大，但是后来被歹人绑架，最终嫁给了张飞。几年之后，她的叔父夏侯氏在与张飞的作战中被杀。尽管她的叔父是敌军将领，但是这个侄女还是要求给予其厚葬，以报答养育之恩并尽其对于家族之忠。[43] 宋濂的意思是李清照两方面都没有做到：与鲁男子不同，她经不住色诱，于是选择了再嫁；而张飞的妻子有更充分的理由说服自己对死去的叔叔不闻不问，但是她没有这样做，而李清照未"尽忠"于前夫，因此也与夏侯女不同。

260

明初藏书家叶盛(1420—1474)也对李清照作出过类似的严厉批评。他的一则日记以引用李清照《武陵春》词(第43号"风住尘香")开头。这首词以"物是人非事事休"一句而闻名，而在词尾，叙述者怀疑春色宜人的双溪之上的舴艋舟，能否载得动她的满腹忧愁。叶盛接下来就做了这样的评论：

> 玩其辞意，其作于序《金石录》之后欤？抑再适张汝舟之后欤？文叔(李格非)不幸有此女，德夫(赵明诚)不幸有此妇。其语言文字，诚所谓不祥之具，遗讯千古者欤？[44]

叶盛的日记以引用李清照最著名的一首词开头，接以极度的谴责，看到这

261

---

[42]　《孔子家语逐字索引》，10.16/18/29-19/4。

[43]　《魏略》，见陈寿《三国志》裴松之注，《三国志》，卷九，第272页。另见巴蔓子《关于张飞妻子》。

[44]　叶盛，《水东日记》卷二一，《汇编》，第31页。

种行文架构的人可以推测出他对于热情的读者和评论家对易安词投来的赞赏感到深深的不安,从而想要表达一个相反的观点。叶盛坚持将李清照受人称赞的词篇定性为她的一种传记,而她再嫁的事实在其传记中不能被忽视,哪怕李清照在《金石录后序》中宣称了对赵明诚持续的爱恋以及为其奉献终身。叶盛用李清照自己的词句来攻击她("物是人非"),这个讽刺伎俩可以让人联想到胡仔于李清照在世时就发出的嘲笑。叶盛接下来的言论超越了任何一位宋代评论者,他认为李清照让其父和赵明诚蒙羞。在明代之前,没有人曾经如此斩钉截铁地非难李清照的行为,也没有人如此道学气十足地指摘李清照。在叶盛心中,寡妇再嫁似乎已经不再是一种情有可原的选择了。

这样的评价并非叶盛的个人观点。一些明代文献将李清照与历史上其他声名狼藉的"失足女性"相比较,类似于叶盛的评价在此之中非常普遍。所谓的"失足女性",就是指那些因违背社会忌讳与性禁忌而操行有损的女性。董毅(1516 年在世)将李清照与东汉的蔡琰相比附,将二者视为能诗文的"失身"女性。⑤(事实上,蔡琰因匈奴入侵而被掳掠到北方,她的第一次再婚就是被强迫嫁给匈奴左贤王。但是董氏的评价却忽视了这一点。)晚明文士江之淮也对李清照表示非议,他将西汉姑娘卓文君作为其对比。⑥ 众所周知,卓文君为了嫁给司马相如,不惜与其私奔,但几年之后,司马相如却爱上了另一位年轻女性,卓文君用诗歌表达了她的失望和愤怒,并以此赢回了司马相如的心。对于江之淮来说,尽管私奔一事有损卓文君自己的名誉,但她后来所蒙受的短暂羞辱,还是值得同情的。江之淮没有给予李清照类似的同情,而是这样评论李清照再嫁张汝舟:"真逐水桃花之不若矣。"逐水桃花是对于女性不检点的比喻,也是人们能给予这类女性的最严厉指责。江之淮的意思是,所有的谴责之辞都远不足以形容李清照的浪荡。

---

⑤　董毅,《碧里杂存》卷上,《汇编》,第 40 页。
⑥　引录自赵世杰《古今女史》卷一,《汇编》,第 56 页。

这种对于李清照的负面评价并非仅针对她的文学作品,更多地还是 262
关注于她的行为,如是评价也可以在"闺门"中找到。晚明女诗人张娴婧
在一首诗里融汇了对李清照才华的钦慕以及对其行为的非难,这个融汇
非常有趣,但后者才是诗人的真实想法:

读李易安《漱玉集》[47]

从来才女果谁侪,错玉编珠万斛舟。自言人比黄花瘦,可似黄花

奈晚秋?

这首诗又是一个以李清照自己的词句批评她的例子。张娴婧的意思是,
尽管李清照宣称自己比萎蔫的菊花更柔弱、更憔悴,但是菊花能够在秋霜
中傲然开放,李清照却经受不住自己晚年守寡的人生之秋,哪怕知道会有
损其健全人格,还是决定再婚以求慰藉。这是一位明代女性表达出的观
点,即便她是一位女性作家,我们也不应该对此感到惊奇。因为许多今日
被认作限制女性自主权的观念,是被明清妇女广为接受的。尽管她们中
的一些人在探索限制中的最大自由,但也始终是带着镣铐跳舞。

怀疑与恼怒

　　一些明代及清初的文献发出了略为不同的声音,它们将上述关于李
清照的两种截然相反的态度结合起来:一方面,人们越来越景仰李清照的
文学天赋,并将其视为后世女词人的先驱;另一方面,人们又指责她身为
寡妇却未能守节。这两者间的矛盾潜藏得很深,因为李清照最著名的文
学作品就是那些被认作是表现了她专情于赵明诚的篇章。在这些文学作
品里,李清照对于赵明诚的爱恋生死如一。许多上文提到的评论家都或 263
多或少地主要关注两者之一,或者如同张娴婧那样,抬高其中一方面的重
要性(通常是强调她寡妇失节)。抄录在下面的评论明显关注到了两者

---

⑰　张娴婧,《翠楼集》,《汇编》,第64页。

间的矛盾,并困惑于这两方面何以发生在同一人身上。

这是明代藏书家郎瑛(1487—1556)写下的一段话:

> 赵明诚,字德甫,清献公(赵挺之)中子也。著《金石录》三十
> 卷。[48] 其妻李易安,又文妇中杰出者。亦能博古穷奇。文词清婉,有
> 《漱玉集》行世。诸书皆日与夫同志,故相亲相爱之极。予观其叙
> 《金石录》后,诚然也。但不知何为有再醮张汝舟一事。呜呼,去蔡
> 琰几何哉!此色之移人,虽中郎(蔡邕)不免。[49]

郎瑛把此条归录在《七修类稿》"义理类"下,在这一类目下,他讨论了历
史上众多的引起人性道德纠纷的行为。郎瑛很熟悉李清照的文学作品,
也读过大量的声称赵、李婚姻充满才情与浪漫的文献。因为李清照自己
写就了《金石录后序》,所以他对这场理想婚姻深信不疑,而这所有的一
切也使他无法理解李清照怎么会再嫁张汝舟。面对着横亘于李清照的深
情与再嫁之间的矛盾,郎瑛将理由诉诸于性需求。但郎瑛根本不可能认
为这个理由本身导致了李清照的再嫁,这正是此进退两难之困境的症结
所在。其实,无论李清照对前夫抱有怎样的情感,她都可以选择再嫁,这
是李清照时代的普遍情况。但是,明代中叶的意识形态与社会观念相比
于李清照的时代变化很大,这使得类似于郎瑛的文士无法理解李清照的
切身处境,因此他们只能以今度占地将其诉诸于屈从非理性的性冲动,这
种解释实际上是用简单的欲望说取代了原本合理的决定。在郎瑛的言论
中,蔡琰再一次以色迷心窍的女性身份出现,如此将她视作反面案例,实
际上是很不公正的。这里提到了她的父亲蔡邕(133—192),我相信郎瑛
的意思是即使是蔡邕一样的正直、渊博学者,也无法避免生出这么一位女
儿——这就是性欲强大的败坏力。

在江之淮评论的前半部分,我们也可以发现极其相似的困惑:"自古
夫妇擅朋友之胜,从来未有如李易安与赵德甫者,佳人才子,千古绝唱。

---

[48] 我对这段引文做了修改。郎瑛原句是"著《金石录》一千卷",这显然是错的。

[49] 郎瑛,《七修类稿》,卷一七,第 252 页;又见《汇编》,第 32 页。

264

迨德甫逝而归张汝舟，属何意耶?"[50]我们从中可以看出，明代"才子佳人"式的浪漫理想明显投射到了这对宋代夫妻身上。但是李清照在赵明诚死后的再嫁，赤裸裸地解构了那些浪漫理想，这也使得江之淮根本无法理解李清照的再嫁。明清之际的人们将李清照的再嫁认作是完全错误的、不合逻辑的、难以理解的，这种观点十分关键地促成了明清李清照接受史的下一步变化。

否 认 再 嫁

如上节所述，明人对于李清照这位最著名的早期女性文人，有着两种截然不同的看法。但无论如何，这两种看法之间的矛盾必须被解决。其间一定出现过很多种方案，毕竟有一方必须让步，但最终的解决办法则是否认她曾经再嫁。尽管那些提到再嫁的宋代文献使得此目的并不能轻松达到，但是其最终还是成为学术界与大众的共识。否认李清照曾经再嫁成为了清代学术界的一个课题，甚至成了一个热点。越来越多的学者着手处理那些宋代文献，对其性质和内在含义进行详细的（也是自相矛盾的）探究。只有经历了这么一个历时悠长的学术讨论，李清照没有再嫁的共识才得以确立。

学者们否认再嫁的决心似乎很明显会顺着其特定的道路一直走下去，这不仅仅是因为宣布一位受后人喜爱的女性无罪要比将她置于无休止的斥责中来得容易，也是因为她创作的文学作品一直保持着鲜活的魅力，然而历史文献（宋代传记材料）似乎在时光中霉变尘封。明清读者和评论家可以轻而易举地利用选本以及后来不断编辑出版的别集读到易安词。但与此同时，历史文献的数量在每一个世纪都呈指数增长，因此那七八种提到她再嫁的宋代史料就渐渐地被淹没在这片浩瀚的史海之中。其实，她的文学作品，特别是那些被认作是以第一人称口吻写下的作品，相

265

50　赵世杰，《古今女史》卷一，《汇编》，第56页。

对于史料而言有个明显的优势。当一位读者读到系于李清照名下的诗词时,就会本能地认为其直截了当、未经过滤、毫不羞涩地听到了作者的声音,这是诗歌勾人魂魄的力量。史料则显然与之不同,即使史料的作者就生活在其所记录的人、事发生年代,其与对象之间的距离还是非常显而易见的。

矛盾日益严重,亟需解决方案。但是这些方案似乎完全是单方面的,没有一个人试图从另一个角度解决问题,即主张李清照并不是一位优秀的诗人——她的作品本来就是微不足道的,如果因其是一个道德败坏的变节寡妇而摈弃她的作品,其实并没什么遗憾。当然,李清照的文学天赋受到人们的高度景仰,这已经使此假说不堪一击。

于是,取而代之的解决方案就变成了宣称其根本没有再嫁。晚明文人徐𤊾是第一位这样表态的人,他在其笔记《徐氏笔精》中做出此声明。[51]徐氏似乎是一位标新立异的学者,他经常以一种非传统的视角看问题,但其间又总是夹杂着对历史事实的误解(参见《四库全书总目》所载之《徐氏笔精》提要)。[52] 不管怎样,他关于李清照的看法获得了更高的关注度,在下一个王朝中,许多优秀学者对此展开了争论。

徐氏论述李清照的条目,以"易安更嫁"为题,开头引用了胡仔对于其再嫁及迅速离婚的评论。之后,徐氏与胡仔一样,引用了李清照给綦崇礼的感谢信中的句子。徐氏声称这几句话不可能是李清照所写,而是空穴来风的诽谤中伤。徐氏认为他很懂李清照,知道一些别人不知道的东西。他接下来引用了《金石录后序》的一段话,这段话出现在序文的尾声。李清照在这段话里明确指出,写下《后序》的时候距离她的婚姻有"三十四"年之久。徐氏在此之后接以自己的话:

> 作序在绍兴二年(1132),李五十有二,老矣。清献公(赵挺之)之妇,郡守(赵明诚)之妻,必无更嫁之理。今各书所载《金石录序》,

---

[51]　徐𤊾,《徐氏笔精》卷七,《汇编》,第 52 页。
[52]　纪昀等,《四库全书总目提要》,卷二三,第 2499—2500 页。

皆非全文,惟余家所藏旧本,序语全载。更嫁之说,不知起于何人,太
诬贤媛也。

徐氏将《金石录后序》系于1132年,这个系年稍有偏误,但并不影响他的
结论。他的观点是,五十二岁(现在的主流观点认为是四十九岁)的李清
照本来就不大会动再嫁的念头,再加上她公公与丈夫的官阶都那么高,就
更不可能再嫁了。徐氏肯定确信这种级别的寡妇有权得到朝廷给予的生
活抚恤金。

　　徐氏指出他家所藏的《金石录后序》非常精善,故将其作为他修订李
清照生平的观点基础。这是一个非常有意思的现象,学术论点总是会因
为某人宣称自己掌握了一种古老精善的版本而判定其可靠与否。事实
上,徐氏的声言还有一些别的依据。他在上引文字之后评价了其他三种
《金石录后序》"版本"。这三种版本实际上是另外三种引录《金石录后
序》的笔记,徐氏意识到这三种笔记流传很广。它们是南宋洪迈的《容斋
随笔》,晚明胡应麟的笔记《少室山房笔丛》,以及晚明陈继儒的古文选集
《古文品外录》。[53] 徐氏最后补充道,这三者所引录的《金石录后序》都不
完整。他真正要说的是,这三种《金石录后序》都没有上文提到的那段
话,即李清照自言从结婚到写作《后序》,已经过了三十四年之久——他
是对的。因此在某种程度上说,他的确对于李清照的境遇有着特殊的了
解。但很不幸的是,徐氏忽视了一个事实:就算这句关键的话在洪迈的引
录中脱漏了,但是洪迈在引录完序文之后,提到了序文的写作时间
(1134),以及李清照时年五十二岁(我们现在确信李清照当年五十一岁,
胡应麟也将《后序》系于1134年)。所以李清照的年岁信息并不只有徐
氏一人知道,而应该是宋代以来广为人知的。实际上,那封不被徐氏认可
的李清照写给綦崇礼的信,就已经包含了指明李清照的再婚发生在其"高
龄"之时的句子。徐氏在热切地宣称自己拥有一种精善本子同时,歪曲了

267

---

[53]　洪迈,《赵德甫〈金石录〉》,《容斋四笔》,卷五,第684—686页;胡应麟,《少室山房笔丛》,卷
四,第69—70页;陈继儒,《古文品外录》,卷二三,第11a—11b页。

最早引录《金石录后序》之文献的面貌。

徐氏拒绝接受关于李清照再嫁的普遍记录,这肯定与他摘录出的《后序》之句有着深深的联系。他不仅仅摘录了提到她年纪的句子,也包括了那些让人总体上觉得表达了她对前夫深深爱恋的句子。徐氏说改嫁的言论太诬"贤媛",但是他怎么知道李清照是一个道德高尚的女子呢?当然,他根据的是《金石录后序》。徐氏并没有揣测诽谤的动机(这是后世学者的使命),也没有正面回应那些提到李清照再嫁的大量宋代文献,或质疑它们的历史可信性。但无论如何,徐㶿开启了论争李清照再嫁问题的序幕。

下一位讨论再嫁问题的学者是卢见曾(1690—1768)。卢氏的讨论较徐㶿晚了近一个世纪,而且我们并不清楚卢氏是否熟知徐氏的观点。卢氏是清代重要的学者、教育家、出版家。实际上,卢见曾之所以探讨这个问题,是缘于他在1762年重刻了赵明诚的《金石录》,并附录了李清照的《后序》。正是在其新刻《金石录》序文里,卢见曾讨论了李清照再嫁的问题。[54] 令人惊异的是,卢见曾讨论李清照再嫁的篇幅,甚至多于他对《金石录》的介绍以及校雠说明。

与徐㶿一样,卢见曾是基于《金石录后序》的阅读而确信李清照从未再嫁:"相传以为德夫之殁,易安更嫁。……余以是书所作跋语考之,而知其决无是也。"卢氏接下来提供了这样的思考:李清照在赵明诚去世六年后写下了《后序》(他将《后序》系于1135年),当时她依旧被回忆所萦绕,无法独自忍受悲恸,并在《后序》中写下了她的哀伤以及对于前夫生死不渝的爱恋。表达了这种感情的女性怎么会回过头又嫁给另一个男人呢?"此常人所不肯为",卢氏说到,"而谓易安之明达为之乎?"

卢见曾与徐㶿一样,确信关于李清照再嫁的记载是其仇家散布出的诽谤谣言。卢见曾没有论述为什么再嫁事件大量见于宋代文献,而只是点到为止,这也与徐㶿相同。除了只通过《金石录后序》来解决李清照再

㊿ 卢见曾,《重刊〈金石录〉序》,雅雨堂刻《金石录》,《汇编》,第94—95页。

嫁的问题之外，卢见曾本人的身份才是其对于此问题讨论之最重要的影响。卢氏是乾嘉时代学术界与出版界举足轻重的人物，是大型丛书《雅雨堂丛书》的编纂者，是学界领袖纪昀（1724—1805）、王昶（1724—1806）的好朋友，并在地方官任上修建了大量的书院。这么一位人物参与到了李清照再嫁问题的讨论中，并宣称已有的观点不仅是错误的，更是不怀好意的谎言，从而使得这个问题进入到新一层的维度。尽管卢见曾留下了许多有待处理的问题，但是明清试图重写李清照传记的学者将其推为他们的第一位重要代言者。

尽管卢见曾做出了强硬的声言，但是对于这种新观念的不满肯定迟迟挥之不去。清代学术界非常尊视那些广为接受的前代文献，以至于绕开这些文献而否认再嫁成了一种毫不严谨的学术行为。为了使这种修正的观点真正地具有说服力，迟早需要有人重新整理这些涉及李清照生平的宋代文献，并更为明确地对它们的可靠性提出质疑。如果可以深入探究这一事件的具体细节，并且解释宋代文献的相关论述是如何发生的，该论点将更有说服力。换句话说，为了达到对再嫁事件更高层面的、毋庸置疑的否定，精细的文本解构必须被引入。

第一位努力达到此目的的学者是俞正燮，他生于卢见曾死后不久。相比于卢见曾，俞正燮的学识更加渊博。他是理初学派的创始人（该学派以其字命名），在边疆历史地理上做出了极有价值的贡献，其成果包括了对于中俄边境、台湾、西藏的研究。[55] 他参与校订了著名历史地理巨作《读史方舆纪要》。在历史地理之外，他的学问还涉及许多其他的领域，包括了制度史、刑法史、经学、哲学、天文学、算学与医药。他在这些领域的学术研究成果被保存于《癸巳类稿》和《癸巳存稿》中，这两部书也被公认为清代最富学术价值的读书笔记汇录之一。比如梁启超（1873—

269

---

[55]　另见恒慕义（Arthur W. Hummel），《清代名人传略》（*Eminent Chinese of the Ch'ing Period*），第936—937 页。关于俞氏的历史地理研究，可详见舒习龙，《理初学派的历史地理研究：以俞正燮、程恩泽为例》。

1929）就将俞氏的癸巳二稿列入当时最优秀的十种学术笔记。⑤ 今天，俞正燮也被铭记为宣扬平等对待女性的早期代表：⑤他发表过针对寡妇不能再嫁的演讲，反对将妻子屈服于丈夫之下的礼法，并指责缠足的陋习。20 世纪的教育家、社会活动家蔡元培（1868—1940）称赞俞正燮是一位有眼光的妇女解放鼓吹者。⑤ 俞氏也对宋代制度文献研究用力颇深，承担了辑佚《宋会要》的部分工作。

俞正燮关于李清照的研究，见于一篇题为《易安居士事辑》的长文，总共约一万字，被收在《癸巳类稿》的最后几页。⑤ 在《癸巳类稿》中，紧邻这篇长文之前的条目是一些关于女性及女性议题的批判性文字。总的来说，俞正燮对于女性问题是敏感的，他不赞成中国社会给予女性的不公正待遇。或许，只有将他关于李清照的讨论置于这样一个语境之下，才能使我们得出较为公允的结论。俞正燮显然是李清照的忠实钦慕者，他的长文多半是摘抄李清照的作品（包括词作、对于其他人词作的评论、《金石录后序》、长篇叙事诗、《打马赋》等等）以及很早就散播开来的传闻轶事。俞正燮在摘抄之间穿插进自己的评论，主要说明李清照是多么天才，她的诗行是多么精巧与率真，她对别人的政治、文学评论是多么恰如其分。在回顾了李清照的一生及其作品之后，俞正燮终于进入了再嫁论题。"余素恶易安改嫁张汝舟之说"，他说到，然后他复述了卢见曾重刻《金石录》时之语，"以情度易安不当有此事"。⑥ 俞正燮尊崇李清照的才华，捍卫李清照的人生。他或许是以更解放的态度对待寡妇再嫁的先驱，但他毕竟还是生活在以那个价值观为主流的时代。所以当俞正燮面对这么一位历史女性时，只要想到她曾经自我妥协而再嫁给一位低阶层的家伙，他在情感上就难以接受这个事实。不过，像俞正燮这样水平的学者，是不会满足于简单依靠直觉就做出否认李清照再嫁的判断。他下定决心要针对这件历

270

⑤ 见陈东辉，《中国近代启幕前夕的一位人杰：读〈俞正燮全集〉有感》。
⑤ 徐适端，《俞正燮的人权意识及其妇女观评述》。
⑤ 同上，第 144 页。
⑤ 俞正燮，《易安居士事辑》，卷一五，第 763—779 页；也见于《汇编》，第 107—120 页。
⑥ 同上，第 777 页；也见于《汇编》，第 119 页。

史事实做一个学术测探式的论辩。但是我们确实可以看到俞正燮观点的缘起："余素恶易安改嫁张汝舟之说。"这句话正表明是俞正燮的情感使其踏上了这条路。尽管在其他文字里，俞正燮以更为宽容的态度讨论寡妇再嫁，但是他的世界观是无法接受这么一位女性偶像曾经做过此类事情。俞正燮曾一度宣称，他为深陷诽谤的李清照正名，就仅仅是为了还其一个"公道"，而"非望易安以不嫁也"。[61] 许多读者会觉得，他的这段声明，反而在不经意间透露了事情真相。

在俞正燮长文的中间段落，他给出了一个关于李清照写给綦崈礼之信的新解。俞正燮感到有必要直面这封信的存在，而非像之前否认再嫁的学者那样，简单地搁置或忽略它，这体现了俞正燮的学术信仰。他认为，这原来确实是一封李清照写给綦崈礼的信，在通行的文本中还能找到原来的句子。但是通行文本是被篡改过的，使得其与原来的面貌和意义大相径庭。俞氏坚称，通行文本的文学水准是低劣的，但是在其之中仍然包含了一些"佳句"（即是原作之遗留）。但不幸的是，俞正燮的论述没什么分量。他虽然将这封信定性为"文笔劣下"，但他从来没有给过具体的标准去定义什么样的文章是"文笔劣下"，一些当代学者已经对这一点提出了质疑。[62]

俞氏认为，李清照写这封信的本来目的，是为了感谢綦崈礼介入了一个涉及张飞卿的玉壶事件，并为李清照洗清了名誉。当时曾有传言李清照和赵明诚打算将那只玉壶献给入侵的金兵，以保证夫妇俩的安全。（这个结论是从《金石录后序》中得出来的，第四章已经讨论过这样理解相关段落的不妥。）綦崈礼正是在这个不怀好意的荒谬谣言散布开来之后介入此事。随后，一些想要进一步诋毁李清照名誉的人，篡改了原信中的一些要素（比如将"张飞卿"改为"张汝舟"，将"玉壶"改为"玉台"等等），改写了其他一些段落，使得这封信似乎在说李清照再嫁给了一个叫张汝舟

271

---

[61]　俞正燮，《易安居士事辑》，卷一五，第 777 页；也见于《汇编》，第 119 页。

[62]　例如可见南宫搏《李清照的后半生》，第 54 页。俞正燮关于信文风格的论述，见《易安居士事辑》，卷一五，第 777 页；也见于《汇编》，第 119 页。

的男人。俞氏认为曾经确实存在一个司法案件及相关庭审，但这只是调查李清照是否有献玉壶的叛国行为，而与控诉再婚之夫毫无瓜葛。

俞正燮接下来试图破坏一些记录李清照再嫁的宋代文献。他说李心传的《建炎以来系年要录》充满了道听途说和不可靠的记录，并宣称李心传和其他记录李清照再嫁的人，被已经流传开来的恶毒谣言轻易地蒙骗了。事实上，人们对李心传的《要录》有着很高的评价，普遍将其视为不可或缺的、可靠的南宋初期史料。俞氏还引用了一些一带而过的文献，这些文献关注于李清照的晚年，将其称为"赵令人李"。因此，俞氏将这些句子视为更为有力的证据，于是更加坚信李清照从未再嫁。不过，当代学者似乎更愿意将这些句子用作它途，他们认为这恰好证明了李清照在再嫁与离婚之后，重新获得了作为赵明诚寡妻的身份与地位。比如有一条将晚年李清照称作赵明诚之妻的文献，也提到了她在赵明诚死后有一次短暂的再婚，这条材料正说明俞正燮的观点并不可靠。[63] 最后，俞氏选取了信件中的几段话进行讨论，他确信这几段是被篡改过的。他发现这几段与宋代惯例或历史事实不符，因此宣称这些"失检"是补充证明了我们看到的这封信是不真实、不可靠的。但是，在俞氏对于这几段的讨论中，他自己一再误解了信文的要点。例如，他认为信中的"玉台"是她的订婚信物，"官文书"是官方对于李清照再婚的准许，当然，俞正燮坚信李清照并不需要这封准许文书。但是他并没有注意到二者皆非实写，而是关于骗婚的典故。[64] 俞氏也同样地认为，信中提到的皇室参与的庭审，与李清照要求离婚有关，因此他嘲笑人们竟会相信宋廷乃至皇帝会介入这种琐碎的家庭纠纷："宋之不君，未应若此！"[65]但我们的理解则是，相较于离婚诉讼，李清照提到的所作证词与庭审，更可能指的是其控告张汝舟在官任上越权渎职（因为没有任何法律依据可以供其提起离婚诉讼）。这样一

---

[63] 黄盛璋，《李清照事迹考辨》，第 345 页。

[64] 这一点在南宫氏的著作中有所讨论，《李清照的后半生》，第 55—57 页；另可参见黄盛璋《李清照事迹考辨》，第 229—230 页。

[65] 俞正燮，《易安居士事辑》，卷一五，第 778 页；也见于《汇编》，第 119 页。

个对于官员的渎职指控有着重大的影响，因此庭审才是非常有必要的。[66]

俞正燮的长文动用了数量可观的文献，并且杂乱无章地提出了大量新见。二者都让这篇文章难以卒读，也使其看上去似乎武断专横。对此文的直接质疑，要到 20 世纪后半叶才出现，这将在下一章详论。不过虽然许多读到此文的清代读者赞颂俞氏成功抹去了李清照生命中所遭受的并遗留至今的耻辱，但是不确信此论的也大有人在。一些学者仍然对于宋代文献之记载（俞正燮并没有全部处理提到李清照再嫁的宋代文献）与俞正燮提出的"解决方案"间所存的矛盾感到不安。陆心源（1834—1894），伟大的清代藏书家、学者、金石学与宋版书专家、皕宋楼主，就是一位未被完全说服的学者。陆氏表示，他对俞正燮论点中的两个薄弱环节特别困惑：俞正燮认为张汝舟其人实属子虚乌有，但是李清照控告张氏渎职却明载史册。[67] 我们看到陆心源以严肃的态度对待李心传及其《要录》：俞正燮不能自说自话地简单否定这么一部关键性的历史文献，也不能忽视其间对于张、李二人的记载。此外，陆心源也意识到有其他一些提到张汝舟的宋代文献存在，因此他不能认可"张汝舟"仅仅是为了置换"张飞卿"而编造出的一个名字。不过，当代学者认为，某些陆心源所言的宋代文献中提到的张汝舟，是另外一个人，与李清照的第二任丈夫同名，但实际上地位要高得多。[68] 这位张汝舟做过几任知州，李清照再嫁的那位张汝舟离这个官阶还有很大的差距。

尽管陆心源承认宋代文献的记载要比俞正燮所言可靠得多，但是他的问题在于，其试图在这些文献记载与相信李清照从未再嫁之间寻求平衡。很明显，陆心源从未考虑过这些宋代文献记载的再婚有可能就是真实发生的事。当他试图将这些文献记载搪塞过去，在结尾简短地说传闻疏谬而整体否认时，他的论辩就变得完全匪夷所思了。

陆心源接下来承认历史上确实有这么一个叫张汝舟的人，实际上这

⑥⑥　南宫搏，《李清照的后半生》，第 57—58 页；黄盛璋，《李清照事迹考辨》，第 229 页。
⑥⑦　陆心源，《〈癸巳类稿·易安事辑〉书后》，《仪顾堂题跋》，《汇编》，第 138—139 页。
⑥⑧　邓红梅，《李清照新传》，第 149 页；南宫搏，《李清照的后半生》，第 62—64 页。

个人就是张飞卿(即那个玉壶的主人),"汝舟"是其名,"飞卿"为其字。张氏把他的玉壶交给赵明诚,请他为玉壶鉴定估价,但是赵明诚却把玉壶弄丢了。张氏对此非常气愤,于是散布了赵明诚与李清照把玉壶献给入侵金兵的谣言。就在此时,赵明诚去世了,留下李清照独自应对这场诽谤。李清照的反击方式是向有司指控张飞卿妄增举人数量而得官,故而为此举行了一场庭审。最终张氏被判有罪,遭到了夺职编管。上面所说的故事来源于李心传的《要录》,原文只不过一句话:"右承奉郎监诸军审计司张汝舟属吏,以汝舟妻李氏讼其妄增举数入官也。"[69]但是陆心源坚持认为,这已经是有意改动过的面貌,其与原来的文本相比,在"妻"字之前夺去了"赵明诚"三字。即为"……张汝舟属吏,赵明诚妻李氏讼其妄增举数入官也。"陆氏并未说明这种文本改动何以发生,但不管怎样,他认为张汝舟就是后来的篡改者。张汝舟对李清照揭发他渎职的罪行感到暴怒,于是通过某种手段篡改了李清照在庭审结束后写给綦崇礼的感谢信,使得信文的内容不仅显示着李清照曾经再嫁,而且再嫁的对象就是张氏他自己(现在乃戴罪之身)。正是张氏的绝望与冲动,使其策划了这场对李清照的诽谤,宣称她所嫁的"驵侩之下才"与殴妻者就是他本人。

　　陆心源的推测公布未久,尖锐的反对意见就产生了。陆氏的同龄人李慈铭(1830—1894)写了一篇长文,几乎逐条驳斥了陆心源的观点。[70]这位以《越缦堂日记》而闻名的学者、诗人,非常善于在陆氏的设想中找漏洞。他指出,"飞卿"之字并不相配"汝舟"之名。再者,根据李清照自己所言,赵明诚并没有丢失玉壶,而是张飞卿自己拿回去了。此外,李清照说她自己并不知道谁是"颁金"谣言("颁金"在他们的理解中是把玉壶进献给金人)的始作俑者。如果是张飞卿散布的,那么李清照一定会知道,并会在序文里直接说出来。陆心源认为张氏篡改了李清照给綦崇礼的信,使其看上去像是在透露李清照嫁给了他。李慈铭特别不能容忍这

69　李心传,《建炎以来系年要录》,卷五八,第 1003 页。

70　李慈铭,《书陆刚甫观察〈仪顾堂题跋〉后》,《越缦堂乙集》,《汇编》,第 139—142 页。

个说法，他在文中追问:有谁会像这样非难自己？有谁会把自己称作"狙
侩之下才"？有谁会详细地描述自己是怎么殴打妻子的？最后他说到，没
有人会如此地缺乏自尊。李慈铭同时也认为，《要录》中的那段文字非常
清楚，就是原来的文本样态，前人没有必要对其进行改动，今人也没有理
由假定其曾经有着不一样的面貌。因为妄增举人数目是只有妻子才会知
道的内情，如果李清照不是张氏的妻子，她怎么会知道这种细节？李慈铭
对于陆心源之推测的看法可以用他自己的话来总结:"殊臆决不近理。"

尽管李慈铭在驳斥陆心源的解释方面做得非常好，但是当给出自己 275
的选择判断时，他也同样在高度臆测。他认为，李清照给綦崇礼的感谢信
与再婚或玉壶事件毫无瓜葛，而是与王继先试图在赵明诚死后"购买"赵
李所藏的古器有关。而张汝舟这个人，很可能与李清照宗族中的另一位
女性结婚，当然，后来又被离婚。尔后，李清照的敌人将这两个事件嫁接
在了一起，以此改写了李清照给綦崇礼的信，使得信件看上去像在说李清
照嫁给了这个男人。李慈铭接下来又说到，张汝舟的妻子或者也可能是
一位毫不相关的女性，只不过也姓李，恰巧也是一位具有天赋的作家。她
才是我们现在看到的这封信的作者，而信中描述的家暴事件以及离婚诉
讼都是这位女性的经历，只不过后来这封信被系于更著名的李清照以诋
毁她的名誉。

综上所述，尽管李慈铭对陆心源的解释有着种种的不满意，但他还是
明显地有着与陆心源一样的先验观点，即李清照不可能再嫁。实际上，李
慈铭面对那些认为李清照曾经再嫁的观点时，只是以诸如"不待辨"或
"不辨而明"之类的话一笔带过，但同时他的其他论点却存在着大量问
题，我们可以举出数例以窥全豹。首先，李清照给綦崇礼的信写于1132
年秋，这在文本内外都可以找到相关证据。所以，如果李清照的信是为了
感谢綦崇礼在王继先事件上的帮助，那么她为何在整整三年之后才寄出
这封信？再者，如果我们要采纳李慈铭的另一个观点，即另一位李姓女子
写了这封信，我们必须清醒地追问自己，在李清照的时代，有多少女性有
能力写就这样的信笺呢？如果确实存在过这样一位才女，那么宋代文献

的集体遗忘,是不是很奇怪呢？虽然李慈铭自负地认为其论"补俞氏之
阙,正陆氏之误,可为不易之定论矣",但他并没有认真考虑过他的想法。
实际上,李慈铭之后的学者也没有一位觉得他建构出的解释框架是有说
服力的。最后还有一点值得关注,即李慈铭无比欣赏李清照的《后序》。
他有过这样的记载,他常常迷恋于默写李清照的《后序》,并将其认作是
宋代以降最好的女性作品。⑦ 李慈铭,与他前后时代的许多人一样,深深
迷醉于《后序》的文学魔力。

276　　　以上我们花了大量的篇幅叙述了一些清人的论辩,李清照从未再嫁
的观念是从清代开始建构的,而上述的论辩是这场建构活动中最重要的
组成部分。上文的叙述说明了清代学者在推进他们论点的过程中,面临
着严峻的挑战。毕竟他们要正视那些广被认可的文献,以及遵守"实证考
据"的学术路数。其实,这些清代学者在再嫁问题上是进退维谷的:一方
面,他们看到许多记载再嫁信息的宋代文献流传至今,其中就包括了那封
非常关键的李清照自己写的信;而另一方面,他们又有着关于寡妇操行的
价值观,而且他们也相信李清照对赵明诚有着生死不渝的爱恋。正是这
两种观念的结合,使他们觉得只有从未再嫁的李清照才是貌似合理的,才
是可以接受的。对于他们来说,这是一场拥有几百年历史的文献与当下
的社会价值观、意识形态之间的斗争。同时,李清照在明清两代迅速上升
到经典作家,女性写作典范的地位也使得这场斗争进一步复杂化。学识
渊博的先生一个接一个地对此问题展开自己的研究,不断地提出更加精
妙的解决方案。他们中的每一位都能很好地意识到前说的不足,甚至觉
得自己有义务将其指出来,不过没有人可以想出一个经得住仔细推敲的
方案。宋代文献是横亘于他们面前的障碍,这些文献实际上不能被轻而
易举地按照他们所希望的那样解析或重读,故而无法让步于他们对于李
清照的设定,这正是清代学者的症结所在。实际上,在清代学者那里,宋
代文献要比我们想象的更加棘手。没有一位清代学者曾经完整地给出涉

---

⑦　李慈铭,《越缦堂读书记》卷九,《汇编》,第 142 页。

及李清照再嫁的文献名单，就更别说试图对其逐一阐释了。从这些清代论争中，我们可以见证这些学者在着手处理这项议题时，在心理上与情感上有着多么深切的使命感。尽管他们深知批驳宋代文献记载、达到否认再嫁的目的并不简单，但他们却知其不可而为之。

我们或许会问，有没有人在上述的斗争之外进行思考，并针对当时的学界动态提出一些坦率而客观的看法？尽管这种人非常罕见，但我们还是找到了一个例子，他就是梁绍壬（生于1792年）。虽然梁绍壬远没有上文提到的那些学者有名，但是他对当时事态有着准确的把握。在当时的学界，与否认李清照再嫁的思潮同时兴起的，是为另一位女诗人朱淑真洗脱罪名的风气。一般认为，朱淑真有一段婚外恋情，但是当时的学者却根据朱淑真一首诗中的几句话而将其否定。梁绍壬就将这两者放在一起考察，并说到："后人力辨易安无此事，淑真无此词。此不过为才人开脱，其实改嫁本非圣贤所禁。"⑦可惜这种理性的声音被更为狂热的观念淹没掉了。

晚清重构的"李清照"形象

上文回顾了清代学界开展的否认李清照再嫁的运动，从中我们可以显而易见地察觉到那些论辩的薄弱点，以及其间不可告人之动机。一些清代学者或许已经意识到彼此论点中的缺陷，但是在非专业人士那里，这个新观念普遍得到了接受。对于某些学者和一般读者来说，情况也是如此。也就是说，尽管这些论辩本身存在着许多不足，但是由于它们被反复申说，它们的支持者是那么颇具声望，它们被提出的方式是那么狂热，以至于大家最终一致认为应该接受它们。清代否认李清照再嫁的运动是成功的，也许其间也有一些反对者，但是他们保持了沉默，取而代之的是众人潮水般地认定李清照从未再嫁，并赞美这个结论的提出者。这一大合

277

---

⑦ 梁绍壬，《两般秋雨庵随笔》卷二，《汇编》，第122—123页。

唱在 19 世纪越来越浏亮,并一直持续到了 20 世纪初。上文论及的学者在这个时期受到赞扬,因为他们最终"清除了"抹在李清照身上好几个世纪的"污点"。直到 1957 年,这个共识才受到挑战。但即便在这之后,人们还是花了几十年的工夫,才把李清照的再嫁转变为普遍接受的历史事实。

下面举几个有代表性的例子。生活于 19 世纪的陆鎣在他的《问花楼词话》中提到,李清照是一位颇有才华的女性,而也正是她的才华引起了对她的诬蔑。[73] 陆氏也注意到卢见曾已经在其新刻《金石录》的前言里将事情澄清,他也提到近人俞正燮深入探究了李清照的"全集"(陆氏在这个问题上略有夸张,李清照的"全集"早已失传)并为每一篇作品系了年月,并表示俞正燮重新审视李清照生平的相关史料以求"力为昭雪",也确实使"易安被谤之由,始白于世"。19 世纪中叶的女诗人黄友琴,为卢见曾新刻《金石录》写了一篇跋语。她也同样地称赞了卢见曾敢于为李清照仗义执言。在跋语之后,黄友琴抄录了自己的一首诗,诗中把卢氏描绘成李清照的"知音",并说卢见曾的所作所为可以让李清照在九泉之下不再哭泣。黄氏的跋语和诗作被编选进 19 世纪的重要女性诗歌选本《国朝闺秀正始集》。[74]

19 世纪末期(1881)发生了一个影响深远的事件:王鹏运刊印了一种新的《漱玉词》。正是这个重新编辑的本子,肇始了现代李清照研究。王鹏运将自己投身于《漱玉词》之汇集、编辑、刊行的决定,恰恰说明李清照的"问题"及其饱受质疑的行为已经被克服与澄清,这点意义重大。也正因如此,世人才会接受一位德高望重的学者重新刊印李清照的词集。不论我们今天怎么看待那些为李清照"昭雪"的清代学者,但是他们的所作所为实际上促进了李清照作品的保存,并使其再次成为学术研究的对象。因此,我们实际上欠他们一个很大的人情。诗人端木埰(1816—1892)为

---

[73] 陆鎣,《问花楼词话》,《汇编》,第 132 页。

[74] 黄友琴,《书雅雨堂重刊〈金石录〉后》,见恽珠,《国朝闺秀正始集》,卷一九,1a—b;也见于《汇编》,第 134 页。

王鹏运所刊《漱玉词》写了一篇博学而华美的序言，这篇序文的主要内容就是述说了李清照曾经遭受的诽谤，以及俞正燮是怎样最终揭穿事情的真相，而为王鹏运重刊李清照作品铺平了道路。端木埰不再为李清照的清白寻求证据，在他看来，这项工作已经完成了。他在序文中所从事的，是为读者总结李清照形象被歪曲而又被纠正的历史。他对李清照深陷谣言而声名未复时的境遇作了如下颇有启发性的评价："此义士之所拊心，贞媛之所扼腕者也。"⑦

在清代学者为其行为所作的辩护之下，李清照得以正名，重新成为了一个备受尊重又从未再嫁的女性。这是一个来之不易的成果，但并非全部，那个将其重新集合的终极目标要远超于此：在为其树立一个新形象的争论中，清代学者将其设定为一位道德模范。于是在很多人的心目中，现在的她不仅仅是一位颇具天赋的女词人，也是一位经受几个世纪诬蔑而终获道德平反的女性。她开始被视作一位道德英雄，一位遭受了不公正待遇而最终从中解脱的英雄，这些经历使其形象更加光辉伟岸。当时的学者认为，李清照遭受了两次不公正的待遇：第一次是她有着一位聚少离多而又英年早逝的丈夫，这使得她成为了一位孤苦无助的寡妇；第二次发生在她身后，心怀不满和嫉妒成性的人大肆散布关于她的谣言。第二次的苦难持续了几个世纪之久，泉下有知的她孤立无援，伤痛欲绝。清代晚期，尽管人们确信她的灵魂最终得到了安息，但当时提及她在天之灵悲痛欲绝的文献还是比较普遍，我们在前面就已经谈到过其中的一篇。⑦ 这种在生前身后均受磨难的李清照形象，可以使我们想见对柔弱凄苦女性形象（无论真实还是虚幻）的迷恋，这种迷恋贯穿于塑造长期守节或殉死

279

---

⑦　端木埰，《漱玉词序》，《汇编》，第 148 页。
⑦　例如樊增祥（1846—1931）为李清照的画像题了一首长诗，在最后一句中，他提到了李清照的"八百年来泪"。樊增祥，《题李易安遗像》，见徐宗浩，《石雪斋诗集》卷三，《汇编》，第 156 页。

寡妇的形象中。⑦ 现在，"李清照"之名所具有的意义和特性远远超出了文学史的容量。

1841 年所修之《济南府志》将李清照传记收入于此书的《列女传》，这部分记载了当地的女性道德英雄。⑦ 李清照在其中占有突出地位，她的传记在章丘（李清照的故乡）列女之外单列。不仅如此，李清照的传记更是被排在诸女传记的第二位，仅次于一位唐代女性。这些典范女性共计六千多位，被分置于三章。但李清照却是其间唯一一位宋代女性，她的传记篇幅更是其他任意一位女性的两倍。李清照传记的重点集中在两个方面：她的文学才能，其中包括了《词论》；她对于赵明诚的专情。可是，传文只字未提她的再嫁甚或是相关谣言。值得注意的是，方志的编纂者注明到，他们将李清照的传记从"文苑"移至"列女"，也就是说，在之前所修的《章丘县志》中，李清照的传记是归入"文苑"的。实际上，在 1755—1833 年间所修的《章丘县志》里，已经出现了这种变化。⑦ 但是在诸如 1596 年明修县志和 1691 年清修县志之类的更早的县志中，李清照的传记附在其父传记之后，的确被收于"文苑"。⑧ 18 世纪正是清朝学者否认李清照再嫁潮流的早期阶段，这与县志中出现的李清照传记位置变化不谋而合。这两件事反映着乾嘉时期人们的某种信念，即值得称颂的德行是李清照生前身后的关键组成部分，因此绝不能让再婚有损她的令名。

从艺术家徐宗浩（1880—1957）在 1911 年对李清照表示敬意的行为中，我们同样可以看到人们对李清照德行无缺的强调。徐氏在北京买了一张李清照的小幅画像，并借此机会制作了一个小册页以示尊敬。他提笔书写了李清照的几首词，并附上了那幅画像，请他的艺术家朋友俞涤烦

---

⑦ 关于描写长期守节及殉节寡妇的诗篇与明代寡妇贞节崇拜之间的联系，柯丽德已经有过一个富有洞察力的讨论，见氏著《明代中叶江南地区的祠堂、统治阶层认同及寡妇贞洁观》，第 616—620 页。也可参见孙康宜，《明清女诗人与"才""德"观》，第 256—257 页。

⑦ 《道光济南府志》，卷五七，2a—b。

⑦ 《乾隆章丘县志》（1775），卷一〇，25a，"才女传"；《道光章丘县志》（1833），卷一二，91b，"才女传"。

⑧ 《万历章丘县志》（1596），卷二八，53a；《康熙章丘县志》（1691），卷六，72a。

（1884—1935）创作了一幅名为"观竹"的封面画。徐氏接着在竹图上题了自己的一首诗，诗中描绘了竹子坚定、高雅、纯洁、无畏的形象，这很明显是暗喻李清照也拥有这些品质：

> 高节凌云自一时，婵娟已有岁寒姿。霜竿特立谁能撼，寄语西风莫浪吹。㉛

诗歌描绘的是重新浮现的李清照形象，她是一位饱受数世纪磨难而坚贞不屈的女性。第一句中的"节"可以指竹子的节，也可以指这种植物的"气节"（可以弯曲但从不被折断）。㉜　这个"节"同时也是妇女贞节的"节"，它使我们回想起朱彧在 12 世纪指责她未能守节的批评，这也是朱彧之后的其他人对李清照的普遍微词。我们在上文所述中整整兜了一圈，最终在 1911 年的绝句中，方看到李清照成为道德模范的完美代表。

　　或许，清代最极端的崇拜李清照事例发生于同治年间（1862—1873）。当时在济南湖边的一座庙宇里，李清照被供奉为女神。这是一群文人的主意，使得李清照在她的家乡济南获得了神化的地位。在济南市中心的大明湖畔，先前有一座藕神祠，但是早已年久失修，没有人知道其原来供奉的是哪路神仙。在词人符兆纶的一手引领下，文人想出了这么一个念头：他们将这间庙宇翻修，"任命"李清照的精魂作为新常驻神。符兆纶用一篇冗长而略显散漫的文章记载了这个过程，其中提到了一些将李清照奉祀庙中的动机。下面是这篇文章的摘要：

> ……顾其香艳之才，沉博绝丽之学，何能不爱而慕之乎？或曰："子爱之慕之宜也，爱之慕之而即祀之，不宜也。"是又非也。
>
> 居士昔家柳絮泉上，故宅久荒，过者每低徊不能去。今居士相去久矣，假如有居士之才，沦落不偶，而此时尚在，为结屋数椽于湖光山

㉛　徐宗浩，《题李易安看竹图小像》，《石雪斋诗集》，《汇编》，第 161 页。
㉜　原著者艾朗诺在此处就"高节凌云自一时"给出了两种英文翻译：当"节"字意为"竹节"时，此句译为"The lofty joints rise to the clouds, all at once"；若将"节"字作"气节"解，此句译为"Its towering integrity reaches to the clouds, all at once"。——译者按

色间以居之，亦怜才者所不能已已也。……

夫吾辈青衫作客，长铗依人，亦岂能重居士？特以潄其余芳，且换凡骨，受居士之益素深，爱居士之心因益甚。生平烦恼，聊仗千佛为之忏除；无数谤诬，亦借明湖为之湔雪。而他日寻诗湖上，蓉裳蕙带，不又想见其姗姗来迟耶？

谨诹某月某日仍酹以柳絮之泉，荐以碧藕之节，妥居士之灵于旧祠之中。⑧

文中理智与冲动的融合非常有意思，它包括了景仰、怜悯、对于保护的敦促、以赏识其才华为傲、对于获得昭雪的希望、对于李清照的诽谤者感到正义的愤怒、对于她的精魂可供写诗灵感的信心。符兆纶的同僚创作了一些与此事相关的诗，其中有一首将李清照类比为古代的水中女神湘妃（传说中舜帝的妻子）和洛神。⑧ 在这些男人的眼中，李清照也已然成为了一位女神。

⑧ 符兆纶，《明湖藕神祠移祀李易安居士记》，见毛承霖《民国续修历城县志》，卷五一，18a—b；《汇编》，第144页。

⑧ 王大埔，《藕神祠诗》，见毛承霖《民国续修历城县志》，卷五一，18b；《汇编》，第145页。

第九章 现代主义、修正主义、女性主义：
现当代的接受史

1881 年，王鹏运重新刊刻《漱玉词》，这可以视为李清照研究进入现代的标志。端木埰为王氏新刻《漱玉词》写了一篇充满道德说教色彩的序。上章已经讨论过清代学者热衷于为李清照辩诬，而这篇自以为是的序文正是这场学术潮流在书目解题领域的顶峰。现在，李清照完全恢复了名誉，不再有人质疑她存在着道德缺陷，因此可以被再次阅读与研究。于此之时，人们不仅将其视为伟大的女词人，也把她认作贤淑的女性。李清照已经被再塑成赵明诚生死不渝的寡妻，只要联想到她在身后忍受了几个世纪的冤枉与侮辱，人们就会对她投来更多的赞赏与同情。

"五四"时期的中国文学史

数十年之后，学界兴起了写作中国文学史的风潮。这是为了响应新政权、新社会秩序的需要，也是"五四"运动的一个部分。在此风潮中，李清照被推到了一个显著而特别的地位，人们不仅将她认作宋代最伟大的女词人，更宣称她是中国历史上最伟大的女词人。[1] 她的《词论》因其大胆、尖刻而在词史中被单列。[2] 至少，在民国时期的文学史与词史中，她常常与最优秀的男性词人一起出现。[3]

新式文学史关注的女性作家数量并不多，李清照便是其中之一。1931 年，胡云翼编纂出版了一种李清照词集，将她与汉代的蔡琰、唐代的

---

[1] 郑振铎，《插图本中国文学史》(1932)，第二册，第 31 页。

[2] 刘毓盘，《词史》(1930)，第 105—106 页。

[3] 除了注释①②提到的文学史著作，还可以参考谢无量，《中国妇女文学史》(1916)，第三部分上，第 4—22 页；胡适，《国语文学史》(1927)，第 144—145 页；陆侃如、冯沅君，《中国诗史》(1930)，第三册，第 1116—1120 页；王易，《词曲史》(1930)，第 164—166 页；吴梅，《词学通论》(1933)，第 109—110 页。

薛涛并提，④但紧接着就对这个比较进行了具体的阐释。他说到，蔡琰的名作只有一首是可靠的，薛涛的作品虽然多了一些，但从来没有人认为其可以与任何一位唐代主要诗人等价齐观。于是，可被视为与同时代杰出的男性文人相敌的女作家，就只剩下李清照了，她甚至还要比这些男性更具文学天赋。胡云翼接下来说到，尽管李清照的成就的确局限于词体文学一途，但是此成就的性质保证了她的声名同屈原、陶潜或者杜甫一样，在文学史中得以不朽。

这样，李清照在伟大的男诗人身边找到了自己的一席之地，但她是唯一享此殊荣的女性。她这种身居男性之间的存在，表明了女性实际上也有能力跻身于最杰出的文学巨匠行列。这里面的意蕴其实非常丰富，毕竟文学创作并非男性独享的领域，因此将女性纳入本国的文学史中，意味着她们有出名的权利，也有着对于名望的追求。同时，这也意味着西方的考察因素被添加进中国文学家的经典化过程。郑振铎的《插图本中国文学史》初版于 1932 年，并在 20 世纪多次重版，其中就将李清照与莎孚（Sappho，今译作"萨福"）进行比较，认为这两位女性有着同样的命运，她们大多数的作品都散佚了。⑤ 许多"五四"时代的知识分子，尤其是郑振铎，对于世界文学有着广泛的阅读，知道其他民族的文学传统将一些女性纳入经典作家之列。如果中国也要有一种与日本及西方国家相同的本国

285文学史，那么就需要在男性作家群体中添入一位伟大的女性作家。将一位女性作家经典化，也可以起到鼓励现代女性接受文教的效果，使她们在其他现代国家女性面前更富"竞争力"，这也是"五四"运动的另一个重要追求。⑥ 在更高层面上来说，从晚清到民国，人们一直在重新思考女性在中国文化史上的地位，并试图寻找到一个新方法，将存在于女性的美丽、才华、德行之间的古老张力和新兴的现代国家之需要相协调。将李清照

---

④　胡云翼，《李清照与其漱玉词》，第 1—2 页。

⑤　郑振铎，《插图本中国文学史》，第二册，第 31 页。

⑥　这个目标是谢无量在氏著《中国妇女文学史》中提出的（第 1—3 页），这是中国最早的系统论述妇女写作历史的著作之一，成书于 1916 年。

经典化为中国"伟大作家"之一，就是这个繁杂反思进程的一部分。⑦ 正是这种超越于文学史的复杂反思，使得一些意想不到的女性上升为典范。⑧

　　然而当时的文学史只将一位女作家定性为伟大，她就是李清照。这里的言外之意是非常明显的，尽管文学史并不排斥女性，但是她们的伟大却极受限制。写作最终还是归属于男性的领域，李清照只是规则允许下的例外。李清照的经典化实际上有双重效用，它一方面表明女性并没有被排除于文学巨匠之外；另一方面也提醒每一个人注意，一位女性被升格到文学领域的最高地位，是一件多么非凡的事。对于女性广泛参与文学史进程的研究，还要等待几十年之久，这是直到 20 世纪末才兴起的热点话题。

　　阅读李清照的方式也不同于男诗人，因而非常特别。下面的一段话摘录自郑振铎的一篇关于李清照的文章，原文发表在 1923 年的一期《小说月刊》上：

> 我们很不容易在中国的诗词里，找到真情流露的文字。他们为游戏而作，为应酬而作，多半是无病而呻的作品。其真为诚实的诗人，真有迫欲吐出的情绪而写之于纸上者，千百人中不过三四人而已。李清照便是这最少数的真诗人中的一个。⑨

　　这里毫无疑问是对真情的赞赏，尽管这种赞赏方式可以从两个角度　286
进行解说。所谓的"真情流露"没有因才智与艺术的修饰而减弱，但是这种"真情流露"经常与原始和幼稚相联系。尽管"真情流露"常常因其直

---

⑦　关于这个进程在 20 世纪发生的转变历史，见纪家珍（Joan Judge），《历史宝筏：过去、西方与中国妇女问题》（*The Precious Raft of History：The Past，the West，and the Woman Question in China*）。中译本可参见：（美）纪家珍《历史宝筏：过去、西方与中国妇女问题》，杨可译，江苏人民出版社，2011 年。

⑧　参见吴盛青《现代中国的女性性别叙述：晚清至民国时期珍妃（1876—1900）与赛金花（1872—1936）的多重面相》（"Gendering the Nation：The Proliferation of Images of Zhen Fei〈1876‑1900〉and Sai Jinhua〈1872‑1936〉in Late Qing and Republican China"）。

⑨　郑振铎，《李清照》。

白与真挚而获得较高评价,但也被认为是质朴单一的,它没有给文学技巧和才华留有余地,甚至认为并不需要二者的介入。这个观点是在下文提出的,郑氏将李清照和同时代的秦观、黄庭坚相比较,那两位词人在填词的时候完全依赖于他们的语言技巧,而李清照与他们不一样,甚至超越了他们,因为李清照的词作是"从心底喷涌而出"。有人会问,除了李清照,郑振铎还将谁归入"真情流露"的诗人群体呢?有趣的是,他没有提到任何一个其他的名字。归根结底,他正在设想的诗人类型实在是太特殊了。我们通常认为,一位伟大的作家必然具备高超的文学技巧,但是这种类型的诗人却并不需要这种专门素养。

人们认为李清照的作品中充满真挚的情感表达,也总会把这些作品与她的生命无缝对接,这两个观点实际上是同气连枝般密切的。李清照诗歌中的叙述者,总是被等同于李清照本人。郑振铎于《插图本中国文学史》中再一次提醒人们注意李清照在这一点上的特殊:"无数的词人诗人,写着无数的离情闺怨的诗词。他们的一大半是代女主人翁立言的。这一切的诗词,在清照之前,直如粪土似的无可评价。"[10]李清照与男词人不同,因为尽管她还是以女性口吻在词中发声,但是这声音是她自己的,说出的话也是她自己的。郑振铎接下来根据《金石录后序》叙述了李清照的婚姻以及她与赵明诚在一起时的幸福时光;他也记录了赵明诚在婚后不久即离家远行(以及就任官职),而把她一个人留在了家里,他宣称,在这段时间里,李清照"寄他之小词很多"。郑氏想当然地认为现存的易安词恰恰就是这些小词,但是我们知道,这种对于易安词本事的推测,是没有任何文本内外证据的。

在郑振铎这本影响深远的中国文学史中,还有另一个关于李清照的有趣论述。她不仅被描述为中国最伟大的女性作家,同时也被说成完全独立于其他作家之外(比如男性作家)。实际上,李清照所处的位置是游离于文学史之外的:"像她那样的词,在意境一方面,在风格一方面,都可

287

---

[10] 郑振铎,《插图本中国文学史》,第二册,第32页。

以说是'前无古人,后无来者'。她是独创一格的,她是独立于一群词人之中的。她不受别的词人的什么影响,别的词人也似乎受不到她的什么影响。"⑪在郑氏对北宋后期词坛的叙述中,李清照是唯一一位受人敬仰的女性作家,上引之奇妙主张一定与此认知密切相关。人们可以感受到文学史家在把这位作家接纳进他的叙述时所面临的困难:她诚然被给予了一席之地,但却非常特殊,与其他作家没有任何的历时性或共时性联系;就算她已经被写入了文学史,可也还是被从中分离出去。

在民国出版的文学史中,李清照并不都获得了类似上文的待遇。一些学者还不能接纳她,比如钱基博(钱钟书的父亲)。钱氏《中国文学史》的宋代章节写于 1939—1942 年,此时正值抗战。⑫ 这一章节非常详细,包含了丰富的书籍与作者资料,也有着大量的文学作品范例,篇幅长达近三百页。尽管此章相当繁复详尽,但却丝毫没有提到李清照。从钱基博的遗漏中,我们可以察觉到,像郑振铎这样将李清照接纳进自己所写文学史的学者,是迈出了多大的一步,这是值得我们赞赏的;同时我们也能更好地理解,将李清照纳入文学史的本质前提其实很薄弱。

民国对于李清照的叙述还有另一个明显的特点,即不会提到她的再嫁。就算是提到了,也会被否认为是恶意的诽谤。胡云翼所编易安词集前言即持此论,他指出,清代学者俞正燮已经"证明"了这个晚年再嫁的记录是毫无根据的。⑬ 郑振铎及其他学者对这个问题更是只字未提。对于这些学者来说,李清照是他们从晚清继承下来的李清照:一位对赵明诚有着生死不渝之爱恋的女性,一位在守寡生涯中完全不会动再嫁念头的女性。

正如我们已经看到的那样,这种观点会使人更容易对易安词进行自传式阅读,即认为词中表达出的寂寞是反映了李清照对赵明诚的深切思念,无论是在他离家远行之时,还是在他英年早逝之后,李清照的思念都

---

⑪ 郑振铎,《插图本中国文学史》,第二册,第31—32页。
⑫ 见钱钟霞,《后记》其三,见钱基博,《中国文学史》,第三卷,第1144页。
⑬ 胡云翼,《李清照与其漱玉词》,第10页。

是那样浓烈。这种阅读方式也会使我们觉得，她的诗歌作品带有一种特别的"真情"。换句话说，在李清照的传记中隐瞒她的再嫁，是贯穿整个民国时代的通例，这导致了对于她本人的观念以及阅读其作品方式的形成。而这些观念使得再嫁事件几乎不可能被还原或接受。如果有人把再嫁还原到李清照的传记里，那么整个局面就会变得异常复杂混乱。这样一来，人们就会质疑她的爱恋与忠贞，更别说她的判断力了，而《金石录后序》的权威也会被削弱。人们或许会纳闷，如果她曾经再嫁过，但却在自传性质的《后序》中掩盖了这一事实，那么《后序》的其他部分是否能够按照字面的意思去理解呢？

最终，人们决定将再嫁事件剔除出她的传记，于是问题就变得非常简单了。之后，李清照就被接纳进中国伟大作家的圣殿，当然，殿堂中的其他人物都是男性，她或许是这个群体中的一位孤独女性，但却并非咄咄逼人或难以控制。因为她的全部文学作品都被认作是为丈夫而写。在民国时代对于李清照的标准叙述中，这位伟大女作家的所有灵感都来源于她的丈夫，以及她对丈夫的依恋。

关于再嫁的论战（1957—2010）

1957年，黄盛璋出版了两种篇幅甚巨的论著，一种是李清照和赵明诚的年谱，一种是对"李清照生平事迹"的研究。[14] 这两种论著的出版，使得关于李清照的学术研究发生了剧变。综观黄氏的两种论著，其可以被视为对清代否认李清照再嫁思潮的首次严正质疑。由于黄氏的观点在当时是非常激进的，因此他在行文时非常谨慎缜密，文中使用的文献资料都十分可靠，以至于那些最不情愿接受其研究成果的人，也不能忽视他的结论。黄氏的工作引起了学术界对于李清照再嫁是否属实的论争，这个论争风靡于接下来的四十年，甚至直到今天还尚未完全消退。数以百计的

---

[14] 黄盛璋的两种论著分别为《赵明诚李清照夫妇年谱》、《李清照事迹考辨》。

学者、业余爱好者都对这个论题发表过文字。1990 年，一种旨在收集、转载此论战中重要学术成果的专著出版。全书共计三百多页，转载的资料来源自现代学术界（绝大多数出现于黄盛璋的文章之后），内容涉及正反两个方面。⑮ 此书也可以算是关于此议题之文字的一种选本。总的来说，黄盛璋的《李清照事迹考辨》对当代的影响很大，以至于他的一位早期反对者也不得不承认这是"一篇有影响力的文字"。⑯

　　第八章已经讨论过，清代学者俞正燮努力论证那些提到李清照再嫁张汝舟的宋代文献并不可靠。黄盛璋《李清照事迹考辨》一书的主体内容就是驳斥俞正燮的论证。我们已经知道，俞正燮是最早对李清照生平进行细密研究的清代学者之一，这些学者的研究目的是否认李清照再嫁这一历史事实。俞氏所写大多旨在动摇宋代文献在这件事上的权威性，因此他坚称所有提到再嫁的宋代文献都不可靠，它们或者是被那些未详细考辨当时诋毁李清照事件的人误记下来的，或者本身就是那些决意诋毁李清照名誉的造谣者撰写的（或者是窜改的）。尽管俞正燮断言提及再嫁的宋代文献都是诽谤，但是黄盛璋在逐一分析了这些文献后认为，俞正燮严重歪曲了它们的可靠性、基本性质以及写作意图。我们就以黄氏对于洪适《隶释》（12 世纪中叶）中涉及再嫁部分的讨论为例，来看看黄氏的辩驳。⑰ 黄氏提醒我们注意，洪适的著作是关于金石学的研究，秉承着与赵明诚《金石录》一致的写作传统。洪适关于赵明诚及其妻的条目主要涉及赵氏的《金石录》，而对于李清照在赵明诚死后所遭遇的不幸，洪适在下文叙述赵氏收藏品的散失时有所提及。当洪适提到藏品散失的时候，其语气就是一种对于古物一去不返的惋惜，这其实是金石研究者的情感价值取向。他不大可能在惋惜古物流散之外，还表达有更深的情感。黄氏认为，洪适对于李清照再嫁的记叙，应该在这个意义上考虑，否则就会忽视洪适文本的本质。

290

---

⑮　何广棪，《李清照改嫁问题资料汇编》。

⑯　黄墨谷，《翁方纲〈金石录〉本读后——兼评黄盛璋〈李清照事迹考〉中〈改嫁新考〉》，第 58 页。

⑰　黄盛璋，《李清照事迹考辨》，第 335—348 页。

　　黄氏还指出,俞正燮歪曲了李心传在《建炎以来系年要录》中涉及李清照再嫁的记载,这是更为令人震惊的。[18] 俞氏引用了一条质疑李心传另一部著作《建炎以来朝野杂记》可靠性的早期负面材料,进而质疑《要录》的可靠性,但事实上《要录》是相当珍贵可信的宋代史料,[19]我们不知道俞正燮的误用是有意为之还是一时疏忽。不过,俞氏接下来提到了南宋作家谢枋得(1226—1289),并说谢氏曾经指责李心传"杜撰"了贬低辛弃疾(1140—1207)的记载。(俞正燮的言外之意就是认为李心传在李清照问题上,也同样杜撰了,或者未加辨别地接受了相似的无根据记载。)但是,事实上在谢氏关于这条记载的评论中,并没有点出李心传的名字。[20]俞正燮从这些张冠李戴的论据中得出结论:李心传对于李清照给綦崈礼之信的看法,是难以让人信服的。但实际上李心传提到李清照再嫁的时候,根本没有涉及那封给綦崈礼的信。于是,在黄盛璋的笔下,俞正燮为李清照所作的"辩护"充斥着误解与失真。

　　黄盛璋所揭示出的不可靠之处,已经瓦解了俞正燮的论证。但是他还要更进一步,欲将其对于俞氏的批评推向更高的层次。他指出,俞氏论辩之最基本的问题并非是他处理宋代文献时的疏忽,而是他在着手整个论题时,心头夹杂了大量的主观情感。[21] 由于俞正燮非常看重寡妇不能再嫁的观念,同时他又钦慕李清照的杰出才华,也崇拜李清照其人,故而无法接受像李清照这样的女性也会有这种堕落的污点。黄氏或许在说,俞正燮受困于晚清的寡妇"贞节"观。正是这种俞氏深陷其中的价值观和道德观,使得他无法客观地看待相关文献,以及其间记载的确实发生过的历史事件。

　　黄盛璋的研究,响应着政府"百花齐放"的号召,提出了一种完全新

---

⑱　李心传,《建炎以来系年要录》,卷五八,第 1003 页;黄盛璋,《李清照事迹考辨》,第 339—340 页。

⑲　这条负面评价见于周密,《齐东野语》,卷三,第 5468 页;俞正燮,《易安居士事辑》,卷一五,第 777 页;亦见《汇编》,第 119 页。

⑳　谢枋得,《宋辛稼轩墓记》,《全宋文》,第 355 册,卷八二一八,第 119 页。

㉑　黄盛璋,《李清照事迹考辨》,第 347—348 页。

颖的视角以认识这位中国头号女作家。黄氏的论辩非常缜密,具有很强
的说服力,因此迅速获得了一些著名学者的支持。五代及两宋诗文专家
王仲闻(王国维〈1877—1927〉的次子)就完全信服于黄盛璋的观点。为
表支持,他在1963年发表了一篇论文,给黄氏的研究做了一定的补充。[22]
王仲闻详细阐释了一些黄氏已经提出的观点,并且针对清代学者否认再
嫁的主张,提出了他自己的新批评。王氏识别出了清代学者论辩中的一
些错误。比如他认为清代学者试图将李清照给綦崈礼的信解释成另外一
种文献,这是因为他们是按照字面的意义来理解某些语句,然后认为这些
意义不合于宋代的法律和惯例,但是这些语句的实际意义是依所用之典
而定的。再比如,清代学者还从宋代文献中发现了一些特别术语,并坚信
它们是反驳再嫁说的铁证。例如,有一些文献写于李清照晚年,或者在其
逝世后不久,其间提到她的时候都称之为赵明诚的妻子;而且,在李清照
那首写给出使金国的大臣的长诗中,她即自称寡妇。王仲闻指出了这些
学者在推理时所犯下的逻辑错误。[23] 因为在李清照与张汝舟离婚之后,
她没有理由不可以被称为已故赵明诚的妻子,也没有理由不可以自称"寡
妇"。事实上,王仲闻绝大多数的质疑与专业术语、逻辑、宋代制度知识及
宋代文献的使用有关。我们必须牢记,清代学者本身就与宋代文本相隔
了好几个世纪,因此他们对于一些关键语句的理解错误并不奇怪,更何况
他们被卷入了道德教化运动及其影响之中。王仲闻试图为这个论题提供 292
一个更好的理解宋代历史记载的方式,他认为,虽然那些清代学者费尽心
思地将李清照从耻辱柱上解救下来,但殊不知李清照的时代对于寡妇再
嫁的接受程度远比他们所在的王朝宽容得多。这是王氏的最终论断之
一,并贯穿于结论段落之中:

> 改嫁一事,从当时社会观点而论,并无损于李清照之人格;在今
> 日更不应成为问题。自俞正燮以来有不少学人竭力为李清照辩诬,

---

[22]　王仲闻,《李清照事迹作品再考》。

[23]　王仲闻,《李清照事迹作品再考》,第172页。

似亦不足以为李清照增重。黄盛璋先生云"这里牵涉到史料之真伪
与事实的是非两个问题",列举宋人胡仔、王灼、晁公武、洪适、陈振孙
等人之说,证明其确曾改嫁。各家辩诬之说,殆全已落空。深恐尚有
人纷纷为改嫁一事翻案,故不惮辞费,就黄先生所未及,或已及而未
周者,稍加补充,供研究李清照事迹者参考。㉔

但是,并不是每一个人都能欣然接受黄氏的观点。反对者大多继承
着清代流传下来的共识,即李清照曾经蒙受过很大的"冤屈"。特别是对
一些资深学者来说,他们已经在李清照和宋词史诸课题上奋战了几十年,
也发表了许多相关文字,因此让他们接受黄氏的观点显然是更为困难的。
不仅如此,反对者仍然欲使清代的共识继续流传下去,为此他们投入了大
量的精力。1962 年,一代词宗夏承焘为他在 1930 年代写的论文补增了
一些文字,这篇论文关注的就是俞正燮对李清照的研究。㉕尽管在文中
没有直接点明黄盛璋的名字,但是夏承焘一定知晓黄氏有悖传统的李清
照研究。故而夏承焘十分迫切地觉得需要重申一下自己的信念——李清
照从未再嫁。他针对再嫁说提出了一条新的"补充证据",认为这是前辈
学者都没注意到的一点。人们相信,李清照在 1132 年曾经写过一副对联
以讽刺廷对第一的新晋进士张九成。如果她在这一年确实再嫁,同时又
迅速离婚,她已然使自己蒙羞,那么她怎么还能写下那种嘲讽之句? 这不
是将自己暴露在更严重的恶名与谴责之下么? 但是,夏氏的论辩忽视了
一个事实。李清照的对联被认为写于本年之初,大概是三月份,即举行进
士科考试的时候。然而一般认为,李清照的再嫁直到几个月后才发生。
更为重要的是,夏氏建构此问题的方式,表明了他的思路尚未冲破清代
陈式。

同样在 1961 年,最为权威的著名宋词专家唐圭璋也表达了对于否认

293

㉔ 王仲闻,《李清照事迹作品再考》,第 175 页。
㉕ 夏承焘,《后语二》,第 222—223 页。

再嫁的坚守。㉖尽管他的声言本质上是复述清代学者说过的话，但是针对黄盛璋提出的清代学者受困于"封建思想"这一观点，唐氏巧妙地在其文中唱出了自己的反调。唐氏坚称，李清照在她的时代饱受男人的诽谤，这些男人无法容忍世间居然存在着这么一位才华横溢、意志坚定、说话大胆直率的女子。这样，唐氏把对于清代学者落后保守思想的抨击转移到了宋代记载李清照的文献上，他认为这必然是因为李清照违背了宋代女性的行为准则，因此遭受了许多人的反感。此外，那些坚持宋金和议的官员一定尤为痛恨李清照，因为她似乎在一些诗中向他们投以蔑视。因此，毁谤李清照是一场精心策划的阴谋，她根本无法为自己辩护，也没有人来为她辩护。她就这样成为了当时陈腐落后思想的"牺牲品"。

尽管针对黄盛璋观点的反应在 1960 年代初期就不断出现，但是这个问题在当时尚未得到妥善的解决。没过多久，"无产阶级文化大革命"爆发，于是关于李清照再嫁问题的学术论战就被搁置了十五年之久。直到 1980 年代初，对于再嫁问题的争论才重见于学术著作与期刊上。

在这段学术真空期间，中国大陆之外出现了一种参与此论战的重要著作，值得我们去关注。那就是台湾商务印书馆于 1971 年出版的南宫搏所著之《李清照的后半生》。南宫搏的这本小书薄而重要，他在书中聚焦了再嫁问题，并非常确信再嫁是一个历史事实。南宫氏的研究与黄盛璋的工作有相当多的重叠，可以相信南宫氏曾经读过黄氏的著作。但是南宫氏的讨论比黄氏更进一步，他探究了宋代关于再嫁与离婚的法律，尤其注意了司法机构甚至皇帝在离婚申请上的干预。㉗南宫氏对于宋代法律和制度的探究与其讨论李清照写给綦崈礼的那封信密切相关，与他所批评的清代学者不同，南宫搏认为这封信非常严密可信地反映了李清照是如何进入又逃离了与张汝舟的婚姻。和黄盛璋一样，南宫搏也研究了八种提到李清照再嫁的宋代文献，并逐一关注了它们的性质与内容。清代

294

_____

㉖　唐圭璋，《论李清照的后期词》，第 135—137 页。
㉗　南宫搏，《李清照的后半生》，第 57—68 页。

学者认为这些文献只反映了针对李清照的普遍诽谤,但南宫氏对于这八种文献的总体结论却是,清人的论点是完全不堪一击的。南宫搏也花了相当的笔墨来讨论李清照在赵明诚死后面临的困境——她于漂泊中遇到了诸多不幸,虽然她努力守护着夫妻二人的藏品,但最终却换来彻底的失败。南宫搏将这些困境视为李清照再嫁张汝舟的背景,认为这是李清照在命运多舛之时作出的无奈决定,而这个决定又必然是没有好结果的。㉘

　　不过,南宫搏的研究是一种更具个性化的关注历史的方式,他在讨论李清照的时候,是将其视为具有经久不衰之魅力的对象,这才是南宫氏研究最应被铭记的方面。南宫搏实际上是台湾著名历史小说家,正如他在这本关于李清照的学术研究著作的前言中所说,他已经在几十年前写过了一本关于李清照的历史小说。㉙ 他承认,他对于那本小说深感不满,因为他当时对于李清照一生的叙述是根据清代学者的理解而来,但他却并不同意李清照从未再嫁的观点。经年以来,宋代文献的存在始终困扰着他,于是他越来越觉得清代对于这些文献的否认是很有问题的。最终,他决定着手从事学术研究,对李清照的后半生做一个通贯性的再认识,其主要关注的就是再嫁问题。南宫搏最后得出了这样的结论:清代学者否认再嫁,是基于清代社会的道德观和价值观,而根本没有史实依据。从南宫搏的身上,我们可以看到这样一个有趣的例子,一个人在这个最具分歧的议题上转变了立场。尽管原先的观点承继于中国帝制时代晚期最受敬重的学者,但他却完全依靠自己的认识发现了这个观点的缺陷。

295　　　　对于关注李清照再嫁问题的大陆学者来说,1980 年代的十年是一段充满激烈争论和分歧的时光。在这十年伊始,就涌现了大量李清照传记和文学研究,这些著作接受了黄盛璋的观点,并将其融入进他们对诗人一生的叙述中。这些著作包括了徐培均的《李清照》(1981)、王延梯的《李清照评传》(1982),以及受人敬重的学者程千帆与徐有富合写的另一种

㉘　南宫搏,《李清照的后半生》,第 35—44 页。
㉙　南宫搏,《李清照的后半生》,第 1—7 页。

《李清照》（1982）。但是那些反对黄盛璋、王仲闻及其再嫁说的声音依旧强大，在人们接受这个新观念的历程中设置了重重的阻碍。

或许，河北师范大学教授黄墨谷是最不屈不挠的反对再嫁说的学者。在 20 世纪 80 年代到 90 年代之间，黄氏在再嫁议题上发表了数量可观的文章，同时也整理出版了一种新的李清照作品集，以至于她成为了那些拒绝接受李清照再嫁学者的发言人。她在发表于 1980 年和 1981 年的两篇最早的文章中，收集了一些力图动摇黄盛璋结论的论辩。[30] 在黄墨谷的众多观点中，初看上去貌似合理的包括了以下两条：首先，黄盛璋的结论是从南宋笔记以及其他作品中推导出来的，这些文献与李清照并没有直接的联系，它们中的大多数在李清照逝世后数十年才出现。然而黄盛璋却并不理会李清照自己笔下的证据，这些证据包括了《金石录后序》、李清照的诗，还有易安词。同时，黄盛璋也没有充分关注当时的国是论战，尤其是主战派与主和派在高宗朝发生的尖锐冲突。[31] 其次，她指出包括朱熹、陆游、赵师厚、洪迈在内的一些享有盛名的南宋人物，都留下了评论《金石录后序》的话。这些评论丝毫没有任何的非难痕迹。于是她说到，如果李清照曾经再嫁，这种情况是不会发生的。[32] 第一条观点的问题在于，她在探究李清照生命中的一些细节时，相信李清照自己写就的文献具备固有的真实性，要比其他人记录下的文献可靠得多。同时她也忽视了这样一种可能，即李清照或其他作者在写下涉及生平事件的文字时，有意回避了一些不愉快的事，或者说是一些令其尴尬羞愧的事。而第二条观点的问题则是，她认为李清照时代的人们与明清一样，不接受寡妇再嫁。同时，她还把一件生平事迹的未受关注分析为此事从未发生过的证据。黄墨谷还试图通过别的方式加强她的攻击，但她的论证逻辑在多数读者看来问题重重。比如，她引用了宋代评论家赞赏《金石录后序》的话，这

296

---

[30]　黄墨谷，《翁方纲〈金石录〉本读后》，第 56—60 页；又见黄氏《〈投内翰綦公密礼启〉考——为李清照改嫁辨诬》。

[31]　黄墨谷，《翁方纲〈金石录〉本读后》，第 57—58、59 页。

[32]　黄墨谷，《翁方纲〈金石录〉本读后》，第 60 页。

些评论家认为,李清照在《后序》中为赵李婚姻塑造了一幅细致而感人的
理想图景,于是,黄墨谷就将此当作李清照不可能再嫁的证据:如果她曾
经再嫁,黄墨谷说到,那些评论家就不会成为被《金石录后序》深深感动
的读者了。㉝ 在一篇单行文章中,黄墨谷开始讨论黄盛璋对于李清照给
綦崇礼之信笺的解读。㉞ 她不同意黄盛璋的阅读方式,而将这封信的原
初目的辩解为感谢綦崇礼为她洗去了讨好金兵的罪名(即玉壶事件)。
她认为,原始信件后来被李清照的敌人有意篡改过,从而使得其看上去像
是一份提及再嫁的文献。这种阅读方式可以追溯到清代学者俞正燮那里
(详见上一章的论述),而且这种方式的缺陷已经被黄盛璋和南宫搏充分
讨论过了。黄墨谷并没有为俞正燮的理解补充任何的新材料。

　　"文化大革命"以一种特有的方式给 1960 年代到 1970 年代的中国大
陆造成了巨大的破坏,同时也给知识分子带来了尤为毁灭性的打击。但
是对于那些执着于否认李清照再嫁的学者来说,这场经历却使其更加坚
信,他们是对的。在"文革"爆发之前,黄盛璋就针对清代学者的观点发
表了论辩。清代学者详细建构出了一场发生在李清照时代的诽谤运动,
这场运动的发动者是李清照的敌人(包括了一些主和派官员以及她在诗
歌中讽刺过的一些人),目的在于败坏李清照的名声。黄盛璋在详细探究
之后,认为清代学者的这一建构是不可信的。因为这样一场运动需要组
织协调各方的力量,而最终成功颠覆其生平事实的历史记录是近乎不可
能的。可是,在经历了"文革"之后,黄盛璋的观点可以被很容易地抨击
为天真幼稚。因为在毛泽东发起的那"失落的十年"(lost decade)间,数
不清的正直人物、道德高尚之士被打倒,他们的名誉在残暴而无缘无故的
运动中被完全摧毁。黄墨谷在她的文章里屡次提到了"文革"的教训,认
为这些教训与宋代涉及李清照再嫁的文献有着古今的相通,可以给我们
的理解提供借鉴。㉟

297

㉝ 黄墨谷,《翁方纲〈金石录〉本读后》,第 59、60 页。

㉞ 黄墨谷,《〈投内翰綦公崇礼启〉考》。

㉟ 黄墨谷,《翁方纲〈金石录〉本读后》,第 58—59 页。

到了 1980 年代，有人注意到了这两类学者之间的尖锐对立，并将他们区分成"再嫁阵营"与"否认再嫁阵营"。这一时期的论辩文辞变得刺耳难听，同时更加不能包容对方的观点，这尤其体现在"否认再嫁阵营"方面。因为此时宋代社会史和再嫁案例已经得到了更好的研究与理解，所以人们开始更加到位地察觉到清代学者的偏见，于是那些否认再嫁的学者觉得他们在这场学术论争中正逐渐败退下来。参与论争的学者主要通过代际而区分进这两个阵营，不过这种划分方法并不绝对。大体上来看，年长的学者否认再嫁，而年轻的学者接受再嫁。当然，年长的学者在黄盛璋的研究发表之前，已经从事了很长时间的李清照研究，因此要他们突然间改变长久以来的观念，是一件更为不易的事。

在 1983、1984 和 1985 三年间，词学研究的老前辈唐圭璋对此议题反复斟酌。[36] 他在《读词札记》（1983）一文中，称许了黄墨谷发表的相关文章，并重申了他对于李清照给綦密礼之信笺的看法。唐圭璋坚持这封信原来与玉壶事件有关，现在的面貌是在此之后被人篡改过的。他还提到了晚清词家况周颐（1859—1926）的说法。况氏认为，李清照和张汝舟在这些年间分居两地，不容置疑地证明了她不可能再嫁，因为他们从未同处一地过（不过，况氏所说的"张汝舟"实际上是另外一个人，他并不是被 20 世纪学者认定的那位李清照的第二任丈夫）。唐圭璋所论及其提供的证据，并没有为反对再嫁说提供什么新的实质性材料。如果一定要从此札记中找到什么新东西的话，那就是他的叙述语气。他这段札记的名字就是这种语气的显例："李清照绝无改嫁之事。"下面就是具有代表性的段落：

> 市井小人好诬贤良以资笑谑，原不足道；不图文人竟亦不信清照 298
> 自撰《金石录后序》之生平实录，反信市井小人散布之流言，颠倒是
> 非，混淆黑白，致令清照千古蒙冤，可慨孰甚！
>
> 余以为李清照乃贫贱不能移、富贵不能淫、威武不能屈之女中丈

---

[36]　唐圭璋，《读词札记》；《读李清照词札记》；《李清照评传》。

夫，对赵明诚之感情，始终如一，生死不渝，绝无改嫁之事。[37]

唐圭璋是词籍文献和词学研究的权威，更是《全宋词》的编纂者。因此，后辈学人无法轻易绕开他的这些评论。

《齐鲁学刊》在1984年的某期上刊载了一系列讨论李清照再嫁的文章。这本刊物的出版地在山东曲阜，与李清照的家乡相距不远。在这一期杂志上，郑国弼和刘忆萱撰文否定再嫁是一件历史事实，[38]荣斌是一位不能被他们说服的学者，于是他写了一篇题为"清照改嫁难以否认"的回应文章。[39] 人们可以发现这两种观点中的一些思路已经变得截然对立，二者对于李清照《后序》中同一句话的不同理解可以带来相去甚远的认识与假设。与那封给綦崇礼的信不同，两大阵营的学者都不曾质疑过《金石录后序》的真实性和文本诚实度，但是他们对于文中的一些重要语句的理解却是完全不同的。《后序》中有这么一句话："虽处忧患困穷而志不屈。"李清照通过这句话描述了她与赵明诚青州十年的心态。当时赵明诚离开了中央政府，他的政治前途扑朔迷离，但是他们相互陪伴，相互扶持，度过了一段自给自足的幸福时光。黄墨谷就在1980年的文章中引用了这句话，以此来证明李清照根本不会允许自己在赵明诚去世之后对其"不忠"，[40]郑国弼在1984年的文章中重申了这一点。[41] 但是荣斌完全不能接受这样的论证。他坚持认为，这句话仅仅适用于李清照在《后序》里描述的那段日子，任何将之与李清照在赵明诚去世后的所作所为相联系的理解，都是没有依据的。他在考察了黄墨谷理解此句的方式后说："我不知道黄女士何以如此疏忽。"[42]但是黄墨谷却没有因为荣斌的批评而心生悔意，反而更加坚定不移。她之后于1984年发表了一篇文章，其间提到了荣斌的评论，但此文的主旨仅仅是重申她的观点。她坚持认为，李清照在

---

[37] 唐圭璋，《读词札记》，第259页。

[38] 郑国弼，《李清照改嫁辨正》；刘忆萱，《李清照研究中的问题：与黄盛璋同志商榷》。

[39] 荣斌，《清照改嫁难以否认》。

[40] 黄墨谷，《翁方纲〈金石录〉本读后》，第59页。

[41] 郑国弼，《李清照改嫁辨正》，第111页。

[42] 荣斌，《清照改嫁难以否认》，第115页。

《后序》中的声言，理应被当做反对再嫁说的一条重要证据。[43] 尽管这些句子描写的是许多年前与赵明诚在一起的时光，但如果李清照曾经于 1132 年再嫁，她就不可能在 1134 年写下这些句子。分属两个阵营的学者，在阅读这些关键文本的时候，就会产生如此明显对立的理解。

众所周知，李清照已经被改造成文化偶像，人们在她那里寄托着让人热切钦佩的理想。对于许多学者和读者来说，这个偶像的历史合理性是绝对不能被质疑的，因为人们会认为这是在对理想本身进行攻击。下面是一个唐圭璋晚年的故事。周勋初是唐先生在南京师范大学的青年同事，他在 1980 年代初曾陪同一位日本来的访问学者拜见唐圭璋，他们一度谈到了李清照。这位日本学者询问唐先生有没有想过李清照曾经再嫁，"就在此时，（唐圭璋的）脸色变得严厉。'从没！'他说到。"周勋初接下来对此有所解释，在他看来，时年八十余岁的唐先生长期以来都把自己的生活经历投射到对此问题的思考上。唐氏本人很早就鳏居了，但他从未续弦，而是一个人拉扯大了三个孩子。周氏的话语间充满了敬意，他并非在批评唐圭璋，而是高度赞扬他的人格，这种人格是超乎学术成就之外的品质。南京师范大学于 2001 年举办了唐圭璋先生诞辰一百周年纪念会，周勋初先生在会上与大家分享了这个故事。[44]

尽管学术界对于李清照再嫁的接受越来越普遍，但是学者间关于再嫁的分歧还是从 1980 年代持续到了 1990 年代。不过，那些拒绝承认再嫁的学者现在却成了跟主流唱反调的人，当他们公开发表意见时，似乎是在寻求老一辈资深学者的支持，毕竟这些资深学者在其大部分的学术生涯中都认可李清照从未再嫁的观念。但是，这项议题已经变得太富争议，以至于人们经常委婉地回避它。比如 1999 年发表的一篇"近五十年"李清照研究的综述，对于这个论题就只是浅谈辄止。[45]

300

---

[43] 黄墨谷，《为李清照改嫁再辨诬》，第 107 页。

[44] 周勋初的话被记录在一篇未署名的文章里，《云山苍苍，江水泱泱，先生之风，山高水长——唐圭璋先生诞辰一百周年纪念会摘要》，《南京师大报》，2001 年 11 月 30 日，第 4 版。

[45] 王克安，《近 50 年李清照研究综述》。这个议题在 2007 年发表的《近百年李清照研究综述》中同样被避而不谈，见鲁渊《近百年李清照研究综述》。

1990 年,中国人民大学的一位教师刘瑞莲出版了一本题为《李清照新论》的专著,她的研究强调了李清照在其当时文学女性之间的特殊。因为李清照曾将她的政治意见、诗学主张大胆直率地表达出来,对于国家有着强烈的忠诚意识,并且非常不情愿接受传统上对于女性才华和行为的限制。刘瑞莲在书中评价了李清照其人,也对李清照对于赵明诚的感情作了相应的估计,并据此否认了李清照曾经再嫁的观点:"我认为:改嫁与否,并不影响我们对于易安的评价。但根据女词人的性格和她同赵明诚之间的感情,她是决不会在那样的年纪和时间改嫁给张汝舟那样的一个人的。"[46]刘瑞莲接下来提醒读者注意,还有不少其他的宋代人物饱受着敌人的造谣中伤,她相信关于李清照的再嫁记载与这些人物案例接近。相应地,她也把那封给綦崈礼的信说成是经后人篡改以诋毁李清照的。

刘瑞莲于再嫁问题上确实没有提出什么新见,有意思的地方倒是她的这本书得到一位年长学者的认可。周汝昌,数一数二的杰出《红楼梦》专家,为这本书写了序。在序文中,周汝昌高度称赞了此书的眼光和价值,着重强调了作为女性的刘瑞莲,给中国最伟大的女作家研究带来了感同身受的敏锐体认。并且,他还提到了《红楼梦》,提到这本小说对于女性才华、女性独立于男权社会之勇气的赏识与敬重。

关于刘瑞莲在李清照再嫁问题上的态度,周汝昌并没有给予明确的评论。但是序文中的某些段落足以使我们清楚,周汝昌对于这个方面的研究有着特别的兴趣,比如下面这段话:

> 易安居士将她的词集取名为"漱玉",由此也可以窥见她的为人与志节。盖"漱玉"者,自当是从"枕流漱石"这一典故而来,却特易"石"为"玉"。[47] 这说明了她的高洁之心怀,美好的情性。中华文化自远古以来最重琼玉,用高级的审美观来体察到玉的特殊美点:既极温润,又最坚致,既有文采,又有灵性(古人分别玉之与石,玉为灵,石

---

[46] 刘瑞莲,《李清照新论》,第 86 页。
[47] 参见第三章注释①。

则顽,此其大异也)。具此四德,所以玉是易安的理想,也是自励。漱
玉之人,安肯与污秽粪土为伍乎？可惜后世考古只认青铜彩陶之类,
久不识玉在中国文化史上的重大意义与作用了,也无人加以认真研
究,几为绝学,"漱玉"之名,自然等闲视之了。[48]

周汝昌在这里以他自己的独特方式重申了刘瑞莲的观点,即李清照的人 302
物品性排除了其再嫁张汝舟的可能性。周汝昌之外,刘氏的研究还得到
了著名文学史家周振甫的热情支持。在后记中,刘氏感谢了周振甫的鼓
励及其提出的修改意见。[49] 而在本书的目录之前,印有一篇内容提要,其
中也引用了周振甫对于此书的赞赏之语。[50]

即便是在那些认识到黄盛璋和王仲闻研究之实质与重要性的学者
中,不愿意接受其结论的也还大有人在。1995 年,台湾商务印书馆出版
了一种《李清照年谱》,这是近年出版的质量很高的年谱之一。它的作者
于中航是一位山东学者,任职于济南市博物馆。他承认,黄盛璋与王仲闻
发现了很多李清照生平中鲜为人知的事,并纠正了不少陈陈相因的错
误。[51] 但是,一旦触及再嫁问题时,于氏的行文就变得扑朔迷离。在其年
谱的 1132 年条目下,他仅仅提到关于再嫁是否属实,存在着意见不同的
两派。[52] 乍看上去,于中航对于双方的观点等而视之,他好像不准备就这
个问题表态。但是,他接下来却花了相当的篇幅讨论欧阳修的案例。欧
阳修的一生两次被指控私生活不检点,这两次事件都使得他丢掉了官职。
于中航通过讨论此事而留下了清晰的暗示:在宋代,针对个人行为的诽
谤,特别是涉及私人生活的造谣,是非常普遍的事情,因此我们应该对当
时的相关文献保有疑虑,它们很可能有意无意地将这些诽谤记录下来。

尽管英语世界对李清照的研究非常薄弱,但是中国学术界对于再嫁

---

[48] 周汝昌,《序》。
[49] 刘瑞莲,《李清照新论》,第 187 页。
[50] 同上,第 ii 页。
[51] 于中航,《李清照年谱》,第 i—ii 页。
[52] 同上,第 116—117 页。

问题的分歧也映射在了这些有限的作品中。1966 年，胡品清(Hu Pin-ch-ing)写了一种李清照传记，被收入"特怀恩世界作家丛书"(Twayne's World Authors Series)，直到今天，这本传记还是英语世界中唯一一本严格意义上的李清照研究。在这本传记里，胡品清很草率地否认了再嫁事件，她这样说到："她再嫁张汝舟的传闻从来没有被证实过。"[53]根据这样的行文，读者几乎不可能觉得，这个"传闻"在一些信誉良好的宋代文献里，是被当作事实记录下来的。在这项议题的另一面上，钟玲(Ling Chung)也著有一种李清照的小传，收录于王红公(Kenneth Rexroth)与她合写的《李清照诗词全译》中。这本传记轻车熟路地集中处理了再嫁议题：作者认为，清代学者的否认再嫁，是把他们自己的价值观不顾史实地投射到了李清照的时代及其个人处境上。作者还补充道："这些学者幻想着这位最伟大的女词人的个人生活应该是白璧无瑕的，故而他们必然是在这种幻想的驱动下写就相关论辩的。"[54]但可惜的是，这些深刻见解的影响很小，毕竟相较于学术研究，这本著作主要是以文学翻译的面貌示人。近年来，这个分歧因两种富有影响力的中国女性作家选集而持续升温。在《中国历代女作家选集：诗歌与评论》(Women Writers of Traditional China：An Anthology of Poetry and Criticism)一书中，欧阳桢(Eugene Eoyang)负责撰写"李清照"条目，她重复了胡品清所为，对于再嫁问题只是一笔带过："有这么一个关于李清照的传奇故事(可能是由嫉妒而编传开来的)，说她嫁给了一个地位很低的军官，随后不久就与他离婚了。"[55]与之相反，伊维德(Wilt Idema)和管佩达(Beata Grant)在他们编选的《彤管：帝制时代的女作家》(The Red Brush：Writing Women of Imperial China)一书中，认定再嫁是一件历史事实。他们甚至还把李清照给綦崈礼的信简要翻译了一下，并正确地描述了清代学者的心态，认为他们之所以否认再嫁，是源于清人

---

[53]　胡品清(Hu Pin-ching)，《李清照》(*Li Ch'ing-chao*)，第 40 页。

[54]　王红公(Kenneth Rexroth)、钟玲(Ling Chung)，《李清照诗词全译》(*Li Ch'ing-chao：Complete Poems*)，第 93 页。

[55]　孙康宜(Kang-i Sun Chang)、苏源熙(Haun Saussy)，《中国历代女作家选集：诗歌与评论》(*Women Writers of Traditional China：An Anthology of Poetry and Criticism*)，第 89 页。

的期望与价值观。⑤

　　让我们回到中国大陆。毫无疑问，学界共识在过去的二三十年间在逐渐发生转变。2000 年以来出版的李清照研究著作基本上接受了再嫁这一事实。引人注目的是，这些论著的作者都是中国重要的研究李清照的前沿学者，包括了陈祖美、邓红梅和诸葛忆兵。自黄盛璋在 1950 年代发表他的研究开始，历经了半个多世纪的风雨，李清照曾经再嫁才成为学界共识。这段时光确实相当漫长，否认再嫁的声音在其间又屡屡复苏，但我们不应该对此感到惊讶。相反，我们倒是更应该关注在这场论争中产生出的激烈言辞。所有的一切都体现了李清照的重要性。她在 20 世纪被尊为文化偶像，这个偶像是一位才女，一位专情于其首任丈夫的才女。现在出现了认识李清照的新思路：这位历史人物和她的生活经历要远比对其的偶像化塑造复杂丰富得多。她在守寡之后的再嫁或许并不能减弱她对于前夫的爱恋，而她作为女性的文学才华也与其个人行为毫不相关。或许这些思路尚不能轻而易举地取代传统李清照形象，毕竟这个形象是在许多个世纪间逐渐形成的，它适应与符合众多的文化价值和需要。

　　时至今日，至少在专家学者那里，否认李清照再嫁只是少数派的观点。但尽管如此，在可以预见的未来中，这个观点还将持续存在，并毫无疑问地会在学术著作里时不时地出现。再者，对于大众文化来说，这两种观念之间的力量对比正与学术界相反。今天的中国大陆，有四所独立的李清照纪念馆或博物馆。山东有三所，分别位于省会济南（她的籍贯）、章丘（她的出生地）与青州（她在此与赵明诚共度了许多年）；剩下的一所在浙江金华（她在 1134 年的一次金兵入侵中，逃难于此）。⑤ 位于济南的纪念馆是这四所中最大最有名的，它建在城市的中心，趵突泉公园的深处，更被郭沫若赐予了题辞。这些都被写进这所纪念馆的导游手册里。

304

---

⑤　伊维德（Wilt Idema）、管佩达（Beata Grant），《彤管：帝制时代的女作家》（*The Red Brush：Writing Women of Imperial China*），第 214—217 页。

⑤　这些纪念馆的名称如下：李清照纪念堂（济南），清照园（章丘），李清照纪念馆（青州），李清照纪念堂（金华）。

这四所纪念馆展有李清照的画像、塑像以及抄录其诗词的书法作品。除此之外,它们还都陈列了详细的李清照生平年表。这四种年表中的三种根本没有涉及李清照的再嫁,甚至都没有提到此事或许有发生的可能。只有金华纪念馆的年表提到了再嫁,但这座纪念馆离李清照的故乡最远,建筑最为朴素,前来参观的游客也肯定是最少的。这座建于金华的纪念馆为什么觉得有义务提到李清照的再嫁呢?思考这个问题是一件很有趣的事,或许纪念馆的建造者也曾涉猎这一学术论题。无论如何,即便是在今日,位于李清照故乡山东的纪念馆显然认为提到再嫁是不合适与不可接受的。

305 　　当代大众文化中的李清照形象是如此深入人心,以至于超乎人们的想象。我近年来与大陆、台湾高校的研究生有着密切的交流,一部分学生的专业就是中国文学,但是我发现他们中的很大一部分并不清楚李清照再嫁问题上的论争。就算是那些听说过此论战的学生(当然不是全部),大多数也认为这个问题依然余音袅袅,悬而未决。

妾室或情妇之谜

　　1990 年代,学术界产生了一个关于李清照的新观点,这个观点从它诞生之日起就获得了相当的声势。持这个观点的学者首先假设李清照和赵明诚的家庭生活其实并不和谐,然后为此假设寻找证据。在一番线索追踪后,这些学者宣称赵明诚在娶妻之后纳了一个或几个妾,甚至在家眷之外还有一些风流韵事。乍听之下,人们或许会认为这个观点绝对是故作惊人之语,或者就是一个离奇古怪的念头,因为其与传统的赵、李婚姻图景完全相反。近来网络上大量充斥着对于李清照的一种新见,即李清照是一个酗酒好赌的人,而赵明诚有妾室的观点似乎在性质上与此博人眼球的网络新见近似。事实上,这两个观点的性质完全不同,赵明诚有妾室的观点是被可靠而严肃的学者提出的,它理应受到郑重的对待。关于赵明诚和李清照的婚姻中有一个或若干个其他女性插足的假设,并非是在自说自话，而是要被用来服务于更为深层次的目的或用途：在李清照的文学作品中，随处可见悲伤忧虑的诗篇，这种假设被用来当作一种解释这些诗篇的途径。下面我将追踪这个观点的发展脉络，解释一下它何以近来受人认可，然后还要讨论它给我们对于这位伟大作家的理解带来了怎样的影响。

我们首先需要关注此观点的产生时间。上文已经说过，在 1980 年代初，随着"文革"的结束，李清照研究重新焕发出生机。但是这个观点并没有在此时被提出，因为那段时间的争论焦点在再嫁问题上，正反两方的学者都认为李清照的第一次婚姻非常幸福，没有人对此提出过质疑，甚至在绝大部分人看来，这是一个不成问题的问题。到了 1990 年代中叶，陈祖美成为第一位提出此问题的学者。但是在其 1980 年代初的文章里，她也把赵、李婚姻写成是没有内部矛盾或不和谐因素的。根据陈氏的早年研究，赵、李二人遭遇到的生活苦难，都是外界强与的艰辛，尤其是她公公与她自己的父亲在政见上的完全不合。

但是陈祖美在 1995 年出版了《李清照评传》一书，她花了大量的篇幅来论证赵明诚有妾室、情妇，或二者兼有。[58] 这是陈氏新著中最重要的观点之一，也使得此书非常具有创新性。2001 年，陈氏出版了修订本，改名为《李清照新传》。她在书中承续了这个观点，并进行了更深层次的论证。这回，陈氏花了更多的笔墨在这个李清照生平问题上，甚至以此来讨论、解释了她更多的诗词。[59] 陈氏关于赵、李婚姻问题的新解被邓红梅采纳，这本出版于 2005 年的著作也题为《李清照新传》。尽管邓红梅讨论的细节与陈祖美不同，她引用的诗词"证据"也与陈氏有着相当的差异，但是二人论证的基本要旨是一致的：赵明诚在与李清照结婚后纳过妾，这个行为是造成二人婚姻紧张的主要原因，李清照个人对此感到悲伤。[60] 与此同时，诸葛忆兵也加入到研究这对夫妻的课题中，他在 2004 年出版了

306

---

[58]　陈祖美，《李清照评传》，第 64—76 页。

[59]　陈祖美，《李清照新传》，第 77—82、96—111、126—129、215—217 页。

[60]　邓红梅，《李清照新传》，第 56—66、69—70、80—100 页。

《李清照与赵明诚》一书。尽管这本著作是名为"文人情侣"系列丛书的一种，但其还是辨明了这对夫妻间被人忽视的片段以及存有的不忠，这体现了最新的学术走向。[61] 不过，诸葛忆兵在强调此话题时，并没有像陈祖美、邓红梅一样走得那么远，他也没有以此来分析李清照的诗词。

我认为有两个因素可以解释这种新见为何得以发生。第一个因素与再嫁争论有关。到了 1990 年，宋代文学研究者的共识已经发生了转变，他们中的大多数现在将李清照的再嫁认定为历史事实，这在青年学者那里尤为如此。换句话说，传统李清照形象的关键特性已经被更改了。对于接受再嫁的学者来说，李清照在第一任丈夫去世后有过"不忠"的行为，因此她已经不再是清代、民国学者建构出的那个样子了。经过几十年的激烈争论之后，学术界逐渐意识到前代的学术权威在这个关键的生平事件上做出了错误的判断。这种意识非常自然地为李清照研究打开了一扇门，使得学者得以重新思考前辈大师做出的相关判断。

从 1990 年代至今，女性主义、女性研究、女性历史席卷了中国大陆知识界。这是我认为的第二个因素。通常认为，直到 1990 年代，女性主义思潮才在中国大陆兴起，其给传统的古今建构带来了重组的挑战，而这一重组也很快在中国传播开来。[62] 我们在这里讨论的是一个有着广泛影响的新议题、新争论、新思潮，但我们不可能详细描述其影响李清照研究的明确轨迹，而只能点几个标志性的事件及表现。1995 年，联合国第四次世界妇女大会在北京召开。这次大会使得全球的女性主义学者和活动家首次相聚在中国。这个联合国的官方机构拥有近五千名会员，但与其同时还存在着一个规模更大的非官方女性组织，其会员多达三万。中国学术界就在此时认识到了"女性主义"这一新观念，于是与女性研究和女性历史相关的会议、课程和出版物在 1990 年代末开始如潮水般涌现，这股势头直到 21 世纪的头十年还未退却 。一些从 1980 年代就开始研究中

---

[61] 诸葛忆兵，《李清照与赵明诚》，第 106—120 页。

[62] 要总体概观女性研究对中国大陆内外学界的影响，可参见汤妮·白露（Tani E. Barlow），《中国历史与妇女研究趋势》（"The Direction of History and Women in China"）。

国女性历史的西方学者在此时产生了很大的影响。2001 年，北京大学召开了一次名为"唐宋妇女史研究与历史学"的会议，这是一个有着关键意义的事件。美国一些最重要的唐宋妇女史学者也参加了这次会议，包括高彦颐（Dorothy Ko）、伊沛霞（Patricia Ebrey）、柏清韵（Bettine Birge）和柏文莉（Beverly Bossler）。

　　受女性主义影响的李清照生平及其作品研究，不会愿意毫无保留地接受帝制时代形成的关于其生平及婚姻的观点。近世的人们设想李清照依附于赵明诚，除了诗歌创作之外，她丈夫与她的主从关系是先天决定的；她的形象被建构为贤淑的妻子、忠贞的寡妇。但是，当代学者被赋予了新的思路，他们可以通过这种方法来思考近世社会中的女性和性别问题。因此，上述的设想自然都会被质疑，并被付诸重新思考。我们知道，近世中国社会是一个父权与儒教社会。一位天赋异禀的女性想要被这种社会接受并成为其代表人物，一定需要按照这个社会自己的需要和趣味来打磨重塑。因此，对于那些受女性主义影响的学者来说，这个打磨重塑的过程一定会受到批判式的重新斟酌，而其他的现代或后现代的研究方式同样也会如此。确切地说，我们现在通常认为，12 世纪的中国女性在婚姻和社会生活中，普遍面临着权势的压迫，她们受到了不公正的待遇。而上述的相关学者考虑李清照的生平及作品的出发点，正是由此形成的。

　　尽管我在这里关注的主要是汉语学界，但也不会忽略宇文所安（Stephen Owen）在这个问题上做出的重大贡献。宇文所安很乐意去重新审视李清照的再嫁，他用一种新观念为这个问题带来了冲击。1986 年，他出版了《追忆：中国古典文学的往事再现》（*Remembrances：The Experience of Past in Classical Chinese Literature*）一书，书中"回忆的引诱"（The Snares of Memory）一章关注了李清照的《金石录后序》。这是一篇很重要的文字，因为其提供了一种阅读这篇著名的记叙散文的新方法。宇文所安从文中对于婚姻的叙述中捕捉到了矛盾，他在一些段落里发现这对夫妻的关系存在着偏私。尽管宇文所安没有提出妾室的问题，但是他所说的内容帮助我们打开了一个思考赵、李婚姻的新路数。尽管宇文所安的分析会被许多中国学者反对,但是总的来说,它确实推动了 1990 年之后的中国学界自发地重新思考李清照婚姻的传统图景。[63]

309　　此番考察李清照生平,是基于对近世中国社会性别角色的认知,故而其不会仅仅满足于一带而过这个事实:李清照从未生过小孩,别说有个儿子了。在传统叙述中,通常仅仅在强调李清照于赵明诚逝世后遭遇到的孤独时,才会提到她没有子嗣。在后世学术界的再嫁论争中,她没有儿子一事有时会被用来解释她为何在四十九岁的年纪同意嫁给张汝舟。但是,更多的当代学者热衷于探索李清照在第一场婚姻中没有子嗣一事的深层内涵,而非仅仅提及此事带来的再嫁后果。

　　拥有像赵明诚这样地位与财富的男性,如果与妻子结婚几年后还没有孩子的话,必然会担负着传宗接代的巨大压力,因此他会要求纳一个或若干个妾。对于宋代社会而言,延续家族香火是非常重要的,与之相比,因纳妾而给家庭带来的潜在危机(比如,纳妾与养妾的经济负担,妻子会对此事感到厌恶)就显得不那么重要了。事实上,宋代文献记载了一些无法生育的妻子,自发地为她们的丈夫买了小妾,其夫从而获得了子嗣。司马光是一位非常特别的男性,他好像对女人不感兴趣,但尽管如此,据说他的妻子也为他买过小妾。[64] 实际上,不管有没有小孩,对于宋代的富裕人家来说,纳一个或若干个妾是一件稀松平常的事。柏文莉在最近关于这一现象的研究中讲到"纳妾几乎存在于每一个北宋上层家庭中"。[65] 我们对于宋代社会的认识使我们难以相信赵明诚会不愿意纳妾,毕竟他与李清照成婚已久,但始终没有孩子。

　　现在问题转到了怎样证明赵明诚确实纳过妾。任何的宋代文献都没有明确提及赵、李家庭中有一位小妾。但是,这些记录的缺失是我们确实

---

[63] 比如可以参见诸葛忆兵在《李清照与赵明诚》中对宇文所安观点的评论,第 111—112 页。

[64] 周辉,《清波杂志》,第 186—187 页。

[65] 柏文莉(Beverly Bossler),《歌妓、侍妾与贞节观》(*Courtesans, Concubines and the Cult of Female Fidelity*),第 115 页。

可以想见的，不能当作赵明诚没有纳妾的证据。这个小妾本来就没什么存在感，她的地位非常低，尤其与著名的李清照比较的话，则更为如此。故而，她生活于这个家庭的事就不会被任何的书面记录或评论记载下来。

　　虽然任何的书面文献都没有明确提到妾室，但是如当代学者指出的那样，李清照自己的作品里存在着有关妾室的线索或间接暗示。最常被引用到的线索是李清照《后序》中的几句话，这是她追述赵明诚去世前后状态的文字："疟且痢，病危在膏肓。余悲泣，仓皇不忍问后事。（1129年）八月十八日，遂不起，取笔作诗，绝笔而终，殊无分香卖履之意。"⑥⑥正是这段话的最后几个字被捕捉为赵、李家庭存在有妾室的证据。"分香卖履"典出曹操在临终时嘱咐妻妾的话，见于陆机为曹操写的《吊魏武帝文》，这篇吊文被收入著名的《文选》。⑥⑦曹操将遗留下来的香料分给他众多的小妾，并嘱咐她们，如果无事可做，可以学着编织鞋子、丝带以变卖，这样能供度自己的生活。这四个字可以视为简单的文学用典，就是指代她丈夫在弥留之际的遗嘱：李清照在这里只是说她丈夫死得是那么突然，以至于他都来不及留下遗嘱。按照这样的理解，曹操原话中提到的妾室与李清照要表达的内容毫无关联。我们知道，像这样在新文本中只部分截取典故意义及原文，是一种很常见的用典方式。但是，对于这种简单理解的争论在于，李清照是一位非常博学、缜密的作家，从而她在运用这个著名典故时，应该不会随心所欲，除非赵明诚真的在妻子之外还有一个小妾，否则她不会引用曹操的故事。不过说到底，我们无法在这两种理解之间做出必然的选择。我们确实有很好的理由认为这四个字暗示了家庭内部存在有妾室，但是却不能肯定这就是此四字的确切意义。

　　相信赵明诚有妾室或婚外情的学者，也在其他的李清照作品里寻找着支持此观点的线索。他们经常会将两首写于1120到1122年间的诗词当作证据来引用，此时赵明诚结束了在青州赋闲的日子，正在莱州知州任

310

————————

⑥⑥　《金石录后序》，《笺注》，卷三，第311页。

⑥⑦　陆机，《吊魏武帝文》，《文选》，卷六〇，17b。

上。第一首是《感怀》诗,这在第二章讨论李清照与写作有关的作品时已
经提到过了。我们现在以不同的视角再来看一下这首诗。这首诗极为不
同寻常,即便是在李清照的作品里,它也充满了特别的凄凉与绝望。诚
然,诗里的叙述者最终通过写这首特别的诗聊以慰藉,但主人公寥落的处
境却在诗中突显。

感 怀[68]

宣和辛丑(1121)八月十日到莱,独坐一室,平生所见,皆不在目前。几上有《礼韵》,因信手开之,约以所开为韵作诗。偶得"子"字,因以为韵,作《感怀》诗云。

寒窗败几无书史,公路可怜合至此。青州从事孔方君,终日纷纷
喜生事。作诗谢绝聊闭门,燕寝凝香有佳思。静中我乃得至交,乌有
先生子虚子。

因为这是一首诗,所以相较于易安词来说,我们可以更放心地将其当
作第一人称叙述来阅读。陈祖美、邓红梅、诸葛忆兵、以及其他的当代学
者都这样推测诗中所透露出的过度绝望之由来:李清照从青州赶来与赵
明诚会合,可是当她还在路上的时候,赵明诚就已经纳了一个小妾,或者
是有了一段婚外恋情。[69] 于是,他们说,当李清照到达莱州之时,赵明诚
其实并不想见到她,故而暂且将她一个人安置在房间里。李清照正是在
那个房间里,在被她的丈夫抛弃的状态下,写就了这首诗。

赵明诚于1120年秋被任命为莱州知州,他显然先行一步到了那里。
从李清照的诗序中可以知道,她要到一年之后才到莱州与赵明诚会合。
除了诗篇的整体心态和情境之外,李清照于字里行间透露出的一些细节
似乎特别有意义。一处是她所说的"平生所见,皆不在目前"。陈祖美认
为,如果李清照的丈夫和她同处一室,她不会说出这样的话。[70] 另一处是
她在房间里翻开了一本书,一本典礼仪式手册,但却"偶然"翻到了"子"

---

[68] 《笺注》,卷二,第211页。
[69] 陈祖美,《李清照新传》,第108—110页;诸葛忆兵,《李清照与赵明诚》,第107—115页;《李清照新传》,第94—95页。
[70] 同上书,第109页。

韵。如果赵明诚确实纳过妾，那么表面上或实质性的理由就是李清照不能生育。如果他在这个时候迷恋于小妾而疏远了妻子，那么不能生育的事实显然会长期盘踞在李清照的脑海里。事实上，"子"这个字是很难入韵的，这使我们更加怀疑李清照完全不是随机抽取出了这个字。此外，"公路可怜合至此"一句囊括了这样的情感，这位叙述者现在的遭际比她曾经遇到的任何情况都要糟糕。而最后一联更是强调了她唯一的"至交"是虚构出的文学人物。

下面这阕词是另外一首经常被引到的作品，持此观点的学者认为词中反映了婚姻生活的不和谐，也涉及到了出现在莱州生活中的小妾：

蝶恋花·晚止昌乐馆寄姊妹（第14号）

泪揾征衣脂粉暖。四叠《阳关》，唱了千千遍。人道山长水又断。萧萧微雨闻孤馆。　　惜别伤离方寸乱。忘了临行，酒盏深和浅。若有音书凭过雁。东莱不似蓬莱远。[71]

下面是当代学界阅读这首词的方式：1120年，赵明诚启程去莱州就职，将李清照一个人留在了青州。但是，他可能是带着妾室赴任，可能是在那里纳了一个小妾，也可能是在那里卷入了一场风花雪月的婚外情。面对着被抛弃的孤独，李清照在1121年自行决定到丈夫那里去，以重获他的爱情。这就是此词的写作背景。具体来说，其时李清照已经动身前往莱州，当她在途中抵达昌乐馆时，她写下了这首词向送她至此的"姊妹"告别。（李清照其实并没有亲姊妹，这首词里提到的姊妹一般被认为是其他的女性亲戚，或者是在青州的密友。）因为李清照正在前往与其夫团圆的路上，所以有人会觉得这首词应该充满了喜悦与期待。但是我们可以发现，她笔下的情感完全不是这样。我们能在词中捕捉到的所有情感都指向了李清照深深的忐忑，她不知道当其到达莱州时，丈夫会怎样对待她。在这个人生节点上，她的"姊妹"是其唯一的支持与慰藉，但现在她们也要离开

313

---

⑦ 《笺注》，卷一，第86页；《全宋词》，第二册，第1204页。

了，留下她独自一人去挽回赵明诚的爱。但是此番行程似乎是件碰运气的尝试，她也在为可能面临的失败而焦虑。这也就是为什么她很不情愿离开她的女伴，并恳求她们与其保持联系。⑫

尽管这种理解初听上去很有道理，但还是存在着一些问题。最为严重的是，这首词的词序（“晚止昌乐馆寄姊妹”）并不见于最早的版本（即收录在《乐府雅词》里的文本）。现代学者在翻阅刘应李编纂的元代类书《事文类聚翰墨大全》时，发现其间收录的文本带有这条词序，因而其重见天日只是现代才发生的事。⑬ 那么这个词序是否有可能是后人伪造出来的呢？我们已经发现，李清照的作品总被倾向于理解成传记，那么也并非没有这样一种可能：一些编辑者为了使这首词与李清照的生平绑定，故而增添了这么一条词序。如果在阅读的时候没有这条词序，这首作品就会被理解成完全不同的样子：它会被分析成李清照在赵明诚动身前往莱州的时候，写给他的送别词。按照这样的解释，开篇的泪水还是李清照的眼泪，但是被打湿的征衣就变成了赵明诚的衣裳。同时，结句的意思就是李清照在恳求赵明诚到莱州之后要经常给她写信，提醒他莱州毕竟不像传说中的蓬莱那般遥远。事实上，在现代学者从元代类书中发现这条词序之前，这首词通常就被理解成这样。⑭ 但是就算是这样的理解还是假定了此词是自传性质的，其直接反映了李清照生平中的一些事。要是这首词仅仅是一次练笔，那该怎么办呢？

围绕这两首作品的猜测很多，得出的结论也十分可疑——当然，比起最近就李清照作品的大胆学术臆断而言，这里的情况已经好得多了。比如，我们不能确定，李清照在《感怀》诗中表达出的不快是否源于另一个女人。她在诗中唯一提到的气恼之事是酒伴和金钱开销，将她绝望的根源定性为此二者之外的其他任何之物都是猜测。她选取“子”字作为诗

⑫ 这种理解或思维方式，可见陈祖美，《李清照新传》，第 103—105 页；诸葛忆兵，《李清照与赵明诚》，第 106—116 页；邓红梅，《李清照新传》，第 92—93 页。

⑬ 转引自王仲闻《李清照集校注》，卷一，第 28 页。我没有见到《事文类聚翰墨大全》的原文。

⑭ 这个信息也见于《李清照集校注》。王氏是最早在元代类书里发现这个副标题的学者，并认为它是真的。

韵确实不常见,但认为它别有深意或许也是不对的,这个字很有可能就如她所说是随意翻到的。在妾室扰乱赵、李婚姻的观点流传开来之前,一位现代评论家曾这样解释这首诗中的心烦意乱:因为赵、李夫妇并没有将他们收藏的拓本等艺术品带到莱州,所以李清照才说"平生所见,皆不在目前",她此时记挂的正是那些藏品。[75] 与诗相比,学者们围绕着昌乐馆一词而为其精心建构出的写作场景则更为可疑。此词小序的真实性本来就很有问题,因为它出现得晚,也只见于一种文献(后来也没有再见于任何一种近世的选本)。此外,若将这个小序剔除,那么此词听上去就会是另一副模样。学者为这首词编织出的故事不可谓不精巧,但它始终是一种虚构。这种虚构是建立在长期以来的错误传统之上:人们总是试图将李清照所写的全部内容一一落实于她的生平,同时她作为赵明诚妻子的身份也总是被视作理解她作品内涵的基础。

赵明诚一定有妾室或外遇的观点产生于 1990 年代中叶,就在此说生根之后,根据这个新发现来阅读李清照的诗词成为了一种新的学术热点,许多人甚至痴迷于此。几个世纪以来,李清照的一些作品都只是被简单地理解为寂寞情感的表达,或者被理解为迟暮美人形象的诗化塑造;但现在,它们在新思潮下被大规模地重新阐释,人们认为它们表达了李清照对于其夫不忠于爱情的绝望。对于那些并不致力于寻找第三者证据的读者来说,许多这样的新理解会让他们感到勉强,或者至少觉得它们是高度猜测的产物。我们以李清照的一首咏白菊的长调为例,看看学者对此词的考察。上文已述,陈祖美和邓红梅试图在李清照的婚姻中建构出一位竞争者,而这阕词正在此番尝试中扮演了重要的角色:

多丽·咏白菊（第 6 号）

小楼寒,夜长帘幕低垂。恨萧萧、无情风雨,夜来揉损琼肌。也不似、贵妃醉脸;也不似、孙寿愁眉。韩令偷香,徐娘傅粉,莫将比拟未新奇。细看取,屈平陶令,风韵正相宜。微风起,清芬酝藉,不减荼

---

[75]　刘瑞莲,《李清照新论》,第60—61页。

蘼。　　渐秋阑、雪清玉瘦,向人无限依依。似愁凝、汉皋解佩;似泪
洒、纨扇题诗。明月清风,浓烟暗雨,天教憔悴度芳姿。纵爱惜,不知
从此,留得几多时。人情好,何须更忆,泽畔东篱![76]

316

按:贵妃醉脸:典出唐玄宗的宠妃杨玉环,这位皇帝格外欣赏她醉酒时候的容颜。[77]

孙寿愁眉:孙寿是东汉士人梁冀的娇妻,"愁眉"是她富有诱惑魅力的表情之一。[78]

韩令偷香:韩寿(卒于300年)与其上司贾充之女发生过一段违制的恋情。这位女儿
曾经得到过皇家赏赐的香料,在与韩寿一夜私会之后,此香的味道遗留在了韩寿身上,于
是这段风流韵事就东窗事发了。此句正是运用了这个典故。[79]

徐娘傅粉:徐娘是梁元帝的一位美丽而怪异的妃子,[80]但是现存文献都没有提到她曾
用过什么香粉。面上所敷的白粉经常与廷臣何晏(卒于249年)相关。[81]李清照或许将何
晏错误地记成了徐娘,或者也可能是文本在传播的过程中发生了讹变,另外一种可能则是
李清照知晓一种现已失传的徐娘与香粉的故事。

汉皋解佩:上古时候,郑交甫在汉皋山邂逅了两位女神,她们将身上华美的珍珠佩件
解下,交付给郑交甫。不久之后,女神和佩件都消失了。[82]

纨扇题诗:班婕妤在其失宠于汉成帝(公元前32年至公元前7年在位)后,于团扇上
题写了一首诗,希望皇帝能看到这柄扇子,从而重新点燃起对她的爱恋。[83]

除了几首真实性不确定的咏梅词,这是见于宋代文献的李清照词作
中唯一一首咏物词。人们在理解咏物词的时候经常遇到障碍,因为尽管
其字面意思足够清晰,但人们往往困惑于其间是否存在有寄托的深意。

317　　　　解读这首词的关键似乎是上下两阕间存在的比拟。此词上阕列举了
一些词人认为与菊花不相似的事物,而下阕则列举了一些词人认为与菊
花相似的事物,这二者间的差异也是阅读的关键。但是下阕末尾提到的
菊花相似物则使得此对比本身变得复杂。

---

[76]　《笺注》,卷一,第36—37页;《全宋词》,第二册,第1202—1203页。

[77]　见李浚《松窗杂录》,7a。

[78]　《后汉书》,卷三四,第1180页。

[79]　《世说新语笺疏》,卷三五,第5条,第921页。

[80]　《南史》,卷一二,第341—342页。

[81]　《世说新语笺疏》,卷一四,第2条,第608页。

[82]　见《太平御览》卷八〇三,6b,《列仙传》。

[83]　班婕妤的诗为《怨歌行》,《文选》,卷二七,17a—b。

　　上阕运用的典故全都被认作是轻佻浅薄美女的写照，它们中的一些更会与丑闻或行为不端联系到一起。词中提到的贵妃醉脸，会让人想起玄宗因沉迷于她而贻误国事；孙寿是一位卖弄风情的女人；而韩令更是卷入了一场不正当的恋情。这些是关于假面、香水和脂粉的典故，人们无法从中体会到什么实质的东西或深层情感。传统上，这些典故在咏花诗词里经常被用来比拟花朵之美，但是李清照坚持拒绝用这样的典故来比拟她正在题咏的白菊。在否认之后，李清照于上阕的末尾提到了文化偶像屈原、陶潜，将她在菊花身上找到的品格与二者的风韵等同起来。事实上，由于这两人的诗歌经常涉及菊花，因此在传统观念里，他们早已与菊花联系在一起。

　　但是下阕提供了一种看待菊花的新方式。"汉皋解佩"和"纨扇题诗"是两个与菊花毫不相关的故事，因此它们似乎不大会在咏菊诗词里出现，这正体现了李清照所为之新奇。然而，白色在每一个典故中都扮演着至关重要的角色：汉皋女神戴着硕大雪白的珍珠佩饰；班婕好用来题诗的团扇属于白色丝织品。因此，尽管二者不是菊花的熟典，但是白色使得这样的用典能被认可。

　　下阕意在用一组新意象替换掉上阕提到的那些典故。首先，她们是与轻佻、丑闻毫不相关的女性形象：女神是超凡之美和浪漫爱情的象征，班婕好则是一位深受世人同情的才女。她们提供了一种新的人格化菊花的方式。上阕提到了故作忸怩的撩人女性形象，提到了长期放逐但坚持操守的大臣形象，也提到了隐士诗人形象，而下阕的女神与班婕好则把它们全部替代了。此词的结尾尤其巧妙。词人在上阕已经赞同将菊花视作在充满敌意的世界里保持坚毅的男性之化身，而现在则提出了这样一个问题：如果某人只是欣赏这种花朵的纤弱、优雅之美，那么还有什么必要总是将此花与那些受人敬仰的古代男性联系起来呢？李清照用女性联想取代了男性联想，提出了一种思考与品味菊花魅力的新方式。

　　那些苦苦寻找赵明诚隐秘情感证据的学者从下阕的用典里发现了一些东西，他们认为失宠的班婕好是李清照自己困境的投射。但是这种方式难以说通汉皋女神,于是如何将此典附会于这种理解,就变得很有分歧。陈祖美认为这个典故指代赵明诚与其他女子的调情。[84] 按照这样的解释,这组对句的上联反映了赵明诚的新欢,而下联反映了李清照的被弃。邓红梅则认为这两个典故说的都是最终不幸的爱情(女神消失了;班婕妤被打入冷宫),同时典故中的女子都非常美丽、聪慧、天赋异禀,因此她们是李清照的绝佳类比。[85] 但是,这种解释最终还得处理最后几句的意蕴。邓红梅是这样做的,她说:如果一个人真正珍爱菊花,那就没有必要总是把它与逐臣、隐逸诗人联系起来;但不幸的是,这个"人"并不珍视菊花(也就是说赵明诚不再关心我们的词人了),于是除了把菊花(即李清照)想成是被放逐的古大臣之外,就没什么其他选择了。

无需多论,之前的研究不会出现这样的解读。更甚的是,即便在那些相信赵明诚移情别恋的学者中,也有人毫无疑问地认为这种解释过于穿凿附会。诸葛忆兵就是其中之一。他认为这首词就只是一首精巧而新颖的咏白菊词,可能是李清照在青州与赵明诚比赛诗词的产物。他还补充到,此词在李清照的作品中非常特别,因为它没有易安词常见的忧愁寄托。[86]

上文提到的理解方式是在易安词中强加进一位"其他女子",下面我们将介绍一个更为极端的例子,即陈祖美对于《声声慢》上阕的理解,此词是李清照最有名的作品之一:

声声慢(第31号)

寻寻觅觅,冷冷清清,凄凄惨惨戚戚。乍暖还寒时候,最难将息。三杯两盏淡酒,怎敌他、晚来风力。雁过也,正伤心,却是旧时相识。[87]

在某些版本中,"晚来风力"作"晓来风力"。如果是"晓来"的话,它就能

---

84 陈祖美,《李清照新传》,第 77 页。
85 邓红梅,《李清照新传》,第 57—58 页。
86 诸葛忆兵,《李清照与赵明诚》,第 62—63 页。
87 《笺注》,卷一,第 161—162 页;《全宋词》,第二册,第 1209 页。

和下阕提到的"黑"结合在一起，使得整首词的时间框架横亘一整天。许多评论家选择"晓来"，因为它扩展出的时间似乎能更好地与词中表达的强烈愁苦相配。

陈祖美并非仅仅选择这一版本，而是认定了它。因为"晓来"之风（一直持续到黄昏）允许她将这句（实际上是整阕词）理解成是化用了《诗经·邶风·终风》一诗：这首诗以"终风且暴"开篇，据说是卫庄公的妻子卫姜在被丈夫抛弃之后所写。诗小序与《左传》都解释了卫姜被弃的原因：卫庄公宠爱一位妃子，同时卫姜也没有生下子嗣。[88] 于是，陈祖美生发出了一种复杂的寄托阐释，将这首作品附会于她建构出的悲惨故事：这个故事里的李清照没有孩子，与赵明诚关系因此而破裂。据我所知，陈氏是第一位在李清照的作品里察觉出这种言外之意的评论者。这首词因另外的特征而被世代传颂，但她对此词的理解完全是一种新见。

总而言之，探究赵明诚有无其他爱人的线索，为我们理解李清照的生平提供了一个新的维度，也使我们以更坦率的方式重构李清照的生活环境。赵明诚确实可能在婚后数年还没有小孩的情况下纳妾，如果不能意识到此事的可能性，那么就无法将赵、李婚姻放在宋代社会史的语境下加以考察。但这样做是对这场婚姻的理想图景提出异议，因此直到最近的二十年才有人提出这种可能性。这种新思路打开了我们的视野，将我们从持续几个世纪的浪漫婚姻印象中解脱出来。它的成就并非微不足道。

认识到这对夫妻之间可能经历着危机，会影响我们对于李清照文学作品的理解。但是我们必须谨慎，因为毕竟不能确定赵明诚有没有"其他的女人"。所以，任何假设李清照的作品里存有这样一位女子的理解，在逻辑上都说不通。这种关于其婚姻的新见，或许可以给我们提供一种解释其作品面貌的新途径，比如她长期承受着痛苦、她从不说破痛苦缘由等文学特征。但这种理解方式依然是推测，因为我们不能确定另一个女子插足婚姻的猜想是正确的。此外，如果我们将存在妾室的主张当作理解

320

---

⑧ 《春秋左传逐字索引》，B1.3.7/6/12–13。

易安词的基础,那么我们就会重犯旧错,无法区分生平和文学作品的差异,而将后者仅仅看成是她生平细节的投射。

赵明诚有子嗣的证据在最近被发现。明代所修的《八闽通志》里有一段长期被忽视的话,其中提到赵明诚"诸子"在其父逝世后与他们的叔叔生活在泉州(在今福建境内)。[89] 这段话的文字有点含混不清,其间提到的"诸子"可以理解成赵明诚另一位兄弟的后代,但是最自然的理解则是将他们看作赵明诚的儿子。截止到本书写作之时,发现这个问题的论文还未公开发表。[90] 故而尽管这个观点看上去会引起很大的争论,但是现在讨论学界会有怎样的反应还为时尚早。如果在适当的时候,赵明诚确实与妾室生了儿子的观点被逐渐建构起来,届时我们将会以这种思路重新考虑李清照作品。

这种认识李清照及其婚姻的新思路带来的隐患是非常明显的。致力于此观点的学者在彻底审查李清照的作品,希望找到证明其猜测的线索。这样一来,那些原先不被系年、且最好不要读成自传体的易安词,就会被阐释为因赵明诚在爱情中的反复无常而感到悲伤或愤怒,可实际上,这些易安词也许写于嫁给赵明诚之前,或者作于赵明诚逝世之后,与任何不忠于婚姻的现象毫无瓜葛。其用到的典故可能完全没有寄托,就算它们可以用妾室说来解释,但同样貌似合理的解释则会被忽略。我们也不会奇怪,那些赞成有"其他女子"介入赵、李婚姻的支持者们无法相互达成一致,就李清照作品中影射此事的细节众说纷纭,屡见分歧。在上文的讨论中,我们已经看到这样的理解充满了主观臆断,附录二列举了这种解释思路下的不同主张,可以提供更全面的参考。

———————————

[89] 黄仲昭,《八闽通志》,卷六八,3b。

[90] 钱建状,《围绕赵明诚"诸子"与李清照生平创作的几个问题》。(截至本书中译本出版之时,钱建状此文已刊载于《庆贺吴熊和教授从教50周年论文集》,浙江大学出版社,2008年,第159—166页。——译者按)

第十章　易安词(一)

现在我们终于要进入关于易安词的讨论,这是李清照的文学创作中最负盛名的部分。我们为了详细讨论李清照的其他文学作品、她的生平以及她的形象和声誉随着时间的推移被重塑和改变的复杂历史,不得不将对易安词的考察推延至此。之前讨论的所有问题都与我们今日阅读易安词的习惯方式有着密不可分的联系。为了突破直接将易安词与李清照的婚姻和寡妇身份相系连的标准阅读法,我们最好先这样对于充满心血来潮与丰富变化的李清照接受史有个完整全面的了解。正因为李清照传统形象有着悠久的历史与影响力,所以要跳出它的束缚是一件十分困难的事。如果我们没有事先清晰地探讨与理解这些问题的起源、影响以及它们在历史中的变迁,突破李清照传统形象的努力将会变得更加困难。

我们现在就能够提出一些新方法来处理第三章讨论过的问题,即以自传体的方式阅读李清照的作品所带来的误解与局限。来看下面的这首词,它在早期选本《乐府雅词》中被系于李清照名下:

诉衷情(第22号)

　　夜来沉醉卸妆迟。梅萼插残枝。酒醒熏破春睡,梦远不成归。　　人悄悄,月依依。翠帘垂。更挼香蕊,更捻余香,更得些时。①

首先,我们需要作一个在翻译过程中会遇到的有关人称问题的说明,这个问题在汉语中并不存在。在汉语语境里,我们可以将这首词理解成第一人称叙述,我的翻译即采用第一人称;也可以理解为第三人称叙述,也就

---

① 《笺注》,卷一,第111页;《全宋词》,第二册,第1206页。

是说，这首词的叙述者正在观察这个女性，并加以描述。② 汉语对这两种理解都不会构成阻碍。这是中国诗歌中常有的现象，虽然并非总是如此。中国诗人通常有幸不必将叙述者确定于两者之一，但是将诗译为英语的译者却必须要确定人称，这样一来不同的译者有可能会做出不同的选择。

我故意将这首词翻译为第一人称叙述，以便探讨我想要提出的问题：我们是怎样阅读这首词的？确切地说，我们如何理解这首词中的叙述者与历史上存在过的那个李清照的关系？大多数读者的第一反应是这个叙述者当然就是李清照自己。此词中的女性形象极为贴切地与传统的"李清照"形象相吻合，就是历史上因多重理由而为李清照建构出的那个过于敏感的、心烦意乱的、长期忍受痛苦的女性形象。如果这样来读的话，这首词就是传统李清照形象的确证，而传统形象也同时提供一种阐释这首词的方法。

在第三章里，我已经解释过为什么这种阅读方式是有问题的，因为这并不是我们阅读与李清照同时代的男性词人词作的方式。如果我们假设女词人不能创作并掌握代言体诗词，而同时又承认男性作家具备此种能力，这是相当傲慢的。当我们把词人移出作品，将这首词中的女性形象仅仅视为文学创造，而与李清照的人生脱离开去，也许这首词所能给予我们的深刻印象、感动以及流露出的真挚情感会大大减弱。这其实是另一回事，即文学效果和文学鉴赏的问题，这个问题并不需要卷入是否要将李清照的词作与男性词作等量齐观的纷争。当我们允许自己从这些词作中追寻历史中的李清照的话，我们将屈从于几个世纪的浪漫形象的巨大分量，即那个长期独处而始终思念赵明诚的贤淑妻子形象，从而放弃仔细琢磨李清照的实际情况和文学才华。如果李清照身后这几个世纪以来的接受史有教会我们什么东西的话，那就是这段历史展示了不同时段的不同群

---

② 艾朗诺这段话是为这首词的主语而发，即是"我夜来沉醉卸妆迟"还是"她夜来沉醉卸妆迟"。若为"我"，那么全词的主语就是这个"夜来沉醉卸妆迟"的女子自己，是第一人称叙述；若为"她"，那么全词的主语就是观察、描述此"夜来沉醉卸妆迟"女子的人，是第三人称叙述。——译者按

体,是如何熟练地出于各自不同的价值理念与有意识或无意识的思维模式,去建构一个适合他们自我需要的"李清照"。在沉浸于接受史探究之后,我们对待如下问题应更加谨慎:对于那位写下如此感人而难解的词章的女子,我们究竟能了解多少?

易安词中的叙述者身份其实有很多种可能,在这些可能性中存在着两个截然相反的极端。其一可能是完全的文学创造,词中的叙述者与李清照以及她的生活、情感毫无瓜葛。其二则可能确实是历史上存在过的李清照,她以自己的身份通过词句与我们交流。我认为无论哪一种极端,它发生的可能性都是很低的。文学表达总会在一定程度上渗透进作者的真实生活经验,但这些生活经验只有通过特定文类、历史,以及作者带入其作品的"艺术技巧"(artistry)才能被形塑、被表达。没有一种写作能完全脱离形式与传统的影响与束缚,否则这部作品很可能不会被轻松理解。

还有一种可能是,李清照在创作这种为女性代言的文学时,故意利用自己的女性身份。当然,她很明确地认识到自己女词人身份的独异性,围绕在她身边的男性词人一分钟也不会让她忘记自己的独异性,正如之前论述过的那样,李清照在《词论》中就明确地表现出了这种意识。但是我们无法知晓李清照在多大程度上意识到,作为女性的她,在创作以妇女形象与"女性"(feminine)情感为主的文体时所具有的先天优势。我们的确知道,在易安词中,至少是在现存的易安词中,李清照有意避免了发出一些很明显不会是她自己形象的声音。也就是说,李清照并没有在词里描绘诸如宫廷的后妃或下层的歌妓,在易安词中"出现"的女性都与李清照自己的上流社会身份高度近似。李清照甚至允许在词中时不时地出现与她生平有关系的细节,比如城镇、湖泊以及她所生活居住过的楼阁这样实际存在着的地名。这完全有可能出于其与男性词人争胜的目的,即她意识到自己作为女性,在创作这种特别的文体时完全可以培养出更诚挚更真实的情感气质,并主动利用了这个优势。但即便如此,易安词中的女性叙述者仍然是一个经过文学艺术培育出的八面玲珑的形象,还是必须和

325 李清照本人相区分开来。更为负责任的阅读方式是容许艺术虚构的可能性,而非简单假设她无论何时都只能以历史人物李清照的身份写作,却对这一论断所影射的含义不加反思。

　　下面我将尝试去探讨易安词独有的文学特点,我将仅仅把它们看作是文学作品,而不是用于窥探作者私人生活与个人情感的窗口。我们从易安词中听到的女性声音究竟与历史的李清照的想法、情感有多少关联?这个问题基本上是无法回答的。意识到这个问题的无法解决,我们最好将其置于一边。毕竟我们习惯于认为从易安词中可以窥探到李清照"真实的、内心的"情感,而这种情感的流露又是体现李清照词家水准的关键。因此将这个无解的问题置于一边后,可以使我们在阅读易安词中避免这种习惯的诱惑。于是,与传统相反,我的出发点就是认为易安词并不需要按照惯常的态度去阅读,也能够去欣赏它的文学效果或者是使这些词独立于其他词人作品之外的特质。

　　在我们进入易安词的探讨之前,我们必须时刻牢记第三章讨论过的问题,即现存的系于李清照名下的词作,很多是颇可怀疑的。因此,我将只关注我划分出的第1、2组词,它们是最早(宋代)被系于李清照名下的一批词。

　　对于易安词的描述与分析有许多途径,本章将通过一些不同的特质与主题类别去探讨这些词作。这些主题包括:李清照改写前代诗人诗句的写作习惯、一种不同寻常的描写女性户外郊游的词作类群,以及在许多词作中表现出的特殊的女性情感或女性心理。通过这种方式来讨论李清照最负盛名的一些词作以及一些往常被忽视的词作,是我如此安排本章章节的目的。同时,我还希望逐一处理令易安词如此特别的关键因素。在下一章里,两类在晚近才系名于李清照的词作将会被讨论,从中我们可以看到李清照是以何种方式被后世所想象,以及这些晚出之词与早先的更为可靠的词作相比,有着多么大的不同。

改 写 成 句

　　化用或改写前人的成句是李清照最喜爱的文学技巧之一,这些成句的来源诗、词皆有,而一旦李清照利用了它们,她就会使这些句子产生不同的效果。这样改写成句的方式并不是李清照所独有,许多与她同时代的词人都利用过这个技巧。这个技巧被称为"隐括",亦即"改写",也就是使其"适应"于作者自己写作目的的需要。最常见的隐括方式很可能就是将前代诗歌中的句子不加字面改动地引入词作中来,周邦彦就是因此而著名。这项绝技难免会对成句的文学意义和内涵做出改变,但文化素养高的读者却也很享受在一个新的文体场景中听到前代诗句(如唐诗)的"回响"。另一种常见的方式是重写一个完整的前代文学作品,这起源于用词体的方式来复述前代的一首诗甚至是一篇散文。苏轼就因为做过数次这样的尝试而闻名,比如他曾经在词中隐括过陶潜的《归去来兮辞》,也用词作重写过韩愈的一首记叙其听弹琴表演的诗歌。③ 黄庭坚也曾经这样做过,他将欧阳修的名作《醉翁亭记》用《瑞鹤仙》一调复述了一遍。④

　　李清照喜欢运用的方式与上二者稍有不同,她喜欢在借用前代诗歌的一句或数句成语的同时,对于其间的用字稍作改变,这样实际上是改写了成句,并赋予其全新的意义指向。正如之前谈论过的那样,李清照这样的喜好或许可以被认为与她特殊的女性词人身份有密切联系。在第二章里,我们已经看到了大量的证据表明了她对其文人身份的自觉、她对于自己女性作者身份的敏感、她要与男性作家相较量的意识,特别是在这么一种与女性形象、声音和情感紧密相关的文体创作中,她

③　此句即言苏轼《哨遍》(为米折腰)一阕隐括陶潜《归去来兮辞》、《水调歌头》(昵昵儿女语)一阕隐括韩愈《听颖师弹琴》诗之事。——译者按
④　关于宋词中这种隐括技巧的研究,参见:内山精也,《两宋隐括词考》;吴承学,《论宋代隐括词》。

的竞争意识尤为强烈。这样来看,可以对她热衷于改写前代诗句的原因做出一种解释——作为女词人,她将这种方式视为一个虽小但有效的与男性作家相较量的平台。李清照化用与改写前人成句的方式是显见而大胆的,足以自我宣扬或引起他人的注意。举一个我们在下面会看到的例子来说,她甚至会在词序中有意将她的化用行为公之于众,这样的声明对于词家而言是非比寻常的,但它却也和李清照的大胆隐括相一致。

　　无论如何,就让我们从这个论题开始,这既是因为它是许多易安词的共有特征,也因为以此可了解李清照的自我意识以及她对于词体文学创作的一种普遍的细腻态度。在《词论》中,李清照批评了一些重要的前辈作家对于创作词体文学的散漫态度,指责他们在创作时并不够严肃或尚未全力以赴。李清照在她的词作中改写成句的行为表明了她的写作态度与方法,即词体文学创作态度绝对不应该是漫不经心的。

　　下面是第一个例子,这是李清照最广为传诵的词作之一:

如梦令(第5号)

　　昨夜雨疏风骤。浓睡不消残酒。试问卷帘人,却道海棠依旧。知否? 知否? 应是绿肥红瘦。[5]

这首词源于晚唐诗人韩偓(842—923)一首诗的最后四句,韩偓的原诗如下:

懒　　起[6]

　　百舌唤朝眠,春心动几般。枕痕霞黯淡,泪粉玉阑珊。笼绣香烟歇,屏山烛焰残。暖嫌罗袜窄,瘦觉锦衣宽。昨夜三更雨,今朝一阵寒。海棠花在否? 侧卧卷帘看。

阅读韩偓这整首诗而非仅仅关注李清照获得直接灵感的那四句是很有意

---

⑤　《笺注》,卷一,第14页;《全宋词》,第二册,第1202页。
⑥　韩偓,《懒起》,《全唐诗》,卷六八三,第7832页。

义的。首先,李清照毫无疑问地利用了这首唐诗,在诗与词之间我们可以发现许多相同的元素,这显然不是一种偶然的巧合。

话虽如此,李清照对于韩偓诗的转写还是非常引人注目的。韩偓诗的最后四句读上去好像是后来添上去的,因为在我们读到这四句之前,已经对这位女性形象有了足够需要的了解。无论如何,在前八句传统闺怨描写之后,这位女性最终被允许表达一种相对自发的情绪,追问着海棠花能否在昨夜的冷雨凄风中安然无恙。李清照截取出了这个场景,并用一阕完整的词将其表现出来。换句话说,李清照摒弃了韩偓前八句诗中的传统语汇和意象,并将诗中最缺乏传统闺怨诗元素的部分敷演成为一首独立的完整作品。李清照在创作的时候通过戏剧化的方式极大地增强了这个场景的吸引力,特别是她把另外一个人引入了房间,这个人很可能是一位负责早上拉起窗帘的侍女。这个侍女对于过分敏感的女主人来说,是一个绝佳的陪衬。因为侍女只是在做着她日常的工作,她并没有察觉到窗外花朵残谢的状况,或者说是根本没把花朵放在心上。对于她来说,窗外的花朵与昨天是一样的,或者昨夜的风雨对花朵没什么影响。这种冷漠的态度激起了小姐的情感迸发:"知否?知否?"李清照最终说出了她这阕词的关键字:"瘦"。这个"瘦"字也是来自于韩偓的诗,尽管它出现在最后四句之外,并且在原诗中此字更多地是修饰女子而非花朵。尽管韩偓的"瘦"字是一种陈词滥调,但是李清照的使用却有着很强的创新性,实际上这也是这阕词能被记住的关键。

另一个明显的借用与化意的例子是一阕词的首句:"庭院深深深几许?"李清照认为以此句开头的那首词是欧阳修写的,但实际上这阕词(以及这首句)是南唐词人冯延巳(903—960)所作,下面就是冯词的全章:

鹊　踏　枝

庭院深深深几许?杨柳堆烟,帘幕无重数。玉勒雕鞍游冶处。
楼高不见章台路。　　雨横风狂三月暮。门掩黄昏,无计留春住。

329

泪眼问花花不语。乱红飞入秋千去。⑦

　　按:"玉勒雕鞍"唤起了一群骑着马、徜徉于欢场的英俊少年形象。大概这位女子的情人便是这群浪荡子的一员。

　　"章台路"是勾栏瓦肆的别名。

　　李清照被这首句所吸引,于是将其窃取过来,自己创作了几首以完全相同的句子开篇的词作,而对首句之后的部分进行了改写。她在其中的一首词的序言里这样声明:"欧阳公作《蝶恋花》,有'庭院深深深几许'之句,予酷爱之。用其语作'庭院深深'数阕,其声即旧《临江仙》也。"尽管她自己说她用其语创作了"数阕",但在较早被系于李清照名下的词作中,只存留了下面这一首:

临江仙(第 19 号)

　　庭院深深深几许? 雾阁云窗常扃。柳梢梅萼渐分明。春归秣陵树,人客建康城。　　　感风吟月多少事,如今老去无成。谁怜憔悴更凋零。试灯无意思,踏雪没心情。⑧

330　　这阕词存在着文本以及其他一些问题,此词在不同选集中的版本包含了诸多异文。这里引用的版本源自《乐府雅词》,我们可以看到这首词最早的面貌。第五句中出现的地名至少有三种异文:远安、建安以及建康。评论家们根据他们对李清照行迹的复构以及他们想象的这首词的创作时间来选择三者之一。其实,选择与前句中的"秣陵"(南京的别名)最相匹配的那一个,或许是最能说得通的方法,这样来说,建康(南京的又一别名)是最合适的了。

　　尽管所有的文本不确定性都影响着此词的意蕴,但是我们还是可以提供一个试探性的读法。词中的叙述者在一个封闭的高楼上,面对着深深的围院,她感到自己几乎被幽闭。她由此向外探视,春天已经来到了她所在的地方,但春季的到来只能加剧她对于自己所遭受的一切的认识,她

---

⑦　冯延巳,《鹊踏枝》,《全唐五代词》,第一册,卷三,第 656 页。
⑧　《笺注》,卷一,第 105 页(根据《乐府雅词》做了几处文本改动);《全宋词》,第二册,第 1205 页。

觉得自己并不身处在自己所喜欢的地方。她现在在秣陵(宋词中的一个与送别场景有关的地点)附近,这里是建康的郊外。叙述者是一位女性作家,并颇以此自居。不过,尽管她写下了许多诗篇("感风吟月多少事"),却觉得这些都毫无价值("如今老去无成")。在这个思绪引起的沮丧下,她敏感地意识到自己年岁的老去。因而诸如试灯或踏雪这些在平日能给她带来愉悦和消遣的活动,已不再能勾起她的兴趣了。

　　除此之外,我们还可以看到李清照将她自己的作品与其所欣赏的"欧阳修"(实际上是冯延巳)原作拉开了多少距离。李清照说她酷爱原作的首句,但是我们可以发现她实际上从头到尾地改写了原词。她的词作依然展现了一位与世隔绝或幽闭中的女性形象,但这位女性却有着非比寻常的品质。她并不是宋词中常见的固定化形象。在以往的词作中(例如冯词),典型的女性形象往往是这样:因为薄情郎在外寻花问柳而一个人被丢在了家里,她的眼里总是含着泪水,除了思念那抛弃她的男人外,就没有什么其他的与自己相关的念头。李清照词中的这个女性也可能在为自己的遭遇而感伤,但她完全没有把注意力放在一个不在场的男人身上。最后两句中,她甚至拒绝了可供选择的消遣。这也说明在其他时候与心情下,她也是能独立地生活的。只是在当下感伤的情境中,她的愁绪难遣罢了。

　　易安词中还有另外一种改写成句的类型,与上文所言的整阕改写不同,这里的改写活动只是在小范围内进行,可能也就涉及一两句。尽管这只能产生局部的效果,但也非常有意思,完全可以展现李清照与众不同的写作天赋。上面所举的两个例子都可以说明,李清照借用前人词作进行写作,彻底改造了这些词作中的女性形象。下面的几个例子则可以显示出她所改变的对象丰富多样,但在它们之间还能发现一些共性。下面是李清照一首词下阕的最后几句,我们在第三章中已经讨论过这首词:

一剪梅(第 13 号)

　　……花自飘零水自流。一种相思,两处闲愁。此情无计可消除,才下眉头,又上心头。⑨

正如徐培均所指出的那样,此词的最后两句来源于北宋政治家范仲淹
(989—1052)的词,⑩就是下面这首:

御 街 行

纷纷坠叶飘香砌。夜寂静,寒声碎。真珠帘卷玉楼空,天淡银河
垂地。年年今夜,月华如练,长是人千里。 愁肠已断无由醉。酒
未到,先成泪。残灯明灭枕头欹,谙尽孤眠滋味。都来此事,眉间心
上,无计相回避。⑪

332

李清照有意识地借用和改写此词,除了两者拥有共同的字词("眉"、
"心"、"无计"),以及"消除"和"回避"两个近义词的运用之外,相近的句
子皆出现在词篇的末尾也可以证明这一点。除此之外,考虑到范仲淹极
高的名望(再加上他似乎只创作了很少的词作这一事实),我们有理由相
信李清照在创作此词之前已经熟悉范氏的词。

李清照对于范仲淹原词的改造,从字面上来看,或许只是简单的语言
变动,但在意义上却有着深远的不同。范词的意思仅仅是这个女子无法
"回避"萦回不去的寂寞,她脸上的表情与心底的想法都一致地体现了这
一点。而李清照的词句却在"眉头"与"心头"之间设置了等级顺序:这个
女子可以将面容上的忧愁排解掉,但这忧愁随之就会从脸上转露到心头。
这意味着,她并没有办法真正地排解掉忧愁。这样一种处理主题的方式
关注到了人物的内心,实际上暗示了人物外在神貌与内心真实情感的差
异。与范仲淹平等地对待"眉间"和"心上"不同,李清照指出后者其实有
更加深远的意蕴:这种"心头"之愁实在太强烈了,以至于超出了一个人
的控制与应对能力,尽管她可以控制或掩饰自己的脸部表情。

我们要在这儿讨论的最后一个借用成句的例子涉及到河与舟的主

---

⑨ 《笺注》,卷一,第 20 页;《全宋词》,第二册,第 1204 页。
⑩ 关于徐培均对于典故的注释,见《笺注》,卷一,第 23 页,注释 8。
⑪ 范仲淹,《御街行》,《全宋词》,第一册,第 14 页。

题。南唐后主李煜一首词的结句"问君能有几多愁,恰似一江春水向东流",⑫是有名的把人的无尽忧愁与河水相类比的例子。也许脑海中存留有李煜的这句词,宋初诗人郑文宝(953—1013)创造了一个关于河水与忧愁的新范式。这个范式使河水与忧愁具备了物理上的重量或容积,把将要启程的行人所乘坐的船设想成在承载行人的同时,也承载了一份很沉重的"货物"——忧愁:

绝句三首(其一)⑬

333

　　亭亭画舸系春潭,直到行人酒半酣。不管烟波与风雨,载将离恨过江南。

如钱钟书所指出的那样,郑文宝的思路被证明是后代诗人的最爱,在其后不久就被反复借用。⑭苏轼在 1084 年于大运河(汴河)溯流而上时,在写给秦观的一首离别词中就以这样几句开篇:

　　波声拍枕长淮晓。隙月窥人小。无情汴水自东流。只载一船离恨向西州。⑮

这里"承载"船的是流水,但这艘船还承受着离愁的重担。苏轼在句中关注到了运动方向的矛盾,这个矛盾增强了这几句的趣味性:汴水是向东流的,但是他却要逆着水流向西航行。苏轼可能以这种方式做了一个隐喻,暗示想要与朋友在一起的愿望与将要去汝州赴任的职责发生了矛盾。

　　由于苏轼太过有名,故而当他化用了郑文宝的诗句之后,这个隐喻就"成为"他的原创,随即被他的追慕者所效仿。陈与义用相同的词牌写下"明朝酒醒大江流,满载一船离恨向衡州"的句子,⑯很明显这是在效仿苏轼。周邦彦巧妙地将苏轼的词句融入进了一首长调的上阕,并用自己的

---

⑫　李煜,《虞美人》,《全唐五代词》,第一册,第 3741 页。
⑬　郑文宝,《绝句三首》其一,《全宋诗》,第一册,第 640 页。
⑭　钱钟书,《宋诗选注》,第 3—4 页。
⑮　苏轼,《虞美人》其四,《全宋词》,第一册,第 395 页。
⑯　陈与义,《虞美人》,《全宋词》,第二册,第 1387 页。

句子将其丰满:

尉 迟 杯

　　隋堤路。渐日晚,密霭生深树。阴阴淡月笼沙,还宿河桥深处。无情画舸,都不管,烟波隔南浦。等行人,醉拥重衾,载将离恨归去。⑰

　　按:"隋堤"位于汴梁附近的汴河岸边,词中叙述者正从此处出发。

在介绍完这些化用此意象的例子后,我们来看李清照是怎样处理的:

武陵春(第43号)

　　风住尘香花已尽,日晚倦梳头。物是人非事事休。欲语泪先流。　　闻说双溪春尚好,也拟泛轻舟。只恐双溪舴艋舟。载不动、许多愁。⑱

我们需要将李清照的女性身份与她运用此意象的特别方式联系起来,这是我们第一次在送别诗词之外见到这个意象。在之前的诗词中,被提到的那个小舟是旅行者的船,而小舟不仅仅负载着旅行者的重量,同时也负载着伴随在旅行者心头的忧郁的重量,旅行者的忧郁来自于他将要离开他想待下去的地方。而这个旅行者当然是纵横往返于这个广袤帝国领土上的男性,而他们不得不离开的原因,经常是因为要到新的州郡任职或是有了别的任命。李清照确实也有过长途旅行的经历,但是与她同时代的男性不同,她没有官员身份,因此她不会被委以新任而不得不去往一个新的地方。与此相反,就像我们将会看到的那样,李清照非常喜欢描写白天

---

⑰　周邦彦,《尉迟杯》,《全宋词》,第二册,第790页。

⑱　《笺注》,卷一,第140页;《全宋词》,第二册,第1208页。这是本章所讨论的易安词中唯一选自第3组的作品,我认为它很可能是李清照所写。此词的确因首次系名的年代缘故而被划入第3组,但这其中确实存在一些可容商榷之处。首先,这首词被选入了《草堂诗余》前集(约1195年),A.509,因此可以证明它在南宋就已经存在。其次,尽管在《草堂诗余》中没有标明这首词的作者,但是它紧接在一首明确题为李清照的词作之后(第5号)。正如其他学者指出的那样,早期选本在处理一组连续的同一作者的作品时,并不需要重复标明该作者的名字,所以尽管我们不能说在《草堂诗余》中这首词被明确地系于李清照名下,但是有很多证据可以使我们相信,《草堂诗余》的编者是将这首词认定为李清照所写的。

的户外活动,特别是在户外划着一艘精美的小船。在这里,词中的人物正在做着户外泛舟的打算,但是最终否定了这个想法,因为在这个特别的日子里,她感觉到自己正深陷于忧愁。为了唤起这种绝望的感觉,李清照借用了送别诗词的传统以及其间别出心裁的承载沉重愁绪的小船意象。但以前从未有人借此意象来说载不动愁绪,这种声言在送别诗词中找不到它的位置,因为无论旅行者对于分离是多么不情愿,离别总是要发生。但是李清照的午后户外活动,却不一定发生,这个行程计划可以由于叙述者不合时宜的心情而被取消。此外,一次简短的小溪泛舟,并不需要一艘大船,一条可供女子单独荡桨的小舟就足够了。于是,这条小舟本身就巧妙地契合了载不动沉重愁绪的构思,非常适合于对已经成为传统诗歌意象的载愁之船进行创造性的改写。

户外郊游词

我们习惯上认为李清照时代的女性几乎只能待在室内,甚至不仅是室内,更是被幽闭在"深闺"中,即那个专门把女性与外界隔离开来的居住空间。但是李清照的作品并不全然符合这种固定印象。诚然,李清照的笔下存在大量的作品关注幽居于深闺的女性,但是也有异常多的作品描写女性的户外漫游。这些女性并不是仅仅在私家庭院或花园中踱步,而是在没有任何围墙阻碍的广袤大自然中畅游。很难说这是因为李清照个人不受常态所拘束,还是说我们得重新考虑我们关于宋代大家闺秀幽居生活的假设,毕竟这个时代还没有如后世那样多的对于妇女活动的限制,同时缠足的习俗在此时也还没有广为流行。之前的章节里提到过一个关于李清照喜欢在风雪中漫步于城墙下以寻觅诗歌灵感的轶闻,这个故事使得第一种假设更加合理。因为这个故事的主题重点之一就是强调了李清照这样的行为,对于一个女性来说,是多么反常。

下面是一首她描写外出郊游的词作,此词在第七章已经出现过,那时是作为大部分南宋词选都未收录的词例出现的:

怨王孙(第18号)

湖上风来波浩渺。秋已暮,红稀香少。水光山色与人亲,说不尽,无穷好。　　莲子已成荷叶老。清露洗,蘋花汀草。眠沙鸥鹭不回头,似也恨,人归早。[19]

正如许多评论家已经指出的那样,此词执着于描写晚秋的美景,不涉及任何的感伤追恨情感。但在中国诗歌强大的悲秋传统下,像这样的作品是非常罕见的。如果只就这一个方面来说,这首词已经是相当新颖的了。由于此词上阕描写了秋景之可人,所以当我们读到词末的时候,颇会觉得李清照将词中主人翁不想离开这片美景的情感转移到了鸥鹭身上。正是这种在叙述者与鸥鹭之间的移情,才使得此词的结尾给人留下了深刻的印象。根据词末对于这位女性将要归去的提示,我们可以知道这次郊游持续一天。这是一个计划好的远离家居的行程,也正是这个要在外待一整天的漫游计划使她来到了这片地方。词中的一些要素使得这次郊游听上去像是户外泛舟活动,这些要素包括了对荷花的涉笔(上下阕各出现一次),以及其他所有的水中意象。实际上,一些明代的词选就将此词置于"赏荷"的题材类别之中。正如我们将会看到的那样,李清照频繁地描写了泛舟女性的形象。另外一个值得注意的特点就是,整首词中没有任何地方暗示这个女子的漫游活动是有别人陪同的。词中的用语似乎是故意巧妙地提醒人们注意这个叙述者的独处状态。事实上,她的"伴侣"不是人群,而是精心选择出的自然物,首先是水与山,其次是那些不忍看到她归去的鸥鹭。当这个女子要离开此景而回到社会中的家时,她不情愿地离开的地方,实际上是一片欢迎她进入的无人烟的自然风景。

李清照最著名的户外郊游词是下面这首:

如梦令(第4号)

常记溪亭日暮。沉醉不知归路。兴尽晚回舟,误入藕花深处。

---

[19]　《笺注》,"补遗",第540页;《全宋词》,第二册,第1205页。

争渡。争渡。惊起一滩鸥鹭。⑳

这首词有一些与上词相同的要素,词中的女性又在从事一整天的户外泛舟,并且似乎也是孤身一人,甚至没有任何线索可以表明有着侍者或仆人的陪伴。她就是那个陷入了溪亭藕花深处之人,不得不奋力划桨以穿过花丛。

与上一首词不同,这回主人公并没有明确的对于大自然美景的体认,但很明显,她十分享受此次出行。她在外待了太久,久到她已经喝醉了,以至于她在暮色降临的时候找不到回家的路。但是这首词并没有描写她愉快的午后时光,取而代之的,则是叙述了在她掉转船头回家时发生的故事。最后一句所描绘的生动画面,超出了我们的意料(同样也出乎她的意料):一群白色的鸥鹭突然间飞向夜色渐浓的天空。这整个场景被开篇两字"常记"所构建与加强。我们可以从这两字中推想出,这次旅行经历,特别是那极富高潮性的美好收尾,对于这个女子来说有着特别的意义,尽管这首词并不打算把这个意义用语言说出来。

比李清照时代稍早的欧阳修曾写过一首关于女性泛舟的词,此词也是以一个意外的转折收尾:

渔 家 傲

花底忽闻敲两桨。逡巡女伴来寻访。酒盏旋将荷叶当。莲舟荡。时时盏里生红浪。　　花气酒香清厮酿。花腮酒面红相向。醉倚绿荫眠一晌。惊起望。船头阁在沙滩上。㉑

在这首词里,我们看到一个独自出门的女性形象,但她很快就与她的女伴会合在一起。她的社会形象也很容易被辨认出(采莲女),这个形象经常在通俗传闻与文学中被浪漫化。词中的这些采莲女可以喝酒,有充裕的闲暇时间,这略微有点难以置信。词人轻佻地描绘了这些女孩子的神态,

---

⑳ 《笺注》,卷一,第40页;《全宋词》,第二册,第1202页。

㉑ 欧阳修,《渔家傲》,《全宋词》,第一册,第164页。

将她们红艳的面庞比拟为美丽的花朵，她们的愉悦与闲适最终被小舟的摇荡所打断。李清照笔下独自泛舟的女子，与欧阳修对于采莲女想入非非式的肖像画相比，无论是在氛围还是在内涵上，都是完全不同的。但为了欣赏李清照词的独到之处，欧阳修的这阕词有助于提醒我们注意描写泛舟女的传统方式。

我们之前已经看到过了李清照另外两首提到户外泛舟女性的词作，一阕是第 13 号《一剪梅》："红藕香残玉簟秋。轻解罗裳，独上兰舟。"另一阕是第 43 号《武陵春》："闻说双溪春尚好，也拟泛轻舟。只恐双溪舴艋舟。载不动、许多愁。"这些女性的首要特点在于她们是自己登舟的，这使我们更加能够确信，我们对于上面几首词中的女性孤身泛舟的猜想，是有根据的。

尽管在第 13 号与第 43 号词中，泛舟或对泛舟的打算并不是主要事件或首要兴趣（这与第 4 号《如梦令》不同），但是它们提到的泛舟依旧可以加强泛舟与户外活动对于易安词中的女性形象的重要性。独自泛舟不仅仅是这些女性可以去做的事，更是她们最喜爱的消遣，成为她们排遣悲伤与忧郁的一种重要手段。在第 43 号词中，女性主人公最终发现，泛舟也不能帮助她舒缓此刻过于消沉的心情。但这并不是最重要的，关键的地方在于，这些幽居的女性所能获得的缓解压力的方式，不是乘车、骑马或者散步于大自然，而是户外泛舟。并且，在什么季节泛舟似乎并不重要，通常诗歌中所见之悲凉的秋景，在李清照的笔下也可以让人感到如春光一般的美丽与愉悦。

因为这些词中的人物形象是女性，所以她们沉浸于自然中的愉悦程度是有所限制的。不管这些女性是多么不情愿，她们都必须在日落前启程回家。这就与苏轼的情形不同，她们不能驰骋于春日的原野上，因一时兴起而在小溪边找一个自己非常喜欢的地方解鞍过夜，与星辰共眠。[22]但是至少她们可以自己出门，在大自然里漫游一整个白天，这样的自由程

---

[22] 苏轼，《西江月》，第十一首，《全宋词》，第一册，第 367 页。

度也依然超出了我们的预想。这些词中秀丽的自然风光，被看作是对室内压抑气氛的调适，而令人意外的是，在这些词的描绘中，这种心情的调适常常被独自户外郊游的女性所体验到。

独有的情怀

尽管上文所论之描写户外短途旅行的词篇非常有意思，但是它们在易安词中所占的比重还是很小的。易安词中更普遍地设景于室内，或者在建筑附近，也许是高墙围绕的庭院或花园。毕竟，诸如这样的物理空间才是女性度过她们一生中大部分时光的地方，即使是李清照这般富有冒险精神的女性也是如此。这里我要先讨论这些居家词篇的一个部分，另外一个部分将会被留到下一章。这一部分词作的情感特征与郊游词完全相反，我们在户外郊游词中可以发现自由、放纵和愉悦，而这些词显著表现的却是屏障和阻碍，总体上给人的感受就是一种近乎幽闭的孤居，词中的人物形象则是孤独的女性。这些词为多种类型的情感提供了施展空间，但是主要的情感就是不愉快。词里往往没有解释不愉快的原因，但是有时候又会出现一些间接的线索暗示。

340

下面将会挑选出一组有代表性的词，正如第一阕所显示的那样，这种类型的词篇主要是以小令的形式写就的：

忆秦娥（第 33 号）

临高阁。乱山平野烟光薄。烟光薄。栖鸦归后，暮天闻角。　断香残酒情怀恶。西风催衬梧桐落。梧桐落。又还秋色，又还寂寞。㉓

下面这阕词的词牌名有时也会被题为"采桑子"：

㉓　《笺注》，卷一，第 51 页；《全宋词》，第二册，第 1207 页。

添字丑奴儿(第34号)

341　　窗前谁种芭蕉树？阴满中庭。阴满中庭。叶叶心心,舒卷有余情。　　伤心枕上三更雨,点滴霖霪。点滴霖霪。愁损北人,不惯起来听。㉔

另一首是在深夜沉思的作品:

南歌子(第1号)

天上星河转,人间帘幕垂。凉生枕簟泪痕滋。起解罗衣,聊问夜何其。　　翠贴莲蓬小,金销藕叶稀。旧时天气旧时衣。只有情怀,不似旧家时。㉕

还有一首:

好事近(第21号)

风定落花深,帘外拥红堆雪。长记海棠开后,正是伤春时节。　　酒阑歌罢玉尊空,青缸暗明灭。魂梦不堪幽怨,更一声啼鴂。㉖

最后一首如下:

342

菩萨蛮(第7号)

风柔日薄春犹早。夹衫乍著心情好。睡起觉微寒。梅花鬓上残。　　故乡何处是？忘了除非醉。沉水卧时烧。香消酒未消。㉗

在这些词中都有着比较明显的对于女性忧苦情感的强调,除了这些词作外,我们在之前讨论过的一些词也体现了这样的特点(比如本章讨论的第13号、第19号和第43号;第7章讨论的第5号和第20号;以及第3章讨论的第12号),这种情感往往在词中被直接表达出来。但是中国男

㉔ 《笺注》,卷一,第97页;《全宋词》,第二册,第1207页。
㉕ 《笺注》,卷一,第35页;《全宋词》,第二册,第1201页。
㉖ 《笺注》,卷一,第132页;《全宋词》,第二册,第1206页。
㉗ 《笺注》,卷一,第131页;《全宋词》,第二册,第1203页。

性作家们在几个世纪以来描绘孤独女性的创作实践中，已经拥有了一种婉转表达情感的高超技巧。这种委婉的美学风格是南朝（420—859）宫体诗的主流，在唐代闺怨诗中也被广为使用。对于词体文学来说，与之相近的美学风格是最早的文人词集《花间集》的主要范式。相较于直抒胸臆，这种风格更偏向于通过寄托和含蓄的暗示来表现情感。五代时期的宫廷作家们（也包括他们之后的宋代士大夫文人）就是用这种方式来将他们的词作与流行艳曲区别开来，在他们眼中，流行的艳曲是俚俗的，不雅的，甚至是淫秽的。尽管李清照并没有回到流行艳曲的粗率风格，但却经常出乎众人的意料，不再委婉地传情达意，写下诸如"情怀恶"、"泪痕滋"、"愁损北人"、"又还寂寞"等词句，它们因其爽直而动人。我们在士大夫词人的作品中不会想到还能出现这样的句子。

这些词相当与众不同，但这不仅仅是由于其直率的感情流露，更是因为如此感伤之人却不愿意甚至拒绝透露其中的缘由。仿佛这种哀愁几乎是被强予的、不可避免的、不需要解释的。我们之前已经看到过一个例子，词中的女性明确决定不去解释此刻的念头："欲说还休"（第12号）。在此句之后，传统的对于她身体状况欠佳的解释又被明确地否定了（"新来瘦，非干病酒，不是悲秋"）。上面所引的那组词中的女性，也是同样地不愿用语言将她们此刻的真实想法表达出来，这些想法包括了她们为什么如此悲惨、她们所生活的大环境是怎样的。易安词中难得会出现女性迸发出激动的、怨怒的言辞："休休！这回去也，千万遍《阳关》，也即难留。"（第12号）但是像这样的爆发毕竟是罕见的，更普遍的还是我们在这里所发现的对于不说破的执着。也许沉默只能保持到小令的长度，再长一点的话就会突然爆发出恼怒的言语。但是发作与沉默的背后，都暗示着语言不会起到任何的帮助。这个女性被她的现状所困扰，但是对其分析或解释的意义不大，或者根本就是无济于事的。

除了这些特点之外，在这些词中还能看到其他的一些给人印象深刻的东西。不管是李清照之前、同时还是其后的时代，描写孤独女性形象的作品始终是词体文学中一个庞大的群体。如果继续在这个主题领域内写作,将要面临的挑战就是需要找到可供写作的新鲜事,或者是想到一个描绘这种标准形象模式的新方法。李清照就卓越地赢得了挑战,并在不同词作中体现了出色的连贯性:我们讨论的所有词篇,都有着一处或几处使它们新鲜有趣的地方。

第33号词描绘了一个在暮色中听到角声的女子。李清照的读者可能会马上把其与战争联系起来:因为军营混合使用角和鼓来报时,㉘而在城市与乡镇中,夜晚的报时是只采用敲鼓的方式。在经历靖康之变的词人作品中出现的角声,往往会使人想起南宋帝国北部边境的防御工事,这些地方在北宋灭亡后反复遭受着金兵的侵犯。这首词中出现的女性,似乎就居住在这片地区,或许也在思念着被她抛下的故乡。如此对于角声的提及为这首词注入了社会和政治的元素,这样的延伸联想或许有助于解释词末所表达的持续悲伤愁苦。在那几句里,李清照对于"又"字的使用颇为起效:此字具有双重的意蕴,可能是李清照有意为之,因为它既可以表示"此外又有",也可以表示"又一次"。因此,这几句显示出这个主人公又一次面对着秋色,感到此刻除了秋意之外,还有诸种情绪正强化着她的寂寞。

第34号词也间接地涉及北宋的灭亡。词中提到了一个移居在南方的北地女性形象,她很不习惯于听到雨点打在宽阔的芭蕉叶上的声音。这样一个简单的构思并不经常能在早先的词作中看到。中国诗人很早就有这样的创作传统:他们写自己夜听雨打树叶(通常是梧桐叶)之声,并因此难以入眠,然后在无眠中苦苦思念着远方深爱着的人或地。下面是一首温庭筠创作的词作,李清照肯定熟读过它,因为它被收录在了《花间集》中。这首词正是描写了这样的传统场景:

更 漏 子

玉炉香,红蜡泪。偏照画堂秋思。眉翠薄,鬓云残。夜长衾枕

㉘ 见《卫公兵法》,这本书最早写于初唐,被清代张英主编的类书所引用,见《渊鉴类函》,卷二二八,12a(转引自徐培均,《笺注》,卷一,第104页,注释6)。

寒。　　梧桐树。三更雨。不道离情正苦。一叶叶,一声声。空阶
滴到明。㉙

因为有着共有的词汇和短语("三更雨"、"叶叶"、"滴"),李清照在创作
她自己的词篇时,脑中很可能一直存有温庭筠的这首词。实际上,温庭筠
的作品已经被稍早于李清照的词人万俟咏"重写"过了,㉚万俟咏已经将
温词中的梧桐叶换成了芭蕉叶,这个替换对于需要宽大叶子来接住雨滴
这一点来说,是更为合理的。但是无论哪一首都缺少李清照词中的精华
要素:这树及其在雨中发出的声响对于听者来说是陌生的、异域的,因为 345
这个听者已经离开了她的故土。尽管李清照直到最后一句才表明了此种
人物处境,但是我们一旦理解了之后,再回过去看开头几句所体现出的轻
率和懊恼,则会发现它们变得更加有深意:这个叙述者好像正恼怒于她的
居所被打扰了,因为有人自说自话地在她卧室的窗外种满了芭蕉树;但到
了词的最后,我们就会明白叙述者自己才是不属于那片地方的人。

　　紧接其下引录的第1号词里,时间已经到了深夜,因为词中提到银河
业已流转。女主人公在床上感到了凉意,正在哭泣。因为睡不着觉,她披
衣起身,询问着现在的时辰,似乎对这漫漫长夜很不耐烦。下阕的头两句
描绘了她的服装:我们不知道这是她丢在一旁的还是穿在身上的。无论
如何,有一位评论家认为这两句通过运用莲(谐音"怜")和藕(谐音
"偶")这两个历史悠久的双关字,间接地涉及到了女性的孤独。㉛ 根据此
种理解,李清照以这样组织语句的方式显示出,这个女性获得的爱情以及
与她的爱人共度的时光已经淡化与缥缈了,但她并没有直截了当地说出
来。最后三句承接了先前对于衣服和天气的描写,所有的句子都在说:尽
管过去的一切都延续到了现在,但是这个女子的情怀却与过去不一样了。
我们有理由这样联想,这个女子现在的情绪要比以往更加糟糕。

㉙　温庭筠,《更漏子》,《花间集注》,卷一,第15页。
㉚　万俟咏,《长相思》,《全宋词》,第二册,第1050页。
㉛　蔡义江,《凉生枕簟泪痕滋》,第151页。

对于第 21 号词来说，一些评论家认为其间提到的海棠可以看作是李清照引用了她自己的著名海棠花词句(第 5 号："应是绿肥红瘦")，但这样的一种对于自我诗词的引用是完全罕见的。不需要这样地过度阐释，此句也可以被很好地理解：现在花朵(所有树木的花朵)已经凋谢了，春天完全过去了，这个女性回忆起了她在海棠花初开时就发出的对于春光易逝的叹惜。这是上引诸词唯一一首提到人际交往的作品，词中提到了一场稍早前举行的宴会，但是现在已经结束了，这个女性又一次孤身一人，并且，这场宴会并没消解她的孤独感。倒数第二句非常复杂。"魂梦"在词体文学中十分常见，通常来说，魂魄能在梦中遨游，探访其梦到的远方之人或遥远之地。这场梦常常会被打断，或者因伤感而无法继续入睡，或者梦境得以继续，但是梦魂却发现路程实在太遥远了，根本无法到达。当梦者醒来的时候，或许还会有一种领悟：尽管在梦中见到了深爱的对象，但这仅仅是个梦而已。这对于醒着的时候来说，只不过是一个可怜而无助的安慰罢了。但是，李清照的"魂梦"却与之不同，虽然魂魄也进入了梦境，但是它发现其依然被"幽怨"所折磨，更"不堪"于此苦痛了。这个魂魄似乎在其梦游之时，因其哀怨而从梦中清醒过来，这是对于这个传统意象最不寻常的运用。紧接着，在最后一句里发生的一切只能加剧此痛苦：现在这个叙述者已经醒了，她听到了一个不愿意听到的声音。众所周知，伯劳鸟是一种在初夏时分啼鸣的鸟，因此它的叫声意味着春天与春花结束。从而，最后一句出现的"啼鴂"，标志着这个季节已经完全离去了，这在上阕已有多次暗示。此外，一些评论家还将伯劳鸟与杜鹃相统一。[32] 如果李清照也是这样混而言之的话，那么就有了另一种可能性：杜鹃鸟的叫声经常被认为听起来像在说"不如归去"，这样一来，出现于此的叫声就可能会令人想起主人公与其他避难北人无法回归沦陷故土的处境。

上引的最后一首词(第 7 号)因为其中情感的陡然扭转而不同寻常。

———————————

[32]　参见《笺注》，卷一，第 133 页，注释⑤。

在词章的开篇,叙述者正享受着早春的风景,并且把这一切告诉了我们。但是就在她醒过来,并想到她正与故土悬绝的时候,悲伤开始再度显现。下阕的开头几句因为其表现出的坦率和绝望而引人注目。为了使得词心能被理解,最后一句暗示了她为了忘记故乡而喝下太多的酒,以至于醉意在最后一缕香烟散去之后还持续了许久。这香是在她睡下后点燃的,现在香烧完了,她用于缓解酒醉的小睡也结束了,但醉意还将长时间地持续下去。

男词人笔下的女性形象

如果我们将本章中提到的这些易安词,与早先的男词人笔下描写悲伤寂寞的女性之词相对读,或许有助于我们明确李清照所取得之成就的性质。下面是一首晏殊的词:

浣　溪　沙

347

　　淡淡梳妆薄薄衣。天仙模样好容仪。旧欢前事入颦眉。　　闲役梦魂孤烛暗,恨无消息画帘垂。且留双泪说相思。③

这首词与晏殊的许多词作一样,大量承继了《花间集》的传统。我们正在凝视一位孤处于闺房的寂寞女子,她被上天赐予了超凡脱俗的美貌,同时也经历着难以忍受的孤独失落。一个她之前爱过的人已经从她的生活中消失,她也得不到任何关于他的消息。这首词中几乎所有的要素均来自词体文学的传统语汇库。

下一个例子是秦观词:

菩　萨　蛮

　　虫声泣露惊秋枕。罗帏泪湿鸳鸯锦。独卧玉肌凉。残更与恨

---

③　晏殊,《浣溪沙》,《全宋词》,第一册,第113页。

长。　　　阴风翻翠幔。雨涩灯花暗。毕竟不成眠。鸦啼金井寒。[34]

这首词的语言较晏殊那首要新颖些，但是也有着对于传统相当程度的承续。我们仍然在注视着这个女子。对于这首词的自然阅读方式是将其视为第三人称叙述，它不能被当作第一人称的陈述："玉肌"这个词就将第一人称的可能性排除掉了，因为一个叙述者不可能这样提及自己的身体。

348但这是一个居高临下的第三人称叙述，这个叙述者虽然以旁观者的身份观察着这个女子，但是其拥有讲述她的心理情感状态的权力。

　　将这些词的人称区分开来是很值得考虑的。第一人称和第三人称叙述能在一首词中共存并不罕见，只需要在展开叙述的时候让两种声音不断地交替出现就可以。但是如何让读者意识到或"听出来"一句词是用哪种方式叙述的呢？"玉肌"听上去像是旁观的叙述者说的话。那么"恨长"或者"不成眠"又如何呢？事实上，这些短语在人称方面是模糊的：它们既可以是第三人称叙述，也可以是第一人称叙述。在语义内容上越是有违传统的、独特的，或者私人的句子，我们越是会倾向于感到它们是第一人称叙述的：一个个体在叙述其私密的个人感知。于是，将"恨长"假设为正在发生的第三人称叙述是很容易被接受的，因为词作者总是如此观察描摹词中女子的情感状态，"恨长"是很传统很常见的表达；但是当我们在易安词中遇到"情怀恶"这样的短语时，我们立即会将其视为第一人称的发言，因为这是强烈的个人情感表达，也不是我们在词体文学中惯见的表述类型。李清照之前数十年词史的一大发展，就是男性词人在作品里更加频繁地使用女性的声音。在更早的词作中，尽管有大量的描写女性的作品，但是这些女性形象罕有能被允许在词中明确地发出自己的声音。这种情况在欧阳修以及他下一代词人那里被改变，但是这个变化或许能与另外一个因素相联系，即他们自愿将妇女描写为明确的职业艺人形象，换句话说，词人更倾向于不再把他们笔下的女性伪装成上层社会妇女。他们开始自由地表现这些女性，有时将其描述成以卖唱为生的职

---

[34]　秦观，《菩萨蛮》，《全宋词》，第一册，第591页。

业歌妓,偶尔也与一些顾客发生风流韵事;或者将其描写成商人妇,这些
女性如果在婚前就与男人幽会,其所受到的指摘与非难相对于她们在上
流社会的姐妹们来说,要小得多。在词中被赋予了说话能力的女性,更多
的是这些新的类型,同时她们所说的话通常与婚外恋密切相关。通常,这
些言论表达着对于那些卷入这场婚外恋的男性的愤怒与怨恨,指责他们
对爱情的不忠。下面就以欧阳修的词为例:

卜算子

349

极得醉中眠,迤逦翻成病。莫是前生负你来,今世里、教孤
冷。　　言约全无定,是谁先薄幸? 不惯孤眠惯成双,奈奴子、心
肠硬。㉟

这位女性听上去不像是、也不应该是一位已婚妇女,倒像是生活在上层社
会习俗之外的妇女。她可能是一位艺人,或者至少是一位能够自由地享
受婚外情的女子,但她也因为这风流经历而心碎。在较早被系于李清照
名下的词作中,没有一位女性形象听上去与其有着半分的相似。

在上述的女性类群之外,除了一些最简单的叙述,在这个时代的词作
中很少能见到女性的言语甚至是内心想法。来看下面这首晏幾道的词:

南乡子

花落未须悲。红蕊明年又满枝。惟有花间人别后,无期。水阔
山长雁字迟。　　今日最相思。记得攀条话别离。共说春来春去
事,多时。一点愁心入翠眉。㊱

这里,关于人称视角的问题再次受人关注。此词的上阕被绝大多数读者
理解为是叙述者(即第三人称)对于这个女性脑海中此刻想法的陈述。
这确实是她正在经历和想到的东西,但是此词的语句并没有明确传达出
她在说话,而感觉上更像是叙述者正在陈述她的感知。但是当我们读到

350

㉟　欧阳修,《卜算子》,《全宋词》,第一册,第195页。
㊱　晏幾道,《南乡子》,《全宋词》,第一册,第296页。

下阕的时候,又会觉得变成了第一人称叙述:"今日(我)最相思。(我)记得……"一些读者很可能会如此阅读这几句。但是,请注意一下在最后一句所发生的事,视角毫无疑问地又回到了第三人称:我们看到她脸上流露出一丝忧伤的表情,并且我们猜想或者是知道(因为这个居高临下的叙述者已经告诉我们了)这个表情反映了她现在的内心情感。这种从或许是第一人称叙述转换到明显的第三人称叙述是有重大意义的,因为它例示了当时绝大多数的词人在保持女性第一人称叙述时所面临的困难。11世纪的词作已发展出不同于旁观叙述的描摹方式,其中包括了表现男性于恋爱中的痛楚以及女性讲述自我心声的词篇,但即便如此,用旁观叙述者来审视和描述女性形象的传统依旧保有强大的统治力,并且在不断地自我加强。

将李清照与其他词人相比较,可以帮助我们明确定位易安词的与众不同之处。易安词中的主观元素往往是最新颖与最容易被记住的。李清照擅长描写她笔下的女性形象思考与感受的方式,通过这样的写法,她在描写这些女性的时候告别了男性词人所依赖的写作传统。"起解罗衣,聊问夜何其","情怀恶","知否?知否?应是绿肥红瘦","更挼残蕊,更捻余香,更得些时","忘了除非醉":这些并不是我们在其他词人词作中所能看到的描写女性所思、所言和所感的习见句子。它们很大程度上使得传统题材在易安词中变得独具一格。

我们的讨论并不是在说别的词家作品完全缺乏趣味性或原创性,其实这两类因素都可以在别人的词作里看到,甚至在他们选择写作有着悠久历史传统的主题之时也是如此。请看下面这首词,还是秦观所写:

浣 溪 沙

漠漠轻寒上小楼。晓阴无赖似穷秋。淡烟流水画屏幽。　　自在飞花轻似梦,无边丝雨细如愁。宝帘闲挂小银钩。[37]

此词每一句的文字都经过了精心的锤炼与构思,使得全词引人入胜。词

---

[37]　秦观,《浣溪沙》,《全宋词》,第一册,第594页。

中有一位女子,她在闺房的画屏后睡觉,或是想要入睡,但是她的本身形象并没有被很明确地表述出来。尽管如此,她的仪态和内心情感状态被她周边其他事物的描述充分地展现。下阕的前两句尤其被评论家所赞赏,因为其别出心裁地将"轻"梦和"细"愁比作"自在飞花"与"无边丝雨",常人绝想不到如此非凡的比喻。但是纵观全词,即便这两句告诉我们她的内心世界,我们也只是以一个外在观察者的身份去凝视着她。她只是展示在我们面前,没有被明晰地描述,只是一个需要我们自己思量与移情的对象。但是词人并没有打算超越这种词体文学形象的传统,因此并不想让她在词中做一些事、说几句话或者感受到点什么。易安词中的女性形象有着与之不同的表现。

我们以两首李清照最有名的词来总结本章。这两首词可以分别用自己的方式来证明我们已经考察过的在人称与情感方面的特点。

永遇乐·元宵(第32号)

落日熔金,暮云合璧,人在何处?染柳烟浓,吹梅笛怨,春意知几许?元宵佳节,融和天气,次第岂无风雨。来相召,香车宝马,谢他酒朋诗侣。　　中州盛日,闺门多暇,记得偏重三五。铺翠冠儿,捻金雪柳,簇带争济楚。如今憔悴,风鬟霜鬓,怕见夜间出去。不如向,帘儿底下,听人笑语。㊳

352

我们很容易地能够理解为什么这首词即便在很早的时候就经常受到称颂,它将个人的感伤情怀融入了北方(词中的"中州")沦陷的悲痛中,并且将这有限的个人主观情感升华为全体南渡北人困境的缩影。这些北人将在南方度过他们的余生,他们对于王朝的衰灭特别地敏感,并且渴望着回到他们年轻时在北宋首都开封城里的光辉岁月。

开篇的几句显然是对寂寞的表达,但是它们依旧是化用了前人的诗

㊳ 《笺注》,卷一,第150页;《全宋词》,第二册,第1208页。

句,即 6 世纪诗人江淹的诗句:"日暮碧云合,佳人殊未来。"㊴对于紧接其后的几句来说,与其将它们看作是准确的气象描写,不如说是在表达不舒适和谨慎的心理,即叙述者认为在温暖适意的天气下也可能会出现的暴风雨,这正反映了她当时的情感状态。

此词在换头处没有过渡句,上阕的当前处境即刻被下阕延伸开去的回忆所替代,这对于长调写作来说,也并非罕见。追忆的部分通过如下方式被突出:首先是对于具体特色细节的回忆(她对妇女头饰的描述,同当时关于都市节日的文献记载相呼应),其次是词句从忆昔的温情回到表现其憔悴现状的惨淡,她深信元宵节的快乐已经不再属于她了。

我们可以发现,在男性词人的作品里,普遍存在着描写孤独女性痛苦地察觉到时光的流逝以及她青春的容颜正逐渐老去的现象。但是我们却很少能听到一位已经衰老的女性声音,也更不常见她对于青春岁月深切而形象的追忆,但同时青春又已经无助地一去不复返了。我们可以在下面这首词中看到这些,这首词的上阕我们已经在第九章里见过一次:

声声慢(第 31 号)

　　寻寻觅觅,冷冷清清,凄凄惨惨戚戚。乍暖还寒时候,最难将息。三杯两盏淡酒,怎敌他、晚来风力。雁过也,正伤心,却是旧时相识。　　满地黄花堆积。憔悴损,如今有谁忺摘?守着窗儿,独自怎生得黑?梧桐更兼细雨,到黄昏、点点滴滴。这次第、怎一个愁字了得?㊵

传统的评论家将他们关注的焦点放在了首句的叠字之上,前代没有过任何一位诗人在任何一种诗体中将那么多的叠字放在一起,李清照敢于这样尝试的勇气当然值得赞扬。但是这几句话之所以引人注意,并不仅仅是由于叠字本身导致的。这里实际上是将描述天气和景物的叠字("冷冷清清")与描述情感状态的叠字("凄凄惨惨戚戚")混合在了一起。当然,这些叠字描述出的情感状态也可以被认为是天气和早先就存

㊴　江淹,《休上人怨别》,《全梁诗》,卷四,第 1580 页。
㊵　《笺注》,卷一,第 161—162 页;《全宋词》,第二册,第 1209 页。

在于叙述者思维中的情感共同引起的。但是关键的地方就是第一句"寻寻觅觅",此句十分有效地预设了绝望的基调,这种无望贯穿了全词。我们从这句中可以知道叙述者丢了某样东西,她正在苦苦地寻找,但是她并不告诉我们究竟是什么东西丢了。这个"寻觅之物"最好就让它保持着不被辨认的状态,因为这样一来就能扩大其可能性范围,也可以加深读者对词句中所透露出的情感的体认。

我们已经在之前讨论过的词作中看到过这种拒绝明确定义叙述者苦痛来源的例子,这里再一次出现了,并且一直到了词末也不说破。我们可以通过一些细节(第二句的"清",飞过的大雁,特别是下阕里的"黄花",即菊花)知道此刻是秋季,所以这不会是传统的伤春。"雁过也,正伤心,却是旧时相识"提供了一个线索:诗中的大雁并不仅仅可以传递书信,它们也可以勾起对遥远故乡的回忆。[41] 当叙述者看到向南迁徙的大雁从她身边飞过时,她想起了她在遥远北方的故乡,那是大雁们开启旅程的地方。与此同时,她又意识到她曾经也如此地看着大雁从她头顶上飞过,可是这已经过去好多岁月了。

当然,这个叙述者的心头还有比远离北方更痛苦的事,但是她并不打算告诉我们是什么让她如此痛苦。取而代之的是我们看着夜幕中的她独自坐在窗下,倾听着她的心声。[42] 但是她的沉思包含了一些相当独到的念想,其中之一就是她对天色为什么会变得如此之黑的发问。[43] "黑"在

---

[41]　这一点是徐培均所提出的,见《笺注》,卷一,第163页,注释③。

[42]　如果将词中"晚来风力"的"晚"替换为另外一个版本所作的"晓",那么此词的时间框架将会变成一整天。许多学者选择这样的版本,见第九章所讨论的陈祖美《李清照词新释辑评》,第110—111页。

[43]　绝大多数的评论者和翻译者都不加注释地跳过了这一句,但是实际上这里的语言存在着一些疑问,并且这句话是开放性的,可以对其进行多样的阐释。许多人选择这样一种意思:"我如何能一直这样孤独地等到天黑呢?"如此一来,这个叙述者正在纳闷她在夜晚降临之前应该怎样度过剩下的白日时光。这样的解读是有道理的,它也能组织成相当新颖的词句,因为与之相反,传统的怨词通常是叙述者疑惑她将如何才能度过寂寞的漫漫长夜。问题的关键在于"怎生得"三字,在这首词中,"怎生得"三字明显没有用它们平常的意义:"(主语)是怎样能够/引起……?"这句话似乎是脱落了一个或几个字。丁启阵在网络上作了一个关于这个问题的坦率讨论。见 http://user.qzone.qq.com/120308730/static_blog/1258043504,2009年11月13日(71)。

355 这里是一个不吉利的字,与一般修饰语(比如黑天,黑云)相比,以单字出现的"黑"显得更加不祥。在诗词中如此使用这个字是完全不同寻常的,一些评论者也已经指出了它出现在这里相当奇怪,但是这种古怪的用法却完全适应于叙述者此刻的心事重重。第二个惊人的构思是最后几句体现出的念头,其完美地将前面所表达的情感发展到了最高峰:那个普遍被用于描述与表达情感痛苦的"愁"字,在这首词里完全配不上叙述者沉重的心境。这并不简单地是关于言不达意的老生常谈。这个叙述者此刻的情感状态已经在第一句中就被预见了,她抉取了一个在大多数情况下可以诗意地指明此刻情感状态的"愁"字,但是却偏偏告诉我们现在这个字不起作用了,它的表现力不能满足表达她此刻心情的需要。回忆一下第43 号词的结句("载不动、许多愁"),叙述者在那里决定放弃在双溪泛舟的计划,因为这么一条小小的船儿承载不住她此刻所感受到的一担"愁苦"的重量,那是一个对于小船和承载愁苦的现有语汇的巧妙改造。这里,又是同样的一个字,我们看到了对于传统言不尽意观点的改造,其近乎责难地关注到了单个"愁"字情感容量的狭隘与缺陷。㊹

㊹ 之前的一些学者从这首词的特定句子中读出了更多的东西,他们发现了关于此词没有明确说出的主题的线索,并且认为此词愁苦的来源是赵明诚的去世。这些理解是由于学者们试图给这首词准确系年,试图将其确定在李清照生命中的某一个时段,并且以自传体的方式去阅读它。对于一位并不赞同那些学者的假设和预期的读者来说,那些所谓的"线索"并不可靠。见朱靖华《物境与心境交互染色:〈声声慢〉赏析》,第 120—123 页;陈祖美《李清照词新释辑评》,第 111—112 页。

第十一章　易安词（二）

一小部分系于李清照名下的词带有一种特殊口吻，使它们在所谓的易安词中自成一类。这类词作是对卖俏妇女的特写，她们为了吸引男人而搔首弄姿。

调 情 之 作

如今，我们也许不会把这类作品看成淫邪之词，但当时的人便作如是观。在五首同类词作中，我们择取三首加以讨论：

点绛唇（第 54 号）

蹴罢秋千，起来慵整纤纤手。露浓花瘦。薄汗沾衣透。　　见客人来，袜刬金钗溜。和羞走。倚门回首。却把青梅嗅。①

丑奴儿（第 55 号）

晚来一阵风兼雨，洗尽炎光。理罢笙簧。却对菱花淡淡妆。　　绛绡缕薄冰肌莹，雪腻酥香。笑语檀郎。今夜纱厨枕簟凉。②

浣溪沙（第 42 号）

绣面芙蓉一笑开。斜飞宝鸭衬香腮。眼波才动被人猜。　　一面风情深有韵，半笺娇恨寄幽怀。月移花影约重来。③

另外两首同类词作是《减字木兰花》（第 66 号）和《浪淘沙》（第 45号）。④《减字木兰花》刻画了一位女子，她生怕夫君说新买的花比自己的

---

① 《笺注》，卷一，第 1 页；《全宋词》，第二册，第 1212 页，"存目"。
② 《笺注》，卷一，第 181 页；《全宋词》，第二册，第 1212 页，"存目"。
③ 《笺注》，卷一，第 11 页；《全宋词》，第二册，第 1211 页。
④ 《减字木兰花》（第 66 号），《笺注》，卷一，第 9 页；《全宋词》，第二册，第 1210 页。《浪淘沙》（第 45 号），《笺注》，卷一，第 187 页；《全宋词》，第二册，第 1213 页，"存目"。

娇颜更美,便故意把花斜簪在鬓间,让他兼看"花面"与"人面"。《浪淘沙》描绘了一位"素约小腰身"的女子,她以巧歌取悦爱慕者,并在吟词时故作"娇嗔"。这五首词(第 42、45、54、55、66 号)显见于现代李清照文集及传记中,但其中的大部分甚至是全部,在真伪未经证实的情况下便被采纳。在现代学术研究中,这类词往往被认作李清照的早期作品。词中所呈现的女子被假定为李清照本人,而赵明诚则是她的未婚夫或年轻的夫君。有趣的是,这些词引出了若干议题,它们涉及近世和现代人看待李清照的观念及形象。

考虑到这类词作的来源和可信度,第一点需要指出的是它们出现得很晚。其中的三首属于我的易安词分类的第 4 组,这组包括了可信度最低的词作与系名有误之词;另外两首(第 42、45 号)属于第 3 组,同样不甚可靠。它们之中没有一首能在现存的宋元史料中找到;直至晚明,它们才一首接一首地逐渐被建构为易安词。然而,这些晚出易安词的真伪问题如今常被例行忽略,这五首词尤其如此。

问题不仅仅在于词作的晚出。当这五首词问世时,其中的三首也被系在其他词家名下。最早出现的一首,第 54 号《点绛唇》被收入杨金本《草堂诗余》(1554),题为苏轼之作。⑤ 在陈耀文的《花草粹编》(1583)中,《点绛唇》并未系名,这意味着编者把它看作无名氏词。若干晚明及清代词选都这么处理,⑥直到很久以后它才被系于李清照名下,⑦在别处又作周邦彦词。⑧ 至于第 55 号《丑奴儿》,《花草粹编》及《汇选历代名贤词府全集》(约 1600 年)皆系名于南宋初期词人康与之(字伯可)。而在另一本词集中,魏大中成了该词的作者。⑨ 第 45 号《浪淘沙》同样在《花

---

⑤ 王仲闻,《李清照集校注》,卷一,第 83 页。

⑥ 《点绛唇》在《花草粹编》及后世词选中的系名问题可参见上注。

⑦ 如果我们将《词林万选》中的系名看成毛晋所为(参见下注⑩),那么毛氏本于 1630 年左右最早将此词系于李清照名下。之后,另一本将此词系名李清照的词选是周铭的《林下词选》(1670),卷一,2a。

⑧ 见《词的》,编于 1620 年,它将此词系于周邦彦名下。

⑨ 关于同一词作系名不一的现象,可参见王仲闻,《李清照集校注》,卷一,第 82—83 页。

草粹编》中第一次出现,据称是南宋早期词人赵子发所作。

　　由此,以上三首词(第 45、54、55 号)最早并未系名于李清照。⑩ 有趣　　359
的是,随着时间的推移,将这些词系于李清照名下逐渐获得认可。从现存
近二十种晚明到清代的词选中,我们看到了这些词的归属逐渐被易安词
所吸纳。到了晚明,将这些词系名于李清照的选集已占多数,它们被普遍
认作易安词。不同版本的《花草粹编》处理《点绛唇》词作者的方式,便是
观念迁变的一个例子:初版(1583)原不著撰者姓名,但在由金绳武于
1857 年重刊的版本中,词作者变成李清照。⑪ 当这三首词与李清照的关
系愈加紧密之时,另两首未曾系名于其他词家的作品(第 42、66 号)也被
更广泛地视为易安原作,尽管它们在词人身后数百年才出现。

　　将晚出词作系名李清照的历史变迁,此中原由显而易见:它出自晚明　　360
至清代人的价值观需求,并投射在这位宋代女词人身上。近年来,学界有
大量著作论述晚明的重"情"思潮、与之相关的文人才妓的风流情事、夫
妻间情投意合的理想婚姻观的普及、同时代兴起的女性写作以及男性的
认可等议题。这种对浪漫爱情的迷醉反映在该时期的文学中,如汤显祖
(1550—1616)的《牡丹亭》和《紫钗记》等传奇、冯梦龙的故事汇编及其

---

⑩　第 54 和 55 号词系名李清照的年份看似更早,但时间十分可疑,它们的出现不应早于《花草
　　粹编》。存在争议的是《词林万选》中号称易安词的具体年份,相传该词选由明代学者兼戏
　　曲家杨慎(1488—1559)所辑,于 1543 年初次刊刻(较《花草粹编》早了四十年)。参见杨慎
　　《词林万选》;张惠言《词选》,刘崇德等编,卷四,第 87—88 页。
　　　　当代学者王仲闻已指出《词林万选》充满了系名和词牌错误,可见该词选总体而言不甚
　　可靠,参见王仲闻《李清照集校注》,卷一,第 83 页。其实,该词选中的注释错误已为《四库
　　全书》的编纂者所察觉,他们把它从皇家图书馆中移除,并总结说原书已佚,现存版本很可
　　能于十七世纪早期被重新结集,误系于杨慎名下,参见《四库全书总目提要》,卷四〇,第
　　4480 页。这些评论家未曾说明所谓李清照词集的流传情况,而为其他词家编集作注的杨慎
　　在别处写到,尽管他十分欣赏易安词,并试图获得一份《漱玉集》抄本,但最终未果——这段
　　陈述被广泛引用,表明《漱玉集》于 16 世纪中叶已佚,参见毛晋《漱玉词跋》,《汇编》,第 59
　　页。若杨慎果真通过某种渠道发现了易安词,而其作品却从未在任何早期选集或文献中出
　　现,也的确是可疑之事。无论是哪种情况,都表明《词林万选》的现存版本在 16 世纪中叶被
　　毛晋重新编辑过,而从毛晋跋文来看,他对于所编版本中的无名氏之作,似乎是随意地以己
　　之臆断加以系名。王仲闻同样指出,《词林万选》中的词作系名应是毛晋所为,参见王氏《李
　　清照集校注》,卷一,第 8 页。
⑪　《笺注》,卷一,第 2 页。

《情史》、"才子佳人"文学等。生活中,陈子龙与柳如是、董白与冒襄之间
著名的风流韵事,标志着文人才妓之恋获得了全新的评价。

　　这些发展直接影响了后人对李清照的看法,我们在第八章看到王士
禛和韵《漱玉词》便是一例。正因为明清时期,全新的女性形象及典范逐
步成形,女子受人爱慕,不仅因其美貌,更因其才华,而才华往往表现在文
采上,于是李清照便成为这一形象在历史中的楷模。虽然李清照的作品
很早就被用来支持对她及其理想婚姻的想象,但正是明人的思维方式为
此推波助澜。明代文人郎瑛在其笔记的"李易安"条目下,以赵明诚及其
《金石录》开篇,之后才述及李清照和她的作品,其间平添了一句:"诸书
皆曰与夫同志,故相亲相爱之极。"⑫这句话的前半句至少有一条宋代史
料可供参证(文献记载她和赵明诚合作撰写《金石录》);⑬后半句话则表
达了 17 世纪的理想,高彦颐(Dorothy Ko)所谓的"友爱婚姻"(companion-
ate marriage)是当时相当普遍的理念,李清照与赵明诚的结合往往被书写
成这一理想的典范。⑭

　　当毛晋于 1630 年得到一份抄本《漱玉词》残卷,将刊刻出版时,他附
上了李清照的《金石录后序》,以他自己的话说,他想借此告诉读者:李氏
"非止雄于一代才媛,直洗南渡后诸儒腐气"。⑮ 正如孙康宜指出,浪漫爱
情、爱国忠心与个人德行在晚明人的思想中聚合。⑯ 的确,晚明才妓的爱
国忠义显得特出不群,并反衬出男性操守的缺乏。⑰ 除了《金石录后序》,
毛晋还附有少量李清照作品的早期评价和人物轶事。别有意味的是,在
他可能添加的所有片段中,毛晋择取了一则轶事,讲的是赵明诚试图在诗

361

---

⑫　郎瑛,《七修类稿》,卷一七,第 252 页;又见《汇编》,第 32 页。

⑬　洪迈"赵德甫《金石录》",《容斋四笔》,卷五,第 684 页;又见《汇编》,第 9 页。

⑭　高彦颐(Dorothy Ko),《闺塾师:明末清初江南的才女文化》(*Teachers of the Inner Chambers:
Women and Culture in Seventeenth-Century China*),第 180—85 页。中译本可参见:(美)高彦颐
《闺塾师:明末清初江南的才女文化》,李志生译,江苏人民出版社,2005 年。

⑮　毛晋,《漱玉词跋》,《汇编》,第 59 页。

⑯　孙康宜(Kang-i Sun Chang),《晚明诗人陈子龙》(*The Late-Ming Poet Ch'en Tzu-lung*),第 3—
19 页。

⑰　李惠仪(Wai-yee Li),《晚明才妓:一个文化理念的发明》("The Late Ming Courtesan: Invention
of a Cultural Ideal")。

词创作方面胜过他的妻子，却以失败告终。（赵明诚的朋友在他所写的五十首作品中，唯独挑出李清照的词句，将之目为佳作。）这则轶事完美地迎合了晚明士人们对才女的钦慕。这令人联想起冯梦龙笔下，才女苏小妹（虚构的苏轼妹妹）如何凭其文才在新婚之夜刁难秦观，并在此过程中体现她的博学、机敏和诗才。⑱ 毛晋刊刻的《漱玉词》包装李清照的方式正投合了晚明的观念情趣。

在晚明人的构想中，李清照与赵明诚的夫妻之爱重点表现于妻子在丈夫离家时对他的深切思念，以及丈夫早逝后寡妻的哀悼之情。但在这一视角下，人们仍可关注两人在一起的欢乐时光，甚至着眼于未嫁或初嫁的李清照主动与赵明诚嬉笑、调情——这些轻松无忧的日子能用来平衡她此后所承负的悲伤。

这五首情爱与调笑之词出现在明朝最后几十年的文本中，而当它们初次问世时，其词作者曾引起广泛争论。然而，词集编者以及可料想的读者明显被这些词是李清照所作的观点吸引，系名易安词逐渐得势。我们知道，杨慎与黄峨这对夫妻于 16 世纪中叶写有唱和诗词，并在晚明读者中广受推崇。这些诗词包括二人的戏作，他们彼此嘲弄、假装埋怨、相互调情。⑲ 现实中的夫妻唱和可能激励了当时的选集编者将类似作品系于经典化的女词人李清照名下，人们想象她把这些词写给她的丈夫赵明诚，⑳读者当然对这类作品兴味盎然。这些词作出自李清照手笔的构想，对现代学者和编辑也很有吸引力。尽管更谨慎的学者对几首词的真伪存疑，但其中大部分被晚近的李清照文集编者及传记作家广泛接受，因为正是我们自己想要她写出这样的词。

362

---

⑱ 冯梦龙，"苏小妹三难新郎"。

⑲ 关于这些诗词唱和，参见陈效兰（Ch'en Hsiao-lan）、牟复礼（F. W. Mote），《杨慎与黄峨：作为爱侣、诗人和历史人物的才子佳人》（"Yang Shen and Huang O: Husband and Wife as Lovers, Poets, and Historical Figures"）。有关夫妻间诗词唱和的晚近实例（它们往往采取更严肃的口吻），可参见李小荣《乱世中"（不）和谐的唱和"：明清之际徐灿与陈之遴的诗歌唱和》（"'Singing in Dis/Harmony' in Times of Chaos: Poetic Exchange between Xu Can and Chen Zhi-lin during the Ming-Qing Transition"）。

⑳ 本书初稿的一位出版社匿名审稿人指出了这一点，谨此致谢。

其实也存在一些理由,使我们认为李清照曾写下与上述词风相近的作品,即便不是这五首词。有两种资料能支持这种可能。

其一是我们从毛晋及其刊刻的《漱玉词》中得知的。毛氏本于1630年后不久出版,他在题跋中声称,其底本是他获得的二十多种词集抄本中的一种,成书于明初1370年。㉑ 而这抄本包含了存有疑虑的五首词中的两首,即第42和45号。这意义重大,因为它将这些词及其系名李清照的年代证据向前推进了240年,远远早于它们开始在词集中出现的晚明时代。

但毛晋的声明自身并非没有问题。毛晋是一位多产的编辑兼出版商,但人们每每质疑其出版物的版本来源以及作品年代的断言,作为学者与目录学家,毛晋的声望并不高。他对《漱玉词》新版本的辑录投合了晚明风尚。尽管他声称其底本是1370年的抄本,但他若增添几首使其刊本更受欢迎,这也并非不可能。我们知道,他利用多种资源,在其所辑《漱玉词》的十七首词中掺入了其他材料。也许他加进了其他晚近词作,尤其是当李清照的作品数量很少的时候。即使我们相信毛晋所言,承认这两首词确实收在他所获得的1370年抄本中,这也不能证明它们的确是李清照写的。它们可能在1370年已被错误地系名于李清照,正如那些到了晚明才被误认作易安词的作品一样。尽管如此,如果毛晋所言属实,他也没有把这两首词掺入词集,那么其可信度的确有所增强。与诸多晚明才出现的易安词相比,它们的系名年代要早得多。

第二个相关论述是王灼对易安词的尖刻批评,它写于1200年左右,在第二章已被部分引用。相关章节如下:

> (李清照)作长短句,能曲折尽人意,轻巧尖新,姿态百出,闾巷荒淫之语,肆意落笔,自古搢绅之家能文妇女,未见如此无顾籍也。
>
> 陈后主(约583—589年在位)游宴,使女学士、狎客赋诗相赠答,采其尤艳丽者,被以新声,不过"璧月夜夜满,琼树朝朝新"等语。㉒ 李

㉑ 毛晋,《漱玉词跋》,《汇编》,第59页。
㉒ 《南史》,卷一二,第348页。

戬尝痛元白诗"纤艳不逞，非庄士雅人，多为其破坏。流于民间，子父女母，交口教授，淫言媒语，冬寒夏热，入人肌骨，不可除去。……"[23]

今之士大夫学曹组诸人鄙秽歌词，则为艳丽如陈之女学士、狎客，为纤艳不逞淫言媒语如元白，为侧词艳曲如温飞卿，皆不敢也。其风至闺房妇女，夸张笔墨，无所羞畏，殆不可使李戬见也！[24]

曹组因创作"淫"词而声名狼藉，他的文集最终被宋高宗下令销毁，其作品仅有一小部分流传于世。由于李清照是王灼该条目的明确对象，所以当他在结尾提到"闺房妇女""无所羞畏"，甘愿被曹组之风影响时，显然他想到的就是李清照，尽管并未指名道姓。

如果我们将李清照想象成这样一位女性：她对词体文学兴味盎然，熟谙于该文体、风格及表达意旨，并渴望在词的创作中彰显才华（我们已从她的《词论》中得知这些），那么她可能偶尔会尝试写爱情词或具浪漫色彩的调情之作，这也并非不可想象。她父亲的朋友便这么写，为什么她不能呢？没错，《乐府雅词》中发现的最早的易安词，并没有任何此类风格词作的迹象。但基于该词选的偏好取向，我们并不能对此想当然：这本词选也系统地排除了欧阳修更口语化、更"淫邪"的作品；如果它对李清照的类似词作采取同样的做法，也并不令人惊讶。

有几位现代学者甚至往更深处想。为了相信李清照有能力创作如此"大胆"而"开放"的词作，他们引用王灼的批评，证明她正是我们所讨论的五首词中一首或多首的原作者，但这么做是对五首词的可疑来源视而不见。李清照也许曾写过直接流露情人相恋的词作，由此激起王灼对她的抨击，但这种可能性不能作为任何易安词真伪的证据。

365

---

[23]　李戬（827 年进士）的评论被引用于杜牧为之撰写的《唐故平卢军节度巡官陇西李府君墓志铭》中，见《樊川文集》，卷九，第 137 页。王灼的引文与墓志铭的文字基本一致。关于白居易、元稹的那些惹人争议的诗作，可参见田安（Anna Shields）《定义经验：中唐诗人元稹的艳诗》（"Defining Experience: The 'Poems of Seductive Allure' 〈yanshi〉 of the Mid-Tang Poet Yuan Zhen 〈779 – 831〉"）。

[24]　王灼，《碧鸡漫志》，卷二，第 88 页；又见《汇编》，第 4—5 页。

以上两种论述都指向了一种可能，即李清照写有情爱或调情之作，但这必须与上述的质疑相权衡，这类词从晚明至今经常系名于她，归根结底，其真伪是无法准确辨别的。然而，这类词于李清照身后数世纪方才面世，结合那个时代关于妇女、写作、爱情之新理念的浮现，而李清照恰好适合作为先驱被置入此观念系统中——这一切都提醒我们不要轻易相信这些词是她的原作。

在此，我们仍需指出一点。如果李清照的确写有五首词的任何一首，或是创作了其他同类词作而未流传下来，它们的意义也很可能并非晚明及后世所理解的那样。假使她果真写有这类词，也许只是她模拟一种词风的习作，这类词风流传甚广，并在诸多场合被热情地接受（但并非所有场合）。她写下这类词以记录并象征她与赵明诚关系的可能性很小。为什么？因为宋词中并没有如此描写现实夫妻的传统，相反，许多词人基于想象（当然有时也取材于自身经历），创作出婚外恋的片段，而恋爱双方总是某些典型人物，即风流才子和他所庇护的女子（通常是伶人）。

366　　　　这里，我们有必要回到王灼的话，对其重新考虑。王灼指责李清照把"闾巷荒淫之语"引入她的词作，声称她词作中的这类元素来自曹组之流；他认为李清照愿引鄙秽之语入词，体现了她拙劣的判断力，并着实是她那一代人道德沦丧的症候。尽管是风气所致，但李清照却较其他女性在这方面表现得更为卑下。王灼所言与晚明批评家截然不同，这不仅是价值评判的差异，而且他们评论易安词中同类元素的角度也迥然有别。王灼并不认为李清照的词风与赵明诚有关，他从未在赵李夫妻关系与他所责难的易安词之间建立联系，也没有把他所反对的易安词元素人格化。此外，王灼评价李清照时从未涉及她的《金石录后序》，他于1200年左右写下这段话时，完全有可能未曾听闻这篇《后序》。虽然我们不必认同王灼对李清照的指责，但须注意这位早期批评家在对李清照爱情词有所非议时，却并不认为它与词人的婚姻及其私生活有什么牵连。王灼认为她之所以这么写，是受到了当时盛行词风的蛊惑，对此他无不遗憾。

另一种解释是，当王灼写下他的批评时，关于李清照与赵明诚的通俗爱情故事尚未成形,或至少他尚未受其影响。因此,针对李清照的爱情词,王灼之所见与晚明词评家及选家阅读时的所感,两者差异悬殊。

如果李清照真的写下了那五首词或类似作品,那么它们的接受史就发生了有趣的观念转变。在宋代,这一类型的易安词被剔除出《乐府雅词》,这是最早收录易安词的词选;它们被特别挑出,在最早有关易安词的文学批评中(即王灼的评论)遭到严厉谴责。可到了四百多年后的晚明,得益于文学史及文化史的新变,易安词中的此类作品以全新的阅读方式被热情地接受。今天,它们仍被许多学者以此种方式加以理解,尽管这样做的意图已经改变。

其他的晚出词作

上述的这类词作数量很少,其独特性很容易辨认。除此而外,还有数量更多、更难辨别的一组作品,约有十到十五首,其数字取决于你以何种方式计算,它们基本上属于晚出词作(第3、4组),并呈现出特定口吻及情感特征:[25]叙述者(至少是词作描绘的人物)明显是女性,她想念着远游或已故的丈夫。这些作品中若干首质量平平,在文思方面因袭前人,毫无新意。然而,它们常和较可靠的易安词混在一起。如此混同的后果,既使李清照作为女词人的光辉黯然失色,又削弱了可靠的易安词所展露的才情——这位才女无论叙写何种情思,总能打动人心。把晚出与早出易安词相混淆,会留给读者一种错误印象,觉得易安词的质量参差不齐,有时才华洋溢,有时不过尔尔。这种印象对她而言既不幸也不公平。

我们不妨以两首词为例,来说明这种情况。这两首词的有趣之处在于,它们都引起了批评家的赞誉,并被视为易安原作。这里是第一个例子:

367

---

[25]　这类词包括第40、41、44、56、58、59、61、63、68、69、70、72、73 和75 号。

点绛唇(第 44 号)

368 寂寞深闺,柔肠一寸愁千缕。惜春春去。几点催花雨。 倚遍阑干,只是无情绪。人何处? 连天芳树。望断归来路。㉖

此词刻画了春光中的一个孤寂女子,她正思念着生命中的男人。为了摆脱深闺的寂寞,她登楼远望,仿佛其无谓的期许能把男人召唤回来。但事实上,她完全不知道他身在何处、何时归家。

从头至尾,这首词的表达颇为直白,大多因袭前人字句,这在早出易安词中是看不到的。词的开篇就足以让我们掂酌片刻了。早出易安词并不使用"闺"字,仅有一次以"闺门"指称年少时的姊妹好友。㉗"深闺"已十分陈腐,而冠之以"寂寞"就完全沦为陈词滥调了。回想李清照在《忆秦娥》(第 33 号,已见第十章)中如何小心翼翼地摆弄词藻,到词尾才道出"寂寞"二字("又还秋色,又还寂寞"),这首词的开篇却与之截然不同。粗糙的表述贯穿全词,而它所缺乏的,恰恰是早出易安词通过婉转的第一人称叙述或观察,巧妙地唤起主人公情感体验的表达方式。

不知为何,这首词庸俗的格调并未阻止名家对它赞赏有加:它启发了王士禛的一篇和作;晚明诗人兼戏剧家茅暎将此词选入他的《词的》,并添上眉批:"易安往矣,不可复得,每作词时,为酬一杯酒。"㉘晚清评论家陈廷焯是常州词派的领军人物,他将这首词评价为"情词并胜,神韵悠
369 然"。㉙或许最动情的评论出自另一部晚明词选,编者是钱允治(1541—1624),其言曰:"草满长途,情人不归,空搅寸肠耳。"㉚着实为盛誉。

第二个例子如下:

浪淘沙(第 56 号)

帘外五更风。吹梦无踪。画楼重上与谁同? 记得玉钗斜拨火,

㉖ 《笺注》,卷一,第 73 页;《全宋词》,第二册,第 1209 页。
㉗ 参见第 32 号《永遇乐》,这首词在第十章已经述及。
㉘ 茅暎,《词的》,卷一,15a;转引自《笺注》,卷一,第 74 页。
㉙ 陈廷焯,《云韶集》卷一〇;转引自《笺注》,卷一,第 75 页。
㉚ 钱允治,《续选草堂诗余》;转引自《笺注》,卷一,第 74 页。

宝篆成空。 回首紫金峰。雨润烟浓。一江春浪醉醒中。留得罗
襟前日泪,弹与征鸿。㉛

这首词比前一首更有意思,措辞也较新颖,但它是否为易安原作仍值得
商榷。

迟至 1550 年,这首词方才出现在《词林万选》中。不仅是作品晚出,
它的作者也有争议,明代文献至少出现了四种系名。如上所述,《词林万
选》中的系名大多存在争议,而它将此词归于李清照名下,同时又注明
"一作六一居士"(未说来源);毛晋的未刻本《漱玉词》(1630)则说,有一
则宋代文献将之系名于柳永;㉜若干明代词选将作者定为欧阳修,但另一
些则干脆将作品署名付之阙如(说明编者无法确定词作者),这样问题就
变得愈加复杂。㉝ 在近人研究中,王仲闻的《李清照集校注》具有重要的
学术价值,王氏将此作归入"存疑词",并认为把它看作无名氏词最妥
当。㉞ 徐北文在《李清照全集评注》中,同样将此词归入"存疑"之作。㉟
但这些谨慎的处理方式未能阻止其他人(如诸葛忆兵)将该词目为易安
原作。㊱ 著名学者徐培均坚持认为它是李清照的原作,甚至说她是能够
写下此词的唯一作者。㊲

如何解释这种极端的立场呢? 赵、李婚姻的理想化再次成为其观念
基础,学者们兴奋地发现,通过巧妙的学术话语操纵,这首词恰好能被置
入李清照生命的特定时期,并能对此加以阐释,使之栩栩如生。

㉛ 《笺注》,卷一,第 121 页;《全宋词》,第二册,第 1212 页,"存目"。
㉜ 假如此言属实,那么这首词的出现年代较 1550 年又提前了三个世纪。但正如徐培均所指出
的那样,毛晋声称吴曾《能改斋漫录》援引过此词并归于柳永名下,这一说法是错误的,《能
改斋漫录》所引乃另一首柳永词,并非此作。参见《笺注》,卷一,第 121 页。
㉝ 对于各类明清文献中《浪淘沙》词署名情况的概述,可参见《笺注》,卷一,第 121 页;王仲闻
《李清照集校注》,卷一,第 85—86 页。
㉞ 王仲闻,《李清照集校注》,卷一,第 85—86 页。
㉟ 徐北文,《李清照全集评注》,第 155—156 页。
㊱ 诸葛忆兵,《李清照诗词选》,第 54—56 页,书中丝毫没有说明这首词的系名尚有疑问。其早
期研究论著则更为严谨,诸葛氏曾指出此词的真伪问题,但接着便将它植入李清照的生平加
以赏析,见氏著《李清照与赵明诚》,第 152—154 页。
㊲ 《笺注》,卷一,第 122 页。

如此为之的评注者攫取词中的若干字句，编织进一种叙事，以符合李清照生活中的一个自传性场景：被假设为女性的叙述者独自思念着曾经的伴侣。她身处长江流域附近，那么李清照何时独自在长江边呢？1129年，赵明诚在建康（今南京）刚去世不久，李清照追随着高宗及其臣僚，为躲避金兵入侵而沿江东行。由于词评家执意要以自传方式阅读此作，于是词中的其他元素也被一一加以阐发安置。"记得玉钗斜拨火，宝篆成空"被说成是李清照回忆她与赵明诚在青州共度的快乐时光（这段时期在她的《后序》中也被深情地追忆），而"宝篆成空"则被解读为先兆般的意象，预示着赵明诚1129年的早逝（"篆"本身是一种香料，形如篆文，但终会被燃尽）。一旦此词被认定为写于赵明诚亡故后不久，词尾便相应地意指她希望与其亡夫重逢，但此愿终无法达成，这足以解释她将前日之泪托付给征鸿这一感人的痴想。"紫金峰"首先自成问题。王仲闻已经指出，这个地名在宋代文献中无考，并格外说明今天的南京紫金山（钟山的别名）在宋代方志中未曾出现。[38] 但他的告诫却被其他学者忽视，其中有两位宣称在唐以前的文献中发现了一首不起眼的诗歌，诗中以"紫金"来命名建康的一座山。[39] 将"紫金峰"定位在建康，看似坐实了这一观点，即李清照不仅仅思念着她的亡夫，作词来缅怀他，甚至还回望着他故去时所在的城邑。当徐培均说只有李清照方能作此词的时候，他在其中发现了别样的感染力和卓绝的文采，这是因为他已经确信词作者非李清照莫属。这首词被置于李清照生命中最令人心碎的时刻，当往昔的欢乐被突然剥夺，而未来又祸福未卜的时候，这些字词就显得格外辛酸而凄美。

这的确是个不错的叙事，但它并不是这首词的唯一解读方式，甚至不是最自然的读法。首先我们必须牢记，载有此词的最早文献见于李清照身后四百年，而它的系名也彼此矛盾。不同的明人词选反复称说有一条

---

[38] 王仲闻，《李清照集校注》，卷一，第86页。

[39] 李汉超、刘耀业，《李清照〈浪淘沙〉解析》，此文在网络上被大量复制。作者在6世纪诗人徐孝克的《仰同令君摄山栖霞寺山房夜坐六韵诗》中发现了"紫金峰"一词，见《陈史》，卷六，第2562页。遗憾的是，他们的论述无法使人确信这首诗里的"紫金峰"是地名，还是对"紫金色山峰"的描绘。

早期文献将此词归于柳永名下，尽管此说有误，但足以说明把它视为易安词的做法是多么武断。

此外，词中主人公也不一定是女性。在柳永词中，为逝去的爱情而沾泪衣襟的主题出现过两次，[40]叙述者无疑是男性，所以这首词如果以男性口吻道出也是完全说得通的。其实此词听上去很像柳永以男性口吻写下的许多词篇，它们着力刻画一个男人行旅于南土，思念着北方都城中那位他所深爱的女子。由于《浪淘沙》描写的是春季，"征鸿"应当北归，而不是向西飞往建康。此外，如果叙述者想让飞鸿"捎去"他的眼泪，他应寄给能收到音讯的一方，而非已故之人。"江"可以是南方的任意一条河，不一定就是长江。至于"紫金峰"，它不仅不见得是宋代建康附近的山，而且也根本没必要是特定地名：它可被理解为修饰语，即"我回望着紫金色的山峰"。哪怕建康在宋代以前（确切地说是唐代以前）的确有此地名，其实也无足轻重，因为在唐宋文学作品（包括诗和词）中从未出现过"紫金峰"一词，更不用说以此特指建康的某座山峰了（如对唐宋文集进行电子检索，结论显而易见）。坚持认定此词是李清照原作的学者声称，词人用"紫金峰"影射建康城——她丈夫去世的地方，但如果"紫金峰"之名与建康城这两者间没有既定关联，那么如此解读是行不通的，而现存庞大的文献中也并无先例。最后，无论他或她是谁，词中主人公看起来像是安居于南方某地，而非四处奔波，更不像是在仓皇逃难，否则我们又如何解释"画楼重上"呢？

明清词选的编者为何将这些来历不明的词归于李清照名下，词评家又为何对词中的"她"所流露的情思浮想联翩呢？首要原因基于如下信念：作为女性的李清照，其身份认同的核心在于她对赵明诚的忠贞和依恋，相应地，作为词人的她，其作品内涵正是上述情感的表达——这就是明清文人在这类词中读到的感受。因此，到了明清时期，仅有某类词作倾

---

⑩　柳永，《笛家弄》、《燕归梁》，《全宋词》，第一册，第21、49 页。其中《笛家弄》词有英文译作，见海陶玮（James R. Hightower）《词人柳永》（"The Songwriter Liu Yong"），第220 页。

向于被视为易安词:一类词抒发了孤独与思念之情(包括对逝者的哀悼),比如上述的两首;另一类是描绘男女共处的词,比如上一节所讨论的艳情词,它们都以特定方式被解读。至于其他题材的词,诸如时序的迁变、户外郊游、荡舟嬉戏以及莫名的伤怀等——这些题材都在最可靠的易安词中得到印证——在明清时期却不常和李清照联系在一起。

为什么一些平庸之作也被冠以李清照之名呢?这是因为它们一旦被鉴定为李清照的手笔,就不再被视作平庸。与其说读者自觉意识到易安词绝非平庸之作,还不如说一旦署上李清照的名字,疑作的性质就发生了根本性变化,原先的陈词滥调也被注入新的光彩与感召力。如此解读不再优先考量词的文学性感受,毋宁是以伪历史或传记体的阅读方式来理解作品,后者把易安词看成字里行间都充盈着女词人自己的所思所感。假如疑作本身就是佳作,意趣天成,那就再妙不过了。上述的第二个例子便是如此,系名李清照增强了原词感染力,也成为词人才华的另一佐证。陈廷焯对该词的评价是:"凄艳不忍卒读,其为德夫作乎?"[41]在另一处他补充道:"情词凄绝,多少血泪!"[42]

词中心曲和先入之见

我们在第十章已探讨过一组易安词,包括了词人的许多名作,其特点是抒写主人公沉迷于愁思,但我们无法从词中确知究竟她体验到怎样微妙的悲伤情怀(苦痛、不安、怨怒、无望、孤独,或兼而有之),也无从知晓其具体缘由,但大致的情绪已足够明了。

只要人们凭借传统上对其生平及作品的先入之见来解读李清照,就很容易想当然地觉得伤怀是这位女词人的唯一情愫,而完全忽视了流露其他感情的作品。但如果我们对其传统形象表示质疑,或将其搁置,就更

373

374

---

[41] 陈廷焯,屈兴国《白雨斋词话足本校注》,卷二,第 220 页;又见《笺注》,卷一,第 123 页。
[42] 陈廷焯,《云韶集》卷一○,《笺注》,卷一,第 123 页。

容易关注词中表达的其他情绪,并把它视为易安词的显著特征。前一章
所讨论的郊游词就有别于她的伤怀之作而自成一类。同样地,她在另一
些词作中透过女主人公探索一系列情感维度,其中有几首属于早出易安
词,来自我的第1、2组。

有些词摸索着一种变化的情感综合体,比如说下面这首词:

念奴娇(第30号)

　　萧条庭院,又斜风细雨,重门须闭。宠柳娇花寒食近,种种恼人
天气。险韵诗成,扶头酒醒,别是闲滋味。征鸿过尽,万千心事难
寄。　　　楼上几日春寒,帘垂四面,玉阑干慵倚。被冷香消新梦觉,
不许愁人不起。清露晨流,新桐初引,多少游春意。日高烟敛,更看
今日晴未。⑬

词中女子的情感状态是本词的主题,其情思难解,并随着词脉而变化万
千。叙述者孤独一人,受困于恼人愁绪,而她心中所掂量的烦恼事很可能
是离乡愁绪(而非她生命中的那位离家男子),正如词中的"征鸿"所暗示
的那样。时值春日,众鸟北归,叙述者想借飞鸿把书信寄给北方的亲友,
却办不到——这是否因她有太多的心绪想要写进书信? 从词来看似乎
如此。

　　除了她所体会到的孤寂,叙述者对春日的良辰美景也相当敏感。她
向外望去,庭院或许萧条,居处的重门又深闭着,但即使无法亲见,她仍能
感到宠柳娇花的诱惑。春日"恼人",令人悸动不安,时而可喜,时而
可忧。

　　下阕中,春寒与孤寂弥漫于"帘垂四面"的闺房,令人无法忍受,尤其
是叙述者遥想着户外的迷人光景之时。"清露晨流,新桐初引"的秀丽画
面用来描绘美好、清新的早春时节,它写的是叙述者之所见(或所想);但
实际上原句照搬自《世说新语》,最初也并非用来写景,而是喻指一位旧

375

---

⑬ 《笺注》,卷一,第75页;《全宋词》,第二册,第1208页。

友的文学意象,以此影射友人的清朗与美秀,虽然日后交情疏远,但仍被深情地惦念。[44] 词之叙述者如此安排词句,仅仅是对风景的描绘,还是同时借以暗示她希望一段感情的复合? 我们无法确知。但我们的确知道,到了词尾,她很期待看看今日的天气如何,如果天朗气清,她会力行自己"游春"的打算。词作结束在热切的期待中:今日是否天公作美,能让她外出游赏春光呢? 这一念想在她的脑海中已萦回了许久。

而在另外一些词作中,叙述者冷眼旁观,避免表达强烈的情感:

浣溪沙(第 11 号)

376

淡荡春光寒食天。玉炉沉水袅残烟。梦回山枕隐花钿。 海燕未来人斗草,江梅已过柳生绵。黄昏疏雨湿秋千。[45]

此词几乎没有主人公。可是她在那儿,几乎全然藏身其间,上阕末了的"梦回山枕隐花钿"暗示了这一点。只要意识到她在场,我们就能明白其他词句并非全知视角的描述(虽然它们初看上去如此),而是她在对情境的观察中发现了自己。于是我们得知,上阕主要描绘她的闺房,而到了下阕,她的注意力从闺房移至户外周围所发生的事情。这种情境的挪移,与无数男词家的作品恰好相反,后者在词脉的行进中,使作为旁观者的我们逐渐走近一位独处的女子,并最终在词末聚焦于她本身及其情感。

我们期待叙述者在这首词中揭露她的心情,但始终没有发生。相反,下阕写的全是春光秀丽的户外风景。词中提及的"斗草"游戏与春日踏青有关,"秋千"是词中常见的女性娱乐,而现在没人在荡秋千,因为下起了绵绵细雨,但即使是被黄昏疏雨打湿的、空荡荡的秋千,这一画面也被雕琢得格外动人。我们没有必要认为叙述者在抱怨,她更像是在好奇地凝神打量那户外的声与光。

类似的沉默在下面这首词中也很明显,我们已在第三章讨论过,当时我们处理了自传体阅读的相关问题。原词如下:

---

[44] 《世说新语笺疏》,卷八,第 153 条,第 496—497 页。

[45] 《笺注》,卷一,第 116 页;《全宋词》,第二册,第 1203—1204 页。

浣溪沙(第 10 号)　　377

小院闲窗春色深。重帘未卷影沉沉。倚楼无语理瑶琴。　　远岫出云催薄暮,细风吹雨弄轻阴。梨花欲谢恐难禁。[46]

上文我们已看到这首词常以一套假设被加以阐释,人们专注于李清照如何表达她对离家丈夫的思念,其实这首词完全不需要被这样理解。假如我们重新审视它,就会发现这是首描摹春景的词,一名女子凝望着,欣赏着,但也敏感地意识到良辰美景并不久长。不错,她显然独自一人,但这并不意味着悲伤。她远望着风景("倚楼"在词中常常暗指凝望远方,其时主人公或伫立于楼台之上,或倚靠着阑干或屋墙),独自弹奏瑶琴,不向外人表露她的思绪。连此处的烟云也是独立自足的写照,"远岫出云催薄暮,细风吹雨弄轻阴"暗示了她对美景的赏观。这两句均包含着文学意想:远岫带出了云烟,而云烟又催促着日暮;风带来了雨(风不仅仅"吹雨",而且把雨"吹"来这里,和上句的"出"相对),风雨一起抚弄着轻阴,与之嬉戏——这些意象在词句中被植入了玩赏的口吻,这是被想象所增饰的自然。末句"梨花欲谢恐难禁"也不必解读为伤感的预期(例如春光将逝,知音难觅),反而能被看成是奇特的、半开玩笑的念头:意料之中的花开花落,仿佛并非不可避免。——写下此句的词人似乎有意识地和自己打趣,而合理的言外之意可以是:既知良辰美景转瞬即逝,她便下决心好好享受这一季她所能度过的时光。

我们一旦摆脱既定的传统设想,对相关词作的理解也会随之转变,这是件饶有兴味的事。试论下面这首词:　　378

玉楼春(第 28 号)

红酥肯放琼苞碎。探著南枝开遍未。不知蕴藉几多香,但见包藏无限意。　　道人憔悴春窗底。闷损阑干愁不倚。要来小酌便来休,未必明朝风不起。[47]

---

[46] 《笺注》,卷一,第 67 页;《全宋词》,第二册,第 1203 页。
[47] 《笺注》,卷一,第 27 页;《全宋词》,第二册,第 1201 页。

这是收入《梅苑》的词作之一,所以它的系名尚有疑问。若确为易安原作,那么它又一次展现了词中情感的瞬间迭换,并且(至少在这种解读中)它所引出的思维方式很少和李清照联系在一起。

传统解读这首词的方式,依然主导着近来关于李清照的学术研究,即词人自己就是那位憔悴的主人公,而词末两句是写给赵明诚看的:她希求他能回家共度良辰,在梅花被风吹落之前,二人能在一起酌酒、赏花。⑱但这种理解忽视了前面词句中的一些有趣语汇,它们指向一种全然不同的解释。"不知蕴藉几多香,但见包藏无限意"暗示叙述者不能保证梅花有多香(可见当时还闻不到梅香),但她确知花"意"无限。"意"有多重内涵(意思、意图、意义),这两句显然暗指花与人心心相印。有几位评注家把"道人憔悴春窗底"的"道"解释为"知道"或"说道",并引用了其他词作里"道"字的用法,将其语法主格归之于梅花,⑲即拟人化的梅花意识到叙述者的哀愁。在这种情况下,"意"也很容易被解释为花对人的"关心"或"思虑",而叙述者也感觉、体认到了这一点。若花与人的默契得以确立,梅花便可被描述成叙述者善解人意的朋友,那么,词末的"要来小酌便来休,未必明朝风不起"可以理解为梅花之言,即花儿邀请叙述者前来观赏,这也是合情合理的,最近至少有一位学者便如此理解。⑳梅花知道自己开落无常,所以希望在凋落以前能有机会给这位女子带来些许慰藉。(无论是李清照还是其他词人的)咏花词富于拟人色彩,虽然花儿不常说话,但也没有理由认为词中不能有花语。如果这一理解是正确的,那么此词的惯常读法未能如实反映其中的机敏与新意,人们倾向于以成见来看待"李清照"的词中之言,却误会了作者的原意。

379

---

⑱ 这种解读可参见徐北文《李清照全集评注》,第 27 页;诸葛忆兵《李清照诗词选》,第 15 页;邓红梅《李清照新传》,第 68 页。陈祖美(以及徐培均)则采取了一种不同的政治解读方式:她将此词系于 1103—1105 年的党争时期,其时元祐党人遭贬,赵挺之出入于朝堂,陈氏认为词末影射了李清照不安的处境,她生怕公公以及身为元祐党人的父亲又一次被不期然地黜落。参见陈祖美《李清照词新释辑评》,第 63 页;《笺注》,卷一,第 27—28 页。

⑲ 《笺注》,卷一,第 28 页;陈祖美,《漱玉词注》,第 16 页。

⑳ 王英志,《李清照集》,第 21—22 页。

我们最后来看一首词,并由此质疑传统加诸李清照的形象与观念:

小重山(第 17 号)

春到长门春草青,江梅些子破,未开匀。碧云笼碾玉成尘。留晓梦,惊破一瓯春。　　花影压重门。疏帘铺淡月,好黄昏。二年三度负东君。归来也,着意过今春。⑤

> 按:"长门"是皇后陈阿娇被汉武帝(约公元前141—前87 年在位)打入冷宫的居所。
> "碧云"即茶叶,在入汤前被碾碎,"玉尘"即碾碎后的茶粉。
> "一瓯春"即一壶茶。
> "东君"是司春之神。

行文至此,我尚未把最后两句"归来也,着意过今春"译成英文。近期的学术研究对这首词有两种主流解读。第一种是传统的理解方式,即此词用来表达李清照的祈愿,她希望离家两年多的赵明诚能回来,与她一起共度今春。在此情形下,末两句应被当作对赵明诚的命令句式:"回家吧! 让我们好好度过今春(亦即莫使春光再次虚度)。"然而,这种阐释也有问题:它需要编造出夫妻间长达两三年的别离,而这在史料中无法得到印证。于是,学者便推断这样的分离的确存在(在夫妻别离何时发生这一问题上,学者们有明显的分歧,这并不奇怪,因为问题本身就是推论)。⑤另一个是语言问题:"归来也"听上去不像命令句式。句末的"也"字并不构成命令式,而其他字才具有这一功能(如前一首《玉楼春》词中的"休"字)。"归来也"读上去像陈述句:"(主语)已经归来。"而在这种解读下,词作开头所提及的汉代宫殿"长门"常被看作李清照感到被夫君冷落的标志。

或许看出了前一种理解的缺陷,陈祖美提出了第二种阐释,并得到邓

380

381

---

⑤ 《笺注》,卷一,第 94 页;《全宋词》,第二册,第 1205 页。

⑤ 徐培均认为词中的离别发生在 1127—1128 年间,当时赵明诚先一人奔母丧而南下建康,李清照于次年方与他团聚。可事实上,夫妻间分别还不到十二个月,而非两年,参见《笺注》,卷一,第 94—95 页。诸葛忆兵或许注意到徐氏论点的缺陷,所以他说离发生在 1117—1118 年,其间赵明诚离开青州,留下他的妻子,到其他地方任职,参见《李清照与赵明诚》,第 35—36 页,但这段分离同样没有文献支持。徐北文避开了上述问题,而说这首词涉及夫妻间一次漫长的别离,但不确指它何时发生(除了说它发生在金兵入侵中原以前),参见《李清照全集评注》,第 8 页。此外,还有另一种别离的可能性,参见下文关于陈祖美阐释方式的讨论。

红梅和王英志的认同。㊺ 陈氏对该词作了政治解读(同她对前一首《玉楼春》词的理解相似,参见注㊽)。她将此词系于 1106 年,当时元祐党禁有所松弛,赵挺之(李清照的公公)重获皇恩。陈氏相信,1103 年,由于元祐党禁,李清照被迫居住在山东家乡,三年以后,随着党禁的结束,她重新回到首都开封。但正如第三章讨论过的,这同样是纯粹的推测:没有任何文献能证明,李清照在当时曾离都三年。在这一解读中,开头的"长门"所指已不再是妻子受丈夫的冷遇,而转变为象征性隐喻,在"美人香草"的文学意象传统中,"长门"指的是一位失宠的官员,"春到长门"则是说被贬斥的官员(们)重新赢得帝王的垂青。由于处境好转,李清照也被准许从故乡的隐居之所回到首都开封——此即"归来"在这一阐释中的意涵。于是,词尾应被理解为:"现在我已归来,并决心好好度过今春。"这种解读下的李清照不再希冀赵明诚的归来,而是在说,她已回来同赵明诚团聚,并期待与他共度今年的春光。李清照的妻子身份及其对赵明诚的专情仍是这种阐释的关键,她对离家丈夫的思念被置换为夫妻团聚的喜悦。

为了使一个人所写的词作合乎解释,她的身世也能被相应篡改,对于不谙此道的局外人而言,这是相当怪异的现象,但这类"修改"生平的做法却总是发生在李清照身上。此词的政治化解读是牵强而难以信服的,它因需要而建构出李清照离京三年的经历,但根据李清照的《金石录后序》,我们有充分的理由相信,她当时一直待在京城。

³⁸² 这里还将提供第三种阐释,可作为上述二种解读之外的选择。这一阐释的线索来自词的开头"春到长门春草青",它引自大约生活在 10 世纪的薛昭蕴创作的《小重山》词开篇,原词收录于著名的《花间集》。㊾ 从薛词中摘取成句并非我的发现,它早就被人识破;但这首易安词的多数评注仅仅标明词句的出处,而从未深求这一借用所生发的效果。以下是薛

㊺ 陈祖美,《李清照词新释辑评》,第 72 页;邓红梅,《李清照新传》,第 55—56 页;王英志,《李清照集》,第 28 页。陈祖美在《李清照新传》对这首词有另外一种解释,请看本书附录二,第 320 页。

㊾ 薛昭蕴,《小重山》,《花间集注》,卷三,第 90 页。

昭蕴的原词:

小　重　山

　　春到长门春草青。玉阶华露滴,月胧明。东风吹断玉箫声。宫漏促,帘外晓啼莺。　　　　愁极梦难成。红妆流宿泪,不胜情。手挪裙带绕花行。思君切,罗幌暗尘生。

这首词不一定写的就是西汉的陈皇后(词首提及的"长门"可指代任何宫殿),但它的确是描写落寞妃子的典型宫怨词。词中的"箫声"很可能用以暗示邻近宫殿正在举行的娱乐活动,而这位女子的夫君在那儿正和其他女人纵情声色。她等了他一夜,但他从未到来,在她意识到结局之前,夜已渐近拂晓。她流了一宿的眼泪,到天亮前都无法入睡,只好在宫室中徘徊无依,思念着她的夫君。暗生于罗幌的尘埃令人联想到这位女子处境的无望:春天的长门内,什么都没有发生。无人会来打破此处的沉寂,她是个幽居于深宫内的被遗忘的女子。

　　第19号易安词《临江仙》在第十章中已有所论述,它同样以前人成句开篇。在词序中,李清照自言"酷爱""庭院深深深几许"一句,由此创作了"数阕"以此句开头的词作。尽管李清照挪用成句作为词头,但接下来她便改变了词作后半部分的内容与气氛,并与原作两相对照。

　　在上述第17号《小重山》中,李清照再次以成句开篇,并重写了原词。这一次,李氏改写之作与原词的联系更加紧密,因为它们隶属于同一词牌。并且,两首词共有若干元素:月光、晓梦、垂帘,还有词末所言及的"君"。然而,易安词的格调与主旨,较薛昭蕴原词相去甚远。薛词中,春夜的寂静只是增强了宫中女子的落寞之感:在这清美之夜,她所留意的是遥不可及的箫声,之后黎明便倏尔而至(太迟了,她的夫君已不可能来到她身边);下阕通篇描状了她的悠悠愁绪和无所适从。

　　与之相反,易安词的显著特点在于一切物事皆如此迷人,无论是在室内还是户外。主人公专注于事物精致的细节,它们都十分可喜:梅花含苞待放,且将变得更加鲜妍;碾碎的茶粉犹如一堆玉屑。这位女子未尝失眠,实际上她需要茗茶来解困,并驱散弥留的"晓梦"。下阕的开头数行反映出,尽管这位女子幽居于室内,但春夜的美景仍能传达到她身边:层层花影越过了重门的障碍,而月光铺在帘子上,呈现在她眼前的一切都促使她感叹:"啊,多美的夜晚!"这在描写独处女子的词作中非常稀见。到此为止,词中没有任何暗示寂寞的情绪表达。

现在让我们来看这首词的结尾。"东君"是司春之神,掌管春天的来去。作为化身,他象征着春天以及妙手回春的力量。词体文学中大量援引"东君"来喻指春天。人们期待他的临近,欢庆他的到来,埋怨他的推迟,感叹他的乍别,想尽办法挽留他,同时批评他是个无常无驻的"匆匆过客"。表示来去的动词被频繁地用于他的行迹:"东君着意到西园",⑤⑤"争探得东君,何处先到",⑤⑥"东君早作归来计",⑤⑦"留住东君",⑤⑧"自东君别后",⑤⑨"似叫住东君",⑥⑩"怪东君,太匆匆,亦是人间行客"。⑥⑪

考虑到"东君"的惯常艺术手法运用,以及《小重山》词前一句"二年三度负东君"的语气和指向,那么作如下理解应该是合理的:词尾谈及的是"东君"的"归来",而叙述者决定充分享受今春的到来,并且"专情"于他。由此,末两句"归来也,着意过今春"可译作:"既然东君业已归来,我将专心享受今春。"⑥⑫词的结尾完成了李清照对薛昭蕴原词的改写。即便

384

---

⑤⑤　石孝友,《玉楼春》,《全宋词》,第三册,第2631页。

⑤⑥　田为,《探春》,《全宋词》,第二册,第1053页。

⑤⑦　沈唐,《霜叶飞》,《全宋词》,第一册,第219页。

⑤⑧　葛立方,《雨中花》,《全宋词》,第二册,第1744页。

⑤⑨　陈德武,《木兰花令》,《全宋词》,第五册,第4375页。

⑥⑩　李昂英,《摸鱼儿》,《全宋词》,第四册,第3638页。

⑥⑪　陈纪,《倦寻芳》,《全宋词》,第五册,第4291页。

⑥⑫　在对《小重山》"归来也,着意过今春"一句的细致阐发中,艾朗诺总共提供了三种英文翻译,以对应三种不同的解读方式。细看下来,其实著者亦是在玩味"归来"一词的主格,并由此引申出对词作的多维度阐释。现将著者在上文提及的三种英文翻译附录于此,以备参考:(1)"Come back home / So I (or we) can concentrate on passing this spring."这里将"归来也"理解为祈使句,意思是希望赵明诚早日归来;(2)"Now I have come back / And am determined to pass this spring well."此处"归来也"的主语是李清照自己,并将其"归来"与元祐党禁的政治背景相挂钩,并体现了夫妻团聚时的喜悦之情;(3)"Now that he has returned, / I will set my mind on enjoying this spring."这里的"他(he)"指的是司春之神"东君",著者更欣赏最后这个解释,因为它最能体现李清照的文心巧思。——译者按

没有爱侣的陪伴，叙述者也决心好好享受这个季节，并把春天想象成令万物复苏的"东君"的化身。她的"东君"完美地替代了薛词中从未回到女子身边的"夫君"。

　　对易安词的先入之见束缚了我们，使我们以为她只会书写特定的词作、抒发一成不变的情感；但只要我们将这类成见暂且搁置，就能重新发现易安词中传情达意的多样性。我们将会看到，除了一些广为人知的易安名作，李清照也能够写出与其传统形象判若两人的精彩词篇。

结　　语

　　李清照的故事告诉我们很多关于 12 世纪中国贵族妇女生活方式的内容。倘若我们暂时撇开易安作品的文学品质及其相关话题，转而反思其所生发的传记与史学兴趣，我们便能立即意识到她的弥足珍贵之处。李清照的身世反映了当时的女性在婚姻、守寡、再嫁与离异中的处境；与之相应，在其身后数百年中，"李清照"形象的不断形塑与重构也透露出后世的社会、法律及文学史的状况，尤其是自帝制时代晚期一直延续到现代社会，人们对妇女、守寡及女性创作的观念转变。

　　不宁唯是，李清照的一生好比一名女子不断遭遇挑战并做出艰难抉择的故事，这一点意义非凡：如果我们能将个体生命的内涵从笼统的文化史符号中抽离出来，那么李清照的个案显然有其独特之处。这并非源于她的传奇身世，尽管亲历如此多的磨难也实属罕见——如避难南渡，丧夫守寡，年近五十而膝下无子，守护几成累赘的书画藏品，陷入一场投机性的再嫁风波，遭受继任丈夫的虐待，她的反抗及随后的审判与拘禁，最终蒙受羞辱、沦为笑柄——但真正使之独一无二的是她用文字记下了自身经历和感受。她的创作在体裁、风格上的丰富性，是同时代其他女性所无法比拟的。她的自悼身世及其笔下的文学形象，赋予其作品独特的影响与价值，这迥异于同时代的其他女性文学，而与中华帝制史上或先或后的极少数才女有共通之处。

　　我们无需夸大李清照的苦痛、坚贞、勇敢、"爱国"，或其他德行——这在前人已是老生常谈（时至今日依旧如此）。传记作者应感到满足，庆幸女作家有勇气且坦率地写下身边的故事，并将自己的思绪与情感熔铸进诗词，直接或曲折地传达了自己的所见所闻、所思所想。最为关键的是，李清照在其间透露了自己生平中的诸多遭际：她与赵明诚的早年婚姻；丈夫与日俱增的收藏爱好；莱州重逢时她的落寞之感；丈夫临终之际不曾嘱咐后事；她奉命照看的藏品招致盗贼与无耻之徒的趁火打劫；她再嫁仅数周后便起诉丈夫,毅然离异,这也使她自己羞愧难当。同样令人难忘的是李清照离异后的表现:她找回自己,重拾旧业,决心以公开的文学创作再次赢得世人的尊重。而易安词更记录下作者多年来所经历的坎坷,自始至终伴随着词人的生命轨迹而从未间断,当时的读者已经意识到易安词的杰出非凡,尽管他们不愿承认一名弱女子竟有如此才华。这位奇女子兼慧业文人便以此方式表达自己,她的文字自有其耀眼而持久的光华,足以流传后世。

　　回到文学话题,我想首先指出身为女子的李清照在填词时面对的复杂处境。在此,我将从词人的角度简要地处理这一问题,而非以读者立场来考虑。我们知道,当男权社会中的任何女性决心进入由男性主导的文人圈时,她就逾越了自己的本分。我在此想要提出的问题是:词体文学一直以来是男性文人模仿女子口吻、聚焦于女性描写,而当一名女子主动尝试填词时会碰上什么麻烦?女词人如何摸索出一种自我表达,使之与男子的代言体作品相区别?男性文人圈中,任何独立创作的女作家都会遭遇重重困境,而词体文学传统使女词人的处境更为复杂。词体创作中的女性口吻比比皆是,因为多数男词人在填词时会自觉地想象歌女的演唱;那么,一个女词人又如何在词中传情达意,而不会被误认作"男子作闺音"呢?

　　在《词论》中,李清照的词学批评别开生面。一方面,她并不否认词是卑俗文体,并将之与学识、斯文两相对峙;另一方面,她坚持词体独有的韵律特征,指出众词家在这方面乏善可陈,而真正能领会此中精妙的知音又寥寥无几。她还指出一群男性文人尝试填词却自取其辱,因其修养、气质与词体创作并不相称。

　　但是,李清照不太可能把词当作女性专属文体,当时的词史发展已排除了这种可能性,更何况,李清照是那时仅有的著名女词人。但不容置喙的是,身为女词人的她深谙此道,她希求的不过是一个在男性文人圈中的表现机会,并凭借其才华获得公允的评价,而非因其妇女和局外人身份而招致偏见——这正是李八郎故事所回响的弦外之音。对于引领词坛的男

387

性文人,李清照的逐一批评显得大胆甚至无礼,却也暗示了她多么渴望抒发自己的洞见,而其努力很可能招致男性的轻蔑与无视,这每每令她懊恼。

有充足的事例让我们了解到赵、李夫妻间的文学竞争关系,以及李清照在作诗时与其他诗人的较量。现存的李清照诗歌或残句与当时的女性创作迥然不同,一种解释是她特意选择了男性诗歌传统中的主流题材,借此在一定程度上体现她的诗才足以与男性同类创作并驾齐驱而毫不逊色。她的少作《浯溪中兴颂诗和张文潜》就反映了上述倾向,一名仰慕者便说此诗足以让李清照"以妇人而厕众作"。后来金兵入侵、南宋偏安的时局更给了李清照赋诗言志的机会,她在诗中讥刺宋廷缺乏斗志和"男子气概"。

388   与作诗不同,李清照在填词时不需要模仿男性口吻以顺应主流传统,但同时也带来新的问题与挑战:如果她立志成为一名女词人,就必须写出不同于男性代言的词作。显然,李清照有其自身优势,尽管作为女词人的她姗姗来迟,因为早先的男词家们已确立了词的女性化题材、语言及文学形象,并将该文体据为己有,但女词人的优越感仍流露于《词论》的字里行间。然而,这种自信并不意味着女性创作会赢得公允的评价,她对此其实毫无把握,所以李清照才会以李八郎故事开篇,借此巧妙地影射自身困境。

那么,女词人找到自己独有的词风了吗? 数世纪以来的读者与词评家认为她做到了。本书提出的观点也与此一致,但同时也促成对传统看法的修正。我们在书中接连看到易安词中的别样女子形象,她们和男性词人笔下的传统女性形象截然不同,并以微妙或不那么微妙的方式展露其个性。正如我们所讨论的,她们往往更为独立、另类而不可测。她们时而率真,但在更多场合倾向于沉默;有时,她们比其他作家笔下的女性显得更为自足惬意;而即便在孤寂苦楚之时,她们的情怀也自有其深致。

正如前文所述,我们永远无法确知易安词中的女性形象与李清照本人的关系。对此较为审慎的做法是把李清照的创作看成个人经历与文学构思的结合体。事实上这适用于所有作家，可既然我们承认男词人塑造文学形象的可能性，那么一名女作家的文学虚构能力也应考虑在内，如此才算是公正客观的文学批评。

　　前文对易安词解读的另一大特征是强调每首词的确切文献出处，并由此突出可信度高的早出词作与晚出的疑作之间存在着巨大差异。不加区别地对待所有易安词，罔顾其真伪，就会使得易安词集鱼龙混杂，并削弱、扭曲了词人自身的出众才华。我们尤应警惕对晚出易安词（它们在词人身后四百年甚至更久方才问世）不加反思、乃至满腔热情地全盘接受，其原因不外乎增强了赵、李二人美满婚姻的既定观念，而这一成见本身就是数百年间演进发展的文化建构。

　　除了推进我们对易安词的深入理解外，本书的若干章节还有其他相关发现。一个有趣的现象是，文人的存世作品规模左右着我们对其人的理解。与同时代的大文人相比，李清照留下的作品要明显少得多。部分原因或许是她的创作数量的确不及那些男作家们——事实如何我们无法确知——但另一大原因是她的词集和文集都在后世失传了。集子的失传一定与其女性文人身份有关，因为我们在同代知名作家中无法找到相应例子。关键在于，李清照的现存作品是如此之少，使得任何尝试对其人其文进行总览式、批判式的论述都近乎不可能。宋代的男性大文豪都存诗上千首（陆游诗歌总数近一万首），更别提他们传世文集中浩如烟海的公文和即兴文章，诸如墓表、行状、论、铭、书、记、题跋等。在此基础上，我们得以还原苏轼、陆游和范成大等男作家的生平，他们在何时何地做过什么事，他们和哪些人在一起，并几乎能重构他们每周的思想及创作活动。而李清照存世作品的匮乏使得上述做法无从入手，今人所知的易安诗文累计不过几十首，而非数以千计。这一事实对于任何意图给李清照立传、评析其文学作品的人而言，都无异于泼冷水。我们对她知之甚少，不仅由于其存世作品的稀少，更因为身为妇女的她在当时史料中近乎销声匿迹，而相关记载又漏洞百出，让人迷惑不解。这使得任何有关她生平和作品的

389

重构都相当依赖于现存文献，势必有很大的偶然性。我们只能妄加揣测，如果她的全部作品及其身世的早期记载是完整的，世人对这位才女的印象定会有所改变。

显然，当时由男性主导的精英文化很难接纳这位奇女子，这种现象已成为她文化遗产的一部分。双方的磨合历经明、清两代，评论家千方百计地想要塑造一个能与之共处的李清照形象。在持有精英文化立场及其价值观的卫道士眼中，李清照是个偌大的例外。当时一位投身创作的女子，无论她写的是什么，都已属罕见；而这位女作家竟然题诗献给朝廷官员，贬斥男性领导层的软弱，公开夸耀自己对军事博弈游戏的钟爱，更令人震惊的是，她写有一篇《词论》，在文中宣扬自己对词体文学有专擅的才华，又历数此前著名男词人的短处，并逐一加以批评。

不可否认，也有些与众不同的男性并不掩饰他们对这位才女的倾慕，欣赏易安词的男女读者亦不在少数，而词集编者也确保在他们的选集中收入其作品。但总体上看，这位才女的成就与士大夫精英文化格格不入，这种不适感绝不亚于文人对她的兴趣。

她在赵明诚去世后决定再嫁、又旋即离异之事，给那些伺机诋毁她的人提供了口实，并使她百口莫辩。在其再嫁与离异行为中，人们自认发现了这个女人自以为是、非女性化的本色，并以此解释其特出的文学才华。与此同时，另一种更微妙的建构过程也悄然展开，它对待李清照的方式不那么尖锐，而是限制其不合礼数的才华，驯化她，将她规约到主流文化所期许的价值观中。人们竭力阐释由她亲笔书写的《金石录后序》——有什么比解说她自己的作品更好的方式呢？仅仅通过一篇文章便将她还原为一名忠贞的妻子兼凄凉的寡妇，而轻易地无视成文背景与隐晦的创作动机。如果把她的写作灵感解释为对其夫君的真情流露，并在他死后仍充满温情地怀念亡夫，李清照便不再是个问题，而那些被其言行举止所震惊的男人们也不再感到威胁。在《金石录后序》解读法的牵引下，易安词也为这一观念棱镜所透视，折射出她与赵明诚的理想婚姻，以及妻子在夫君离家时、去世后流露出的无处告慰的思念。从此以后，她的全部创作都被视为夫妻之爱的倾情流露，它们都是高度自传性质的"真"作。这一解读模式下的易安词由此获得了全新的意义：即便是陈词滥调也在阐释过程中充盈着动人的真情实感。 391

可一大难题依然存在，那就是李清照身为寡妇时的作为。一旦其文学作品被完全当成她对赵明诚全心全意的付出，她于四十九岁高龄再嫁的事实就变得尤为棘手，更何况她在仅仅三个月后便起诉那位继任丈夫。令情况更为复杂的是，明清时期对寡妇再嫁的批评日益严苛，同时对女子习文的广泛认可又将李清照追溯为激励后人的先驱，作为典范的李清照与没有操守的李清照之间的矛盾愈加尖锐，人们无法对此置之不顾，其中的一方必须作出让步。一条捷径是否认再嫁，宣称此事子虚乌有，纯属诬蔑。但这种立论很难站住脚，因为大量宋代文献都记下了这段史实，更何况李清照自己的一封信也明确言及此事。一项此唱彼和的学术考据工作就此展开，意图使否认再嫁的说法显得有理有据。此项学术工作最终赢得胜利，恰逢全新打造的"李清照"形象面世之时：这位才女化身为忠贞的妻子，绝无可能再嫁（她成为肆意诽谤的牺牲品）。她被写入 20 世纪最早的文学史中，并融入民族建构及现代化历史的一部分。直至 20 世纪50 年代后期，清末以来被改造的李清照形象才遭到质疑，这一质疑转而触发了广泛的学术争论，历经五十年，直到最近才达成新的共识，从而推翻清人否认再嫁的主张。尽管人们对李清照生平中再嫁事件的看法已然转变，帝制时代晚期以来对她的刻板印象却少有改动。李清照作品的传统读法是如此深入人心，使得人们很难抛开对她的既有成见。

我在中国研究中引入了女性主义，借此提供一种全新视角和理论基础，来挑战李清照的传统解读模式。我并不研究女性主义理论，而是依凭女性主义的相关研究对老问题提出新方法，促使人们反思李清照其人其文。女性主义理论已被用于探讨现代化早期的欧美女作家，这类研究可作为范式，帮助我们重新审视萦绕在李清照周围的纷纷物议。重新评价李清照的学术进程很大程度上归功于新中国成立后的一代青年学者，他 392们采取更开放的姿态来反思"赵、李婚姻和谐美满"这一接受史观念，并认真考虑赵氏纳妾的复杂情形。尽管如此,学者与评论家仍很难摆脱思维定式,这些预设在不知不觉中彻底框定了我们对这位杰出女作家的感知。仅仅在若干诗词中读出懊恼、苦闷(而非关爱、思念)是远远不够的,因为人们仍囿于李清照作品的传统解读模式。

李清照的文化遗产屡屡遭受非议,其作品一次又一次被改写和阐释,这些现象归根到底恰恰证明了李清照身为作家与个体的独一无二。她并没有恪守闺门礼教,不曾迎合世俗对女子习文的看法。学者和批评家们不知如何评说她,这不足为怪,这些困惑反而有助于解释李清照的两面性,她在世人眼中呈现为或积极或消极的两种截然相反的形象。

李清照最杰出的成就在于其文学创作的两大造诣,当然对此人们可以提出异议。在其身后数百年,精英文化的仲裁者才勉强接纳了女作家,而才女李清照在宋代就已只身闯入文人圈,在没有女性文人团体支持的情况下,她显然屡遭质疑,处处碰壁,但仍以出众的才华证明了自己。首先,她能驾驭不同类型的男性化题材,写下的诗篇足以媲美"衣冠"士人的上乘之作(正如杨慎所指出的那样)。这已经很出人意料了,但仅仅期待她"如男子般"写作却把问题简单化了:她的创作身份仍是女性——她承受了该性别身份的一切限制与禁忌——因此她的作品既可与男性创作相比较,同时又与之不同。其次,她创作的易安词富有内在而持久的魅力,这些特质与男词家们的杰作迥然不同。这一点使她成为女性作家的重要先驱,并向后世的男女作家们展示了女性创作的独特性,其叙事与情感表达方式有别于男性创作。这第二大成就很少得到近世男性批评家的认可,更别说细细回味了。但历代男女读者对李清照文学的热情有增无减,并延续至今,这表明她的成就仍被世人所感知,尽管未曾被深入讨论。

附录一　易安词序号及索引列表

我的编号	词牌名	徐培均《笺注》页码	《全宋词》页码	本书所在页码
1	南歌子:天上星河转	35	1201	282,285
2	转调满庭芳:芳草池塘	146	1202	
3	渔家傲:天接云涛	127	1202	39,333
4	如梦令:常记溪亭	40	1202	278
5	如梦令:昨夜雨疏	14	1202	183,270,282
6	多丽:小楼寒	36	1202	259,329
7	菩萨蛮;风柔日薄	131	1203	282,286
8	菩萨蛮:归鸿声断	102	1203	
9	浣溪沙:莫许杯深	6	1203	
10	浣溪沙:小院闲窗	67	1203	81,311
11	浣溪沙:淡荡春光	116	1203	310
12	凤凰台上忆吹箫:香冷	59	1204	98,283,330
13	一剪梅:红藕香残	20	1204	89,91,177,273,280
14	蝶恋花:泪揾征衣	86	1204	257,331
15	蝶恋花:暖雨晴风	84	1204	
16	鹧鸪天:寒日萧萧	101	1205	185
17	小重山:春到长门	94	1205	313,328
18	怨王孙:湖上风来	540	1205	185,278
19	临江仙:……常扃	105	1205	272,332
20	醉花阴:薄雾浓雾	52	1205	173,183,209,282
21	好事近:风定落花	132	1206	282,286
22	诉衷情:夜来沉醉	111	1206	265,332
23	行香子:草际鸣蛩	32	1206	

续表

我的编号	词牌名	徐培均《笺注》页码	《全宋词》页码	本书所在页码
24	清平乐：年年雪里	126	1201	71
25	渔家傲：雪里已知	8	1201	71
26	孤雁儿：藤床纸帐	123	1201	71
27	满庭芳：小阁藏春	113	1200	71,329
28	玉楼春：红酥肯放	27	1201	71,311
29	玉烛新：溪源新腊		1211 存目	
30	念奴娇：萧条庭院	75	1208	309,330
31	声声慢：寻寻觅觅	161	1209	262,292,331
32	永遇乐：落日熔金	150	1208	180,291
33	忆秦娥：临高阁	51	1207	281,284,304,333
34	添字丑奴儿：窗前谁种	97	1207	282,284
35	鹧鸪天：暗淡轻黄	4	1207	
36	长寿乐：微寒应候	134	1209	
37	蝶恋花：永夜厌厌	92	1209	
38	怨王孙：梦断漏悄	157	1212 存目	
39	怨王孙：帝里春晚	18	1208	94
40	浣溪沙：楼上晴天	179 存疑	1213 存目	303
41	浣溪沙：髻子伤春	70	1211	303
42	浣溪沙：绣面芙蓉	11	1211	295
43	武陵春：风住尘香	140	1208	207,276,280
44	点绛唇：寂寞深闺	73	1209	304
45	浪淘沙：素约小腰	187 存疑	1213 存目	295
46	春光好：看看腊尽	542	1212 存目	79
47	河传：香苞素质	544	1212 存目	79
48	七娘子：清香浮动	546	1212 存目	79

续表

我的编号	词牌名	徐培均《笺注》页码	《全宋词》页码	本书所在页码
49	忆少年:疏疏整整	548		79
50	玉楼春:腊梅先报	549		79
51	新荷叶:薄露初零	46	4996	
52	点绛唇:红杏飘香		1213 存目	
53	青玉案:凌波不过		1213 存目	
54	点绛唇:蹴罢秋千	1	1212 存目	295
55	丑奴儿:晚来一阵	181 存疑	1212 存目	295
56	浪淘沙:帘外五更	121	1212 存目	303,304
57	木兰花令:沉水香消	82		
58	生查子:年年玉镜	176 存疑		303
59	柳梢青:子规啼血			303
60	青玉案:征鞍不见		1212 存目	77
61	临江仙:……春迟	109	1212 存目	77,303
62	摊破浣溪沙:揉破黄金		1210	77
63	摊破浣溪沙:病起萧萧		1210	77,303
64	殢人娇:玉瘦香浓	90	1212 存目	77
65	庆清朝:禁幄低张	29	1211	77
66	减字木兰花:卖花担上	9	1210	77,83,295
67	瑞鹧鸪:风韵雍容	174 存疑	1210	77
68	品令:零落残红	189 存疑	1212 存目	77,303
69	如梦令:谁伴明窗		1213 存目	303
70	菩萨蛮:绿云鬓上		1213 存目	303
71	生查子:去年元夜时		1213 存目	303
72	鹧鸪天:枝上流莺	184 存疑	1213 存目	303
73	青玉案:一年春事		1213 存目	303
74	孤鸾:天然标格		1213 存目	
75	品令:急雨惊秋		1213 存目	303

附录二　近人关于易安诗词中妾室隐喻的阐释

篇题	陈祖美《李清照新传》(2001)	邓红梅《李清照新传》(2005)	诸葛忆兵《李清照与赵明诚》(2004)
《晓梦》	写于崇宁五年(1106)前后,并不是一首有"婕妤之叹"的抒情诗,而是关于元祐党禁的隐衷。第74—75页。	写于李清照莱州时期(1121—1124)。诗中的快乐场景是她回忆与赵明诚同在青州的生活,但此时她却被忽视,郁郁寡欢,与回忆相距甚远。这是因为赵明诚移情于诸如小妾之类的其他女子。第97—98页。	与邓红梅的解读近似。第121—122页。
第17号:《小重山:春到长门》	词作写于1106年,此时的李清照往来穿梭于首都开封与故乡章丘之间,她以此词叙写自己被赵明诚冷落,丈夫正与情妇或小妾相处甚欢。词的首句"春到长门春草青"中的"长门"是个关键隐喻。第77页。	这首词表达了李清照对于党禁解除的激动和喜悦,她于1106年正月回到开封赵府。随着元祐党禁的解除,那些像陈皇后一样被迫远居幽处的元祐党人,现在也迎来了"春天",她也终于可以回到爱人赵明诚身边。第55页。	词写于1119年前后,此时赵明诚已经离开青州赴职,任期两年。李清照在词中恳求他回到她的身边。词中并没有提到是其他女性引起了李清照的忧愁。第88页。

续表

篇题	陈祖美《李清照新传》(2001)	邓红梅《李清照新传》(2005)	诸葛忆兵《李清照与赵明诚》(2004)
第6号:《多丽·咏白菊》	大致与《小重山》写于同时。关键在于汉皋女神与班婕妤之典:前者指男子(赵明诚)有外遇,后者指女子(李清照)被弃捐。同样的,屈原和陶潜是两位被放逐的大臣,同李清照的遭遇发生共鸣。第77—78页。	与陈祖美的解读近似,但是对于下阕两处用典的理解并不相同,它们表示了爱情的最终不谐。汉皋女神、班婕妤就是李清照自己的写照:有神仙不凡之姿,高标出世之韵,但最终没有获得完满的爱情。第57—59页。	这是一首杰出的咏物词,作于李清照与赵明诚在青州的快乐时光。这首词在构思、才智、学识和本色诸方面完美地满足了《词论》中提出的要求。词句的精雕细琢展示了她与赵明诚一定在比赛诗词创作技巧。这首词与其他时期忧愁的易安词大为不同。第62—63页。
第27号:《满庭芳·小阁藏春》	此词与上述两首词约作于同时。词中所说的"无人到"指的是赵明诚。李清照无需"临水登楼",像王粲一样写下《登楼赋》,因为她的处境迥然不同;词人将自己比附为"何逊在扬州",从而将自己同何逊《咏早梅》中所吟咏的弃妇——陈阿娇和卓文君相类比。(何逊《咏早梅》原诗如下:"朝洒长门泣,夕驻临邛杯。应知早飘落,故逐上春来。"——译者按)第79—80页。	总体上与陈祖美的解读相近。但"又何必临水登楼"一句非用王粲典,而是针对赵明诚而发的苦语:"我们手种的江梅已十分美好,你又何必再去寻花问柳呢?"尽管二者的解读主旨近似,但是在关键性词句的解读上完全不同,体现了二人阅读方式的差异。第90页。	这首词大约写在1117年,表达了李清照的寂寞。此时赵明诚将李清照一个人留在青州,自己出门赴职。这并不是因为新欢而抛弃旧爱,"又何必临水登楼"一句是李清照告诉自己不要登楼远望,企盼丈夫归来。对丈夫的思念是李清照当时唯一的忧愁,其程度比任何时候都要强烈。第79—80页。

篇题	陈祖美《李清照新传》(2001)	邓红梅《李清照新传》(2005)	诸葛忆兵《李清照与赵明诚》(2004)
第12号:《凤凰台上忆吹箫:香冷金猊》	写于赵明诚抛下李清照、离开青州就职后不久(约1117年)。此词的调名提到了萧史与弄玉的爱情故事,并在词中提到了"秦楼"。但此词并非显白地赞美二人的圆满爱情,这与词之基调格格不入;而是隐晦地化用了李白的《忆秦娥》,原词吟咏了被遗弃的秦楼女。这里最大的反讽就是赵明诚形象的变化:他从萧史转变为"武陵人"阮肇,他在天台山有过艳遇。远方的赵明诚卷入了风流韵事,李清照无疑通过这些典故表达着她的担忧。第96—98页。又见氏著《李清照评传》,第65—67页。	这首词反映了赵明诚在有了莱州新欢后对李清照的遗弃(约1121年),但"武陵"隐喻却被赋予了另一重涵义。词中的萧史与弄玉,以及武陵(即桃花源)典故都指代赵李二人先前在青州度过的神仙眷侣生活,而词人如今却被忍心抛弃。李清照是说,她曾嫁给一位"武陵人",但他却永远离开了词人。第85—87页。	这首词约作于1119年,李清照在词中恳求赵明诚从任职地回家。词中没有任何线索暗示赵明诚有了新欢。萧史弄玉和武陵人的典故只是比喻神仙眷侣的夫妻生活(并非婚外恋)。这就是我们根据李清照所说而了解到的情况,她希望能恢复当时的幸福生活。第91—93页。
第30号:《念奴娇:萧条庭院》	解读方式类似上首,李清照在词中期盼着外出的丈夫早日归家,并能重获他的爱。第99—100页。	与陈祖美的解读类似。"征鸿过尽,万千心事难寄"一句点出她无力将自己的心事寄托给征鸿,从而暗指她为赵明诚的喜新厌旧而黯然神伤。第91页。	这是一首李清照生命行将结束时的词作,表达了她的孤独昏老,与赵明诚不忠于爱情无关。第205—206页。

续表

篇题	陈祖美《李清照新传》(2001)	邓红梅《李清照新传》(2005)	诸葛忆兵《李清照与赵明诚》(2004)
第14号：《蝶恋花：泪揾征衣》	当李清照在1121年动身前往莱州与赵明诚团聚的时候，她为什么会写下这一首情感丰富的词篇？因为她根本不确定在莱州等待她的是什么。莱州并不是很远，也没有被群山阻隔，这些只是象征着她与赵明诚在情感上的距离。末句中的"蓬莱"与上词中的"武陵"类似，暗示了赵明诚在莱州的风流韵事。第103—105页。又见氏著《李清照评传》，第70—72页。	总体上同意陈祖美的解读，但没有涉及陈氏对"蓬莱"一词的解释。第92—93页。	主旨大致与陈、邓二人相似。第106—116页。
第31号：《声声慢：寻寻觅觅》	写于李清照前往莱州的前后，陈氏坚持"晓来风急"而非"晚来风急"，然后以《诗经·邶风·终风》的"终风且暴"之句作为出典，原诗作者是位因无子而被抛弃的王后。李清照以此来讲述自己的境遇，并希望赵明诚能回心转意。陈氏对此词的解释非常奇特。第105—108页。又见氏著《李清照评传》，第68—69页。		晚年所作，当时赵明诚逝世已久，李清照也经历了再嫁与离异。这首词与嫉妒另一位女性无关。第200—203页。

续表

篇题	陈祖美《李清照新传》(2001)	邓红梅《李清照新传》(2005)	诸葛忆兵《李清照与赵明诚》(2004)
《感怀》	陈氏将此诗读作李清照抵达莱州后的凄楚表达,她发现赵明诚已经不再爱她。赵明诚将李清照独自安置在一间屋子里,而他自己却与新欢寻乐。第108—110页。又见氏著《李清照评传》,第72—76页。	与陈祖美的解读近似。第94—95页。	类似读法。第107—115页。
第22号:《诉衷情:夜来沉醉》	此词作于1127年,李清照对赵明诚另寻新欢已经麻木。起首二句化用《诗经·邶风·柏舟》,包括朱熹在内的很多学者相信这首诗是弃妇所作。此时正值夜晚,李清照孤独地待在房间里,这是因为赵明诚投入了另一个温柔乡中。第127—128页。	将此词系于1108年。当时赵明诚北上接母,李清照一人留在京城。词中并无因另一个女人而起的忧愁。第64页。	此词系于1118年前后,此时赵明诚将李清照一个人留在青州。没有线索暗示有对另一位女性的焦虑。第76页。
第19号与第61号:《临江仙:…常局》、《临江仙:…春迟》	李清照之所以钟爱欧阳修的《蝶恋花》,是因为欧词道出了闺中女子对"章台""游冶"者的怨抑之情。李清照因此与原词产生共鸣,并借用首句,化入自己的词作。第216页。	对两首词的解读均近似陈祖美。第125—126页。	词写于1129年,表达了李清照因躲避战乱而逃到南方的悲伤。其与婚姻不幸无关。第137—141页。

续表

篇题	陈祖美《李清照新传》(2001)	邓红梅《李清照新传》(2005)	诸葛忆兵《李清照与赵明诚》(2004)
第 33 号：《忆秦娥：临高阁》	写于赵明诚逝世(1129)后不久，是一首悼亡词。第 139—140 页。		根据词作的情感，这首词一定反映了李清照在莱州时与赵明诚渐渐疏离。第 118 页。
第 3 号：《渔家傲：天接云涛》	写于 1130 年间，此时李清照正在逃避新一轮金兵入侵的路上。与婚姻不合无关。第 147—148 页。	写于莱州时期。李清照如此写就她的"天问"是因为她对赵明诚感到陌生，她对未来将会发生什么感到迷惘，毕竟她现在正面临着被赵明诚遗弃的境遇。第 98—99 页。	与邓红梅的理解相近，但对这首词的解读更为乐观。此词展现了李清照的骄傲与自尊，即便她感到了赵明诚对其的疏远。这首词的写作年月不可能早于此(当时还是幸福美满的婚姻状态)，也不可能写在南渡之后，因为那时她已自身难保。第 120—121 页。
《春残》		这首诗写于 1135 年李清照离婚之后，此时她身在金华。这首诗与赵李夫妻失和无关。第 163 页。	这首诗也必须系在莱州时期，其他任何时段她都不会在春天如此地思乡。"病里梳头恨发长"一句表明赵明诚已对她没有兴趣——所以她为什么还要对镜理妆呢？同样的，成双燕子的意象也反衬出赵李婚姻的不和。第 119 页。

征 引 书 目

中文（以笔画排列）

一至五画

《万历章丘县志》，董复亨编，1596，缩微本。

于中航，《李清照年谱》，台北：商务印书馆，1995。

《卫公兵法》（唐代?），引用于陈英（1637—1708），《渊鉴类函》，《四库全书》本。

《大正新修大藏经》，东京：大藏出版社，1924—1932。

内山精也，《两宋隐括词考》，朱刚译，《学术研究》2005，1:128—135。

《分门纂类唐宋时贤千家诗选校证》，孙寿斋（1202前后在世）选，李更，陈新编，北京：人民文学出版社，2002。

卞永誉（1645—1712），《式古堂书画汇考》，《四库全书》本。

《太平广记》，李昉（925—966）编，北京：中华书局，1994。

《太平御览》，李昉编，北京：中华书局，1985。

《孔子家语逐字索引》，《先秦两汉古籍逐字索引丛刊》。

《文选》，萧统（501—531）编，台北：华正书局，1994重刊胡克家1809本。

毛晋，见李清照，《漱玉词》。

王士禛（1634—1711），《衍波词》，《王士禛全集》，袁世硕编，济南：齐鲁书社，2007。

王士禛，邹祗谟，《倚声初集》，《续修四库全书》本。

王充（27—91），《论衡逐字索引》，《先秦两汉古籍逐字索引丛刊》。

王仲闻（王学初），《李清照事迹作品杂考》，《文史》第2辑（1963）:171—192。

王仲闻，《李清照集校注》，北京：人民文学出版社，1979。

王次澄,《张玉娘及其〈兰雪集〉》,《宋代文学之会通与流变》,张高评编,第400—447页,台北:新文风出版公社,2007。

王克安,《近50年李清照研究综述》,《山东师大学报(社会科学版)》1999,5:83—87。

王灼(1149前后在世),《碧鸡漫志》,《词话丛编》,唐圭璋编,北京:中华书局,1986。

王学初,见王仲闻。

王明清(1127—?),《挥麈录》,《宋元笔记小说大观》,第4册。

王易,《词曲史》,北京:东方出版社,1996重刊1930本。

王英志,《李清照集》,南京:凤凰出版社,2007。

王晓骊,《李清照为什么只入狱九天? 李清照入狱问题新探》,未刊论文,2011。

王璠,《李清照研究丛稿》,呼和浩特:内蒙古人民出版社,1987。

王诏(1522—1566前后在世),《张玉娘传》,张玉娘《兰雪集》二卷,南城:宜秋馆,1920。

王鹏运,见李清照,《漱玉词》。

邓红梅,《女性词史》,济南:山东教育出版,2000。

邓红梅,《朱淑真事迹新考》,《文学遗产》1994,2:66—74。

邓红梅,《李清照新传》,上海:上海古籍出版社,2005。

《古列女传逐字索引》,《先秦两汉古籍逐字索引丛刊》。

叶子奇(1378前后在世),《草木子》,《明代笔记小说大观》,第1册,上海:上海古籍出版社,2005。

叶梦得(1077—1148),《岩下放言》,《全宋笔记》,第2编,第9册。

司马光(1019—1086),《家范》,《四库全书》本。

司马迁(前145—前186),《史记》,北京:中华书局,1959。

《民国续修历城县志》,毛承霖编,《中国地方志集成》,南京:凤凰出版社,2004。

《四库未收书辑刊》,北京:北京出版社,1997—2000。

《四库全书》,文渊阁本,上海:上海古籍出版社,1987。

《四库全书存目丛书》,济南:齐鲁书社,1999。

《旧唐书》,北京:中华书局,1975。

田汝成(1526 进士),《西湖游览志余》,上海:上海古籍出版社,1998。

田艺蘅(1557 前后在世),《诗女史》,《四库全书》本。

《汇编》,见褚斌杰。

冯梦龙(1574—1646),《苏小妹三难新郎》,《醒世恒言》,《冯梦龙全集》,魏同
　　贤编,第 3 册,南京:凤凰出版社,2007。

冯梦龙,《情史》,《冯梦龙全集》,第 7 册。

六画

伊世珍(14 世纪),《琅嬛记》,《汇编》,第 28—29 页。

《先秦汉魏晋南北朝诗》,逯钦立编,北京:中华书局,1983。

《先秦两汉古籍逐字索引丛刊》,香港中文大学文化研究所编,香港:香港中
　　文大学,1992—2002。

《光绪松阳县志》,支恒春编,《中国方志丛书》,第 190 册:《华中地方》,台北:
　　成文出版社,1975。

《全宋文》,曾枣庄等编,成都:巴蜀书社,1988—1994。

《全宋笔记》,上海师范大学古籍整理研究所编,第 1—5 编,郑州:大象出版
　　社,2003—2011。

《全宋词》,修订本,唐圭璋等编,北京:中华书局,2005。

《全宋诗》,傅璇琮等编,北京:北京大学,1991—1998。

《全唐五代词》,曾昭岷等编,北京:中华书局,1999。

《全唐文新编》,周绍良等编,长春:吉林文史出版社,2002。

《全唐诗》,彭定求(1645—1719)编,北京:中华书局,1960。

刘义庆(403—444),余嘉锡撰,《世说新语笺疏》,北京:中华书局,1983。

刘忆萱,《李清照研究中的问题:与黄盛璋同志商榷》,《齐鲁学刊》1984,2:
　　101—105。

刘克庄(1187—1269),《后村诗话》,《四库全书》本。

刘瑞莲,《李清照新论》,太原:陕西人民出版社,1990。

刘毓盘,《词史》,上海:上海书店,1985 重刊 1930 本。

《庄子逐字索引》,《先秦两汉古籍逐字索引丛刊》。

《论语》,通行本。

朱弁(　—1154),《风月堂诗话》,《四库全书》本。

朱彧(1110 前后在世),《萍洲可谈》,引用于王仲闻《李清照集校注》,《附录·参考资料》,第 310 页。

朱淑真(11 世纪?),《朱淑真集注》,冀勤编,北京:中华书局,2008。

朱靖华,《物境与心境交互染色:〈声声慢〉赏析》,《李清照词鉴赏》,第 120—127 页,济南:齐鲁书社,1986。

朱熹(1130—1200),《朱子语类》,王星贤编,北京:中华书局,1986。

朱熹,《朱熹集》,郭齐等编,成都:四川教育出版社,1996。

江少虞(1145 前后在世),《事实类苑》,《四库全书》本。

《百部丛书集成》,台北:艺文印书馆,1965—1969。

《礼记逐字索引》,《先秦两汉古籍逐字索引丛刊》。

纪昀(1724—1805),《四库全书总目提要》,《合印四库全书总目提要及四库未收书目禁毁书目》,台北:商务印书馆,1978。

阮阅(1085 进士),《诗话总龟》,周本淳编,北京:人民文学出版社,1987。

七画

伶玄(公元前 1 世纪),《赵飞燕外传序》,《阳山顾氏文房》,《百部丛书集成》本。

何广棪,《李清照改嫁问题资料汇编》,台北:九思文化事业,1990。

吴承学,《论宋代隐括词》,《文学遗产》2000,4:74—83。

吴梅,《词学通论》,香港:太平书局,1964 重刊 1930 本。

吴曾(1170 前后在世),《能改斋漫录》,上海:中华书局,1960。

《宋元笔记小说大观》,上海古籍出版社编,上海:上海古籍出版社,2001。

《宋史》,北京:中华书局,1977。

《宋会要辑稿》,台北:世界书局,1974。

《宋书》,北京:中华书局,1974。

李心传(1166—1243),《建炎以来系年要录》,北京:中华书局,1988。

李汉超,刘耀业,《李清照〈浪淘沙〉解析》,中华诗词网:http://www.zhsc.net/Item/6809.aspx。

李攸(12世纪初),《宋朝事实》,《四库全书》本。

李国文,《"花自飘零水自流"——中国女性文人中最为熠熠发光的星》,《中国文人的活法》,第215—224页,北京:人民文学出版社,2004。

李浚(713—727前后在世),《松窗杂录》,《四库全书》本。

李清照,《漱玉词》,(1)毛晋(1599—1659)编《诗词杂俎》本(1630),说是基于1370年写本,有17首;(2)毛晋编《汲古阁未刻词》本,有49首;(3)《四库全书》本,有(1)的17首;(4)王鹏运编《四印斋所刻词》本(1881,修订1889),有57首;(5)赵万里编《校辑宋金元人词》本(1931),有43首说是可靠,9首存疑,及8首误属。

李清照,《李清照全集》,见王仲闻,徐培均,徐北文。

李肇(806—820前后在世),《唐国史补》,上海:上海古籍出版社,1979。

李绰(9世纪),《尚书故实》,《四库全书》本。

杜甫(712—770),《杜诗详注》,仇兆鳌(1638—1717)编,北京:中华书局,1979。

杜牧(803—853),《樊川文集》,上海:上海古籍出版社,1978。

杨仲良(13世纪),《续资治通鉴长编纪事本末》,北京:北京图书馆出版社,2003。

杨朝英(1244前后在世),《阳春白雪》,《粤雅堂丛书》本,《百部丛书集成》。

杨慎(1488—1559),《词林万选》,《杨升庵丛书》,成都:天地出版社,2002。

杨维桢(1296—1370),《东维子集》,《四库全书》本。

束景南,《朱熹年谱长编》,上海:华东师范大学出版社,2001。

沈括(1031--95),《梦溪笔谈》,《全宋笔记》,第2编,第3册。

张世南(13世纪),《游宦纪闻》,《四库全书》本。

张宏生,《经典确立与创作建构:明清女词人与李清照》,《中华文史论丛》2007,4:279—313。

张端义(1179—1235),《贵耳集》,《宋元笔记小说大观》,第4册。

苏轼(1037—1101),《苏轼文集》,孔凡礼编,北京:中华书局,1986。

陈元靓(13 世纪),《纂图增新群书类要事林广记》,北京:中华书局,1999。

陈东辉,《中国近代启幕前夕的一位人杰:读〈俞正燮全集〉有感》,《安徽史
学》2007,1:124—128。

陈师道(1053—1102),《后山集》,《四库全书》本。

陈寿(233—297),《三国志》,北京:中华书局,1959。

陈廷焯(1853—1892),《白雨斋词话足本校注》,屈兴国校注,济南:齐鲁书
社,1983。

陈尚君,《唐女诗人甄辨》,《文献》2010,2:10—25。

陈郁(1245—1253 前后在世),《藏一话腴》,《四库全书》本。

陈振孙(1211—1249 前后在世),《直斋书录解题》,上海:上海古籍出版
社,2005。

陈祖美,《关于易安札记二则》,《中华文史论丛》1985,4:87—98。

陈祖美,《李清照新传》,北京:北京出版社,2001。

陈祖美,《李清照评传》,南京:南京大学出版社,1995。

陈祖美,《李清照词新释辑评》,北京:中华书局,2003。

陈祖美,邓红梅编,《漱玉词注》,《漱玉词注　稼轩词注》,济南:齐鲁出版
社,2009。

陈景沂(1225—1264 前后在世),《全芳备祖》,《四库全书》本。

陈耀文(1550 进士),《花草粹编》(1583),陶凤楼,1933 重刊 1583 本。

陈继儒(1558—1639),《古文品外录》,《四库全书》本。

陈骙(1128—1203),《南宋馆阁录》,《四库全书》本。

陈鹄(13 世纪初),《耆旧续闻》,《四库全书》本。

《陈诗》,《先秦汉魏晋南北朝诗》。

陆侃如,冯沅君,《中国诗史》,上海:大江书铺,1930。

陆游(1125—1210),《老学庵笔记》,《宋元笔记小说大观》,第 4 册。

陆游,《渭南文集》,《四库全书》本,

八画

《尚书》,通行本。

周汝昌,《序》,刘瑞莲,《李清照新论》,第 3 页。

周密(1232—1308),《齐东野语》,《宋元笔记小说大观》,第 5 册。

周密,《武林旧事》,《四库全书》本。

周密,《绝妙好词》,《唐宋人选唐宋词》。

周密,《浩然斋雅谈》,《四库全书》本。

周辉(1126—?),《清波杂志》,《宋元笔记小说大观》,第 5 册。

周辉,《清波别志》,《全宋笔记》,第 5 编,第 9 册。

周勋初,讲演引用于《云山苍苍,江水泱泱,先生之风,山高水长—唐圭璋先生
　　诞辰一百周年纪念会摘要》,《南京师大报》11 月 30 日,2001 年。

周铭(1670 前后在世),《林下词选》,1670,《续修四库全书》本。

《孟子》,通行本。

岳珂(1183—1234),《宝真斋法书赞》,《中国书画全书》,卢辅圣编,上海:上
　　海古籍出版社,2000。

《明清妇女著作》,麦吉尔大学,网站:http://digital. library. mcgill. ca/
　　mingqing/

欧阳修(1007—1072),《居士集》,《欧阳修全集》,李逸安编,北京:中华书
　　局,2001。

罗大经(1226 进士),《鹤林玉露》,《宋元笔记小说大观》,第 5 册。

《花间集注》,华钟彦编,河南:中州书画社,1983。

金启华,《唐宋词集序跋汇编》,江苏:江苏教育出版社,1990。

郑文宝(953—1013),《南唐近事》,《全宋笔记》,第 1 编,第 2 册。

郑文昂(明代),《名媛汇诗》,张正岳编,1620,《明清妇女著作》。

郑处诲(834 进士),《明皇杂录》,北京:中华书局,1994。

郑国弼,《李清照改嫁辨正》,《齐鲁学刊》1984,2:105—111。

郑居中(1059—1123),《政和五礼新仪》,《四库全书》本。

郑振铎,《李清照》,《小说月刊》14. 3(1923),《郑振铎全集》,第 6 册,第
　　170 页。

郑振铎,《插图本中国文学史》,1932,《郑振铎全集》,刘英民邓编,石家庄:华
　　山文艺出版社,1998。

《诗经》,通行本。

九画

俞正燮(1775—1840),《易安居士事辑》,《癸巳类稿》卷15,《俞正燮全集》,于石编,第1册,第763—779页,合肥:黄山书社,2005,又《汇编》,第107—120页。

《说郛》,一百卷本,《说郛三种》,上海:上海古籍出版社,1988。

《南史》,北京:中华书局,1975。

南宫搏,《李清照的后半生》,台北:商务印书馆,1971。

《咸淳临安志》,潜说友(1200—1280前后在世)编,钱塘,1830。

《春秋左传注疏》,《十三经注疏附校勘记》,阮元编,南昌,1814。

《春秋左传逐字索引》,《先秦两汉古籍逐字索引丛刊》。

柳宗元(773—819),《柳河东集》,香港:中华书局,1972。

洪迈(1123—1202),《夷坚志》,北京:中华书局,1981。

洪迈,《容斋随笔》,孔凡礼编,北京:中华书局,2005。

洪适(1117—1184),《隶释》,《四库全书》本。

《济南府志》,1841,王赠芳编,《新修方志丛刊》,台北:台湾学生书局,1968。

胡云翼,《李清照与其漱玉词》,北京:亚细亚书局,1931,重刊题目《李清照词》,《词学小丛书》,1948。

胡文楷,《历代妇女著作考》,修订本,张宏生编,上海:上海古籍出版社,2008。

胡仔(1082—1143),《苕溪渔隐丛话》,北京:人民文学出版社,1984。

胡适,《国语文学史》,合肥:安徽教育出版社,1999重刊1927本。

胡应麟(1551—1602),《少室山房笔丛》,台北:世界书局,1963。

范晔(398—445),《后汉书》,北京:中华书局,1965。

茅暎(1595进士),《词的》,《四库全书》本。

荣斌,《"清照改嫁"难以否认》,《齐鲁学刊》1984,2:111—115,122。

郎瑛(1487—1566),《七修类稿》,北京:中华书局,1959。

《顺治松阳县志》,佟庆年编,《中国地方志集成》第5编,第67册:《浙江府县志辑》,上海:上海书店,1993。

祝尚书，《宋人别集叙录》，北京：中华书局，1999。

《草堂诗余》，1195，《唐宋人选唐宋词》。

赵万里，见李清照，《漱玉词》。

赵明诚（1081—1129），《金石录校证》，金文明编，桂林：广西师范大学出版
　　社，2005。

赵彦卫（1140—1210），《云麓漫钞》，1206，北京：中华书局，1996。

赵闻礼（1244前后在世），《阳春白雪》，《唐宋人选唐宋词》。

郟琥（1552前后在世），《姑苏新刻彤管遗编》，1567，《四库全书》本。

饶宗颐，《词籍考》，香港：香港大学出版社，1963。

十画

唐圭璋，《论李清照的后期词》，《江海学刊》1961，8；重刊于《唐宋词学论集》，
　　第133—145页。

唐圭璋，《李清照评传》，《唐宋词学论集》，第126—127页，济南：齐鲁书
　　社，1985。

唐圭璋，《读李清照词札记》，《南京师大学报》1984，2：2—4。

唐圭璋，《读词札记》，《社会科学战线》1983，3：255—259。

《唐宋人选唐宋词》，上海古籍出版社编，上海：上海古籍出版社，2004。

夏承焘，《后语二》，附于《易安居士事辑》后语，《唐宋词论丛》，修订本，夏承
　　焘编，第222—223页，上海：中华书局上海编辑所，1962。

徐北文，《李清照全集评注》，第二版，济南：济南出版社，2005。

徐适端，《俞正燮的人权意识及其妇女观评述》，《西南师范大学学报（人文社
　　会科学学院版）》32，6（2006）：140—144。

徐釚（1636—1708），《词苑丛谈》，《四库全书》本，又有《海山仙馆丛书》本，
　　《百部丛书集成》。

徐培均，《李清照集笺注》，（修订本），上海：上海古籍出版社，2009。

徐梦莘（1124—1205），《三朝北盟会编》，台北：文海出版社，1962重刊
　　1878本。

晁公武（1151前后在世），《郡斋读书志校证》，孙猛编，上海：上海古籍出版

社,2005。

晁补之(1053—1110),《鸡肋集》,《四库全书》本。

《晋书》,北京:中华书局,1974。

真德秀(1178—1235),《西山读书记》,《四库全书》本。

诸葛忆兵,《李清照与赵明诚》,《文人情侣丛书》,北京:中华书局,2004。

诸葛忆兵,《李清照诗词选》,北京:中华书局,2005。

钱易(968—1026),《南部新书》,《全宋笔记》,第1编,第4册。

钱建状,《围绕赵明诚"诸子"与李清照生平创作的几个问题》,国际词学研讨
   会论文,呼和浩特,内蒙古,2008。

钱钟霞,《后记》,第三,钱基博,《中国文学史》,第3册,第1144—1145页。

钱钟书,《宋诗选注》,北京:人民文学出版社,1979。

钱基博,《中国文学史》,北京:中华书局,1993。

陶子珍,《明代词选研究》,台北:秀威资讯科技公司,2003。

陶弘景(452—536),《真诰》,《丛书集成简编》本,台北:商务印书馆,1965。

陶宗仪(1360—1368前后在世),《书史会要》,《四库全书》本。

   十一画

崔令钦(749前后在世),《教坊记》,《四库全书》本。

《康熙章丘县志》,钟运泰编,1691,《清代孤本方志选》,北京:线装书
   局,2001。

曹安(1444前后在世),《谰言长语》,《四库全书》本。

曹学佺(1574—1647),《蜀中广记》,《四库全书》本。

曹雪芹(约1717—1764),《红楼梦》,香港:中华书局,2001。

《乾隆章丘县志》,张万青编,1775,缩微本。

《梁诗》,《先秦汉魏晋南北朝诗》。

《笺注》,见徐培均。

《续修四库全书》,上海:上海古籍出版社,2002。

黄大舆(12世纪初),《梅苑》,1129,《四库全书》本。

黄升(1240—1249前后在世),《中兴以来绝妙词选》,1249,《唐宋人选唐宋词》。

黄升,《唐宋诸贤绝妙词选》,1249,《唐宋人选唐宋词》。

黄友琴(19世纪),《书雅雨堂重刊〈金石录〉后》,《国朝闺秀正始集》,恽珠编,红香馆,1831,《明清妇女著作》。

黄仲昭(1435—1508),《八闽通志》,《北京图书馆古籍珍本丛刊》,第33—34册,北京:书目文献出版社,1988。

黄庭坚(1045—1105),《山谷诗集注》,《黄庭坚诗集注》,刘尚荣编,北京:中华书局,2003。

黄盛璋,《李清照事迹考辨》,《文学研究》1957.3,重刊于《李清照研论文集》,济南市社会科学研究所编,第311—358页,北京:中华书局,1984。

黄盛璋,《赵明诚李清照夫妇年谱》,《山东省志资料》1957,3,重刊于《李清照研究汇编》,周康燮编,第132—187页,香港:中文书店,1974。

黄墨谷,《为李清照改嫁再辨诬》,《齐鲁学刊》1984,6:104—110。

黄墨谷,《〈投内翰綦公崇礼启〉考——为李清照改嫁辨诬》,《文史哲》1981,6:56—60。

黄墨谷,《重辑李清照集》,章丘:齐鲁书社,1981。

黄墨谷,《翁方纲〈金石录〉本读后——兼评黄盛璋〈李清照事迹考〉中"改嫁新考"》,《齐鲁学刊》1980.6:56—60。

黄墨谷,吴锡河,《断肠芳草远:朱淑真传》,石家庄:华山文艺出版社,2000。

《隋书》,北京:中华书局,1973。

十二画

《景德传灯录》,《大正新修大藏经》,第51册,第2076。

《道光章丘县志》,吴璋、曹楙坚编,1833,《中国地方志集成》,南京:凤凰出版社,2004。

嵇璜(1711—1794),《钦定续通典》,《四库全书》本。

彭乘(1087前后在世),《墨客挥犀》,《四库全书》本。

曾慥(1091—1155),《乐府雅词》,《唐宋人选唐宋词》。

游惠远,《宋元之际妇女地位之变迁》,台北:新文风,2003。

程颐(1033—1107),《河南程氏文集》,《二程集》,北京:中华书局,1981。

程颐,《河南程氏遗书》,《二程集》。

舒习龙,《理初学派的历史地理研究:以俞正燮,程恩泽为例》,《湖南文理学院学报》33.4(2008):73—77。

谢无量,《中国妇女文学史》,上海:中华书局,1916。

谢伋(1141 前后在世),《四六谈麈》,《四库全书》本。

韩愈(768—824),《韩昌黎文集校注》,马茂元编,上海:上海古籍出版社,1986。

鲁渊,《近百年李清照研究综述》,《哈尔滨学院学报》2007.9:91—95。

十三画及以上

楼钥(1137—1213),《攻媿集》,《四库全书》本。

褚斌杰,《李清照资料汇编》,北京:中华书局,1984。

《新唐书》,北京:中华书局,1975。

窦仪(904—67),《宋刑统》,薛梅卿编,北京:法律出版社,1999。

潘永因(1666 前后在世),《宋稗类钞》,《四库全书》本。

蔡义江,《凉生枕簟泪痕滋》,《李清照词鉴赏》,第 148—151 页,济南:齐鲁书社,1986。

魏庆之(1240—1244 前后在世),《诗人玉屑》,上海:上海古籍出版社,1978。

《魏诗》,《先秦汉魏晋南北朝诗》。

英　文

Barlow, Tani E. "The Direction of History and Women in China." *Journal of Colonialism and Colonial History* 4.1 (2003): 1-9.

Birge, Bettine. *Women, Property, and Confucian Reaction in Sung and Yüan China (960-1368).* Cambridge: Cambridge University Press, 2002.

Bossler, Beverly. *Courtesans, Concubines, and the Cult of Female Fidelity.* Cambridge, MA: Asia Center, Harvard University, 2013.

————. "Shifting Identities: Courtesans and Literati in Song China." *Harvard*

Journal of Asiatic Studies 62. 1 (2002): 5 – 37.

Carlitz, Katherine. "Shrines, Governing-Class Identity, and the Cult of Widow Fidelity in Mid-Ming Jiangnan." *Journal of Asian Studies* 56. 3 (1997): 612 – 40.

Chang, Kang-i Sun. *The Late-Ming Poet Ch'en Tzu-lung*. New Haven, CT: Yale University Press, 1991.

_____. "Ming-Qing Women Poets and the Notions of 'Talent' and 'Morality.'" In *Culture and the State in Chinese History: Conventions, Accommodation, and Critiques*, edited by Theodore Huters, R. Bin Wong, and Pauline Yu, pp. 236 – 58. Stanford, CA: Stanford University Press, 1997.

_____ and Haun Saussy. *Women Writers of Traditional China: An Anthology of Poetry and Criticism*. Stanford, CA: Stanford University Press, 1999.

Ch'en, Hsiao-lan, and F. W. Mote. "Yang Shen and Huang O: Husband and Wife as Lovers, Poets, and Historical Figures." In *Excursions in Chinese Culture: Festschrift in Honor of William R. Schultz*, edited by William R. Schultz et al., pp. 1 – 32. Hong Kong: Chinese University Press, 2002.

Ebrey, Patricia Buckley. *The Inner Quarters: Marriage and the Lives of Chinese Women in the Sung Period*. Berkeley: University of California Press, 1993.

Egan, Ronald. *The Literary Works of Ouyang Hsiu* (1007 – 72). Cambidge, England: Cambridge University Press, 1984.

_____. *The Problem of Beauty: Aesthetic Thought and Pursuits in Northern Song Dynasty China*. Cambridge, MA: Asia Center, Harvard University, 2006.

_____. "Why Didn't Zhao Mingcheng Send Letters to His Wife, Li Qingzhao, When He Was Away?" In *Hsiang Lectures on Chinese Poetry*, edited by Grace Fong, pp. 57 – 77. Montreal: Center for East Asian Research, McGill University, 2010.

_____. *Word, Image, and Deed in the Life of Su Shi*. Cambridge, MA: Council on East Asian Studies, Harvard University, 1994.

Felski, Rita. *Literature after Feminism*. Chicago: Chicago University Press, 2003.

Fong, Grace. "Gender and the Failure of Canonization: Anthologizing Women's Poetry in the Late Ming." *Chinese Literature: Essays, Articles, Reviews* 26 (2004): 129 – 49.

————. *Herself an Author: Gender, Agency, and Writing in Late Imperial China.* Honolulu: University of Hawai'i Press, 2008.

Furth, Charlotte. "Poetry and Women's Culture in Late Imperial China: Editor's Introduction." *Late Imperial China* 13.1 (1992): 1 – 8.

Hightower, James R. "The Songwriter Liu Yong." In Hightower and Florence Chia-ying Yeh, *Studies in Chinese Poetry*, pp. 168 – 268. Cambridge, MA: Asia Center, Harvard University, 1998.

Hu, Pin-ching. *Li Ch'ing-chao. Twayne World Author Series.* New York: Twayne, 1966.

Hummel, Arthur W. *Eminent Chinese of the Ch'ing Period.* 1943. Taipei: Ch'eng-wen Publishing Co., 1972 reprint.

Idema, Wilt. "Male Fantasies and Female Realities: Chu Shu-chen and Chang Yu-niang and their Biographers." In *Chinese Women in the Imperial Past: New Perspectives*, edited by Harriet T. Zurndorfer, pp. 19 – 52. Leiden: Brill, 1999.

Idema, Wilt, and Beata Grant. *The Red Brush: Writing Women of Imperial China.* Cambridge, MA: Harvard University Asia Center, 2004.

Judge, Joan. *The Precious Raft of History: The Past, the West, and the Woman Question in China.* Stanford, CA: Stanford University Press, 2008.

Knechtges, David, trans. and annot. *Wen xuan, or Selections of Refined Literature*, vol. 1: *Rhapsodies on Metropolises and Capitals.* Princeton, NJ: Princeton University Press, 1982.

Ko, Dorothy. "Pursuing Talent and Virtue: Education and Women's Culture in Seventeenth-and Eighteenth-Century China." *Late Imperial China* 13.1 (1992): 9 – 39.

————. *Teachers of the Inner Chambers: Women and Culture in Seventeenth-*

Century China. Stanford, CA: Stanford University Press, 1994.

Lee, Hui-shu. *Empresses, Art, and Agency in Song Dynasty China.* Seattle: University of Washington Press, 2010.

Levine, Ari Daniel. "The Reigns of Hui-tsung (1100 – 1126) and Ch'in-tsung (1126 – 1127) and the Fall of the Northern Song." In *The Cambridge History of China*, vol. 5, part 1: *The Sung Dynasty and Its Precursors*, 907 – 1279, edited by Denis Twitchett and Paul Jakov Smith, pp. 556 – 643. Cambridge: Cambridge University Press, 2009.

Li, Wai-yee. "The Late Ming Courtesan: Invention of a Cultural Ideal." In *Writing Women in Late Imperial China*, edited by Kang-i Sun Chang and Ellen Widmer, pp. 47 – 73. Stanford, CA: Stanford University Press, 1997.

Li, Xiaorong. "'Singing in Dis/Harmony' in Times of Chaos: Poetic Exchange between Xu Can and Chen Zhilin during the Ming-Qing Transition." *Zhidai Zhongguo funü shi yanjiu* 近代中国妇女史研究 19 (2011): 215 – 254.

Lo, Winston W. *An Introduction to the Civil Service of Sung China.* Honolulu: University of Hawai'i Press, 1987.

Mann, Susan. *Precious Records: Women in China's Long Eighteenth Century.* Stanford, CA: Stanford University Press, 1997.

Mather, Richard B. *Shih-shuo Hsin-yü: A New Account of Tales of the World.* Minneapolis: University of Minnesota Press, 1976.

McKnight, Brian E., and James T. C. Liu, trans. *The Enlightened Judgments: Ch'ing-ming Chi, The Sung Dynasty Collection.* Albany: State University of New York Press, 1999.

Owen, Stephen. *Remembrances: The Experience of the Past in Classical Chinese Literature.* Cambridge, MA: Harvard University Press, 1986.

Rexroth, Kenneth, and Ling Chung. *Li Ch'ing-chao: Complete Poems.* New York: New Directions, 1979.

Shields, Anna. "Defining Experience: The 'Poems of Seductive Allure' (*yanshi*) of the Mid-Tang Poet Yuan Zhen (779 – 831)." *Journal of the American*

Oriental Society 122. 1 (2002) : 61 – 78.

Spencer, Jane. "Imagining the Woman Poet: Creative Female Bodies. " In *Women and Poetry*, 1660 – 1750, edited by Sarah Prescott and David E. Shuttleton, pp. 99 – 120. Basingstoke: Palgrave Macmillan, 2003.

Tao, Jing-shen. "The Move to the South and the Reign of Kao-tsung. " In *The Cambridge History of China*, vol. 5 part 1: *The Sung Dynasty and Its Precursors*, 907 – 1279, edited by Denis Twitchett and Paul Jakov Smith, pp. 644 – 709. Cambridge: Cambridge University Press, 2009.

Theiss, Janet M. *Disgraceful Matters: The Politics of Chastity in Eighteenth-Century China*. Berkeley: University of California Press, 2004.

T'ien Ju-k'ang. *Male Anxiety and Female Chastity: A Comparative Study of Chinese Ethical Values in Ming-Ch'ing Times*. Leiden: Brill, 1988.

Widmer, Ellen. *The Beauty and the Book: Women and Fiction in Nineteenth-Century China*. Cambridge, MA: Asia Center, Harvard University, 2006.

Widmer. "Xiaoqing's Literary Legacy and the Place of the Woman Writer in Late Imperial China. " *Late Imperial China* 13. 1 (1992) : 111 – 155.

Wu, Shengqing. "Gendering the Nation: The Proliferation of Images of Zhen Fei (1876 – 1900) and Sai Jinhua (1872 – 1936) in Late Qing and Republican China. " *Nan nü* 11 (2009) : 1 – 64.

索　引

编者按:本索引页码为英文原著页码,现以边码形式标于相应译文旁。

《海外汉学丛书》已出书目

(以出版时间为序)

中国文学中所表现的自然与自然观

　　[日] 小尾郊一著　邵毅平译

唐诗的魅力：诗语的结构主义批评

　　[美] 高友工、梅祖麟著　李世跃译　武菲校

通向禅学之路

　　[日] 铃木大拙著　葛兆光译

1368—1953 中国人口研究

　　[美] 何炳棣著　葛剑雄译

道教(第一卷)

　　[日] 福井康顺等监修　朱越利译

追忆：中国古典文学中的往事再现

　　[美] 斯蒂芬·欧文(宇文所安)著　郑学勤译

中国和基督教：中国和欧洲文化之比较

　　[法] 谢和耐著　耿昇译

中国小说世界

　　[日] 内田道夫编　李庆译

中国的宗族与戏剧

　　[日] 田仲一成著　钱杭、任余白译

南明史(1644—1662)

　　[美] 司徒琳著　李荣庆等译　严寿澂校

道教(第二卷)

　　[日] 福井康顺等监修　朱越利等译

道教(第三卷)

　　[日] 福井康顺等监修　朱越利等译

中国民间宗教教派研究

　　［美］欧大年著　刘心勇等译

早期中国"人"的观念

　　［美］唐纳德·J·蒙罗著　庄国雄等译

美国学者论唐代文学

　　［美］倪豪士编选　黄宝华等译

中华帝国的文明

　　［英］莱芒·道逊著　金星男译　朱宪伦校

中国文章论

　　［日］佐藤一郎著　赵善嘉译

李白诗歌抒情艺术研究

　　［日］松浦友久著　刘维治译

三国演义与民间文学传统

　　［俄］李福清著　尹锡康、田大畏译　田大畏校订

中国近代白话短篇小说研究

　　［日］小野四平著　施小炜、邵毅平等译

柳永论稿：词的源流与创新

　　［日］宇野直人著　张海鸥、羊昭红译

美的焦虑：北宋士大夫的审美思想与追求

　　［美］艾朗诺著　杜斐然、刘鹏、潘玉涛译　郭勉愈校

明季党社考

　　［日］小野和子著　李庆、张荣湄译

清廷十三年：马国贤在华回忆录

　　［意］马国贤著　李天纲译

终南山的变容：中唐文学论集

　　［日］川合康三著　刘维治、张剑、蒋寅译

中国人的智慧

　　［法］谢和耐著　何高济译

杜甫：中国最伟大的诗人

　　洪业著　曾祥波译

中国总论

　　［美］卫三畏著　陈俱译　陈绛校

宋至清代身分法研究

　　［日］高桥芳郎著　李冰逆译

才女之累：李清照及其接受史

　　［美］艾朗诺著　夏丽丽、赵惠俊译

中国史学史

　　［日］内藤湖南著　马彪译